# La Boda Secreta

Jo Beverley

# La Boda Secreta

**Titania Editores**
ARGENTINA - CHILE - COLOMBIA - ESPAÑA
ESTADOS UNIDOS - MÉXICO - PERÚ - URUGUAY - VENEZUELA

Título original: *The Secret Wedding*
Editor original: Signet, Published by New American Library,
a division of Penguin Group (USA) Inc., New York
Traducción: Marta Torent López de Lamadrid

1.ª edición Febrero 2012


Aribau, 142, pral. – 08036 Barcelona
www.titania.org
atencion@titania.org

ISBN: 978-84-92916-18-4
E-ISBN: 978-84-9944-192-4
Depósito legal: B-628-2012

Fotocomposición: María Ángela Bailen
Impreso por: Romanyà Valls, S.A. - Verdaguer, 1 - 08786 Capellades (Barcelona)

Impreso en España - *Printed in Spain*

# *Agradecimientos*

Quisiera dedicar mi especial agradecimiento a la Local Studies Library de Doncaster por haberme prestado su generosa ayuda en lo relativo a los detalles y mapas de la ciudad en el siglo XVIII, y todo lo relacionado con las distintas posadas y la antigüedad de las mismas. Internet es una maravilla, ¿verdad?

También he recurrido a la biblioteca del Canadian War Museum de Ottawa. Una vez más, fruto de las tecnologías modernas, pude obtener fotografías digitales de páginas de libros antiguos sobre los regimientos de caballería real de los Life Guards y los Horse Guards. Aún recuerdo aquella época en que se escribían notas a mano que luego no éramos capaces de leer con nitidez.

Como suele suceder, el material contenido en esta versión final del libro no es más que la punta del iceberg, pero es enriquecedor conocer de primera mano todo lo que se oculta debajo.

También quisiera dar las gracias a Sharyn Cerniglia por haberse tomado la molestia de leer un primer borrador para ver si la historia fluía adecuadamente.

# Prólogo

Febrero de 1754
Posada del Carnero, Nether Greasley, Yorkshire

El oficial de casaca roja entró como una exhalación en la posada de techos bajos, pisando con fuerza el suelo de baldosas.

—¿El teniente Moore? —preguntó.

El posadero salió a su encuentro apresuradamente, asintiendo con la cabeza redonda y calva.

—El caballero está un tanto ocupado, señor. ¿Le apetece una cerveza mientras espera?

No era de extrañar que pareciera nervioso el hombre. El impetuoso oficial era joven, pero la tensa expresión de su rostro de finos huesos resultaba amenazante, y los jóvenes eran los peores. El uniforme impecable y el pelo empolvado tampoco ayudaban, sobre todo porque llevaba una espada al cinto.

—Traigo un importante mensaje —dijo el oficial con ese acento entrecortado del sur—. ¿En qué habitación está?

Jacob Hood estaba acostumbrado a vérselas con los más rudos borrachos, pero frente a una autoridad armada, ¿qué otra cosa podía decir salvo un «está arriba, señor, la primera puerta a la derecha»?

El oficial subió con presteza las escaleras, las espuelas y el cinturón del que pendía la espada tintineaban, y sus botas de caña alta aporreaban el suelo de forma inquietante. Hood se dispuso a seguirlo, pero se lo pensó mejor y se apresuró a avisar a los mozos de cuadra y criados de la posada mientras refunfuñaba por la llegada de gente conflictiva a tan respetable posada.

Aunque ya lo había intuido nada más ver entrar a aquella pareja; otro joven oficial, si bien no tan joven como el que acababa de llegar, con su «mujer» envuelta en una capa. Tal vez fuese la esposa del segundo hombre, aunque parecía joven para estar desposado. No debía de tener ni 20 años. La que se iba a armar.

En el piso de arriba, el teniente Christian Hill abrió sin titubeos la primera puerta de la derecha. La habitación tenía el techo bajo y una pequeña ventana por la que entraba muy poca luz, pero el desagradable olor era indicio de lo que estaba sucediendo ahí. El hombre que estaba en la cama dio un respingo, blasfemó y rodó para descabalgar a la mujer que tenía debajo.

Hill sólo pudo lanzar una fugaz mirada de consternación hacia la víctima de ojos en blanco, porque Bart Moore se abalanzó sobre la correa de la que colgaba su espada, tirada en el suelo junto con su ropa de abrigo, y desenfundó el arma. Era un hombre robusto de hombros anchos, pelo de color arena y mandíbula cuadrada, y estaba casi totalmente vestido aparte del pene fláccido que asomaba por el faldón.

—¡Maldita sea, Moore!

Pero el hombre esgrimió sin piedad la espada con fiereza; dispuesto a matar. Hill se agachó, rodó por debajo de la cama y se levantó al otro lado todo polvoriento, espada en mano.

—No seas idiota, chico. En realidad, no quieres hacer esto.

—No eres más que un crío, ¡qué sabrás tú! —exclamó Moore—. ¡Lárgate mientras puedas!

Hill no era de complexión tan robusta y tenía el rostro más afilado, pero habló con solemne determinación.

—Sólo me iré con la señorita.

—Menuda presunción, sir Galahad —se mofó Moore—. Ella no quiere irse. Estamos a punto de casarnos, ¿verdad, cariño? Sobre todo después de esto.

La niña (porque era una niña que apenas había hecho el cambio) no emitió sonido alguno, pero meneó la cabeza enérgicamente mientras se cubría de nuevo con la falda sus delgadas y pálidas piernas.

—Eres un desaprensivo... —dijo Hill volviéndose hacia Moore.

La ira se apoderó del rostro de Moore, que bordeó veloz la cama para golpear con fuerza a Hill en la cabeza. Hill se agachó, pero el golpe hizo una muesca en la gruesa columna de roble de la cama.

En ese instante la chica ahogó un grito, pero ninguno de los dos hombres pudo prestarle atención. Entrechocaron espadas hasta que Hill logró que la mesa de roble se interpusiera entre ambos.

—¡Sé sensato! —dijo Hill jadeando—. No querrás morir por esto.

—¿Te da miedo pelear, muchacho?

Llevado por la furia, Hill saltó por encima de la mesa, lanzando una patada para ahuyentar a su adversario, y se abalanzó sobre él con ferocidad. Las colgaduras de la cama se desgarraron; de la madera saltaron astillas y Moore contraatacó con mirada asesina. Hill lanzó una silla contra las piernas de Moore.

—¡Has perdido el juicio, piensa!

De una patada, Moore mandó la silla al otro lado de la habitación.

—¡Lárgate! Lárgate o te atravesaré como a una gallina. —Blandió la espada hacia Hill.

Hill levantó una segunda silla de tal modo que la punta de la espada de Moore se hundió varios centímetros en la madera, quedándose allí clavada. Hill pudo haberlo matado entonces, sin embargo retrocedió jadeante.

—¿Paras ya?

Moore puso un pie en la silla, arrancó la espada de ésta y la esgrimió con una fuerza brutal al tiempo que soltaba un gruñido. Hill impidió el golpe y le hizo un corte a Moore. Le salió sangre del brazo y entonces Hill retrocedió de nuevo, pero su oponente aulló furioso mientras la herida le sangraba a chorros. Quiso atacar a Hill apuntándole con la espada al corazón.

Hill se apartó de un salto y giró la hoja de la espada, pero no fue lo bastante rápido. La punta del arma le rasgó la casaca abierta y le traspasó el chaleco que le cubría el torso. Se tambaleó hacia atrás con una mano sobre la herida.

Moore chilló victorioso y levantó su espada por encima de la cabeza para asestarle el golpe final. Pero en ese momento tan crucial de pronto se abrió la puerta y los sirvientes de la posada irrumpieron en la habitación. Moore titubeó sólo durante unas décimas de segundo, pero fueron fatales, porque Hill atravesó el corazón de su oponente con la espada.

—¡Ha habido un asesinato! —chilló alguien, y todo el mundo se alarmó.

Tres hombres sujetaron y desarmaron al jadeante vencedor sin prestar atención al corte ensangrentado de su chaleco blanco. Otros dos corrieron hacia el hombre muerto.

—¡Liza, Liza! —gritó el posadero—. Corre a buscar al magistrado, mujer. ¡Ha habido un asesinato!

Eso le pasaba, pensó el teniente Christian Hill, por intentar salvar a una damisela en apuros. Era la primera baja que causaba, una baja del todo inútil.

Lo obligaron a sentarse en la sólida y maltrecha silla, y a permanecer ahí bajo la amenaza de un cuchillo de cocina sucio (un cuchillo que le rebanaría el cuello de una sola pasada y que blandía un hombre que no parecía reacio a hacerlo).

—Está muerto, señor Hood. No pudo defenderse —dijo uno de los hombres arrodillados junto a Moore.

—Por supuesto que sí —repuso Christian, presionándose el costado herido con una mano. Había un rayo de esperanza, porque parecía un simple corte—. Moore me ha atacado primero y era por lo menos tan buen espadachín como yo.

—Lo que usted diga —le interrumpió el posadero—. ¿Y quién va a pagar todos los desperfectos?

—Yo mismo. —En ese momento el dinero era el menor de los problemas de Christian. Necesitaba un testigo de la pelea. Se atrevió a volver la cabeza y mirar hacia la cama. Estaba vacía.

—¿Dónde está la chica? —preguntó.

—¿La joven que iba con él? —repuso el posadero—. Por lo visto se ha ido hace un rato.

—Estaba ahí, en la cama.

Christian quiso moverse para mirar, pero notó la presión del cuchillo de cocina. Volvió rápidamente a la posición inicial, mirando con indignación al hombre escuálido, que evidentemente no se había movido ni un solo centímetro para evitar degollarlo.

Entonces giró la cabeza a un lado para mirar de nuevo hacia la cama. Estaba seguro de haber visto a la chica, pero aparte de las sábanas retiradas y arrugadas no había ni rastro de ella.

El sonido de unos pasos y de diversas voces anunció la llegada de alguien más. Christian rezó para que fuese el magistrado. Le parecía menos arriesgada la presencia de un caballero que la de esos despiadados palurdos. No podía volverse hacia la puerta, pero veía parte de la misma reflejada en un pequeño espejo.

Quien entró no era un magistrado. Una mujer de mediana edad irrumpió en la habitación como un guerrero, su pechera y prominente barriga parecían velas desplegadas por el viento. Christian ignoraba quién podía ser, pero la examinó como si su vida dependiera de ello. Cosa perfectamente posible.

La mujer no iba sola. Dos hombres se plantaron tras ella, hombres musculosos de amenazantes puños de gruesos nudillos, aunque no tenía aspecto de necesitar protección. De no ser por su delantera, la habría tomado por un hombre con vestido. Tenía una mandíbula pronunciada enmarcada por unos carrillos fláccidos. Sus ojos, meras ranuras que asomaban entre pliegues colgantes, consiguieron escudriñar la habitación con frialdad e ira a la vez.

—¿Dónde está mi sobrina? —preguntó por fin con el acento monótono de esa parte de Yorkshire.

El posadero no paraba de hacerle reverencias, nervioso.

—¿Se refiere a la señorita que iba con el oficial, señora? Se ha marchado, señora. Se ha ido antes de que ocurriera este desastre.

—¿Es usted el tal Moore? —Posó sus ojos en Christian.

—Ni Moor ni Dale, sólo soy un Hill*.

A la mujer no le hizo ninguna gracia y le repasó el cuerpo con mirada de acero.

—¿Ése es Moore? —quiso saber.

El posadero avanzó arrastrando los pies.

—Sí, señora. Por lo menos ése es el nombre que dio.

* Respuesta en tono jocoso del protagonista que juega con el significado de su apellido en inglés. En español «hill» es colina, «moor» es páramo y «dale» es valle. *(N. de la T.)*

—Está medio desvestido y con sus partes íntimas al descubierto. ¿Tiene usted muchos huéspedes que se presenten aquí por la tarde y se desnuden así cuando están solos?

—Mmm... no, señora.

—¡Dorcas! —gritó la mujer mientras se daba con la fusta en la palma de la mano enguantada.

Se oyeron unos pies arrastrándose y una polvorienta cabeza asomó por el extremo más lejano de la cama, con una expresión más aterrorizada que antes, si cabe.

—No la intimide —dijo Christian con un hilo de voz, aliviado. Tenía un testigo—. Ya ha sufrido bastante...

—¿Eso cree? Lo que sea que le haya pasado ha sido enteramente por su culpa, y ahora encima hay un hombre muerto. ¡Levántate, niña!

La tal Dorcas se puso de pie con dificultad y se rodeó el cuerpo con los brazos mientras las lágrimas resbalaban por sus polvorientas mejillas. Si la silueta de su tía era de una feminidad agresiva, la de la joven era todo lo contrario. Pese al colorete de sus mejillas, era plana de pecho como un chico. Había llevado el pelo castaño desvaído recogido con horquillas, pero ahora unas greñas onduladas le caían alrededor de su afilado rostro. ¿Qué habría visto Moore en ella?

Su fortuna. Al menos ése era el rumor que había impulsado a Christian a correr esa alocada aventura. Moore había pretendido echar a perder a una heredera locamente enamorada forzándola a contraer matrimonio. Tenía que estar muy desesperado para necesitar el dinero de esa pobre niña.

—Has destrozado tu vida, boba, ¡más que boba! —dijo la mujer—. La directora de ese colegio tan estrafalario al que tu madre insistió que fueras ha puesto el grito en el cielo al descubrir que te habías escapado.

—Lo siento... —susurró la joven—. Creía que...

—¿Qué es lo que creías? —le soltó su aterradora tía—. ¿Que te *amaba*? —Hizo especial énfasis en esa última palabra—. ¿A una mequetrefe escuálida como tú? Señor, ¡estoy rodeada de idiotas! Y ahora está muerto, así que tendrás que casarte con él.

La chica miró atónita hacia el cadáver y puso los ojos en blanco. Christian miró fijamente a la mujer, preguntándose si estaba loca.

—Con él, no, tonta. Con él. —Estaba señalando a Christian.

—Señora...

—Cállese. —Aquellos impresionantes carrillos se volvieron hacia él—. Usted lo ha matado, jovencito, de modo que ocupará su lugar.

—¡Y un cuerno! —Christian quiso incorporarse, pero notó de nuevo la punta del cuchillo—. ¡Váyanse todos al infierno!

Uno de los esbirros de la mujer se movió hacia delante, dispuesto a darle un puñetazo a Christian.

—¡No! —ordenó la mujer. En medio del gélido silencio, habló con rotunda serenidad—. No soporto las blasfemias, muchacho, de manera que modere el vocabulario. Y sea sensato. Sólo tiene una alternativa, y es la horca.

—Entonces probaré suerte con la ley —le soltó Christian jadeando, con todos los nervios en tensión por la ira.

—¿De veras? Yo no entiendo de duelos, pero me de la impresión de que esto no ha sido un duelo propiamente dicho. —Al ver que Christian no contestaba, la mujer sacó un monedero de cuero del bolsillo y se dirigió a todos los presentes haciendo tintinear su contenido—: ¿Ha dicho alguien que había sido un asesinato a sangre fría?

—Así es, señora —dijo un hombre al cabo de unos instantes—. El otro hombre estaba de cara a la puerta y él lo ha atravesado con la espada.

—Señora, a Dios pongo por testigo de que ha ido directo a matarlo —declaró el posadero—. Ha sido un asesinato, no me cabe ninguna duda.

—Seguro que quería quedarse con la chica —dijo una mujer desde el fondo de la multitud, ansiosa por obtener su parte de la recompensa.

—Entonces le daremos lo que quiere, ¿verdad? —dijo la tía, volviéndose para mirar a Christian con una especie de sonrisa macabra.

Christian podía casi notar la soga al cuello, pero seguía prefiriendo un juicio. Si lograba salir de ese manicomio, podría ir a pedir ayuda a su familia. Hervía de rabia sólo de pensar en tener que contarle a su padre ese fracaso, pero era mejor que la horca.

Le lanzó una mirada suplicante a la joven para que diese su testimonio, pero tenía la mirada perdida en algún punto y se abrazaba el tronco, temblorosa. Estaba aterrorizada.

¡Qué suerte la suya! Christian dejó de apretar los dientes y procuró hablar en un tono razonable.

—Señora, tal vez podamos hablar del tema con un poco más de calma y sin tantos testigos.

—Estas personas saben lo que saben y saben que usted lo ha matado.

Un murmullo de aprobación recorrió el dormitorio.

—Pregúntele a ella —dijo Christian, fulminando a la chica con la mirada—. Le dirá que la pelea ha sido lo más justa posible.

—Me da igual. Dorcas necesita un marido.

—¿Y casarse de esta forma no será en sí un escándalo?

—El matrimonio lo tapa todo.

Por desgracia, era verdad.

—Pero no puede hacerse de cualquier manera —objetó Christian desesperado—. Hay unas leyes... —Ignoraba cuáles eran—. ¡Sólo tengo dieciséis años! —protestó. ¡Maldición! Aquello había sonado patético—. Soy un oficial del ejército —dijo entonces con más dignidad— y no puedo contraer matrimonio sin el consentimiento de mi coronel.

—Pues no se lo diga —repuso la mujer impasible.

—¿Cómo? —Christian la miró boquiabierto.

Antes de que pudiese decirle a la mujer lo injurioso que era su planteamiento, un revuelo en la puerta, a sus espaldas, le indicó que había llegado alguien más. ¿Sería el magistrado por fin? Trató de volverse, pero notó de nuevo la presión del cuchillo. Mientras soltaba improperios entre dientes, miró hacia el espejo suplicando ayuda.

Vio a un hombre bajo y gordo con peluca corta y chata, vestido de negro. ¿De dónde diantres había salido? A Christian le pareció un verdugo.

El clérigo se detuvo al ver el cadáver y empezó a retroceder, pero el público atónito se había agolpado tras él.

—¿Ha venido para oficiar un enlace? —preguntó la mujer.

—Mmm... Sí, para casar al teniente Moore, señora... —Sus ojos, unas pasas diminutas en un rostro redondo, rubicundo y brillante, miraron de un lado a otro y se posaron en Christian. Lo miró con fijeza, tragó saliva y entonces dijo—: ¿Es usted el teniente Moore, señor?

—No —contestó Christian.

El clérigo desvió la mirada hacia el cadáver.

—¡Oh, no, no, no! —El hombre extrajo un pañuelo para enjugarse el sudor que brillaba en su piel. Christian tenía también un calor horrible, tanto por la rabia sentida como por la tensión que había en la habitación.

—¿Trae una licencia? —inquirió la mujer.

El hombre se giró hacia ella.

—Mmm... Sí, señora. La... la ley me autoriza a conceder licencias y a... oficiar enlaces. Aunque suelo hacerlo en una iglesia. Me habían dicho que la novia debía guardar cama.

—Puede hacerlo, si insiste —dijo la tía.

¿Lo de «guardar cama» lo había dicho Moore con doble sentido? ¿En qué demonios había consistido el plan? ¿Cómo pretendía obligar a la chica a casarse con él? Pero entonces Christian pensó en la determinación de la tía. De seguir Moore con vida, ya estaría casado con la joven.

El clérigo seguía enjugándose la frente y saltaba a la vista que hubiera deseado estar en cualquier parte del mundo menos ahí. Christian rezó para que pusiera reparos, pero ante la conducta de la tía y sus dos esbirros, y el estado de ánimo de la convencida multitud, no le sorprendió que el hombre dijera:

—Naturalmente, si todo está en orden...

Miró hacia la chica, pero interpretó su estado de inmovilidad en sentido afirmativo. Christian había oído hablar de novias y a veces novios a los que arrastraban hasta el altar, atados y amordazados, y obligaban a asentir con la cabeza para aceptar los votos. ¿No habían cambiado recientemente la ley respecto a cosas como ésa? De ser así, la noticia no había llegado a ese rincón perdido en la nada.

El clérigo se acercó a la mesilla y sacó un documento doblado de una vieja carpeta. Alisó el papel, extrajo pluma y tintero, y empezó a enmendar la licencia.

Christian observaba con incredulidad. Todo el mundo sabía que había clérigos dispuestos a hacer la vista gorda ante casi cualquier impedimento y que casaban prácticamente a cualquiera a cambio de dinero, pero era imposible que eso le estuviese pasando a él.

—¿Su nombre, señor? —dijo el hombre volviendo la cabeza hacia Christian.

—Esto es una aberración —protestó Christian—. Yo no he hecho nada malo. Me enteré de lo que planeaba Moore y vine aquí para rescatar a la chica.

No vio cambio alguno en las expresiones de quienes lo rodeaban. Los sirvientes de la posada no parecían hostiles, de hecho, parecían más bien espectadores disfrutando de una obra de teatro, pero decididos a que ésta continuara. O una turba romana, pensó Christian desolado, deseosa de ver a alguien devorado por los leones.

—Si quieren dinero a cambio de testificar —le dijo Christian al público—, pagaré más que ella.

Detectó cierta reacción en los presentes, pero entonces dijo un hombre:

—Veamos su oro, pues.

Naturalmente, no llevaba encima más que unas cuantas monedas y, a decir verdad, tampoco es que tuviese una gran fortuna. Era el heredero de su padre, pero su padre no era rico y tenía muchas obligaciones.

—Que la chica se vaya a casa y se olvide de todo esto —dijo Christian tratando de nuevo de que la gente entrara en razón—. Si se casa conmigo, estará atada de por vida.

—No sea tonto —dijo la mujer, apartando la vista de las modificaciones que, bajo su supervisión, se estaban llevando a cabo en la licencia—. Un matrimonio como éste es fácil de disolver.

Christian quiso creer en su rotunda seguridad, pero hasta donde él sabía las bodas se celebraban en las parroquias previa licencia o tras las amonestaciones y luego eran indisolubles. En ocasiones la gente acudía a los tribunales para poner fin a un matrimonio. Pensó en la bigamia como motivo principal, pero se acordó del caso de un hombre que había bebido demasiado y que al día siguiente al despertarse descubrió que estaba casado. No logró recordar cuál había sido la sentencia de aquel juicio, pero lo que le ocurría ahora era una pesadilla similar.

—Dorcas volverá a casa como mujer casada —declaró la mujer—. Eso no es negociable, así que díganos cómo se llama.

Christian seguía prefiriendo probar suerte con los magistrados, pero la mente le iba a toda velocidad tratando de valorar las alternativas, a cual más sombría. Si acababa ante los magistrados, una docena de personas juraría que había cometido un asesinato y no parecía que la chica fuese a ayudarle.

Consiguiendo la ayuda de su coronel y su familia evitaría la horca, pero el asunto lo humillaría de por vida y podía perfectamente arruinar su incipiente carrera militar. En cuestión de días su regimiento se disponía a marcharse a Canadá, donde lucharían contra los franceses. Ese montón de catetos no le impediría emprender su aventura ni pelear en nombre del rey y la patria.

Moore estaba muerto; eso no podía ocultarlo, pero probablemente pudiese convencer al coronel Howard de su versión de la historia. Un error fastidioso, pero cada vez que echaba un vistazo a la chica pálida y temblorosa, lo único que deseaba era haber llegado antes.

—Que alguien le dé una manta —dijo Christian con brusquedad.

Al parecer todos se sobresaltaron con sus palabras, pero uno de los esbirros de la mujer sacó la colcha de la cama y cubrió con ella a la chica, al tiempo que le ayudaba a sentarse en un banco.

—¡Su nombre, chico! —le espetó la mujer, devolviendo de golpe a Christian a su insufrible situación.

Si quería escapar, tendría que pasar por esa farsa. Tal como ella le había dicho, no era necesario contárselo a nadie y seguramente un asunto tan forzado podría invalidarse. Había tantos testigos del asesinato de Moore como del abuso que estaba teniendo lugar. Entonces pensó que tampoco era necesario dar su verdadero nombre...

Estaba dejando volar su imaginación cuando recordó la broma que había hecho al darle su apellido, Hill. ¡Eso le pasaba por hablar más de la cuenta! Se quedó en blanco, lo único que podía hacer era cambiar el nombre de «Christian» por otro más común.

—Jack Hill —dijo. Debía de haber centenares de hombres llamados Jack Hill.

Lo creyera o no, la mujer asintió con la cabeza y devolvió su atención al clérigo, que seguía haciendo modificaciones en el documento. Christian miró otra vez hacia la chica, acurrucada bajo la colcha como un pajarillo tratando de mantener el calor. Le recordó a sus hermanas menores; esperaba que Moore estuviese ardiendo en el infierno. Por muy insensato que hubiera sido por parte de ella fugarse con un sinvergüenza, no merecía aquello.

La tía tenía razón sobre el mágico poder sanador del matrimonio. El año anterior una de sus primas se había fugado con un granuja, luego los habían hecho volver para contraer matrimonio y ahora todo el mundo había olvidado convenientemente su error.

Por el contrario, la señorita Barstowe, que por esas mismas fechas también desapareció con un granuja, al volver con su familia aseguró que había sido secuestrada, y se negó a casarse con aquel hombre. ¿O se trataba de otro hombre, como en este caso? Porque entonces era bastante razonable, aunque lo último que le había llegado a Christian era que la joven estaba viviendo en la sombra, oficialmente seguía formando parte de la sociedad local, pero sus apariciones eran escasas y no acababa de ser verdaderamente aceptada en ningún sitio.

Evidentemente, la tal Dorcas y su tía no pertenecían a la pequeña nobleza, pero a su manera, si podían permitirse una educación escolar y tenían cierto patrimonio, eran una familia respetable con un hogar y una reputación que preservar.

—¿Cómo se llama su padre? —le preguntó el clérigo.

A los hijos se les solía poner el nombre del padre, de modo que Christian dijo:

—John Hill. —De hecho, se llamaba James.

—Me imagino que no estará usted casado, muchacho, ¿verdad? —inquirió la mujer, en un tono que le dio a entender que si lo estaba, peor para él.

—Tengo sólo dieciséis años, ¿recuerda?

—Una buena edad para contraer matrimonio. Prosigamos.

—¿Podrían apartar el cuchillo de mi cuello? —preguntó Christian con prudente serenidad. ¡Qué menos que ser ejecutado con dignidad!

—¿Cómo? —Pareció como si la mujer reparase en el cuchillo por primera vez—. ¡Oh, apartad eso! A menos que le salgan alas, no podrá escapar.

En cuanto el hombre que lo amenazaba con el cuchillo se retiró, Christian se puso de pie y se enderezó el uniforme. Notaba la herida en su costado, pero no era más que un arañazo y parecía que había dejado de sangrar. Aun así le había destrozado su estupendo chaleco.

Solicitó su espada y, tras serle cautelosamente devuelta, la limpió lo mejor que pudo y la enfundó. A continuación sacó una sábana de la cama y la extendió sobre el cadáver de Moore.

Ahora que controlaba más la situación, su tensión disminuyó. Si la mujer insistía en aquella farsa y eso ayudaba a la chica a preservar parte de su reputación, pues adelante. Un enlace oficiado en una posada con un novio bajo nombre falso y un certificado de matrimonio alterado... duraría lo que un suspiro.

—¿Cómo se llama usted, señora? —dijo Christian volviéndose a la mujer—. ¿Y cómo se llama mi novia?

—Soy Abigail Froggatt, y ella es Dorcas Froggatt.

Dorcas Froggatt. Christian se estremeció.

—¿De dónde son? —preguntó tras recuperar la compostura.

La mujer entornó los ojos como si estuviese contemplando la posibilidad de ordenarle que se sentara de nuevo en la silla con un cuchillo en la garganta.

—De Sheffield, aunque no es asunto suyo. Acabemos con esto.

Uno de los esbirros le sacó a la chica la colcha que la envolvía. Tal vez no fuese tan malo, porque trató de rodearla con un brazo. Sin embargo, ella lo empujó y caminó hacia delante con la cabeza bien alta tratando de aparentar dignidad. Aun así había poco que destacar de ella (era huesuda, pálida y de pelo revuelto, y el profuso maquillaje que se había aplicado para intentar aparentar más edad no estaba uniformemente esparcido), pero Christian valoró su coraje.

Se le hizo difícil pronunciar los votos necesarios, porque era un hombre de palabra y no tenía ninguna intención de querer a esa criatura hasta que la muerte los separase, pero se recordó a sí mismo que no se trataba más que de una formalidad para salvar la reputación de la joven.

Su novia se atragantó al decir sus votos, pero aquel horror de mujer rugió: «Yo, Dorcas Froggatt...», y la chica lo repitió y continuó con el resto. Al cogerle de la mano la notó fría y le pareció tan frágil como el ala de un gorrión. Le puso un aro de metal barato que el clérigo le había proporcionado. Era evidente que aquel hombre se ganaba la vida oficiando enlaces ilícitos, porque iba equipado.

Christian firmó los documentos, al igual que su novia, la tía de ésta y uno de sus hombres. Con gran ceremonia, el clérigo registró el enlace en un viejo libro y luego sonrió como si se tratase de un feliz acontecimiento.

—¡Que Dios bendiga a la feliz pareja!

—Vayan a brindar por los novios —dijo la señora Froggatt dirigiéndose a los allí presentes. Le dio al posadero unas cuantas monedas y la muchedumbre salió dándose codazos para ver quién era el primero en bajar las escaleras.

Así pues, sin contar el cadáver, quedaron solamente seis personas en la habitación.

—¿Puedo irme ya? —preguntó Christian con frialdad.

—Todavía no. Tiene usted que redactarme un documento —le dijo la imponente Froggatt al clérigo.

—¡Que no soy un amanuense, señora!

Abigail Froggatt dejó tres guineas encima de la mesa. Entonces el clérigo abrió el tintero, cogió de nuevo la pluma y se puso a escribir mientras ella le dictaba lo que parecía un breve contrato matrimonial. Los contratos solían redactarse y firmarse antes del enlace, y Christian comprendió que como esposo de la joven ahora gozaba de un enorme poder sobre ella y cualquier propiedad que poseyera; aunque no confiaba en poder ejercerlo.

Miró hacia el banco, donde su esposa estaba nuevamente acurrucada, y le sacudió un instinto protector, que reprimió. Lo mejor sería deshacerse de las Froggatt cuanto antes.

Sin embargo, prestó atención al documento. No firmaría nada a ciegas. Lo leyó entero para asegurarse de que ponía lo que había oído dictar en voz alta. Así era.

Las propiedades de su esposa seguirían tal como había dispuesto su padre en el testamento. De modo que era una especie de heredera. En lugar de tener Christian derechos sobre esas propiedades, la familia de la joven le entregaría un importe de 30 guineas trimestrales mientras estuviera en el ejército.

Reflexionó sobre ello. 120 guineas anuales era una cantidad sustancial para alguien como él, que vivía de su paga de oficial. Sin embargo, hizo tachar ese apartado por orgullo.

—No me lucraré con esto —dijo al firmar.

Probablemente ese gesto sería del agrado de la monstruosa mujer, pero Christian no quería guardar recuerdo alguno de ese acontecimiento. Abandonaría el país con su regimiento, tal como había previsto, y jamás volvería a pensar en ello. Tal vez, elucubró, los peligros de la guerra pondrían fin a ese matrimonio espurio sin necesidad de ningún tribunal.

De lo contrario, ya se ocuparía más adelante del asunto. Un nombre falso, unas circunstancias anómalas y la falta de consumación necesariamente darían al traste con él. A Hades, el clérigo sobornable, probablemente lo apartaran del sacerdocio.

—¿Cómo se llama? —le preguntó Christian.

La boca perezosa del hombre se movió como si prefiriese no darle su nombre.

—Walmsly, señor. Walmsly.

Seguramente era mentira, pero daba aún menos validez a la situación. La señora Froggatt firmó el contrato en calidad de tutora de la chica.

—Ya puede irse —le dijo entonces a Christian.

Sólo para fastidiar, Christian se volvió hacia a la joven con la intención de darle al menos un beso en la mejilla, pero su cara de desgraciada hizo que fuese incapaz. De nuevo tuvo la sensación de que debía rescatarla; al fin y al cabo, era su marido... ¡Bah, y un cuerno!

Se giró y salió de la habitación, decidido a olvidar esa última hora. Sería la última vez que jugara a ser el Galahad salvador de damiselas en apuros.

# Capítulo 1

Londres
Diez años más tarde

Grandiston!

El grito traspasó incluso las carcajadas y el parloteo del comedor de los oficiales de los guardias reales.

Christian era el vizconde Grandiston desde hacía prácticamente un año, el tiempo suficiente para responder cuando lo llamaban por el título pero no lo bastante como para que le gustara. Además, estaba a punto de irse al teatro con un grupo de amigos.

Al segundo grito se volvió hacia el otro extremo de la sala, llena de humo de pipa.

—¡Qué desastre! —musitó. El comandante Delahew, de mediana edad y mandíbula de bulldog, le estaba haciendo señas. En la actualidad, Delahew era un chupatintas de la administración del regimiento, pero era un soldado robusto y veterano de honorable trayectoria, y por si fuera poco un oficial de rango superior. No se le podía ignorar.

—No os vayáis sin mí —les dijo Christian a sus amigos antes de abrirse paso por la abarrotada sala. ¿En qué detalle del papeleo habría metido ahora la pata? Servir como soldado en tiempos de paz era condenadamente aburrido, sobre todo cuando uno no había conocido más que la acción a lo largo de su carrera—. ¿Señor?

La fulminante mirada de Delahew se tornó en una triste sonrisa.

—Lo siento, no pretendía gritar. Es que hay un ruido infernal aquí dentro. ¿Bebemos algo?

Christian tuvo que aceptar el ofrecimiento y sentarse a la mesa del hombre. Delahew acomodó su pata de madera, y se sentó. Ese tipo de cosas eran la prueba palpable de las consecuencias de una guerra, aunque últimamente a Christian le resultaba emocionante incluso pensar en las heridas.

Estaba empezando a lamentar su traslado a la élite de los Life Guards. Su padre le había instado a hacerlo cuando heredó el condado de Royland. Por lo visto lo consideraba un regalo para Christian, si bien no era ajeno a las ventajas de que gozaba su heredero en la guardia real.

Tras las guerras contra Francia y la India, Christian encaró con optimismo una época de más calma, y quedarse en Londres jugando a ser un galán militar era augurio de diversión. Londres, repleto de buena compañía y damas encantadoras, era el centro del mundo. Estrecharía lazos con viejos amigos, especialmente con Robin Fitzvitry, en la actualidad conde de Huntersdown, y con Thorn, el ilustrísimo duque de Ithorne.

Su nueva vida le divirtió durante una temporada, pero había empezado a ansiar la acción, cualquier acción, cerca o lejos. Pero por desgracia Delahew difícilmente elegiría ese momento para hablarle de algún emocionante destino.

Christian cogió el vaso de vino y tomó un sorbo, con la esperanza de poder zanjar aquello. Había hecho una apuesta con sus amigos para ver quién conquistaba a la actriz principal, Betty Prickett, y Christian era el favorito.

—¿Tiene algún familiar llamado Jack Hill, Grandiston?

Christian devolvió la atención a Delahew.

—Sí, señor.

—¿Está muerto?

—¡Vaya! Espero que no. —Le saltó la alarma. A nadie se le ocurriría enviar a Delahew para informarle de la muerte de un familiar—. Es uno de mis hermanos pequeños. Tendrá unos siete años.

—¡Ah...! —Delahew bebió—. Pensé que quizá podría ayudarme a esclarecer algo.

—Lamento no poder serle útil, señor. —Christian apuró su vaso y rehusó otra copa con la esperanza de que aquello fuese todo—.

Podría preguntarle a mi padre. Tal vez haya un motivo familiar por el que llamó a uno de sus hijos John, porque ése es el nombre de pila de Jack, aunque ahora que lo pienso cuando nació el doceavo ya sólo le quedaban los nombres de los evangelistas.

—¿El doceavo? —Delahew estaba atónito.

—El noveno se llama Matt, señor, luego están Mark, Luke y Jack.

—¿Están todos vivos?

—Sí, mis padres no han perdido ningún hijo.

—¡Doce! —exclamó Delahew meneando la cabeza. Quizá fuese por admiración, pero Christian intuyó que le parecía una barbaridad.

—De hecho, somos trece, señor —dijo Christian, frotando la herida con sal—. Benjamin tiene tres años.

Se hizo el silencio. Christian miró hacia la puerta. Sus amigos se estaban yendo.

—¿Ese tal Hill está en apuros, señor?

—No, no. —Delahew movió su prominente mandíbula como si estuviese mascando carne fibrosa—. Ha llegado una carta de York en la que piden información sobre un tal Jack Hill, no especifican a qué regimiento ni rango pertenece, pero un oficial ha dicho que murió en Quebec. Sin embargo, en las listas de bajas no consta nadie con ese nombre. Seguramente se tratará de algún asunto de herencias, pero no estoy dispuesto a ordenar que indaguen en los archivos para semejante memez.

—No, por supuesto que no. ¿Recibe muchas cartas de ese tipo, señor?

Las oficinas de la guardia montada se habían convertido en la sede administrativa de todo el ejército.

—De vez en cuando. Y es aún más complicado cuando se trata de un soldado raso. Muchos de ellos son analfabetos, por lo que sus nombres se acaban escribiendo de cualquier manera y, además, suelen alistarse bajo un nombre falso para intentar huir de la justicia o de alguna mujer. —Apuró su vaso—. Contraatacar el fuego enemigo es muchísimo más fácil que el trabajo de despacho, créame.

—Estoy convencido de ello, señor. —Christian consideró que era un buen momento para levantarse—. Le preguntaré eso a mi padre, pero el apellido Hill es muy común. Puede que esa persona no tenga nada que ver con nosotros.

—Déle recuerdos a lord Royland de mi parte. Siento haberlo importunado.

Christian le mintió y le dijo que en absoluto había sido una molestia, y alcanzó a sus amigos cuando estaban subiéndose en un carruaje.

—¡Venga, sube, bastardo! —gritó Bladerson, que tiró de él para ayudarle a subir al vehículo justo cuando éste arrancaba—. Aunque levantarás pasiones, porque eres condenadamente guapo y encima futuro conde.

—Si fuese un hijo bastardo no podría heredar ¿no? Lo que me simplificaría muchísimo la vida, porque no sería el objetivo principal de todas esas cazamaridos.

Todos los jóvenes soltaron teatrales gemidos.

—Y nosotros sin siquiera poder sacárnoslas de encima —dijo el gordito Lavalley—. Las pesadas de las actrices parece que crean que los oficiales de la guardia están a sus pies.

—Pues a mí no me importaría que me echara el lazo una cazamaridos acaudalada —dijo Greatorix—, pero lo que quieren es un título.

Ciertamente, pensó Christian, apretujado en un rincón y con un codo ajeno clavado en las costillas. Más aún, un título venido a menos atraía a las herederas sin escrúpulos como un conejo herido a un zorro.

Él no era en absoluto más rico que antes. El condado había incrementado las rentas de su padre, pero necesitaba hasta el último penique para sacar adelante a 13 hijos.

Por eso la presencia de Christian en la corte y en la cúpula del poder debería beneficiar a la familia. Siempre había algún destino jugoso, privilegio o sinecura de los que aprovecharse. En ese sentido estaba dispuesto a hacer su mejor papel, pero era reacio a la última estrategia de su padre: usar a Christian de anzuelo para atraer a una rica heredera al redil.

Desechó ese pensamiento decidido a disfrutar de la velada. La obra fue magnífica y la puesta en escena debidamente procaz. En el camerino hizo progresos con la bella Prickett, pero ésta aún no estaba dispuesta a dejarse atrapar.

No fue hasta después, mientras volvía a casa felizmente borracho en otro carruaje abarrotado, que la pregunta de Delahew lo asaltó de nuevo.

—¡Por Zeus!

Había demasiado jaleo como para que la mayoría lo oyera, pero Arniston, apretujado contra él, le dijo arrastrando las palabras:

—Hill, si vas a vomitar, hazlo hacia el otro lado.

Christian lo ignoró, el nombre de «Jack Hill» reverberaba en su mente. Era el nombre que había dado para aquel absurdo enlace de hacía... ¿cuántos años? Su cerebro encharcado se resistía a la aritmética, pero fue justo antes de zarpar en barco. Sí, hacía algo más de 10 años, aunque había vivido todo ese tiempo como si nunca hubiese sucedido.

La muerte de Moore fue notificada como el resultado de una pelea entre borrachos con un adversario anónimo. Una gestión de la señora Froggatt, seguramente, cosa que Christian cuando menos le agradeció. En el regimiento nadie había cuestionado la historia. Todo el mundo dio por sentado que los familiares vengativos de la joven habían querido perjudicarlo y al conocerse que ésta sólo tenía catorce años todos habían aplaudido la hazaña.

Catorce años. Cuando corrió el rumor de que había tenido lugar cierto enlace matrimonial, se dio por sentado que Moore se había casado con ella y que su muerte había puesto fin al mismo. Al cabo de pocos días, el regimiento empezó a hacer los preparativos para el viaje y ahí quedó la cosa.

Luego llegó el largo viaje por mar, la mitad del cual Christian lo pasó mareado como un perro, y la emoción de un nuevo mundo además de las exigencias que requería aprender a liderar y a pelear. En algún momento dado recibió una carta de la tía, en la que le comunicaba que la chica había muerto. Christian lamentó que hubiese vivido tan poco, pero fue incapaz de sentir nada más profundo. Después de aquello, no había vuelto a pensar en el asunto; hasta ahora.

Había alguien en Yorkshire preguntando por Jack Hill. Era imposible que hubiese conexión alguna, pero le daba mala espina y había aprendido a hacer caso de su intuición.

¿Y si lo que ponía en la carta era mentira y su esposa seguía viva? No quería estar casado. Haberse criado en una finca de modestas dimensiones repleta de niños prevenía a uno contra ello, y una de las ventajas de tener siete hermanos varones sanos era que su padre jamás lo había presionado en ese sentido. Hasta ahora... pero no para garantizar la continuidad del linaje, sino para asegurar la fortuna familiar casándose con una mujer acaudalada.

Christian sabía que el dinero no era lo único que motivaba a su padre. Cuando el conde fue a la ciudad para acudir al parlamento, sacudió la cabeza al descubrir la «soledad» de su hijo (¡santo Dios, ni que fuese tan difícil entender cómo era la vida en los barracones!) y la ausencia de calor femenino. Christian no creía que su padre fuese tan ingenuo como para pensar que era célibe, de modo que supuso que se refería a la vida hogareña y la descendencia.

Le recorrió un escalofrío. Sus padres eran unas personas adorables y una pareja enamorada, tanto se querían que no paraban de tener hijos. Después de él habían nacido Mary, Sara, Tom, Margaret, Anne, Elizabeth y Kit. Luego llegaron Matt, Mark, Luke y John, fáciles de recordar, y finalmente Benjamin, el último. O eso esperaba, porque seguramente su madre ya no estaba en edad fértil.

No tenía ningún recuerdo de su reinado en soledad como primogénito, pero recordaba perfectamente que cada dos años había nacido un bebé, que reclamaba atenciones y contribuía a llenar la casa cada vez más. No era de extrañar que aprovechase para huir cuando se presentó la oportunidad.

Tenía entonces diez años y Lisa berreaba en la cuna cuando los tutores del joven duque de Ithorne, uno de los cuales era tío de Christian, fueron a hablar con su padre. El padre de Thorn había fallecido antes de su nacimiento, de modo que vino al mundo siendo duque e hijo único. Sus tutores tardaron en darse cuenta de que necesitaba un compañero de juegos y Christian fue el elegido.

Recordaba las lágrimas de sus padres, pero estos entendieron que era una valiosa oportunidad. La insensibilidad de la niñez hizo que Christian no sintiera más que la emoción de la aventura. Se fue hasta el castillo de Ithorne y allí, rodeado de tanto espacio como uno pudiera desear así como de todo lo demás: caballos, barcos, armas, viajes..., se convirtió en el hermano adoptivo del joven duque. De Thorn.

En ese momento estaba en la ciudad y su sensatez podría serle útil. Mañana iría a hacerle una visita y le plantearía el tema. La pregunta de Delahew debía de ser una absurda coincidencia. Era imposible que aquella antigua esposa estuviese revolviéndose en la tumba.

—¡Vamos, Hill! —Alguien lo zarandeó con fuerza—. Despierta.

—No estoy dormido, y me llamo Grandiston.

—Vale, perdona, como quieras Grandstandandiston.

¡Dios! Era Pauley, el alcohol le volvía susceptible.

—Tranquilo, Pauley. Como bien decías, estaba adormilado y he tenido un sueño extraño. He soñado que estaba casado.

Entre gritos de alarma el carruaje se balanceó y cuando se detuvo, el grupo de jóvenes solteros se bajó entre carcajadas y se fue a la cama haciendo eses.

# Capítulo 2

Al día siguiente Christian se desplazó a pie hasta la mansión de Thorn, cerca de la plaza Saint James. Seguía siendo como uno más de la familia y se dirigió de buen grado al despacho ducal, donde Thorn estaba dando instrucciones a tres agobiados empleados. Era un hombre de pelo moreno que desde pequeño había sabido ir de punta en blanco logrando que ese aspecto forzado tuviera un aire de naturalidad.

En aquel momento Christian vestía bien porque su rango y sus obligaciones así lo requerían (botas relucientes, uniforme con galones, fajín, peluca empolvada y demás), pero cuando no estaba de servicio prefería lucir un estilo más casual. Observó la ajetreada escena.

—¡Ah..., ésas son las ventajas de no ser duque!

—Ya verás cuando seas conde. —Thorn dio varias instrucciones más y luego condujo a Christian a una pequeña biblioteca que había convertido en su refugio privado—. ¿Qué problema tienes? ¿O sólo querías regodearte con mi esclavitud? ¿Qué quieres, vino, té o café?

—Té —contestó Christian. Por las mañanas prefería un café o un chocolate, pero no le importaba tomar un té. Y como a Thorn le encantaba, era lo mínimo que podía hacer por su amigo.

Como de costumbre, tuvo que escuchar un breve panegírico sobre una nueva variedad de té y asistir a su meticulosa preparación antes de poder entrar en materia. Tomó un sorbo. Era bastante bueno, pero su sabor no difería mucho de la mayoría de tés que había tomado en esa casa.

—Tú dirás —le invitó a hablar Thorn mientras volvía a relajarse en su silla.

Resultaba difícil verbalizarlo, así que lo soltó sin más.

—Es posible que esté casado.

Thorn se quedó petrificado con la taza pegada a los labios.

—Uno normalmente lo está o no lo está.

—Eso sería lo lógico, ¿verdad? Supongo que no conocerás los detalles de la ley matrimonial que entró en vigor hará unos diez años.

—¿La ley Hardwicke? —Thorn dejó la taza sin haber probado el té. Impresionante—. No, lo único que sé es que invalida los matrimonios clandestinos. Tú eres mayor de edad y no te incumbe, pero aquella ley estableció también que los matrimonios deben celebrarse por licencia o amonestaciones, y casi siempre en una iglesia entre las nueve de la mañana y las doce. Así que si anoche te casaste en alguna posada en estado de embriaguez, es probable que sigas soltero.

—Por una vez me parece una buena ley. Pero no, no lo decía por eso. Es que en cierta ocasión contraje matrimonio.

—¿Una sola vez? ¡Eso sí que es raro!

—Me refería —dijo Christian tensando la mandíbula— a que fue hace mucho tiempo. Poco antes de que el regimiento partiera hacia América. No hubo amonestaciones ni se celebró en una iglesia, por lo que si la ley ya estaba en vigor...

—¡Maldita sea, Christian! Aquella ley se aprobó hace más de una década. Creo que fue en 1753. ¡Tú tenías dieciséis años!

—La ceremonia tuvo lugar en 1754. ¿Quiere eso decir que la ley ya estaba en vigor?

—Las leyes no siempre entran en vigor de inmediato. —Thorn se levantó e hizo sonar una campanilla. Cuando entró el criado, se limitó a decirle—: Overstone, por favor.

Overstone era el secretario aburrido pero sumamente eficiente de Thorn en la ciudad. El hombre, regordete, apareció al instante.

—La ley matrimonial de 1753 —dijo Thorn—, ¿cuándo entró en vigor exactamente?

—Si me permite, lo consultaré en los libros, su excelencia.

Thorn le hizo señal de que podía marcharse.

—Si ya estaba en vigor, eres completamente libre.

—¡Que Dios bendiga a lord Hardwicke!

—No fue una ley tan piadosa. Antes se consideraba que un hombre que prometía cosas a una mujer y la seducía estaba casado, hubiese o no hubiese ceremonia.

—¡Y un cuerno! Yo no prometí nada y desde luego no la seduje.

Thorn volvió a su asiento y su té.

—Entonces ¿por qué no me cuentas lo que sí hiciste?

Christian suspiró y accedió a contarle los extraños acontecimientos sucedidos diez años atrás.

—¡Dios! Pero ¿cómo se te ocurrió meterte en ese lío?

—Tú sabes lo que es la adolescencia, a los dieciséis años te crees un hombre invencible e inmortal. Yo acababa de ingresar en calidad de teniente en el ejército de Su Majestad, era el amo del universo y era mi obligación ser el gallardo salvador de hermosas doncellas.

Thorn soltó una carcajada.

—Una hermosa doncella llamada Dorcas Froggatt.

El tono burlón de Thorn hizo que a Christian le dieran ganas de defender a la flaca y atemorizada chica, pero Thorn continuó hablando.

—Si me estuviera contando esta historia cualquier otra persona, no le daría ningún crédito. ¿Llevas todos estos años guardando el secreto?

—¿De qué me hubiera servido contárselo a alguien?

—Estoy pensando —dijo Thorn— en un juramento que hicimos.

—¡Vaya! Se me pasó.

Durante la última década Christian había vuelto a Inglaterra en dos ocasiones, la más reciente para dar unos partes y recuperarse de la herida en un hombro producida por un hacha. Una vez repuesto y listo para hacer el ganso, Thorn y su primo Robin Fitzvitry se habían prestado como buenos cómplices.

Fue una época fabulosa y no totalmente desvinculada de la guerra, porque Thorn había estado haciendo operaciones de contrabando con su velero, el *Cisne negro*. Jugando con sus nombres, Thorn había hecho de capitán Rose y Robin de teniente Sparrow. Christian se autonombró Pagano el Pirata. Fueron buenos tiempos en los que hicieron cosas útiles contra los franceses.

Una noche, tras haber bebido vino, cuando Thorn se quejó de las continuas presiones que sufría para contraer matrimonio, Christian y Robin decidieron secundar su resistencia. Redactaron y firmaron un documento en el que juraban no casarse antes de los 30.

Para reforzar su voluntad establecieron un castigo. Si cualquiera de los tres sucumbía, debería destinar 1.000 guineas a la causa más inútil que se les ocurrió: la recaudación de fondos para la reforma moral de la sociedad londinense abanderada por lady Fowler.

Aquella mujer avinagrada luchaba por cerrar los teatros, prohibir el baile (sobre todo los de máscaras) y procesar a cualquiera que jugase a las cartas o a los dados. Sus seguidores y ella se apostaban incluso a la entrada de las mascaradas llevando una pancarta que rezaba que Londres ardería como Sodoma y Gomorra.

Era un anatema darle dinero a esa loca, pero el pobre Robin ya se había visto obligado a hacerlo. Tras muchos lamentos, Christian y Thorn se habían apiadado de él y le habían dejado donarlo de manera anónima. Sin embargo, como Christian estaba ya casado cuando hizo la promesa, no era de extrañar que Thorn lo sometiese ahora a un interrogatorio.

—No sé si recuerdas que redacté yo ese documento, porque era el que estaba más sobrio en aquel momento. Buena parte del lenguaje florido que empleé hacía referencia a que no teníamos que casarnos a partir de ese día.

—¡Qué absurdo!

—Necesario. Era el requisito necesario para poder participar en el juego. Podrías habernos contado la historia. Habría sido divertido.

—Razón suficiente para no hacerlo. Me sentía un completo idiota por todo el asunto y nunca he dejado de lamentar la muerte de Moore. Era un tipo repugnante, pero no por ello tenía que morir. Si hubiera sido más mayor, habría actuado mejor. Sea como sea, para entonces ya me habían comunicado que mi esposa había muerto y el asunto era agua pasada.

Overstone volvió.

—El 29 de marzo de 1754, su excelencia.

Thorn miró a Christian con ojos inquisidores y éste respondió con una mueca de disgusto.

—Zarpamos a mediados de marzo.

—Señor, si le interesa, puedo decirle a Poultney que estudie la ley con más detalle.

—Gracias —dijo Thorn, que le hizo una seña a su secretario para que se retirara.

—¿Poultney? —inquirió Christian.

—Es el abogado al que consulto los temas legislativos y administrativos.

—Pero ¿cuántos abogados tienes?

—He perdido la cuenta.

Christian sintió un escalofrío.

—Ya te llegará algún día —le dijo Thorn con indiferencia.

—Lo dudo. Royland es un condado menor, mientras que Ithorne es un ducado importantísimo. Además, mi padre vivirá varias décadas más y en cambio es probable que yo muera joven... con la bendición de Dios y envuelto en noble gloria.

—Maldito seas, Christian.

—Perdona, es que uno acaba acostumbrándose a la idea.

—Pues más te habría valido acostumbrarte a estar casado, sólo que creías que ella estaba muerta.

—En 1756 me llegó una carta en donde se me informaba de eso.

—Entonces ¿por qué me das la lata con el tema?

—Porque hay alguien en Yorkshire que está preguntando por Jack Hill. —Christian le describió el encuentro con Delahew.

—Tienes una forma muy peculiar de contar las cosas. —Thorn levantó su taza de té y bebió—. Puede que esas preguntas no tengan nada que ver contigo.

—Es verdad. O que la carta en la que se me comunicaba su muerte fuera falsa.

—¿Y por qué iba a serlo?

—A la pobre chica la secuestraron y luego presenció una muerte sangrienta. Si lo que quería era desvincularse de mí, no me sorprendería.

Thorn asintió.

—Entonces deja que la esposa muerta descanse en paz, sea en la tierra o en el cielo. Tampoco es que tengas previsto casarte con otra mujer. —Christian debió de crisparse, porque Thorn lo miró con elocuencia—. ¿Verdad?

—Naturalmente que no, pero mi padre está empezando a presionarme.

—¿Por qué? No será por falta de hijos varones.

—No, pero para variar le falta dinero y se ha dado cuenta de que la posibilidad de una tiara de condesa se cotiza mucho en el mercado matrimonial.

—¡Dios mío! —Puede que Thorn incluso se estremeciera—. Pues te doy mi más sincero pésame. Supongo que formar parte de la guardia real hace difícil que pases inadvertido.

—Lo hace imposible. Las parejas de baile se creen que estamos a su disposición. En verano ha habido días más tranquilos, pero cuando empiecen las fiestas de invierno...

—Sí, es verdad. Pero al menos la ley matrimonial garantiza que ninguna chica pueda hacerte caer con malas artes en la trampa de decir tonterías y abrazarla para luego reclamarte la tiara.

—Ni a ti —repuso Christian.

—Ni a mí.

—Que Dios bendiga a lord Hardwicke.

—Amén. En cuanto a tu padre, seguro que se le pasará el capricho.

Christian observó sus puños de hilo.

—Por desgracia, ya hay una interesada.

—¿En contraer matrimonio contigo?

Christian levantó la vista.

—Psyche Jessingham.

A Thorn se le heló la expresión del rostro.

—¡Ah...!

—Tengo entendido que es tu amante.

—Lo era, ahora está viuda —replicó Thorn mirándolo a los ojos.

—Entiendo —dijo Christian. Lady Jessingham, como mujer de un esposo anciano y atento, había sido la amante perfecta, pero la muerte de éste lo había cambiado todo.

—Sabía que buscaba un nuevo marido —dijo Thorn—, uno de

su propia elección esta vez. Naturalmente, yo habría sido perfecto, pero le dejé muy clara mi postura. De tener un heredero, creo que debería intentar asegurarme de que tuviera mi misma sangre. Me sorprende que tu padre la considere una mujer adecuada.

—No debe de estar al tanto de su reputación.

—No es necesario saberlo para advertir que sería un águila en el nido.

—Pero ya conoces a mi padre —dijo Christian—. Cuando le insinué eso, me aseguró que mis encantos y mi leal entrega como marido la apaciguarían. Yo creo que la visualiza en Royle Chart haciendo mermelada con mi madre. Y, por supuesto, está convencido de que en cuanto ella conozca a la abundante progenie, se enamorará de todos y cada uno de ellos.

—No es un defecto querer a los propios hijos.

—Claro que no, pero mi intención es no casarme para evitar que el número de niños aumente.

—No volverte a casar —matizó Thorn con malicia.

—Vete al infierno. —Pero entonces Christian dijo—: ¡Dios mío!

—¿Qué pasa? —Thorn se asustó.

—Legitimidad, matrimonio, descendencia. En el caso improbable de que Dorcas Froggatt siga con vida, ¿crees que cualquier hijo que haya tenido podría ser legalmente mío?

—Incluso un hijo varón —puntualizó Thorn mientras dejaba su taza—, que sería entonces el siguiente heredero del condado. Pero podrías alegar no haber ejercido de padre de ese niño; llevas diez años sin ver a esa mujer.

Aquello tranquilizó a Christian sólo momentáneamente.

—Por lo visto Moore consumó el matrimonio con cierta antelación.

—Pero tú te fuiste enseguida.

—Sí, pero cuando sucedió sin duda andaba por la zona.

—De modo que si ella afirmara que os acostasteis durante los días siguientes, no tendrías forma de demostrar que es mentira —dijo Thorn—. Y aunque la mujer hubiera muerto, alguien podría estar intentando actuar en nombre del niño pese a no saber con seguridad lo que pasó realmente.

Christian soltó un improperio.

—Pero ¿por qué ahora? ¿Por qué iba alguien a desenterrar todo esto diez años después?

Thorn rellenó su taza y le ofreció más té a Christian.

—No me vendría mal tomar algo un poco más fuerte.

Thorn se levantó y le sirvió brandy de una licorera.

—Quizás haya sido por el condado —le dijo mientras le daba la copa—. La búsqueda en el árbol genealógico para averiguar quién era el siguiente en la línea de sucesión fue tan larga que la historа salió en todos los periódicos. Puede que alguien en Yorkshire leyera que sir James Hill es el nuevo conde de Royland y que eso despertase su curiosidad.

—Hill es un apellido muy común —protestó Christian.

Thorn se sentó de nuevo.

—Tú no eras común ni en la adolescencia. No debe de ser tan difícil averiguar los nombres de los hijos del nuevo conde...

—Di el nombre de Jack.

Thorn asintió.

—Tal vez eso te ayude un poco, pero aun así podrían preguntar por un joven oficial del ejército llamado Hill.

—¿Un año después de que todo sucediera? —La situación estaba disgustando a Christian por momentos. Apuró su copa y se fue a rellenarla.

—Las noticias llegan con retraso a las provincias —explicó Thorn—. Quizá la interesada sea la propia Dorcas, porque igual está pasando estrecheces y se ha dado cuenta de que podría ser vizcondesa. Si tiene un hijo, éste podría reclamar el condado...

—No me importa que se convierta en vizcondesa, pero preferiría el infierno antes que dejar que me endilgue al bastardo de Moore.

—Desde luego, y el hecho de que haya alguien indagando en Yorkshire indica que algo se está cociendo. Tenemos que actuar con rapidez para averiguar si Dorcas está viva o muerta, y si tuvo un hijo. Seguro que mi familia conoce a alguien en Yorkshire que puede investigar un poco.

Christian dejó la copa.

—No pienso esconderme en un agujero y esperar a que me lluevan los problemas. Tengo que hacer algo.

—¿Para que te den otro hachazo en el hombro?

—Son los inconvenientes de la guerra.

—Esto no es una guerra —dijo Thorn— y no requiere ese tipo de acción. Déjalo en mis manos.

—¿Qué harás si descubres que Dorcas está viva?

—Sobornarla.

—No, si su tía sigue en escena. ¡Maldita sea! Probablemente sea ella la que esté detrás de todo esto. Recuerdo con horror a aquella monstruosa criatura con tal acento de Yorkshire que podría haber molido trigo con la boca, y a aquellos despiadados esbirros dispuestos a degollar a quien ella ordenase.

—Un poco medieval todo ¿no te parece?

—¿Eso es lo que piensas de Yorkshire?

—He conocido a hombres civilizados en esa comarca. Y a mujeres también. La condesa de Arradale, por ejemplo.

—Es igual de espantosa, sobre todo ahora que además es marquesa de Rothgar. A mí me gustan las mujeres simpáticas y dóciles.

Thorn torció la boca.

—Tal vez Dorcas sea así. ¿Qué pasaría entonces?

—Me la puedo imaginar antipática, pero no dócil. No viniendo de aquella pocilga.

Thorn se levantó también.

—Deja que yo me ocupe de esto, Christian. Lo tuyo es la acción, no la investigación y la negociación sutil.

Christian paseó por la habitación.

—A ti te gusta tener siempre tu vida bajo control y todo organizado y programado, pero yo necesito acción.

—Gracias —repuso Thorn con sequedad.

—¡Eh..., que no era una crítica!

Ambos le quitaron importancia al desencuentro, aunque quizá sí fue una especie de crítica. Thorn siempre había sido un maniático del control, probablemente como consecuencia de ser duque desde la cuna y de no haber tenido una verdadera familia. Su joven madre se había vuelto a casar cuando él tenía tres años y, como su marido era de nacionalidad francesa, no le habían permitido llevarse del país consigo a tan ilustre hijo.

Thorn había sido perfectamente educado por tutores concienzudos que incluso se habían tomado la molestia de conseguirle un hermano adoptivo, pero se crió en unas circunstancias anómalas. Aunque a menudo Christian se hartaba de su numerosa familia, crecer rodeado de unos padres y unos cuantos hermanos y hermanas tenía muchas ventajas.

—Si estoy casado, seguro que es anulable —dijo Christian para romper el incómodo silencio—. Porque a ambos nos obligaron a hacerlo.

Thorn negó con la cabeza.

—No es fácil anularlo. Es posible que sea necesaria la consumación cuando los votos se realizan fuera de una iglesia...

—Pues te aseguro que no hubo consumación.

—Si alguien la desvirgó, es difícil demostrarlo.

—Pero no conté con el consentimiento de mi padre —adujo Christian—. Eso seguro que tendrá alguna importancia.

—No. Ése fue el planteamiento principal de la reforma de Hardwicke... dar a los padres el control sobre el matrimonio de un menor e impedir las bodas secretas mediante amonestaciones, la transparencia y el auténtico consentimiento. —Agarró a Christian del brazo—. No te preocupes. Lo solucionaremos. A ver... ¿qué documentos tienes?

Christian pensó en ello.

—Ninguno.

—¿Ninguno?

—Salí de ahí indignado y sin un simple trozo de papel. Ni siquiera recuerdo el nombre del clérigo que tramitó los papeles.

Thorn puso los ojos en blanco.

—¡Tenía dieciséis años!

—Si colgaran a la gente por cometer estupideces, lo que no estaría mal, te colgarían. Sabe Dios dónde estará esto archivado o si el clérigo siquiera se tomó la molestia de pasar los datos a un obispo. ¿Qué testigos hubo?

—La mitad de la gente que había en la maldita posada... ¿Cómo se llamaba? Posada del Carnero, creo. Estaba cerca de Doncaster.

—Estoy abrumado, ¡qué cantidad de detalles tan útiles!

—La tía de la chica estaba allí —dijo Christian—. Si sigue apellidándose Froggatt, no será difícil dar con ella. Ningún hombre en su sano juicio se casaría con esa mujer, te lo aseguro.

—No sé quién se habrá casado con quién, pero si es la tía la que está indagando, quizá sea mejor no abordarla a ella directamente. Si ese clérigo no archivó el documento, podrías negar la celebración del enlace.

—¿Y mentir? —repuso Christian—. ¿De qué serviría cuando hubo tantos testigos?

—¡Ah, claro! Lástima de eso.

—¿Tú no tendrías cargo de conciencia?

—No te acostaste con ella —contestó Thorn—, no le has dado ningún hijo bastardo y las opciones son lamentables. —Se acercó a su escritorio para tomar notas—. ¿Dónde sucedió todo exactamente? Me has dicho en la posada del Carnero ¿no? ¿Está en Doncaster?

—No, cerca. ¡Caray! No me acuerdo. —Christian intentó pasarse la mano por el pelo, pero no hizo más que moverse la maldita peluca empolvada—. Estábamos alojados en Doncaster y esto pasó a varios kilómetros de allí en dirección a Sheffield. Estaba perdido en Nether no sé qué...

—Nether significa la parte baja de algo —inquirió Thorn arqueando las cejas.

—O en las partes pudendas o grasientas. En Greasy...

—¿Qué?

Entonces le vino un nombre a la memoria.

—¡Nether Greasebutt! —exclamó Christian.

—¿Nether Greasebutt? —repitió Thorn.

—O algo así. Tienen unos nombres muy raritos allí arriba. Pero no te preocupes por eso, que daré con él. Lo reconoceré cuando lo vea. Investigaré la escatológica región.

Thorn se enderezó.

—No me parece sensato.

—Mira, o estoy legalmente casado o no lo estoy. Ir allí no cambiará eso. Pero alguien tiene que ir a ese lugar a indagar, ¿por qué no yo? Puedo solicitar un permiso. Quizá recuerde más cosas estando allí.

—Eso podría hacer que se revuelva el cadáver que estás intentando mantener enterrado.

—¿Por qué? No iré allí como Jack Hill. Ahora soy lord Grandiston. Vestido de civil, nadie sabrá que soy militar.

—¿Y si Dorcas y su tía saben o intuyen que Jack Hill es ahora lord Grandiston, el heredero del conde de Royland?

—¡Pues mala suerte! —Christian se puso a andar de nuevo—. Muy bien, seré el señor Grandiston. Si reconocen el nombre, mi investigación tendrá razón de ser. Seré un familiar atribulado de Jack Hill que busca la verdad de un antiguo incidente.

—¡Qué impulsivo eres siempre! —Thorn soltó un suspiro—. Si te tropiezas con las Froggatt, con Abigail o con Dorcas, ¿no crees que te reconocerán?

—Cuando me vieron no era más que un chiquillo uniformado y de pelo empolvado.

—Sí, pero ¿y tus ojos?

Christian sabía a qué se refería Thorn. Tenía unos ojos color avellana verdoso que las mujeres solían recordar.

—La mitad de mi familia los tiene iguales. En cualquier caso, dudo que en aquella debacle nadie reparase en mis ojos.

# Capítulo 3

Mansión Luttrell, cerca de Sheffield, Yorkshire

Tenía unos ojos preciosos —dijo Caro Hill, dejando a un lado la carta con remite de la guardia montada y levantando su taza de chocolate.

Estaba con su dama de compañía, Ellen Spencer, en la elegante salita de día de su casa, en la que el sol se filtraba a través de las ventanas de vidrio rómbico que ofrecían una armoniosa vista de los simétricos jardines. Sin embargo, lo que visualizaba mentalmente era la habitación sórdida y abarrotada de una posada, un cadáver ensangrentado y al joven oficial con manchas de sangre al que habían obligado a casarse con ella.

—Me pregunto qué recordará de mí.

—Nada —dijo Ellen sin levantar la vista de su propia correspondencia—. Estará muerto.

Caro hizo una mueca de disgusto. Ahí estaba Ellen sentada, perfectamente arreglada desde la cabeza, de pelo castaño bajo una impecable cofia, hasta los pies, colocados uno junto al otro y enfundados en unos lustrosos zapatos, empeñada en que el mundo entero guardaba un orden tan absoluto como el suyo, cuando saltaba a la vista que no. Tal vez entrar en la década de los 40 traía consigo la serenidad, aunque Caro no podía evitar pensar que Ellen era así de nacimiento.

—Ellen, quiero casarme y debo asegurarme de ello.

Ellen alzó la vista y miró por encima de sus gafas de media luna.

—Recibiste una carta de condolencia de su coronel.

—Como ya te he dicho en otras ocasiones, una carta puede escribirla cualquiera.

—Y como también te he dicho yo, tu tía Abigail era capaz de muchas cosas, pero ni siquiera ella falsificaría un documento oficial.

Pero Caro tenía sus dudas, hacía un tiempo que le asaltaban. Para Abigail Froggatt todo era como el acero crucible que había generado la fortuna familiar; maleable, si se aplicaba la fuerza adecuada.

—¿De veras lo crees? —preguntó Caro en voz baja.

Ellen levantó de nuevo la vista, con los labios fruncidos por la irritación tal vez.

—Tenía su propio concepto de la ética.

—Como forzar aquel matrimonio. Hasta ella reconoció que probablemente había sido un error.

—¿Ah, sí? ¡Qué curioso! De haber nacido una criatura, el matrimonio habría sido tu salvación y la del bebé. Actuó con decisión, como hacía en los negocios. No debes olvidar que gracias a ella hoy en día vivimos con holgura.

Su institutriz, que es lo que Ellen fue para Caro en la infancia, había hablado con seriedad y tenía razón. Sin la denodada determinación y el duro trabajo de su tía, en la actualidad Caro no viviría como una señorita en una fabulosa finca.

Gracias a tía Abigail, la cuchillería Froggatt había sido una de las primeras de Sheffield en emplear el acero crucible, que otros aseguraban era demasiado duro para moldear. Sin embargo, dio resultado, porque las hojas de los cuchillos salían más resistentes, y el dinero no tardó en entrar a raudales.

Tía Abigail no había visto con buenos ojos que el padre de Caro tratara de integrarse en la pequeña nobleza adquiriendo la mansión Luttrell y trasladándose allí con su mujer y su hija; ni que matriculase a Caro en la Academia Doncaster adonde acudían las hijas de los caballeros o que ésta empezase a usar su segundo nombre, Caro, en lugar del de su abuela. Tía Abigail la llamó Dorcas hasta el día de su muerte.

Tal vez Abigail Froggatt había hecho bien en desaprobarlo. Únicamente un año después de su traslado a la mansión Luttrell, la madre de Caro falleció víctima de una neumonía. «La culpa es de ese sitio enorme y lleno de corrientes de aire», declaró tía Abigail. No mucho tiempo después su padre corrió la misma suerte a causa de una apoplejía que la tía atribuyó a un exceso de alimentos grasos. En aquel momento la familia Froggatt podía haberse venido abajo.

Pero Abigail empuñó las riendas de la situación. Todo el mundo predijo un desastre, pero la fábrica, gracias a la larga guerra contra Francia, prosperó. Las hojas de espada Froggatt se exportaron por todo el mundo en barco e incluso entonces tía Abigail se lanzó a fabricar magníficos muelles de acero, adelantándose a los tiempos de paz.

Tía Abigail vivió toda su vida en la casita que había junto a la fábrica, pero mantuvo la firme determinación de hacer realidad los sueños de su hermano. Conservó la mansión Luttrell, «Dorcas» siguió estudiando en el colegio y tras el desastroso capítulo de Moore contrató una institutriz adecuada.

Ellen Spencer era la viuda venida a menos de un clérigo, pero procedía de una familia de la pequeña nobleza y su hermano era deán en la catedral de York. Había introducido a Caro en las materias básicas, pero también había podido enseñarle los modales de la pequeña nobleza. En ese aspecto la formación de Ellen había sido limitada, porque no veía con buenos ojos la frivolidad de la sociedad, aunque tía Abigail había contratado profesores de música y arte, y hasta un profesor francés de baile. «Si hay que hacer algo, vale la pena hacerlo bien», decía siempre.

Sí, forzando aquella boda, tía Abigail demostró ser capaz de hacer las cosas bien; incluida la falsificación de documentos.

—¿Qué dice la carta exactamente? —preguntó Ellen, dejando lo que estaba leyendo con cierta expresión de mártir. Caro sabía que era la carta que acababa de llegar de lady Fowler, la reformadora social, y que Ellen siempre las leía con avidez.

—Que no les he dado suficiente información, aunque no entiendo por qué.

—Jack Hill es un nombre muy común.

—¿Cuántos oficiales llamados Jack Hill podía haber? ¿Cuántos que en 1754 tuviesen dieciséis años y que murieran en Canadá en 1756?

—Me has convencido —convino Ellen, frunciendo el entrecejo.

—Y hay algo más. Tía Abigail nunca paraba de desaconsejarme el matrimonio.

—Cosa extrañísima, por cierto, y muy poco cristiana.

—Pero lógica. Una mujer como yo, que dispone de unas rentas considerables, corre el riesgo de perderlo todo si se casa.

—Las mujeres no deberían controlar sus propias rentas —apuntó Ellen.

—Tú controlas tus ingresos.

—Yo gano una miseria.

—Te pago más que una miseria. —Caro volvió al tema que les ocupaba—. Lo que quiero decir es que cada vez que tenía un pretendiente, mi tía se ponía furiosa y normalmente hacía referencia a alguna historia sobre una mujer oprimida o un marido que lo había perdido todo jugando a los dados o a las cartas. En su lecho de muerte incluso intentó obligarme a prometerle que nunca me casaría.

—¡Caro! Nunca me habías contado eso.

—¿Para qué? Naturalmente, me negué. Lo cual, muy a mi pesar, le disgustó, pero no estaba dispuesta a ceder. ¿Y si su insistencia, su disgusto, era debido a que se había inventado la noticia de la muerte de Hill?

—¿Y temía una *bigamia*? ¡Oh, Dios mío! ¡Dios mío! Tienes que hablarlo con sir Eyam.

—¿Y contarle la sórdida verdad al hombre con el que quiero casarme? —protestó Caro—. Ya es bastante desagradable que sepa la versión oficial, que me fugué con un joven oficial que poco después murió al servicio del rey. Poner esa muerte en duda equivaldría a dudar de todo.

—Tal vez haya llegado el momento de que le confíes la verdad.

—No —repuso Caro—. Y tampoco lo harás tú.

Deseó fervientemente que Ellen no supiera la verdad, pero quizás había sido necesario, porque cuando su institutriz llegó a esa casa por primera vez Caro estaba completamente afligida.

—Por supuesto que no —dijo Ellen, aunque si la discreción era sagrada para ella, también lo era la verdad. Si alguien le preguntaba directamente, ¿sería capaz de mentir?

—Pásame esa carta —pidió Ellen con la actitud de quien se cree capaz de arreglar las cosas en un periquete. La leyó aprisa—. Preguntan por el regimiento de Hill. ¿Por qué no se lo dijiste?

—Porque no recuerdo cuál era. Moore no iba por ahí anunciándolo a los cuatro vientos.

—Caro, seguro que lo pone en la carta donde se te informaba de su muerte.

—¡Pues claro! —Caro se levantó, pero entonces dijo—: No sé dónde la puse. —Se llevó una mano a la cabeza, tratando de hacer memoria—. Han pasado tantos años. Recuerdo que tía Abigail se presentó aquí con la carta...

—Y yo que insistió en hablar contigo en privado —comentó Ellen.

—La leí...

—¿Y?

—Y no sentí nada, de lo cual me avergoncé. Bueno, no, me avergoncé de sentir alivio. Él no había dudado en acudir a mi rescate y luego murió tan joven... —Giró el anillo de boda que llevaba en el dedo. No el que Jack Hill le había puesto en la ceremonia. Aquél era de metal barato y le dejó marca incluso a las pocas horas de llevarlo.

—¿Y qué pasó con la carta? —preguntó Ellen irritada.

Caro volvió al presente y visualizó la escena.

—Tía Abigail se la quedó. Sí, yo no la quise, así que ella se la llevó.

—¿Dónde podría haberla dejado?

—Me imagino que con el resto de sus cartas. ¿Dónde las pusimos? —Caro retrocedió dos años en el tiempo, a la época en que tuvo que ocuparse de todas las pertenencias de su tía—. ¡En la biblioteca!

Atravesó la sala corriendo, cogió una caja de madera de un armario y la llevó hasta la mesa del centro para buscar en su interior. No contenía documentos de empresa (estos estaban guardados en la fábrica), pero sí las cartas de su tía y otros papeles personales. Apartó las facturas, las listas y los libros de cuentas de la casa para concentrarse en las cartas. No había muchas.

—¿La has encontrado? —Ellen se acercó.

Caro descartó otra carta de una tal Mary, enviada desde Bristol, quien al parecer había contraído matrimonio con un capitán de barco.

—No. Estas cartas son de hace veinte años o más. ¿En qué otro sitio podría estar?

Ellen se puso a buscar también, pero de repente se detuvo.

—Tal vez la destruyó una vez conseguido su propósito.

Caro se hundió en la silla de madera.

—Para que nadie pudiese analizarla detalladamente.

Ellen le puso una mano en el hombro para consolarla en un momento tan trágico. Pero Caro se negaba a rendirse.

—No perderé la esperanza —dijo mientras se ponía de pie—. ¿Cómo puedo averiguar a qué regimiento pertenecía? Estuvieron unos meses destacados cerca de Doncaster... Iré a ver a Phyllis y le preguntaré.

Su amiga Phyllis Ossington se había mudado recientemente a Doncaster con su esposo, un abogado.

Ellen volvió a meter ordenadamente los papeles en la caja.

—Resultará extraño que como viuda no lo sepas. ¿Por qué no recurres de nuevo a Hambledon?

Hambledon, Truscott y Bull eran los abogados de York que tía Abigail había elegido para ocuparse de los temas de Caro.

—Eso haré —dijo Caro—, pero me será más fácil ir discretamente a Doncaster. ¡Oh, Señor! *¿Por qué* tiene que ser tan complicado?

—Porque te dejaste engañar por un apuesto sinvergüenza —dijo Ellen, cerrando la caja con llave y devolviéndola a su sitio.

Caro quiso protestar, pero era verdad.

—Moore fue enterrado en Nether Greasley.

—¿Moore? —inquirió Ellen, como si no hubiera oído el nombre jamás.

—El apuesto sinvergüenza. Recuerdo que tía Abigail dijo encantada que nadie había reclamado el cadáver. Nunca fue una buena enemiga. La hermana de Moore, que fue mi profesora en la academia, huyó de la región.

—Abrumada por la vergüenza y el dolor de haber alentado semejante vileza.

—Tal vez, pero además la habían echado de su empleo y Abigail Froggatt se la tenía jurada. De modo que como nadie reclamó el cadáver, Moore fue enterrado aquí. Puede que no haya ni lápida, pero en la iglesia deberían tener los detalles archivados.

Ellen asintió.

—¿Ves qué bien? Y parece bastante fácil. Aunque si hubieras pensado antes...

Caro le interrumpió.

—No soporto la espera. Viajaremos a Doncaster hoy mismo.

—¡Qué impulsiva eres, Caro! Aunque será mejor que lo solucionemos para podernos quedar todos tranquilos.

—Será sólo el primer paso. ¿Y si en los archivos de la guardia montada no hay constancia de la muerte de Hill?

—Caro, deja de ya de husmear en el asunto como si se tratara de un avispero.

Caro se volvió y la miró.

—¡Es lo que parece! ¿Has pensado en las implicaciones? Si Hill está vivo, es mi *marido*. Jack Hill, un completo desconocido, podría presentarse aquí y tomar las riendas de mi vida. De mi negocio, mi dinero y mi persona. Podría ser un borracho o un adicto al juego, o tener una horrible enfermedad, ¡*y yo no podría hacer nada al respecto*!

Ellen palideció.

—¡Oh, Dios! ¿La empresa no está protegida por lo menos?

—¿Por qué te importa tanto la *empresa*? —gritó Caro, que a continuación se llevó una mano a la cara.

—Caro, preciosa...

—Lo siento, lo siento —dijo ella bajando la mano—. Pero aunque tú guardes buenos recuerdos del vínculo conyugal, para mí es distinto, Ellen.

—Yo tampoco diría que son tan buenos, querida —dijo Ellen, sonrojándose—. Aunque nada de lo que preocuparse, te lo aseguro. Estoy convencida de que lo que viviste no fue nada agradable...

—Ellen...

—Y sir Eyam...

—¡Ellen!

—Está bien, está bien. Pero antes de salir apresuradamente hacia Doncaster, ¿por qué no miras en los documentos que hay en la fábrica? Puede que tu tía guardase la carta allí.

A esas alturas Caro estaba convencida de que la carta había sido falsificada, pero tenía que intentarlo.

—Excelente idea. Ahora mismo voy para allá. Haré mi inspección anual de la fábrica y de paso también de las cuentas. Luego nos iremos a...

Pero entonces oyó unas ruedas en el sendero de gravilla. Caro se apresuró hacia la ventana. Tal como se había temido, era sir Eyam Colne en su elegante carruaje de dos caballos.

—¡Válgame Dios! —susurró.

En circunstancias normales se alegraría, pero hoy tenía la sensación de que sir Eyam adivinaría todos sus secretos sólo con verle la cara. Era el perfecto caballero, y ella la dama imperfecta.

—¡Oh, es sir Eyam! —exclamó Ellen—. Y tú tienes que acicalarte, Caro. ¡Venga, arréglate, deprisa! Yo lo entretendré. —Salió precipitadamente y Caro corrió a su habitación escaleras arriba.

En la jarra sólo había agua fría, pero bastó para lavarse las manos y la cara manchada de polvo. Caro comprobó el estado de su pelo en el espejo, pero estaba tan rizado que tuvo que hacerse trenzas y emplear un montón de horquillas para mantenerlo en su sitio, así raras veces se le soltaba. No se había vestido para recibir visitas; llevaba una sencilla falda marrón sin aros y un grueso caraco. Sin embargo, la chaqueta estaba tejida en bonitos colores otoñales y era una de sus favoritas. No se la cambiaría.

Lejos quedaba ya su silueta escuálida. Durante más o menos un año había estado flaca pese a los caldos y las jaleas fortificantes que había tomado, pero entonces, como un capullo de flor cuando el clima es cálido, había florecido. Poco a poco su cuerpo fue adquiriendo femeninas curvas y una complexión más saludable. Al principio se había sentido consternada, recordó, porque atraía la atención de los hombres; pero superó también esa incomodidad y ahora, al fin, estaba preparada para la culminación: el matrimonio.

Quería *casarse* y había encontrado al hombre perfecto. Sir Eyam encarnaba todo cuanto ella respetaba en un caballero, y sin embargo... Era como si hurgar en aquel doloroso suceso del pasado hubiese despertado sus miedos.

Para superar los recuerdos tristes había adquirido algunos libros (la clase de libros cuya existencia se suponía que una dama ni siquiera conocía). Eran subidos de tono y en ocasiones extraños, pero sugerían que la materia en cuestión no se caracterizaba únicamente por un dolor fugaz e intenso. A juzgar por las curiosas ilustraciones, Caro pensaba a veces que sería preferible la brevedad siempre y cuando ella estuviese dispuesta y Eyam procediese con ternura; al fin y al cabo, era necesario para tener hijos.

Ése era su objetivo. Tenía dos amigas casadas y con hijos pequeños, y cada vez que los veía mayor era su anhelo. Había empezado a tener extraños sueños en los que buscaba a bebés desaparecidos o de pronto tenía uno y no sabía cómo cuidarlo. En cierta ocasión el bebé era de yeso y lo dejaba bajo la lluvia...

Desechó todos esos pensamientos y bajó las escaleras. Se casaría con Eyam, se convertiría en lady Colne del palacete de los Colne, y llenaría la habitación infantil de niños felices y sanos. Eyam sería el esposo perfecto y, como él mismo era bastante rico, estaba segura de que no la cortejaba por su fortuna.

Se detuvo en medio de la escalera. ¿Qué había sido de aquel conciso acuerdo nupcial redactado tras su boda? ¿Dónde lo había guardado tía Abigail? De seguir Hill con vida, ¿protegería el documento su fortuna cuando menos?; de lo contrario, el negocio creado por su abuelo y su padre, y por tía Abigail, podría perderse una noche cualquiera en una mano de cartas.

Algo parecido le había ocurrido a una acaudalada viuda hacía tan sólo unos años. Harriet Webley había sucumbido a un atractivo galán con quien se casó sin salvaguarda legal alguna. Él se lo gastó todo y luego huyó, y la pobre Harriet, arruinada, tuvo que irse a vivir a un cuartito que le dejaron unos generosos amigos.

Caro no quería visualizar a Eyam protagonizando semejante situación, pero debía hacerlo. Se obligó a sonreír y fue a la salita de día. Su sonrisa se tornó sincera mientras caminaba hacia su pretendiente con las manos extendidas.

Eyam era sólo un poco más alto que ella, pero tenía buena estampa. Su pelo castaño oscuro estaba perfectamente peinado y recogido. Siempre vestía con elegancia, pero Caro reparó en que para esa visita de cortesía se había esmerado. Su casaca y calzones azul cobalto y chaleco en color crudo eran demasiado elegantes para una visita informal.

Eyam le cogió ambas manos y se las acercó a un par de centímetros de sus labios; todo él era impecable. Si ella fuera capaz de decir «sí», sus labios al fin la rozarían y todo sería perfecto.

—He venido sin previo aviso, lo sé —dijo él—, pero ¿tiene tiempo para salir conmigo en carruaje a dar una vuelta? En Colne algunos árboles empiezan a tener color y en un día soleado como hoy ofrecen una hermosa vista.

Caro titubeó. La búsqueda del documento podía esperar un día más, pero si se iba con Eyam, éste volvería a pedirle que se casara con él y no podía decirle que sí hasta asegurarse de que era libre.

—¡Ojalá pudiese! —repuso ella—. Pero me disponía a hacer una visita a la fábrica.

Él frunció ligeramente las cejas.

—¿No suele hacerlo a fines de mes?

—Normalmente, sí, pero tenemos que hablar de una serie de cosas. —Se dio cuenta de que era cierto. No debía correr el riesgo de que el negocio familiar cayera en manos de un Hill codicioso—. Quiero vender mi mitad de Froggatt y Skellow.

Caro vio la mirada atónita de Ellen, lo que no era de extrañar porque jamás había mencionado nada en esa línea. Sin embargo, Eyam sonrió. Debió de imaginarse que era algo que hacía como parte de los preparativos del enlace; y así era, o eso esperaba ella.

—Mi papel allí es meramente simbólico —explicó Caro—. No fui educada para dirigir el negocio y desde que mi tía murió, Sam Skellow se ha ocupado de todo. Me parece justo darle la oportunidad de ser dueño de toda la empresa.

—En ese caso renuncio a mi petición —dijo Eyam gentilmente—. Mañana los árboles seguirán igual de hermosos.

—Sabía que lo entendería. —Pero entonces Caro pensó en Doncaster. Si no encontraba la carta en Froggatt, tendría que ir hasta allí—. Aunque, lamentablemente, mañana tampoco podré. Me voy a Doncaster a hacerle una visita a mi amiga Phyllis Ossington.

Él frunció el entrecejo.

—¿Es necesario que vaya?

Caro entrelazó el brazo con el suyo y lo condujo fuera.

—Se ha vuelto a quedar encinta y hace muchos meses que no van a Doncaster. —Ambas cosas eran verdad, pero Phyllis estaba como un roble y encantada en su nuevo hogar.

—¡Qué buen corazón! —dijo él, y volvió a sonreír—. Supongo que deberé acostumbrarme a que comparta parte de su tiempo con otras personas.

Aquella alusión a su futuro en común hizo ruborizar a Caro.

—Espero que eso no suceda con demasiada frecuencia.

Él la miró fijamente.

—Caro, querida mía... —Pero era ella la que le había dado pie—. ¿Cuándo me hará el más feliz de los hombres?

La vida sería perfecta si pudiese decirle «ahora».

—Espero que pronto, Eyam.

—¿Qué puedo hacer para despojarla de sus dudas?

—Nada. Es que... debo estar segura.

—Sé que amaba a su joven esposo. Tuvo que amarlo para actuar tan precipitadamente. Pero han pasado diez años.

—Lo sé. Eyam, por favor, comprenda que debo dejar las cosas arregladas.

Él se rió entre dientes.

—Caro, querida, habla como si fuese a morirse.

—¡No, en absoluto! Pero, ciertamente, Caro Hill dejará de existir cuando se convierta en lady Colne. Pronto —añadió, y entonces se dio cuenta de que sonaba demasiado a promesa—, pronto hablaremos seriamente de todo esto. Cuando regrese de Doncaster.

Él suspiró.

—De acuerdo, pues. Vuelva pronto, Caro.

—Lo haré —dijo ella.

Caro lo despidió con la mano, dio instrucciones de que le trajeran su carruaje y regresó junto a Ellen.

—Pediré que nos preparen las maletas y nos iremos.

Ellen cogió su carta.

—Se la llevaré a Joan Cross. Seguro que le parecerá interesante.

Caro reprimió una mueca de disgusto. Lady Fowler recolectaba dinero y seguidoras para su movimiento de reforma de la sociedad londinense. Ellen lo había conocido hacía unos meses y le entusiasmó. A Caro no le atraía lo más mínimo, pero Ellen no cejaba en su intento de hacerle cambiar de opinión y donar grandes cantidades de dinero a la causa. Caro estaba tan dispuesta como el resto, tal vez más incluso, a marginar a los gandules, seductores y fornicadores, pero le gustaba el teatro y bailar, y hasta jugar a cartas siempre que fuera apostando pequeñas cantidades.

Sin embargo, todo lo que dijo fue:

—Tú ocúpate de tus respetables asuntos, Ellen, que yo me ocuparé de los míos.

Respetables asuntos, pensó más tarde Caro mientras finalizaba su recorrido por el edificio caluroso y ruidoso, además de sucio. En la casa contigua tenía guardadas una sencilla bata y una cofia con que cubrirse la ropa y el pelo durante esas visitas, porque eran necesarias. Tía Abigail se revolvería en la tumba, pero a Caro le encantaría no tener que volver a ver la fábrica nunca más.

Como siempre, su recorrido terminó en las oficinas, donde revisaba los libros de cuentas, y a continuación le pidió a Sam Skellow que le trajese todos los papeles que su tía hubiese dejado allí.

Sam no le hizo ninguna pregunta al respecto. Nunca lo hacía. Si bien era su socio en la empresa, había empezado de aprendiz con su abuelo y luego había ido subiendo. Para él los Froggatt seguían siendo los dueños.

Antes de entrar en la fábrica Caro había buscado en la casa en la que había vivido su tía. Pero, tal como se había imaginado, no encontró ni un solo papel. Aunque la casa estaba intacta, por si Sam Skellow o ella misma querían habitarla, no era más que una carcasa amueblada.

Sam trajo una caja de papeles y la dejó con ellos. Estaban tan impecablemente ordenados que Caro no tardó ni un cuarto de hora en asegurarse de que ahí no había ninguna carta que informara de la muerte de Jack Hill, ni estaba tampoco el acuerdo nupcial.

Fue entonces cuando cayó en la cuenta de que, posiblemente, semejante contrato estaría en manos de sus abogados; tal vez la carta también. Escribiría a Hambledon.

Apareció de nuevo Sam Skellow.

—¿Qué problema hay, querida?

Caro levantó la vista.

—Se trata de un simple asunto familiar que esperaba poder arreglar. El negocio va estupendamente, como siempre.

Sam inclinó la cabeza en un gesto mucho más cercano a una reverencia que a un simple asentimiento. Todavía hablaba con acento local, pero sus hijos habían ido a la escuela primaria y tenían los modales propios de la pequeña nobleza. Tal vez los hijos de Henry Skellow acudirían a los mismos bailes en York que los hijos fruto de su unión con Eyam.

Caro se giró y lo miró a la cara.

—Tío Sam, si te ofreciese comprar mis acciones, ¿podrías comprarlas o habría alguien a quien te interesara tener como socio?

Sam abrió mucho los ojos por la sorpresa y un ligero rubor, de rabia, entusiasmo o bochorno, coloreó sus mejillas.

—No querrás vender, ¿verdad, querida?

—Sí —contestó Caro con seriedad mientras se sacudía el polvo de la bata y consciente en todo momento del incesante barullo del lugar.

—Pero podrías casarte y tus hijos...

—... seguramente serán unos caballeros sin conocimientos del negocio. No creo que quisieras tenerlos merodeando por aquí, ¿verdad?

Sam no le contradijo. La idea resultaba espantosa, pero aun así meneó la cabeza.

—Será una gran pena que los Froggatt dejen de formar parte de la fábrica, pero si estás segura... podría encontrar el dinero, sí. El marido de mi Elizabeth probablemente se uniría a nosotros.

Caroline no había pensado en ello. La primogénita de tío Sam tenía la edad de Caro, pero llevaba cuatro años casada con un maestro cuchillero que tenía una pequeña empresa.

—Skellow y Bramley. Suena bien.

—Sí, pero piénsalo detenidamente antes de hacer nada que puedas lamentar.

—Lo pensaré, lo prometo, pero mis intereses apuntan en otra dirección.

—¿Hacia un refinado baronet? —preguntó Sam con ojos centelleantes.

Caroline notó que se ruborizaba.

—Tal vez.

Caro salió de la fábrica por una puerta que conducía a la casa colindante con la sensación de haberse quitado un peso de encima. Sí, fuera cual fuera el resultado de sus líos matrimoniales, había tomado la decisión acertada y liquidaría el asunto lo antes posible. Si Jack Hill estaba vivo (¡Dios no lo quisiera!) y trataba de reclamar sus activos, Froggatt estaría fuera de peligro.

Incluiría esa casa en su parte del negocio. La cuidaban tres criados porque Caro se había negado a abandonarla, pero necesitaba que alguien la habitase. Mientras caminaba por un pasillo estrecho y lúgubre hacia el vestíbulo y las escaleras que conducían a las habitaciones del piso de arriba, se preguntó si al capataz de la fábrica le gustaría vivir ahí.

Ya había girado para subir las escaleras cuando a sus espaldas golpearon la puerta con la aldaba.

—¡Ya voy! —le gritó a la criada, que estaba lejos, en la cocina, y abrió la puerta.

Se encontró con un hombre. Alto, elegantemente vestido, con la espada ceñida a la cadera... pero lo único que en realidad vio Caro fueron unos ojos verdes, dorados y castaños. Le cerró la puerta en las narices al hombre y se apoyó en ésta con el corazón a mil por hora fruto del pánico. Tía Abigail había mentido. Jack Hill no estaba muerto. Muy al contrario, como el demonio venido del infierno, ¡acababa de llamar a su puerta!

# Capítulo 4

El hombre de la puerta no iba uniformado, dijo Caro para sí recordando su visión fugaz. Era alto y robusto, no joven y delgado. Pero había *reconocido* aquellos ojos. No podía pensar. No podía pensar...

¿La había reconocido él? ¿Por qué iba a hacerlo? Su bata y cofia grises debían de darle un aspecto de criada, y tampoco es que tuviera unas facciones muy características. ¿Se atrevería a volver a mirarlo? Tal vez el tema la tenía tan obsesionada que se había imaginado esos ojos. Inspiró varias veces, hizo acopio de ánimo y abrió de nuevo la puerta.

El hombre seguía ahí plantado, con las cejas arqueadas por la sorpresa y una expresión arrogante. Ahora tenía el pelo rubio. En aquel entonces lo llevaba empolvado. Tenía las facciones pronunciadas de un hombre, no de un chiquillo. ¡Cómo pasaba el tiempo! Era alto. ¿Tan alto había sido aquel joven soldado? Pero los ojos, esos ojos... No eran imaginaciones suyas. Tenía que decir algo.

—¿Qué desea, señor? —preguntó con el acento local más neutro de que fue capaz.

Él la miraba fijamente, pero Caro sabía que no era porque la hubiese reconocido, sino por su extraño comportamiento.

—Me gustaría hablar con la señorita Froggatt.

Habló con acento frío y seco, el mismo que recordaba de Jack Hill. Procedía del sur y de las capas altas de la sociedad, donde residía el poder.

—Está muerta —dijo Caro, y empezó a cerrar la puerta.

Pero él opuso resistencia con una mano.

—¿Cuándo murió?

—Hace dos años.

—Entonces me gustaría hablar con quienquiera que viva ahora aquí.

—No vive nadie. —Caro empujó la puerta, pero él tenía mucha fuerza y no logró moverla—. ¡Avisaré a los chicos de la fábrica! —gritó Caro presionando más fuerte—. ¡Apártese!

El hombre apretó los labios, rabioso, y ya se había dado por vencido cuando Ellen salió del salón.

—¿Qué está pasando aquí?

Caro se giró de cara a ella y le dedicó una mueca de desesperación para darle una pista.

—Señora, este caballero pregunta por la señora Froggatt. Le he dicho que está muerta, que aquí ya no vive nadie, pero se niega a irse.

Ellen se quedó ahí plantada, totalmente desconcertada, pero un decoro inveterado se apropió de ella.

—Así es, señor. Lamentablemente, Abigail Froggatt murió. ¿Puedo ayudarle en algo más?

—Gracias, señora. Soy Grandiston...

Sin pensárselo dos veces, Caro se giró y lo miró. ¿No se llamaba Hill? Apartó rápidamente la vista antes de que él reparase en su mirada.

—... aunque a decir verdad estoy buscando a la sobrina de dicha señora, a Dorcas Froggatt.

Ellen parpadeó y dirigió una mirada hacia Caro, que de nuevo hizo una mueca de disgusto, deseosa de poder sacudir con vehemencia la cabeza. Si no era Hill, ¿quién era?

Sorprendentemente, Ellen obvió la verdad.

—Tampoco está aquí.

—¿Ha muerto también?

«¡Que diga que sí, por favor!»

Sin embargo, Ellen era incapaz de mentir abiertamente.

—Antes de contestarle, quiero saber a qué ha venido.

—En ese caso tal vez podríamos hablar en otro sitio que no sea el marco de la puerta, señora.

Ciertamente, estaban todos apiñados junto a la puerta, y en la calle dos mujeres envueltas en sendos chales se habían parado a ver si pasaba algo interesante.

Ellen miró con impotencia a Caro, pero luego se volvió y abrió camino hacia el salón. El hombre la siguió y Caro cerró la puerta principal. Estaba deseando huir, pero si actuaba de forma extraña él podría notarlo y preguntarse quién era realmente aquella criada.

Había dicho que se llamaba Grandiston, no Hill. Pero ¿y esos ojos? Caro no se había atrevido a mirarlos detenidamente, pero su primera impresión no podía ser del todo errónea. Serían parientes, era la única explicación lógica. Tampoco es que fuera un alivio, pero al menos no era su marido ni había venido a reclamarla. ¿Qué podía querer? Caro se acercó despacio y se quedó junto a la puerta.

—... su interés por la familia Froggatt? —estaba diciendo Ellen.

—Es un asunto privado, señora.

Caro avanzó un paso más para poder ver. Ellen se había sentado en el sofá y Grandiston en el sillón de enfrente. Llevaba unos pantalones de montar de cuero marrón y botas, una casaca de color rapé, un chaleco algo más claro y un pañuelo suave sin encaje. El atuendo era de lo más corriente, aunque no el caballero. Al igual que Hill, era de alta alcurnia, y la buscaba a ella.

Quizá se moviera, porque él miró de soslayo y la vio. ¡Menudos ojos! Ellen siguió su mirada.

—¡Oh, Ca... Carrie! ¿Crees que el té estará listo?

Caro se sintió aliviada y frustrada a la vez. Ellen había ocultado el hecho de haber sorprendido a Caro espiando y su propio error al decir su nombre, pero ahora Caro tendría que ir a buscar el té y no se enteraría de cuanto dijeran.

Hizo una reverencia y se apresuró hacia la cocina. Sukey Grubb, de 11 años y recién llegada de la inclusa, estaba restregando una tetera bajo la supervisión de la anciana Hannah Lovetott, sentada en su balancín. Hannah llevaba 30 años trabajando en la casa y en la actualidad su puesto era más simbólico que real. Ambas criadas se quedaron mirando fijamente su atuendo.

—Le estoy gastando una broma a un invitado —explicó Caro—. La bandeja de té, por favor, lo serviré yo.

La anciana miró hacia el techo con desaprobación, pero le dijo a la niña que llenase la tetera limpia de agua hirviendo. Todo estaba listo salvo eso y los bizcochos, que había que colocar en una bandeja, cosa que hizo Caro mientras analizaba detenidamente la situación.

¿Había venido Grandiston de parte de Jack Hill? ¿O él mismo era Jack Hill bajo un nombre falso? Porque si el nombre era falso, desde luego le quedaba bien. Había grandeza en cada rasgo de su enorme cuerpo, en su modo de sentarse, en la espada que llevaba junto a la cadera y en su mirada franca. Esperaba ser tratado como un señor incluso ahí, en casa ajena.

Caro miró hacia la puerta trasera. Podía huir y ponerse a salvo. Pero eso haría que a él le saltara la alarma, y tampoco podía abandonar a Ellen.

No, era imposible que fuese su esposo, de serlo no tendría ningún motivo para usar un nombre falso. La ley estaba enteramente de su lado.

La bandeja estaba lista y la cogió. Averiguaría lo que estaba ocurriendo, pero hasta asegurarse de que estaba viuda y era libre de toda atadura, el arrogante señor Grandiston no debía saber su identidad.

Ellen Spencer había entrado en el salón siendo plenamente consciente de quién era el hombre que tenía detrás. No era una mujer imaginativa, pero había notado el peligro a sus espaldas. Puede que él no tuviese ningún título nobiliario, pero era de clase alta, tan claro como que ella era la viuda de un obispo.

¿En qué lío se habría metido Caro para sentir tanto pánico? Era un tanto insensata (¡locuras propias de la juventud!) y tenía un rasgo que Ellen sólo podía calificar de descaro. Eso lo había heredado de los Froggatt y Ellen se temía que no había formación que pudiera acabar con eso.

Daniel Froggatt había cometido un error al querer que su hija se moviera en los círculos más elevados, porque estaban plagados de ociosidad y pecado, tal como lady Fowler ponía de manifiesto una y otra vez en sus misivas. La sociedad daba muchas oportunidades para cometer locuras y era evidente que Caro había sucumbido. Ellen la salvaría.

—Dígame, señor, ¿a qué ha venido? —le preguntó Ellen al hombre.

Pero cuando él la miró a la cara por primera vez, vio esos peculiares ojos de color verde-dorado. ¡Ángel misericordioso! ¿Era ese monstruo el marido al que Caro llevaba tanto tiempo sin ver? Aunque el nombre...

—Como le decía, señora, es un asunto privado. Por eso necesito saber su nombre, señora, y su conexión con los Froggatt.

Le fue imposible negarse.

—Soy la señora Spencer, la dama de compañía de la señora Hill, en su día Dorcas Froggatt.

—La señora Hill —repitió él. Había abierto los ojos de una forma que Ellen sintió un escalofrío en la espalda. Deseó que hubiese un hombre en la casa al que avisar si éste otro se ponía violento.

«¡Caro, vuelve y dime qué debo hacer!»

—¿La señora Hill y usted viven aquí? —inquirió él—. La criada me ha dicho que no vivía nadie en la casa.

Ellen abrió la boca para aclarárselo, pero mejor que no le hablara de la mansión Luttrell; de lo contrario, lo siguiente que haría el señor Grandiston sería ir a aporrear esa puerta. Tendría que mentir.

—Lo habrá entendido mal, señor —dijo Ellen tras haber pedido perdón para sus adentros—. Seguro que únicamente se refería a que la señora Hill está de viaje. Cuénteme ahora el motivo de su visita.

Ellen procuró sonar firme y solemne. Incluso trató de desenterrar recuerdos de Abigail Froggatt, quien sin duda no habría consentido que ese hombre cruzara el umbral de la puerta y ni mucho menos habría tolerado semejante intimidación. Pero él no se arredró en absoluto y ella se dispuso para el ataque.

Sin embargo, él se limitó a decir:

—He venido para hablar de ciertos aspectos legales con ella. Aspectos legales derivados de su enlace con el teniente Jack Hill.

Aspectos legales. Seguro que se trataba de un testamento. Que el testamento fuese de Jack Hill y la forma en que el señor Grandiston se había expresado indicaban que él no era Jack Hill. Hubiese o no hubiese mentido Abigail Froggatt, Caro era libre. Estaba a salvo y podía casarse con sir Eyam. El alivio casi dejó a Ellen sin aliento.

—Por eso debo hablar con la señora Hill —le recordó él.

¿Qué tenía que hacer Ellen? ¿Qué debía decir? Imposible revelar la presencia de Caro en la casa sin su permiso.

—Me temo que ahora mismo no será posible.

—¿Por qué no?

Ellen se quedó en blanco.

—Porque no sé dónde está.

Lo cual era cierto. Puede que Caro estuviese en el piso de arriba o de abajo, o que ya se hubiese escapado.

El señor Grandiston arqueó las cejas. ¡Oh, Dios! Ellen tendría que mentir de nuevo.

—Se ha ido de viaje —dijo Ellen.

—¿Adónde?

—No estoy segura. Le gusta moverse.

Las cejas del hombre se arquearon más. «¡Caro, socorro!» De repente él sonrió; fue una sonrisa de ligero pesar casi infantil.

—No la entretendré más, señora Spencer, no ha sido mi intención. Le ruego que me disculpe. Es sólo que dispongo de poco tiempo para hacer mis gestiones. ¿Tendría la amabilidad de ayudarme?

Ellen se derritió, una extraordinaria sensación fruto de la cual habría hecho cualquier cosa, absolutamente cualquier cosa que estuviese en su mano para complacerlo. ¡Y se dio cuenta de que ésa había sido precisamente su intención!

—No le quepa duda de que si pudiera, lo haría, señor —dijo Ellen con frialdad—, pero lo máximo que puedo prometerle es informar a la señora Hill de su visita en cuanto tenga noticias de ella. ¿Qué dirección quiere que le dé?

—En estos momentos estoy en la posada Ángel.

—¿Aquí? ¿En Sheffield? Vaya... creía que tenía poco tiempo.

—Dispongo de unos cuantos días. ¿Tardará mucho en contactar con la señora Hill?

—Imposible saberlo. —Ellen deseó tener algún poder ancestral para expulsarlo de Yorkshire. Esbozó una sonrisa—. ¿No podría darme alguna pista sobre la situación, señor? Al fin y al cabo, la señora Hill hace unos años que está viuda y, que yo sepa, no ha tenido noticias de la familia de su marido. Deduzco que fue una fuga absurda.

Como quiera que lo estaba observando atentamente, Ellen detectó algo... un parpadeo, nada más.

—Entonces fue informada de su muerte —dijo él.

—¡Claro! Su coronel le informó.

—Ya veo. Pero ella no intentó contactar con su familia.

—¿Ah, no? —repuso Ellen distraídamente—. Se casó muy joven y la unión, por desgracia, duró poco.

—Es verdad, pero aun así necesito hablar con ella. Aunque sea un alma itinerante, algún destino tendrá en mente. —Incluso cuando sonreía, el señor Grandiston era como un perro sabueso olisqueando el aire.

Ellen lo quería lejos, muy lejos.

—Londres —dijo—. Ha ido a ver a una amiga suya.

—¿Cómo puedo localizarla allí?

La única dirección londinense que Ellen conocía era la de lady Fowler...

En ese momento entró Caro llevando una gran bandeja de té, aún llevaba puesta la polvorienta bata con la que había inspeccionado la fábrica y la cofia tan calada que la visera le aleteaba sobre la cara.

—Aquí tiene, señora —anunció exagerando sobremanera su papel de criada estúpida—. ¿Dónde lo dejo?

Ellen hubiera preferido desmayarse.

—En esta mesita de aquí..., mmm..., Carrie. —Le dedicó una sonrisa a Grandiston, esperando que no pareciese una mueca—. Discúlpeme, señor. Carrie acaba de venir de una... institución local. Le estamos enseñando a servir.

Caro estaba de espaldas a él (de nalgas, para ser más precisos, ya que se había inclinado para dejar la bandeja) y le lanzó a Ellen una mirada cómica y cargada de ironía.

Ellen notó que le ardían las mejillas. Había estado a punto de decir «inclusa», pero Caro era demasiado mayor para eso. Sus titubeos y la palabra «institución» seguramente habían hecho creer al hombre que la habían rescatado de una vida pecaminosa.

—Estaba en el manicomio de la zona —rectificó Ellen enérgicamente. Pero entonces se dio cuenta de que aún lo había empeorado más.

Caro se apartó mordiéndose las mejillas por dentro para contener las carcajadas, pero en lugar de irse se colocó contra la pared que había detrás del sillón de Grandiston. Era tremendamente descarado, pero Ellen entendía que necesitara oír cuanto ahí se dijese. Mientras removía el contenido de la tetera, pensó en la forma de darle a Caro la magnífica noticia.

—¿Leche y azúcar, señor?

Ellen acató su petición y añadió un poco de leche. A continuación le ofreció bizcocho de pasas y él aceptó un trozo.

—Como Jack Hill está *muerto* —dijo Ellen dedicándoselo a Caro—, me imagino que habrá venido por algo relacionado con su testamento.

—He venido por varias cosas —repuso él al tiempo que bebía té—. Si ella sigue siendo la señora Hill, deduzco que no se habrá vuelto a casar.

—No, no se ha vuelto a casar.

Ellen se atrevió a lanzarle una mirada a Caro, que estaba absorta, y se propuso sonsacar más información.

—¿Es usted un primo del fallecido, señor?

—Soy un familiar, sí. Me ha dicho que se ha ido a Londres. ¿Tiene la dirección del lugar donde se hospeda?

—Me la tiene que enviar. Deduzco que viene usted del sur.

—Tal vez me haya cruzado con la señora Hill por el camino. —Pegó un mordisco al bizcocho de pasas, mostrando una dentadura alineada y fuerte.

—Tal vez —convino Ellen. Miró en dirección a Caro con la esperanza de que ésta desvelara su identidad, pero no lo hizo.

—Verá como disfruta de su estancia en la región —le dijo Ellen, que procedió a enumerarle una relación de las particularidades locales sin darle margen para que le interrumpiera. En cuanto él terminó su té, ella se levantó—. Si me da su dirección en el sur, señor Grandiston, se la daré a la señora Hill para que lo localice. Cuando tenga noticias suyas, naturalmente.

Él también se puso de pie, cortesía obligada, pero Ellen había olvidado lo alto y corpulento que era. Se alzaba imponente ante ella y su mirada le intimidó.

—¿Cómo se llama la amiga de Londres a la que ha ido a ver la señora Hill?

Ellen estuvo tentada de decir: «marquesa de Rothgar», para asustarlo. Caro conocía a esa sensacional señora por sus obras benéficas, pero Ellen dudaba que ese título le hiciese siquiera temblar.

—No lo sé —respondió.

—Me cuesta creerlo.

—Pero ¡bueno! No le consiento que siga insistiendo, señor. Márchese, por favor.

Pero en lugar de irse él dio un paso hacia delante.

—Y yo no abandonaré mi misión. —Ellen intentó retroceder, pero justo detrás tenía el sofá—. Me está ocultando el paradero de la señora Hill y no lo toleraré, señora.

—Pero ¡bueno! —volvió a protestar Ellen, que advirtió lo inadecuado de la frase.

—¿Por qué no me lo quiere decir?

—*¿Por qué?* —repuso Ellen—. A la vista de sus modales terriblemente intimidatorios, señor, el porqué me parece *evidente*. Cuando tenga noticias de la señora Hill, le aconsejaré que lo evite a toda costa.

Caro, que estaba detrás de Grandiston, dijo «¡bravo!» sólo moviendo los labios. A Grandiston se le tensó la mandíbula.

—Tal vez tenga motivos para ser discreta, señora. Me dieron a entender que la señora Hill podía no estar en plenas facultades. Si es así, lo comprendo, pero...

Ellen se había quedado boquiabierta, pero entonces chilló:

—*¿Cómo se atreve?* —Dando énfasis a la palabra con el brazo tieso y señalando con el dedo, le soltó—: *¡Lárguese!*

Caro creyó por unos instantes que Grandiston se negaría, que incluso se abalanzaría sobre ella, pero entonces cogió su sombrero y sus guantes y salió indignado de la habitación. Al cabo de un momento se oyó un portazo en la puerta principal.

Ellen se derrumbó en el sofá, a punto de desmayarse, pero Caro reprimió un grito de victoria y corrió hacia la ventana.

—¡Se ha ido! —Volvió y se sentó en el sillón que él había dejado libre—. ¡Has estado magnífica, Ellen! No sabía que esto se te daba tan bien.

Ellen se llevó la mano al pecho, que le martilleaba, y dijo:

—Yo tampoco. No sé lo que me ha pasado. ¡Cómo me he excedido! Pero qué hombre tan fanfarrón, ¡qué barbaridad! Estoy convencida de que es justamente la clase de espécimen que lady Fowler define como el prototipo londinense de elegancia misteriosa y rompecorazones. Gracias a Dios no es tu marido.

Caro se puso tensa.

—¿Estás segura de eso?

—¡Oh, sí, segurísimo! El nombre no coincide y él mismo ha dicho que Hill está muerto. ¡Qué buenas noticias!

—¿Que un hombre esté muerto?

—Sé que una muerte debería entristecernos, pero pasó hace mucho tiempo... y eres *libre*.

Caro cogió un trozo de bizcocho de pasas, las cejas fruncidas.

—¿Y qué me dices de los ojos?

—Pásame la bandeja, querida. —Ellen cogió un trozo con los dedos—. Esas cosas suelen ser un rasgo de familia.

Caro comió.

—Me pregunto si quizá dio un nombre falso en la ceremonia.

—¡Imposible!

—Nadie podría culparlo de ello.

—¿Por mentir bajo juramento? Para eso sirven los votos del matrimonio.

—Acababa de matar a un hombre.

Ellen se estremeció.

—Repugnante, horrible. No debes caer en sus garras.

—Decirlo es muy fácil, pero ¿cómo voy a evitarlo? —Caro cogió otra porción de bizcocho y pegó un mordisco. Cuando estaba bajo presión comer era una de sus flaquezas, pero puede que en esa ocasión fuese disculpable—. Si se dedica a preguntar por la ciudad, cosa que hará, no tardará en descubrir que la señora Hill no se ha ido de viaje. Se enterará de la existencia de Luttrell y me irá a buscar allí.

—¡Oh, Dios mío! Pero si no es tu marido, no tiene ningún poder sobre ti.

—Entonces ¿a qué ha venido después de diez años?

—Tal vez Hill acaba de morir o su familia acaba de enterarse de que contrajo matrimonio. Como viuda de Hill podrías tener derecho a una parte de sus propiedades.

—¡Qué horror!

—Encuentras horribles cosas muy extrañas.

—¿Heredar patrimonio o propiedades simplemente porque ese pobre chico fue obligado a casarse conmigo?

—En serio, Caro...

Pero Caro frunció las cejas con los ojos en el infinito.

—Creo que debería lamentarlo. No, lo lamento. Jack Hill me salvó y ahora está muerto. A mí me pareció un joven honorable.

—Pero ahora eres libre de casarte con sir Eyam. Deberías quedar con el tal Grandiston y aclararlo todo.

Caro pegó otro mordisco a su porción de pastel.

—¿Y si él es el heredero de Jack Hill? Has dicho que como viuda podría tener derechos, pero un marido también tiene derechos sobre las propiedades de su esposa. —El bizcocho amenazó con atragantársele—. ¡Por Dios! Es el *dueño* de sus propiedades y su heredero podría heredarlas.

Ellen se quedó boquiabierta.

—¿Todas? ¿Estás diciendo que si Grandiston es el heredero de Hill, podría heredar cuanto posees? ¿Que podría echarnos de Luttrell?

—Podría quedarse con mi parte de Froggatt y Skellow.

—Tienes que ir ahora mismo a hablar con sir Eyam, Caro. Cuéntaselo todo. Necesitas que un hombre te aconseje.

—Necesito que me aconseje un *abogado*. —Caro engulló el trozo de pastel—. Me voy a York a ver al señor Hambledon.

—¡Claro! En eso estaba pensando. Pediremos un carruaje ahora mismo.

—No. —Caro regresó junto a la ventana para mirar hacia la esquina—. Podría estar vigilando la casa.

—¡No es posible!

—¿Crees que sería capaz de hacerlo?

—No, querida, en absoluto.

—Si sales de aquí con otra mujer, adivinará la verdad en el acto. Parece capaz de secuestrarme y llevarme al sur.

—Jamás le sería permitido.

Caro deseó que fuese verdad, pero tenía presente la situación de la marquesa de Rothgar. Aquella distinguida dama de Yorkshire y ella se habían hecho más o menos amigas porque habían colaborado juntas en diversas obras benéficas dirigidas a mujeres. Antes de contraer matrimonio ella tenía ya un título; era, por derecho propio, condesa de Arradale. Era uno de los pocos títulos que una hija podía heredar. Sin embargo, su elevado nivel social no le sirvió de protección.

—Acuérdate de Diana Arradale —le dijo a Ellen—. Fue obligada a viajar hasta Londres y amenazada con ser internada en un manicomio simplemente por mostrarse reacia a casarse con el hombre designado por el rey.

Ellen se cubrió la boca con la mano.

—Y es una de las mujeres más influyentes de Inglaterra. ¿Qué podemos hacer nosotras entonces?

—Salir por separado. Tú por la puerta principal y yo por la fábrica. Primero me iré a Doncaster a ver a Phyllis, siguiendo por la carretera de York.

Ellen asintió.

—Sí, eso estaría bien. Saldremos en breve.

—Saldremos no, Ellen. No puede verme nadie saliendo de aquí contigo. Además, necesito que vuelvas a la mansión Luttrell y montes la guardia allí.

—¡Caro, no puedes viajar sola!

—No lo haré. Iré en una diligencia.

—¡Caro!

Pero Caro ya había cogido la guía de diligencias que había en una mesa junto a la puerta. La abrió por la página de Sheffield.

—La diligencia hacia Doncaster sale desde la posada Ángel.

—Pero es ahí donde se hospeda ese hombre.

—El muy desgraciado... Pero no conoce a Caro Hill de vista.

—El resto de la gente sí —señaló Ellen.

Caro gruñó contrariada.

—Seguro que alguien me hablaría o me llamaría por mi nombre... —Se volvió lentamente hacia el espejo y examinó su reflejo—. Pero nadie reconocería a Carrie.

—¿Qué quieres decir?

—Me haré pasar por Carrie, la criada.

—¿Viajarás así vestida? Caro, no puedes hacer eso.

—Nadie sabrá que soy yo, de eso se trata.

—Pero... pero... ¿y si ese hombre te hace preguntas? No sé...

—Tengo que hacerlo así. Tú vuelve a Luttrell, pero antes hazle llegar a Phyllis la ropa que he metido en la maleta para ir a Doncaster.

—Pero ese hombre seguirá acosándome. Volverá a intimidarme.

—Te has desenvuelto de maravilla y en Luttrell hay criados de sobras. ¡Venga, dame algo de dinero!

Ellen sacó su monedero de punto y extrajo algunas monedas, pero intentó que prevaleciera la sensatez.

—Si ese hombre es Hill, no hay escapatoria. En ocasiones debemos aceptar la voluntad divina.

—No sin luchar —dijo Caro—. Soy una mujer acaudalada que cuenta con excelentes asesores y no dejaré que me traten como a una esclava con grilletes. —Se miró otra vez en el espejo y se caló la cofia, luego se dirigió hacia la puerta—. Saldré por la fábrica.

—¡Válgame Dios! Ten cuidado, Caro. Lo digo por la diligencia, no irás acompañada...

—Viajar sola en la diligencia es el menor de los peligros que afrontaré —repuso Caro con seriedad, y salió corriendo.

# Capítulo 5

Christian recorrió la calle mugrienta con los oídos zumbándole por el atronador bullicio que reinaba en las fábricas vecinas. Se suponía que todas eran cuchillerías, pero no se parecían en absoluto a las herrerías de aldea a las que estaba acostumbrado, ni siquiera a las forjas vinculadas al ejército, en constante funcionamiento para reparar hojas de armas y metales.

Se detuvo y volvió la cabeza para echar un vistazo a la casa de los Froggatt, y la fachada contigua en la que con pintura blanca se anunciaba el nombre FROGGATT Y SKELLOW. Con pintura gris, para ser exactos, porque debido al eterno humo que parecía quedar atrapado entre las colinas circundantes todo Sheffield estaba pintado en tonos grises y negros. ¡Qué lugar tan horroroso! ¡Y en qué situación tan horrorosa se hallaba!

Estaba casado. Había ido a la casa únicamente para obtener información y había asistido, atónito, al descubrimiento de que su esposa estaba viva. Podía haber dudado de la criada lunática, pero no de la otra mujer... la dama de compañía, la señora Spencer.

Estaba casado con Dorcas Froggatt, que habitaba en esa casa fea y angosta, una mujer que gustaba de vivir rodeada de aire contaminado y del estruendo constante del martillo contra el acero. Debía de haberse convertido en una copia de su temible tía, cuya actitud agresiva y voz chillona también habría adoptado.

Apretó el paso y dobló por una calle más ancha, una calle normal, flanqueada de tiendas y por la que pasaban vehículos de toda clase. Aunque Christian sabía que era imposible que el aire estuviese considerablemente más limpio, inspiró como si se hubiese salvado de un escape de gas y se le despejó la cabeza. Empezó a evaluar lo que había aprendido desde el punto de vista de un estratega militar y no de un recluta novato en estado de pánico. Los hechos eran los hechos y eran tan innegables como una bala de cañón.

Hecho: Dorcas estaba viva.

Hecho: vivía en aquella casa.

Pero, atención: tenía a su servicio una dama de compañía. Una mujer de mediana edad con rostro de santurrona y engañosamente tímida, pero que saltaba a la vista que era de ilustre cuna. Eso explicaba su refinamiento. ¿Acaso Moore no la había tentado a dejar la escuela?

La señora Spencer se había puesto furiosa ante la insinuación de que Dorcas era una estúpida, pero tampoco sería de extrañar tras los acontecimientos de hacía una década, y a veces la verdad ofendía más que la mentira.

Las familias importantes no podían ocultar un caso de demencia ante la comunidad y, pese a la casa, era evidente que los Froggatt tenían cierto peso en la región. Antes de salir de la posada Ángel le había ordenado a su criado, Barleyman, que se pusiese a indagar. Se le daba bien sonsacarle información a la gente común.

Encontró a Barleyman en el bar de vigas bajas bebiendo a sorbos de una jarra y charlando con el camarero. Ya había empezado a indagar. Christian no lo molestó y subió a su habitación. Dejó los guantes y el tricornio encima de una silla y se sacó el cinturón de la espada mientras reflexionaba sobre su siguiente paso. El secretario de Thorn le había proporcionado el nombre de un abogado de la zona. Iría a verlo para preguntarle por los Froggatt.

—¿Ha tenido suerte, señor? —le preguntó Barleyman al entrar.

—Pues no mucha. Mi esposa está viva.

—¡Qué mala suerte, señor! ¿Y la ha visto?

—No. Está loca o escondida, o deambulando por ahí.

—¿Deambulando, señor? ¿Perdida por los páramos?

—Viajando —aclaró Christian—. Probablemente esté en Londres, pero sin itinerario fijo. Es todo muy sospechoso. He hablado con una tal señora Spencer, que afirma ser su dama de compañía. Es toda una señora, de eso no hay duda, pero viven en una casa modesta contigua a la cuchillería Froggatt.

—Tal vez sea mientras su esposa viaja, señor.

—Sería más sensato mudarse a otro lugar. La señora Spencer oculta algo.

—Lo que quizá sea razonable, señor, cuando un marido se presenta inesperadamente en el umbral de la puerta.

—Ya, pero me he hecho pasar por un familiar, el señor Grandiston, que buscaba a la señora Hill para un asunto legal.

—Por naturaleza, los asuntos legales alarman al sexo débil, señor.

—El sexo débil... —Christian resopló—. Ya es usted mayor para engañarse.

—¿Cabría la posibilidad de que la dama con la que ha hablado fuera su esposa, señor?

Christian no le dedicó a la idea más de un segundo.

—No. Esa mujer tiene por lo menos cuarenta y tantos años. Me ha parecido tímida hasta que me ha enseñado las uñas y me ha echado de la casa.

—¡No me diga, señor! —Barleyman cometió la imprudencia de cuestionarlo.

—No he hecho nada malo. Bueno, está bien, he intentado derribar sus defensas.

—Quizá no haya sido la mejor manera de abordar el asunto, señor.

—Naturalmente que no, pero yo estaba en estado de shock y ella exasperada. Resumiendo: Dorcas Froggatt es mi mujer y tengo que encontrarla.

—La señora Grandiston —le corrigió Barleyman, poniendo el dedo en la llaga.

Christian lo fulminó con la mirada.

—Discúlpeme, señor, pero si esa mujer está viva, *es* la vizcondesa Grandiston.

—¡Demonios! —Christian caminó airado hasta la ventana, tentado de estampar el puño en los vidrios rómbicos.

En el ajetreado patio bajaban los pasajeros de una diligencia. Christian sintió el irracional impulso de comprarse un billete y marcharse en ella. Para escapar, tal vez, o quizá para intentar perseguir inútilmente a su esposa errante.

Se giró.

—¿Qué ha averiguado abajo?

—Poca cosa, señor. Hasta tener su plena autorización no he querido mostrar demasiado interés. La información vuela.

—¡Qué sensatez!

—Afortunadamente, Froggatt y Skellow es una empresa conocida que ha prosperado gracias a una innovación especial en el proceso de producción de acero.

—Acero crucible. —Barleyman parecía impresionado, de modo que Christian confesó—: Me informé sobre Sheffield antes de venir.

—Por desgracia, Daniel Froggatt, el que empezó a usar el acero, no tuvo hijos varones. De hecho, tuvo una única hija conocida ahora como la señora Hill, que de jovencita huyó con un oficial quedando viuda poco después debido a la guerra.

—¿Ningún indicio de asesinato o violencia?

—No, señor.

—Por eso la temible tía entró a trabajar en la fábrica. Por lo menos Dorcas no se ha vuelto a casar. ¿Algún indicio de locura?

—No, señor, pero la gente suele ser discreta sobre estas cosas. Parece que la familia Froggatt es bastante respetada. Son los mecenas de una serie de causas benéficas en la región: un hospital, una inclusa y un asilo para mujeres dementes.

—¡Ajá!

—Dudo que internaran a un miembro de la familia en semejante lugar, señor.

—No, pero puede que saquen de ahí a sus criadas. ¿Se sabe algo del paradero de Dorcas?

—No, señor, pero se me acaba de ocurrir una pregunta. Si la señora está de viaje, ¿por qué no ha ido con ella su dama de compañía?

Christian se dio un manotazo en la cabeza.

—El shock me ha turbado el cerebro. ¿Y si Dorcas estaba en la casa? Vaya allí; a ver qué descubre.

Barleyman cogió su sombrero.

—¿Quiere que venga a informarle o le mando un mensaje?

—Lo dejo a su criterio. Si considera que merece la pena emprender alguna acción, adelante. Yo seguiré indagando por aquí.

Barleyman se detuvo en la puerta.

—El camarero ha calificado a los Froggatt de «cálidos» y deduzco que eso significa que son ricos, señor. Tal vez no será una convivencia tan insufrible.

—Nadie realmente rico viviría en aquella casa, a menos que estuviera verdaderamente loco. Váyase ya.

Barleyman salió aprisa y Christian encontró la tarjeta con la dirección del abogado. Bajó las escaleras para pedir que le indicaran el camino con la esperanza de fisgonear al mismo tiempo acerca de los Froggatt.

Como no vio a nadie en la recepción, salió al patio de diligencias, pero había mucho ajetreo. La diligencia que había visto descargando pasajeros pasaba ahora por debajo del arco de piedra entre el repiqueteo de los arreos y los cascos y mientras sonaba la bocina para advertir al tráfico de la calle. Una segunda diligencia acababa de llegar y, a medida que iban bajando, los pasajeros pedían su equipaje mientras los palafreneros se apresuraban a atender a los caballos.

En el otro extremo del patio los criados sujetaban con correas unos baúles en la baca de un carruaje al tiempo que un hombre con mandil de cuero examinaba una rueda con cara de preocupación.

Christian tenía la intención de esperar unos instantes, pero entonces llegó corriendo al patio una mujer procedente de la calle. Vestía con sencillez y llevaba cofia y una bata. Podría ser una sirvienta cualquiera, pero él reconoció enseguida a la doncella mentecata de casa de los Froggatt. ¿Cómo se llamaba? Carrie.

La mujer se puso a la corta cola del punto de venta de billetes y Christian se le acercó. Cuando le tocó a ella el turno, le pidió al vendedor un billete para la diligencia que iba a Doncaster.

Doncaster... era un nombre que Christian llevaba grabado a fuego en el corazón. Fue allí donde había compartido vivienda con Moore y otros seis jóvenes oficiales, el lugar del que partió a caballo hacia Nether Greasley decidido a llevar a cabo un noble rescate.

¿Por qué la criada de Dorcas estaba comprando un billete de ida a Doncaster? ¿Para que la dama de compañía de su señora se reuniese allí con ella? ¿O para la propia Dorcas?

La criada cogió el billete y se hizo a un lado. Christian se puso prácticamente fuera del alcance de su vista, convencido de que ella se iría a entregarlo. Sin embargo, se quedó cerca de la pared. ¿Esperaba acaso a su señora? Christian notó cómo la energía hervía en él igual que antes de una batalla. ¿Estaría a punto de saborear la victoria? Escudriñó la zona, pensando en cómo abordaría a su esposa, en cómo le impediría huir sin provocar un escándalo. Tendrían que hablar y llegar a algún acuerdo.

Atravesaron el arco unos caballos sudorosos que tiraban de otra diligencia cargada de bártulos y equipaje.

—¡Doncaster! —gritó el vendedor—. ¡Pasajeros a Doncaster! ¡La diligencia saldrá en cinco minutos!

La criada no miró nerviosa a su alrededor en busca de su señora, sino que avanzó unos cuantos pasos para unirse a otras dos personas que se disponían a subir a la diligencia.

¿El billete era para ella? Era imposible que una sirvienta pudiera permitirse viajar en diligencia. Sin embargo, quizá se tratase de un caso de emergencia y le hubiesen hecho subirse a una para llevar un importante mensaje. Christian no habría elegido a aquella idiota para semejante misión, pero tal vez la señora Spencer no tuviese otra opción. Tal vez Dorcas estaba en Doncaster y la criada lo conduciría hasta ella.

Christian detuvo al primer palafrenero que encontró.

—Necesito mi caballo.

Unos chelines garantizarían un servicio eficiente, y Christian regresó corriendo a su habitación. Garabateó una nota para Barleyman en la que le dijo que se dirigiese al mismo sitio que él a menos que tuviese alguna otra pista prometedora. A continuación cogió la espada y las pistolas, y regresó al patio justo cuando se oyó un nuevo aviso.

—¡Pasajeros a la diligencia! ¡Suban a la diligencia de Doncaster!

Le pidió disculpas a *Buck* por darle más trabajo a poco de haber llegado, y permaneció escondido hasta que la diligencia partió. Sabiendo el destino de la criada, no había ninguna necesidad de seguirla de cerca.

Cuando Christian se marchó el patio estaba relativamente tranquilo, si bien había aún un grupo de gente apesadumbrada inspeccionando la problemática rueda, y un muchacho corría detrás de un perro que, al parecer, había cogido un trozo de carne. Se entretuvo en la concurrida calle, puesto que la diligencia hacia Doncaster avanzaba con lentitud.

Tras dejar atrás la ciudad Christian decidió que tanta parsimonia le ponía en evidencia, de modo que guió a *Buck* hasta un prado a través de una valla abierta y descabalgó para dejar que el caballo paciera en el margen del campo cultivado.

Cayó en la cuenta de que era uno de esos días mágicos que a veces se dan en el otoño inglés. El cielo estaba completamente azul, salvo por una ligera neblina que lo aclaraba, al igual que los primeros toques de oro otoñal atenúan el verde de la campiña. ¡Con qué rapidez la ciudad sucia y su ruidosa industria parecían otro mundo! Desde que se alistó en el ejército había pasado poco tiempo al aire libre y últimamente, encerrado en Saint James, ni un instante.

Arrancó una hierba por el tallo y la masticó. Un carromato pasó trabajosamente de largo, el carretero caminaba al lado. Pasó otro carromato, éste cargado de estiércol de olor acre. Hasta eso le pareció bueno y saludable, una idea rara viniendo de él, porque desde que entró en el ejército a los 16 años se había desvinculado del mundo rural.

Incapaz de contemplar cualquier otra posibilidad, le había parecido crucial ir a combatir contra el enemigo. Recordaba que se había sentido muy maduro y preparado. En la actualidad, cuando veía la lozanía de los cornetas y los abanderados, se maravillaba ante su juventud a la vez que le conmovía su vivo entusiasmo.

Sí, aquel vivo entusiasmo y esos nobles ideales. No era de extrañar que se hubiese visto envuelto en el desastre matrimonial que le había traído hoy hasta aquí. Y ahora, hoy, su futuro se había vuelto tan claro como la veleta que indica la dirección del viento.

¡Por el amor de Dios! ¿Qué hacía él casado? Una esposa implicaba la existencia de un hogar y de unos hijos. Debería estar preparado para ello. Debería haber vendido su grado militar para asumir su condición de heredero del condado y adquirir todas las habilidades que no formaban parte de la guerra.

Sin embargo, eso implicaría vivir con su familia y, aunque los quería, no soportaba vivir entre ellos, con su madre siempre nerviosa, su padre sonriendo y sus hermanos pequeños reclamando su atención.

Claro que ahora tenía una esposa... ¿qué más podía hacer? Tal vez ésta estuviese internada en un manicomio de Doncaster. En ese caso, se aseguraría de que recibía los cuidados adecuados y continuaría con su vida de soltero.

Escupió la brizna de hierba y cabalgó de nuevo. Había llegado el momento de averiguarlo. Guardó las distancias sin perder de vista la diligencia hasta que una señal le indicó que faltaban tres kilómetros para llegar a Doncaster. Entonces se acercó un poco más, no fuera que la criada se apeara del vehículo en las afueras. Hubo dos personas que bajaron cerca de unas cuantas casitas, pero ninguna de ellas era su objetivo.

Cuando entraron en la transitada ciudad, Christian tuvo que aproximarse porque ahora habían tomado la gran carretera del norte, y formaban parte de un reguero de vehículos de toda índole que iban en dirección norte hacia Escocia o al sur hacia Londres.

Una vez en la ciudad le sorprendió ver lo poco que ésta había cambiado. Una de las bollerías predilectas de los jóvenes famélicos seguía abierta, igual que el Cisne Blanco, que estaba más adelante y donde recordaba que había trabajado una hermosa camarera. Seguro que a día de hoy Betsy era una madre de cinco hijos entrada en carnes.

Bordearon la plaza de un mercado y giraron para entrar en el patio de un lugar llamado Woolpack. Christian no lo recordaba y parecía bastante nuevo. Siguió a la diligencia por debajo del arco, encantado de descubrir que el patio estaba abarrotado. Descabalgó detrás de un carromato y enseñó una moneda, lo que al instante atrajo a un palafrenero.

—¿Se alojará aquí, señor? —preguntó el muchacho.

—Como mínimo esta noche, sí.

El chico asintió y se llevó el caballo. Christian encontró un punto estratégico desde el que observar, el corazón le latía más deprisa por la expectación. Puede que en menos de una hora se enfrentase cara a cara con Dorcas y con su destino.

La criada, que destacaba entre los demás pasajeros de la diligencia por su aspecto desaliñado, fue la tercera en bajarse. La mujer que iba tras ella olisqueó y no dudó en alejarse, por lo que la criada le lanzó una mirada sorprendentemente hostil. Después de todo, no debía de ser tan tonta. Tal vez la hubieran salvado de una vida pecaminosa y no de un manicomio. Resultaba difícil adivinar sus atributos bajo aquellas oscuras capas de ropa.

Como no llevaba equipaje, la sirvienta no se entretuvo. Salió a la calle por debajo del arco, sabiendo perfectamente dónde se dirigía. Christian fue tras ella y reparó en su paso ligero y enérgico. La mayoría de las personas que tenían alguna tara eran tardas de acción y de pensamiento, por lo que eso era otro punto en contra.

La mujer torció por una calle estrecha bordeada de lóbregas casas. No tendría más de metro y medio de ancho, de modo que Christian aminoró el paso, pero ella no miró hacia atrás hasta que luego giró a la derecha al final de la calle. Él se apresuró entonces a alcanzarla y se encontró en una calle bonita y moderna con altas casas adosadas a ambos lados, cada una de ellas con un recinto vallado en la parte frontal del que seguramente arrancarían unas empinadas escaleras que bajaban a las dependencias del servicio.

Era una calle de casas para profesionales prósperos o donde incluso la pequeña nobleza local tenía su residencia urbana. ¿Tendría ahí su casa la señora Dorcas Hill, perteneciente a la «cálida» familia Froggatt? Entonces ¿la casa de Sheffield no era su hogar?

La criada cruzó la calle en dirección a una casa, pero en lugar de bajar las escaleras que conducían a la zona destinada a la servidumbre, se acercó a la puerta y golpeó con decisión la aldaba de latón. A Christian no le extrañó que la criada que abrió la puerta frunciese el ceño y le señalase la otra entrada de abajo. Pero de repente abrió la puerta del todo y la mensajera de Ellen Spencer desapareció en el interior.

Así pues, el mensaje era tan urgente que la humilde criada estaba autorizada a utilizar la entrada principal. Christian se moría de ganas de usar la aldaba e irrumpir en la casa, pero puede que entonces Dorcas huyera por la puerta trasera.

Lo mejor sería esperar y observar, aunque ésa era la clase de calle con viejecitas espiando desde las ventanas frontales, de modo que siguió paseando como si buscase una casa concreta. Al llegar a la esquina descubrió el nombre de la calle perfectamente visible en recuadros de azulejo blanco; Silver Street. Retrocedió y buscó la imagen que servía para identificar la casa. Dos palomas.

Tenía una dirección (Dos Palomas de Silver Street), pero seguía llamando demasiado la atención. Era uno de esos momentos en los que le habría sido útil ser bajito y del montón.

Rondó por la zona con la esperanza de detectar algún movimiento: a alguien marchándose o entregando un mensaje. Por el contrario, apareció una mujer bien vestida procedente de la callejuela, que sonreía mientras escuchaba con atención la conversación de los dos niños que iban con ella, uno a cada lado.

Cuando se acercó, Christian dio un paso adelante para dedicarle una reverencia.

—Disculpe, señora, permítame la audacia de solicitar su ayuda.

La mujer no era inmune al atractivo físico ni a la galantería, pero se mostró recelosa, y con razón.

—Le ayudaré en la medida de lo posible, señor.

—Busco la casa del señor Bollinger, el especialista en griego. ¿Sabe cuál es?

—Lo siento, señor, pero nunca había oído ese apellido.

—¿Vive usted en esta calle, señora?

—Así es.

Él suspiró y arrugó la frente esperando dar imagen de inofensivo y desconcertado.

—Mi abuelo me ha encargado que le entregue unos papeles al tal Bollinger. Ya lo hice en cierta ocasión y le confieso que confiaba en mi memoria. Resumiendo —le confió—, estaba tan convencido de que recordaría cuál es la casa que no llevo la dirección anotada. Aunque había algún pájaro. Estoy seguro de ello. ¿Podría ser aquélla de allí quizá? —Christian señaló las palomas.

La mujer miró en esa dirección.

—¡Oh, no, señor! Ahí viven los Ossington y el señor Ossington es abogado, no un especialista en lenguas clásicas. Son una pareja muy agradable. No hace mucho que se han mudado, vinieron de

Sheffield. De hecho —añadió ella con una sonrisa—, cambiaron el emblema. Antes era un cerdo negro.

Christian no tenía ningún interés en los detalles de los emblemas. ¿Y si la señora Ossington era la propia Dorcas? Eso sí que sería caótico.

# Capítulo 6

¿Cómo puede ser? —se extrañó Caro al mirar hacia la calle.

—¿El qué? —preguntó Phyllis Ossington. Era menuda y completamente rubia, lo que Caro siempre había envidiado.

—Está ahí fuera —declaró Caro.

—¿Quién?

—¡Grandiston!

Phyllis corrió a la ventana, junto a Caro.

—¿Dónde?

—Retrocede —dijo Caro entre dientes mientras apartaba a su amiga—. Está mirando hacia aquí.

—¿Por qué susurras?

—No lo sé. ¿Porque tengo miedo? ¿Cómo es posible que esté aquí si yo misma acabo de llegar?

—No puedes impedirme que mire por la ventana de mi propia casa —dijo Phyllis moviéndose para ver mejor—. ¿Es el hombre que está hablando con Sara Dawson? ¡Vaya! Si fuera mi marido, yo no saldría corriendo.

—Sí que lo harías. Imagínate que estás preparada para casarte con Fred y luego te ves obligada a casarte con este otro hombre.

—¡Ya! Pero no me negarás que es guapo, y parece un auténtico caballero. ¡Mira qué reverencia!

Caro miró, pero refunfuñó.

—A mí no me ha hecho ninguna reverencia.

—Porque te has hecho pasar por una criada. Menos mal que te has quitado ya esa bata y esa cofia. ¡Qué horror!

—A Ellen tampoco le ha hecho ninguna reverencia. No como ésa, por lo menos. Es un hipócrita y un retorcido...

—¡Es magnífico! —dijo Phyllis, casi susurrando.

—Ése no es un sentimiento propio de una mujer casada, madre de un hijo y con otro en camino.

—Nunca hay que dejar de admirar la belleza.

—¿La belleza? Es demasiado alto, demasiado ancho y de carácter desagradable.

—Está sonriendo.

—Es un seductor.

Phyllis se apartó de la ventana, meneando la cabeza.

—Cálmate, Caro.

—¿Que me calme? —repitió Caro—. Ese hombre ha irrumpido en mi casa y ha intimidado a mi dama de compañía. Y luego me ha seguido hasta aquí y se dispone a invadir de nuevo mi espacio.

—Si intenta irrumpir aquí, lo echaremos con cajas destempladas.

—Las palabras no lo detendrán —le advirtió Caro, que volvió a asomarse para observar al enemigo.

La mujer y los niños reanudaron su marcha y Grandiston miró directamente hacia la casa. Caro sabía que no podía verla, pero aun así empezó a temblar.

Phyllis volvió al centro de la ventana. Siempre había sido decidida y había tenido mucho ojo con los hombres.

—Mira, ya se va. No parece que vaya a aporrear la puerta.

—¡Dios nos libre!

—¿Quieres que la aporree?

—Lo que no quiero es que esté aquí. ¿Por qué está aquí? ¿Crees que lo sabe?

—¿Que Carrie, la criada, es Caro Hill? ¿Cómo va a saberlo? Yo apenas te he reconocido y él no te ha visto en años. ¡Ah...! —exclamó cuando llamaron a la puerta de la sala—, ya traen el té. Siéntate, relájate y decidiremos qué conviene hacer.

Phyllis volvió a ocupar su sitio en el sofá y la criada dejó la bandeja encima de la mesa. Al enderezarse miró con curiosidad a Caro;

no era de extrañar. Era la misma criada que le había abierto la puerta. Si Caro no le ofrecía alguna versión de la historia, su reputación podría resentirse.

—Tu criada debe de preguntarse por qué he venido vestida de una forma tan curiosa —le dijo Caro a Phyllis con voz suave.

Phyllis la miró con desconcierto, pero le siguió el juego.

—Supongo que sí.

—Tal vez deberíamos contarle la historia. —Caro le dirigió a la criada una sonrisa cómplice—. Verá, hay un pretendiente muy pesado que no para de acosarme, al que le ha dado por merodear cerca de mi casa con la intención de trastornarme. Por eso he decidido escaparme. Me he puesto esa ropa y he salido de casa sin ser vista, pero no sé cómo me ha seguido. Es un hombre alto y rubio, lleva una casaca marrón y pantalones de montar a caballo.

—En definitiva, que no le deje entrar, Mary —ordenó Phyllis.

—Y, por favor —dijo Caro—, pídale al resto de los criados que no revelen que estoy aquí.

—Sé que ninguno de ustedes se pondrá a chismorrear con un desconocido, Mary. Especialmente con uno del sur —añadió Phyllis.

—¡Oh! ¿Es del *sur*, señora? Entonces no se preocupe que no podrá sonsacarnos nada a ninguno de nosotros.

Nada más irse la criada, dijo Caro:

—Ha sido una jugada magistral.

Phyllis sonrió.

—Todos sabemos que los del sur no son de fiar. Pero intenta que la historia sea más coherente. En un momento dado has dado a entender que ese hombre es tu marido.

Caro cogió la taza de té y un bollo de mantequilla mientras intentaba pensar en qué decir. Phyllis no conocía la verdad de su enlace matrimonial, sólo la historia de la imprudente fuga con el joven soldado al que poco después mataron en combate.

—Eso fue lo que pensé al verlo. Es que esos ojos... me entró el pánico; al fin y al cabo, creía que Hill estaba muerto. *Creo* que está muerto —corrigió—. Como dice Ellen, puede que esos ojos sean un rasgo familiar.

—¿Y crees que quiere hablar contigo del testamento de tu marido? Es curioso que vaya hasta otra ciudad para seguir a una criada.

—Exacto.

—¿De qué tienes miedo, Caro?

Caro cogió otro bollo.

—Temo que Grandiston sea el heredero de Hill y que haya heredado parte de mi fortuna. O incluso toda. Y quizás hasta el derecho que tiene un marido sobre los movimientos de su esposa.

—¡Oh, eso lo dudo mucho! Pero lo de las propiedades es inquietante. Es una pena que Fred esté de viaje, porque lo sabría. En cualquier caso, aquí estás a salvo de momento.

Caro sonrió, ¡ojalá estuviese tan segura! Era evidente que Phyllis no podía imaginarse a nadie irrumpiendo en la santidad de su hogar, pero Caro sí que podía. Y, para colmo, Phyllis debía irse en breve para reunirse con su marido en Rotherham. Naturalmente, le había dicho a Caro que podía quedarse en su casa, pero se sentiría desprotegida.

Se levantó y paseó por la sala.

—¿Cómo puede haberse complicado todo tanto y tan deprisa? Esta mañana me he levantado como si fuese un día absolutamente normal, y mírame. Me he visto obligada a dejar mi casa, mi ciudad incluso, y a esconderme por miedo a recibir otra visita de un animal avasallador que estoy segura de que no pretende hacerme nada bueno.

—No hay necesidad...

Pero Caro siguió incontenible.

—Me tiene agazapada como a un ratón en la ratonera. ¿Qué diría tía Abigail?

Phyllis sonrió.

—Que le hicieras frente, pero armada hasta los dientes.

—Diana Arradale diría lo mismo. ¡Ojalá pudiese atacarlo como una fiera!

—Maravilloso —dijo Phyllis riéndose entre dientes—, pero imposible.

A Caro se le ocurrió un plan alarmante.

—Tal vez como una fiera no...

—Caro, ¿en qué piensas?

Ella inspiró, siguió pensando y luego dijo:

—En una pequeña farsa. —Se sentó otra vez, de cara a su amiga—. Necesito ver a mi abogado de York, así que tendré que coger la diligencia mañana a primera hora. ¿Y si paso la noche en una posada en lugar de quedarme aquí? ¿En la misma posada en la que se hospeda Grandiston?

—Pero te reconocerá.

—¿Cómo? No sabe qué aspecto tiene Caro Hill y vestida con ropa normal jamás sospechará que soy Carrie, la criada. Pero si logro entablar con él una relación quizá pueda enterarme con detalle de los motivos que lo han traído hasta aquí.

—¿Quieres entablar una relación con un desconocido en una posada?

—¿Por qué no? Puede que incluso intente coquetear conmigo. Después de codearme con la sociedad de Yorkshire, me he vuelto bastante hábil en el tema. Sé por experiencia que cuando un hombre quiere complacer a una dama habla sin parar. Conoceré sus secretos en una hora.

—El hombre que quiere complacer a una dama a la que acaba de conocer —dijo Phyllis— siempre tiene intenciones deshonrosas.

Caro se echó a reír.

—¡Sí, es muy posible! Pero no pasará nada. Tengo que saber en qué posada se hospeda. Probablemente esté en Woolpack, que es donde nos dejó la diligencia, pero ¿tienes algún criado de fiar que pueda averiguarlo?

Phyllis puso los ojos en blanco, pero dijo:

—Anne, mi doncella. Iré a hablar con ella.

—Me tendrás que prestar unas cuantas cosas para el viaje. Ellen va a enviarme el equipaje, pero aún tardará en llegar. Necesito un sombrero y guantes; ropa interior, un camisón y un vestido de recambio.

—Muy bien —dijo Phyllis—. El vestido será corto y ceñido.

—No tendré que ponérmelo. Gracias.

—No sé si debería ayudarte a hacer esto.

—Phyllis, no tengo alternativa. Tengo que ir a York, de modo que debo abandonar esta casa. Y me sentiré más segura en una posada que aquí sola.

—Estarías con los criados.

—Pero no son mis criados.

Phyllis la miró con reprobación.

—Estás decidida a hacer esto.

Caro sonrió.

—Me conoces demasiado bien. En realidad, preferiría estar en casa y que mi existencia fluyera con normalidad, pero estoy acostumbrada a llevar las riendas de mi vida. Necesito obtener más información para dársela a Hambledon, pero también controlar la situación.

—¿Tendrás cuidado?

—Por supuesto. Hay demasiado en juego.

Phyllis se fue, dándole tiempo a Caro para que reflexionase sobre su plan. Pese a sus valientes palabras, nada más pensar en lo que se disponía a hacer temblaba por dentro. Pero tenía que hacerlo, así que perfiló hasta el más mínimo detalle.

Phyllis regresó con la indumentaria y Caro se fue al espejo a ponerse un fantástico bonete de encaje sobre el que se prendió un sombrero de paja.

—¡Qué bonito! Me encanta esta pluma tan vistosa. —Ladeó la cabeza—. Me pregunto si seré capaz de captar la atención de un hombre que no sabe que soy rica.

—Los hombres acuden a ti como las moscas a la mermelada.

—Suerte la mía.

—Caro —dijo Phyllis—, ¿y si el tal Grandiston es Jack Hill, tu marido? ¿No te reconocerá?

—A estas alturas, estoy convencida de que no lo es, pero ¿por qué iba siquiera a imaginarse que esta elegante dama es aquella niña temerosa de entonces? Aunque necesito otro nombre... —Se miró de nuevo en el espejo y se ajustó el sombrero para darle un aire más desenfadado—. Elegiré un nombre acorde con el juego. Te presento a la señora Katherine Hunter*, esposa de un abogado de York. Kat Hunter, una gata al acecho.

Phyllis gimió.

—Que te conviertas en gata no significa que ese hombre se convierta en ratón, Caro. Vaticino un desastre.

Christian regresó a la posada Woolpack y le pidió a un mozo de cuadra que le hiciera llegar a Barleyman el recado de que recogiera todas sus pertenencias y se reuniera con él sin pérdida de tiempo. Su intuición le decía que su esposa estaba en Silver Street o que los empleados de esa casa sabían dónde estaba.

Sin embargo, no podía hacer nada hasta que llegase Barleyman, así que pidió una habitación y siguió la norma de los soldados de comer siempre que hubiese ocasión. Tomaría algo rápido en el comedor de abajo, donde siempre tenían comidas preparadas para los pasajeros que hacían escala y disponían máximo de 20 minutos para refrescarse. Asimismo podría observar a la gente que iba y venía por si acaso aquella criada aparecía de nuevo, o incluso su esposa cogía una diligencia hacia algún lugar (aunque ignoraba cómo la reconocería).

Tenía el pelo castaño claro, pensó tratando de recordar cómo era hacía 10 años. ¿Color de ojos? No lo recordaba. Era delgada y sin curvas, pero puede que ahora estuviese como una bola. Se dio cuenta de que a lo mejor se había cruzado con ella en la calle. ¡Maldita sea! Debería haberle dicho a Barleyman que consiguiese una descripción de la mujer antes de salir de Sheffield. Ahora ya era demasiado tarde para eso.

Se sentó en la larga mesa y saludó a la mezcla de comensales. Algunos llevaban poco rato sentados y estaban disfrutando de una sopa. Otros era evidente que llevaban más rato ahí y ya iban por el rosbif. Cuatro estaban atacando la tarta de ciruelas con prisa, porque ya habían anunciado que en tres minutos partía la diligencia hacia York.

*Juego de palabras empleado por la protagonista. «Cat» significa gato y «hunter» es cazador. *(N. de la T.)*

La pareja de comensales que estaba apurando la sopa la formaban un joven de mirada sagaz de unos 15 años que iba acompañado de un clérigo rechoncho vestido de negro que parecía su preceptor. Ambos estaban ansiosos por hablar. Pronto Christian se enteró de que el señor Gray era el hijo menor de lord Garforth, cuya residencia estaba próxima a Wakefield, en Yorkshire del Norte.

Christian ya les había dicho que se llamaba Grandiston, por lo que únicamente pudo rezar para que ni muchacho ni preceptor reconocieran que podía ser un título. No parecieron advertirlo, aunque tampoco le proporcionaron información local. Como todos los jóvenes, el señor Gray estaba completamente centrado en su propia situación. Iba camino de Oxford para hacer el curso preparatorio de acceso a la universidad.

—¿Ha ido usted a la universidad, señor? —le preguntó cuando le trajeron la sopa a Christian.

—No, pero estoy seguro de que para usted será una magnífica oportunidad.

—¿Es usted del sur, señor? Hasta ahora nunca había bajado más allá de Lincoln. Espero que sea increíble.

—No es muy distinto al norte —advirtió Christian, divertido, pero identificándose mucho con el chico cuando tenía su edad.

—Será una broma, señor. ¿Verdad?

—Ya basta, señor Gray —musitó el preceptor—. Deje de parlotear.

El joven se calmó obedientemente y Christian se concentró en la sopa de pollo mientras analizaba a la pareja de mediana edad que comía rosbif. Había algo en su aspecto que llamaba la atención, aunque vestían ropa de viaje acorde con la clase media. La mujer llevaba excesivo maquillaje, pero parecía cetrina y quizás intentase ocultarlo. El hombre lo sorprendió mirando fijamente y al cabo de un momento asintió con la cabeza.

—Soy Grandiston —volvió a decir Christian—. He venido a Doncaster por negocios.

—Silcock —repuso el hombre. De nuevo hizo una ligera pausa, como si tuviese que pensar detenidamente cada palabra antes de decirla—. Soy de Pennsylvania.

Christian estuvo a punto de decir que había estado allí, pero lo mejor sería mantener su carrera militar al margen de la conversación.

—Entonces está usted muy lejos de casa, señor. ¿Ha vuelto a Inglaterra para quedarse?

—Nací allí, señor, de lo cual me siento muy orgulloso. —Su actitud era tan solemne que resultaba difícil saber si se había ofendido—. Sin embargo, mi esposa es del norte de Inglaterra. Por eso estamos en esta localidad.

—Ya veo. —Christian sonrió y saludó a la mujer con un movimiento de cabeza. Ella hizo lo propio, pero como si prefiriese que él dejase el parloteo.

Estaba Christian tratando de dar con un tema con el que sonsacarle más información a la extraña pareja cuando entró alguien más en el comedor. La mujer en cuestión titubeó, lo cual no era de extrañar porque no parecía ir acompañada.

Christian se levantó, al igual que el resto de hombres, y le sonrió alentador.

—Hay sitio más que suficiente, señora, y la comida es excelente.

Ella le devolvió la sonrisa y tal vez se sonrojó un poco, luego repasó con la mirada los sitios libres, incluidos los que había a cada lado de Christian. Sin embargo, eligió una silla al otro lado de la mesa y le dedicó una mirada tan inquisitiva como nerviosa. ¡Vaya! ¿No sería la clase de mujer que consideraba que todos los hombres eran una amenaza?

Les dio las buenas tardes a todos.

—Tengo entendido que en estas situaciones impera la informalidad, de modo que me tomaré la libertad de presentarme. Soy la señora Hunter, de York, y he venido sola porque estoy en un aprieto.

—¿Qué le ha ocurrido, señora? —preguntó Protheroe, el preceptor.

Una sirvienta se llevó el plato de sopa vacío de Christian al tiempo que un criado le ponía a ella otro lleno delante. La mujer sonrió al camarero en señal de agradecimiento y cogió la cuchara para tomar un sorbo de sopa.

En general ella era del montón, tenía el rostro ligeramente alargado y ningún rasgo a destacar salvo la estupenda complexión habitual del norte. Decían que era fruto del aire húmedo y la falta de sol. A juicio de Christian, pagaban un precio muy alto. El pelo, que sobresalía por los bordes de un bonete blanco que llevaba debajo de un sombrero de paja, era de un castaño desvaído. Y, sin embargo, se convirtió en el acto en el centro de atención, él mismo sintió esa atracción. Era una mujer muy interesante.

Ella miró a su alrededor.

—Verán, mi esposo y yo veníamos hacia aquí en nuestro carruaje, pero a poca distancia de York hemos perdido una rueda. El pobre ha intentado ayudar al cochero con los caballos y se ha lesionado la espalda. Nada grave —les aseguró—, pero el médico ha insistido en que no viaje hasta aquí.

—¿No se ha quedado usted a cuidarlo, señora? —preguntó Silcock en tono claramente reprobador.

A ella se le sonrojaron las mejillas con admirable naturalidad.

—Señor, ése era mi mayor deseo, pero el señor Hunter tenía que traer a Doncaster unos importantes documentos. Cuando un vehículo nos ha ofrecido ayuda al pasar, mi marido me ha pedido que completara su misión mientras él regresaba tranquilamente a casa. Naturalmente, volveré a su lado mañana en la primera diligencia que salga.

—Su fortaleza es admirable, señora —dijo Protheroe.

—Es mi deber como esposa, señor —repuso ella con recato, y devolvió la atención a su sopa.

Mientras disfrutaba de un rosbif delicioso y contaba la historia de otro viaje desastroso, Christian se dedicó a observar a la señora Hunter. Puede que el color de sus mejillas fuese sincero, pero probablemente su historia no. El porqué no sabría decirlo, pero tenía un instinto agudo para esas cosas.

¿Estaría localizando posibles víctimas a las que asaltar por el camino? ¿Se daría cuenta de había olvidado su monedero y engatusaría a alguien para que le hiciese un préstamo que jamás devolvería? ¿O era simplemente una ratera o una carterista? Christian no le quitaría el ojo a su monedero ni sus bolsillos, pero estaba dispuesto a disfrutar del espectáculo, sobre todo porque la señora Hunter parecía especialmente interesada en él. Bueno, también les prestaba la debida atención a la adusta pareja americana, el empalagoso preceptor y el muchacho ilusionado, pero él a menudo la sorprendía mirándolo.

Cuando sus miradas se encontraron otra vez, ella se lo quedó mirando un rato y luego apartó la vista, ruborizándose. ¿Y si su único delito era ser una esposa responsable a la que habían dado rienda suelta y quería vivir una aventura? ¡Pardiez! Esperaba que sí, porque en ese caso él le enseñaría lo que era una aventura de verdad.

# Capítulo 7

Christian había pedido una botella de vino para acompañar la comida. Cuando le trajeron la carne, le ofreció un poco a ella. De nuevo lo miró largamente con actitud sugerente.

—Gracias, señor. Es usted muy amable.

Él le devolvió la mirada mientras le servía. Ella tomó un sorbo y luego inclinó la cabeza.

—Excelente clarete.

Lo era, pero ¡qué curioso que supiera apreciarlo! ¿Sería una dama de alcurnia en busca de oscuras aventuras? Él creía que no, pero tampoco es que fuese una esposa de abogado muy normal.

—Ha dicho que es usted de York, señora. ¿Vive ahí?

—Sí, señor.

—¿Ha vivido allí toda su vida o se crió en el campo?

—En absoluto —contestó ella con bastante ambigüedad—. ¿Y usted, señor? No me parece que sea del norte.

—Nací y me crié en Oxfordshire.

Christian había olvidado al resto de comensales, pero entonces el joven le interrumpió.

—¡En Oxfordshire, señor! ¿Podría hablarme de los deportes que se hacen por la zona? Mi padre me ha dicho que me costeará el mantenimiento de un caballo si me concentro en los estudios, y me he traído mis escopetas.

Resultaba alarmante imaginarse al muchacho con armas, aunque más o menos a esa edad Christian ya usaba armas con intención de matar. Le habló amablemente de las posibilidades deportivas que ofrecía el entorno universitario, pero sin perder de vista a la señora Hunter.

La mujer estaba fingiendo un halagador interés en su infancia en Oxfordshire. Sus ojos con frecuencia topaban con los suyos. ¿Se daba cuenta de lo reveladora que era su mirada? Tal vez sí, porque se giró hacia los Silcock y se puso a hacerles preguntas de cortesía. Al hacerlo dejó ver una imperfección. En la mandíbula, justo debajo de la oreja izquierda, tenía una cicatriz blanca e irregular; una herida con desgarro más que un corte limpio. Suerte que no era más grande ni estaba en un sitio más visible, pero como suele ocurrir en esos casos, esa pequeña imperfección aumentaba su atractivo.

Christian se recordó a sí mismo que estaba ahí para atrapar a su esposa. Claro que no podía hacer nada hasta que Barleyman llegase, con suerte, en un par de horas... y ella era maravillosamente enigmática.

Los encantos de la señora Hunter no consiguieron mucha más participación de los Silcock que sus propios intentos de conversación. La señora Silcock confesó que no había nacido en Yorkshire, sino en el Condado de Durham, y Silcock que era un granjero. Entonces la señora Hunter se giró y dejó que el chico volviese a acaparar la atención.

Ningún poeta le dedicaría sonetos a unos labios tan normales, pero cuando contenía la risa se le hundían las comisuras y se le formaban unos hoyuelos encantadores. Como el señor Gray estaba intentando impresionarla con su gallardía, los hoyuelos aparecieron con frecuencia, pero ella lo trató con dulzura.

Protheroe se levantó y puso como pretexto para marcharse su apretada agenda, pero el motivo seguramente fuese el interés que tenía el joven a su cargo en la dama; lo cual fue muy acertado. Los Silcock también se fueron. Christian se quedó, le hubiera costado horrores dejar sola a una dama.

—¿Nació y se crió usted en York? —le preguntó él.

Ella miró a su alrededor como si estuviese nerviosa, pero luego le volvió a sonreír.

—Sí, ¿y usted? ¿Ha dicho que es de Oxfordshire? ¿Del propio Oxford?

—No, del campo. York es un lugar muy conocido. ¿Debería visitarlo?

Ella levantó los ojos, pestañeando.

—¡Oh, desde luego, señor! Aunque me gustaría ser su guía.

Él sonrió alentador.

—¿Por qué no? Me está usted tentando con ese viaje.

—Por desgracia, mi esposo necesitará de todos mis cuidados durante una temporada.

El escote de su jubón de manga larga era lo bastante cerrado para ocultar por completo sus senos, pero parecían generosos, que era como más le gustaban a Christian. Las mangas largas dirigían la atención de uno hacia sus manos estilizadas y blancas. Podía imaginárselas frías sobre su cuerpo ardiente. Llevaba, naturalmente, una alianza de boda, pero los remordimientos le pesarían a ella, no a él.

Sin embargo, le sorprendió caer en la cuenta de que también él estaba casado. Le parecía tan inverosímil como si le hubieran dicho que era griego, pero era cierto. Él era la excepción en su entorno y creía en la fidelidad conyugal, otra razón por la que nunca habría querido casarse. ¿Los votos de su matrimonio forzado le ataban? ¡Qué caray, no le habían atado en 10 años!

Ella levantó el vaso de vino con ambas manos y lo miró por encima del borde del mismo.

—Dígame, señor Grandiston, ¿qué puede haber traído a Doncaster a un hombre de Oxfordshire?

—Asuntos familiares, señora.

—¿Tiene usted familia aquí?

—Un pariente muy lejano.

—¿Le entretengo?

—En absoluto. Estoy esperando a alguien. ¿Le estoy impidiendo yo que se ocupe del asunto de su esposo?

—No, sólo alargo la vuelta por si tengo que llevarme algún mensaje o documento. Creo que se trata de un testamento.

El criado le trajo la tarta de ciruelas. La señora Hunter apuró su vaso y se relamió deliberadamente la última gota carmesí de los labios. Christian se removió en su asiento.

—¿Lo suyo también tiene que ver con un testamento? —le dijo ella mientras cogía la cuchara.

—¿Qué le hace pensar eso, señora?

Ella se rió entre dientes.

—Discúlpeme. Es que me gustan las adivinanzas. ¿Sus negocios lo retendrán mucho tiempo en Yorkshire?

—Eso depende de muchas cosas.

Su mirada seductora y el rubor de sus mejillas dieron a entender que lo había captado. Se concentró en su tarta, pero no pareció ofenderse ni intentó marcharse. ¡Era encantadora!

Tras una cucharada de pastel, la señora Hunter levantó de nuevo la vista.

—Esto está delicioso. Debería haberlo probado.

—Me distrae usted de otros dulces, señora Hunter.

Una pizca de jugo morado de ciruela le manchó la boca y ella se pasó la lengua por los labios.

—Permítame el atrevimiento, señor, pero tiene usted aire de militar, ¿es posible?

—No lo sé. ¿Eso cree?

Ella se rió entre dientes.

—¿Está usted jugando conmigo, señor?

—Todavía no —contestó él con una sonrisa.

Ella bajó los párpados, poniendo de manifiesto que había captado la palabra en su sentido más amplio.

—Lamento que mi pregunta haya podido parecerle impertinente.

—¡No! Es sólo que su curiosidad me tiene intrigado.

—¿Por qué? Es usted un hombre muy interesante.

Christian contestó lo esperado.

—Y usted una mujer muy interesante. Tal vez le apetezca dar un paseo después de comer.

—¡Por supuesto que sí! Gracias. Es muy bueno para la digestión, pero no quería pasear sola por una ciudad tan transitada.

La señora Hunter se metió en la boca el último trozo de tarta, se limpió cuidadosamente con la servilleta y se levantó. Para entonces Christian ya había bordeado la mesa para ayudarle.

Admiró el delicado contorno de su nuca y la redondez de sus nalgas bajo su sencilla falda, pero se obligó a pensar en lo peligrosa que podía ser esa sirena. Christian dudaba que fuese una ladrona, porque él no era un blanco fácil, pero quizá pretendiese engatusarlo y llevárselo a la cama para que su marido se pusiese furioso y pudiera exigir una recompensa en forma de dinero o sangre. Era una trampa que se les tendía a muchos viajeros. Aunque él tampoco sería un blanco fácil para eso, porque se decantaría por la sangre.

Tenía que dejarle una nota a Barleyman por si llegaba antes de lo esperado, de modo que se retiró unos instantes y pidió papel y pluma.

*En primer lugar: vaya hasta el letrero de las Dos Palomas, en Silver Street, a ver qué puede sonsacarles a los criados, sobre todo en lo referente a las entradas y salidas del día de hoy. ¿Se aloja allí la señora Hill? ¿Ha estado allí hace poco o está prevista su llegada? ¿Ha salido alguien de la casa esta tarde? Si puede, consiga una descripción. Es muy poco probable que ella sea la señora Ossington.*

*La criada de los Froggatt ha entrado en la casa aproximadamente a las dos de la tarde. ¿Cuál era su objetivo oficial? ¿Dónde está ahora? A ser posible, averigüe qué decía el mensaje que llevaba.*

*Y cualquier otra cosa que se le ocurra.*

*Hasta pronto,*

*CG*

Christian calentó cera y cerró la carta sin sello alguno. No era muy probable que alguien de ahí reconociese el emblema de lord Grandiston, pero mejor no correr riesgos. Escribió «Joseph Barleyman» en la parte frontal, le entregó la nota al posadero y volvió a reunirse con la enigmática dama.

La sorprendió mirando ceñuda hacia la puerta de la calle. Christian se giró y vio que los Silcock se disponían a subir al carruaje que los aguardaba. No era un vehículo para distancias largas, sino una calesa abierta con un solo caballo para trayectos cortos.

—¿Le caen mal los americanos? —inquirió él.

—¿Qué? ¡Oh, no, en absoluto! —Ella le cubrió con la mano el brazo que le había ofrecido—. A veces los desconocidos despiertan nuestro interés sin motivo alguno ¿no le parece?

—En algunos casos no es de extrañar —repuso Christian.

Ella pestañeó repetidamente. ¿Se podía ser más descarada? O sugerente.

—¿Nunca le ha parecido reconocer a alguien y luego ha descubierto que era un completo desconocido? —dijo ella mientras abandonaban la posada.

—En el extranjero conocí a un hombre al que confundí brevemente con uno de mis mejores amigos. Ni siquiera hablaba inglés. Pero durante nuestra conversación descubrimos que éramos parientes lejanos.

—Curioso. ¿Se parece usted a su familia?

—Lo raro sería que no me pareciese.

Ella se ruborizó y se echó a reír.

—Naturalmente, ¡qué tonta soy! Me refería a su familia en general. Conozco a una familia en la que hay rubios y morenos, y algunos tienen los ojos muy distintos. No he podido evitar fijarme en su color de ojos, señor. —Lo miró a los ojos, seductora—. ¿Son un rasgo familiar?

Christian evitó colisionar con un grupo de gente que se apresuraba hacia la posada.

—La gran carretera del norte es un mal sitio para hacer la digestión, señora. Tal vez podríamos torcer por aquí y buscar una calle más tranquila.

—Naturalmente —dijo ella tras un breve titubeo—. Excelente idea.

Otro indicio de impaciencia. Christian eligió una dirección que debería conducirlos a Silver Street. Quería echarle otro vistazo a la casa, y ahora llamaría menos la atención.

—¿Sus ojos, señor? —dijo ella volviendo a mirarle a los ojos después de caminar unos cuantos pasos.

—Como bien ha dicho, son un rasgo familiar.

—¿Todos los miembros de su familia los tienen así?

—Algunos de mis hermanos y hermanas no. —Si ése era el mayor grado de provocación que ella podía lograr en una conversación, tal vez lo mejor fuese pasar directamente a la cama.

—¿Y el resto? —preguntó ella—. Sus primos, por ejemplo.

—Estos ojos son de la familia de mi madre, así que están esparcidos por los Dale.

—¿Los Dale? —replicó ella arrugando la frente—. ¿Se refiere a los valles Swaledale y Wensleydale?

Él se rió entre dientes.

—No, ¡para nada! ¡Que ocurrencia! Me refiero a mi familia materna, apellidada Dale.

—¡Ufff! —dijo ella riéndose con él—. ¡Menudo alivio!

La risa de Caro era sincera, pero su coqueteo estaba resultando un tanto torpe. Debía de parecer una perfecta idiota.

Por otra parte, tal vez fuese eso lo que él quería. Daba la impresión de que se creía que podía seducirla en una vía pública a plena luz del día. Era como si esperase acostarse con ella nada más regresar a la posada. Sí, *esperase.*

Con una dama a la que había conocido por casualidad. Jamás se habría ella imaginado que semejante cosa era posible, ni siquiera en la depravada ciudad de Londres. Pero, se recordó a sí misma, si él tenía esperanzas, seguiría hablando. Como Scheherazade, debía continuar tentándolo hasta que él le hubiese relatado todos sus cuentos. Bueno, en realidad la historia era al revés, pero ése tendría que ser su plan general. Eso si era capaz de planear algo.

Se soltaron para contemplar el escaparate de una tienda de porcelanas, y cuando prosiguieron él le tocó la espalda. Fue un roce tan leve que ella no estaba segura de que fuera real, pero su cuerpo sí, porque los escalofríos subían y bajaban por su columna, invadiendo incluso su cerebro y obstaculizándole tremendamente el pensamiento. En todo momento era consciente de su presencia junto a ella. Lo sentía como no había sentido nunca a ningún hombre, sentía su fuerza, sus largas piernas y su mirada risueña.

Esa partida la había ganado él, pero ella le devolvió la sonrisa y probó con otra pregunta.

—¿Sus parientes viven en Doncaster, señor Grandiston, o en las proximidades?

—No estoy completamente seguro, porque estoy buscándolos.

—¿Se apellidan Grandiston? Es un apellido poco común.

—No, su apellido es Hill.

Algo llamó su atención.

—¿Y el apellido de soltera de su madre es Dale? ¿Se está usted inventando todo esto?

Él sonrió.

—¿Por qué iba a hacerlo?

—Le aseguro que no tengo ni idea, pero le ruego que me diga la verdad.

—¿Por qué?

Ella procuró hacer un mohín.

—Porque se muestra usted escurridizo, señor, y no me resulta agradable.

—No soy escurridizo, señora Hunter. Póngame a prueba.

Ante ese tono de voz y esa mirada ella sintió escalofríos por todo el cuerpo. Tuvo que apartar la vista y reparó en que estaban siendo observados por tres mujeres que cuchicheaban en el umbral de una puerta mientras sus hijos jugaban a poca distancia; o más bien él era el observado. Naturalmente. Por sus caras cualquiera diría que se meterían en su cama con un simple chasquido de dedos.

Caro trató con desesperación de recordar al hombre aterrador e iracundo de Froggatt Lane, pero podría tratarse de otra persona.

Sorprendió a una mujer mirándola y también pudo interpretar esa expresión: «¿Qué hace un hombre tan apuesto como él con ese esperpento?». Caro sabía que ella era normal y corriente y él no, pero le lanzó a la mujer una mirada como diciendo: «Seré un esperpento, pero por ahora él es mío».

Sin embargo, entonces tomó conciencia de la atención que en general estaban despertando y que en ningún caso era debido a ella. No se trataba solamente del atractivo físico de él, sino de su carruaje y su seguridad en sí mismo, indicios de su exquisita educación e ilustre cuna.

Como en el caso de Hill. Incluso en aquellos terribles momentos Caro había sabido que, a diferencia de Moore, era un aristócrata, pero eso no era nada bueno. Cuando la gente normal como ella topaba con la aristocracia, ganaba ésta.

—Es usted muy descarado, señor Grandiston —dijo ella con

burlona coquetería—. Tiene usted aspiraciones muy señoriales. ¿Hay algún título nobiliario en su familia?

—¿Es algo de lo que debería enorgullecerme o avergonzarme?

—¿Quién se avergonzaría de un título?

—El de Darien es dudoso, y el nuevo conde Ferrers quedará marcado de por vida.

—¿Darien?

—Ha cometido toda clase de bajezas.

—¿Y Ferrers?

—¿Su ejecución por asesinato ha pasado inadvertida en el norte?

—¡Ah, eso! —exclamó Caro, dándose cuenta de que estaba sumida en sus pensamientos—. No. Es un caso que se menciona con frecuencia para demostrar que todos somos iguales ante la ley.

—Detecto cinismo en su voz, señora Hunter.

Seguramente lo había.

—Sólo creo que el porcentaje de lores castigados por sus crímenes es un tanto inferior al de indigentes.

—De acuerdo, es verdad. Pero esa injusticia se extiende a todos los propietarios acaudalados. Estoy convencido de que ante la ley saldría usted mejor librada que aquella mujer andrajosa de ahí.

Caro observó a una anciana encorvada que se apresuraba a recoger con una pala las boñigas de un caballo que acababa de pasar para meterlas en un cubo. Le vendería el botín a un horticultor por unos cuantos peniques.

—Lamentablemente, tiene usted razón, señor. Además, esa pobre criatura debería estar en un hospicio.

—¡Qué buen corazón!

—¿A usted le da igual?

Él la miró pesaroso.

—Casi nunca me fijo en esa gente, lo que sin duda confirma la mala opinión que le merece la aristocracia.

Muy bien, ya estaba confirmado, aunque Caro no debía mostrar su consternación. ¡Cielo santo! Estaban entrando en Silver Street. Aquí no la conocía nadie, pero aun así sintió que estaba en peligro.

—No todos los aristócratas me merecen una mala opinión

—dijo ella—. La condesa de Arradale, ahora marquesa de Rothgar, naturalmente, es conocida en Yorkshire por sus obras benéficas. Claro que hay de todo. Me han contado historias realmente espeluznantes.

—¿Y las clases bajas son indefectiblemente virtuosas?

—No, claro que no. Le pido disculpas... —dijo ella distraída. ¿Y si uno de los criados de Phyllis salía de la casa y la reconocía?

—Yo creo que hay de todo en todas las clases —comentó él—. Por ejemplo, muchos aristócratas no hacen nada, pero otros se ocupan responsablemente de la dirección y administración de sus fincas, y además tienen otros intereses. Están de moda la ciencia y los avances industriales, e incluso los inventos mecánicos, como los relojes precisos. Hay una serie de aristócratas, como Ashart, Ithorne, Rothgar y hasta el nuevo conde Ferrers, que están entusiasmados con el tránsito de Venus.

Caro por poco se delató poniendo en duda que el impasible marqués de Rothgar pudiera entusiasmarse con algo.

—Supongo que eso no será tan indecoroso como suena.

—En absoluto, razón por la que probablemente no me interesa.

—Señor Grandiston, ¡debería darle vergüenza! ¿De qué se trata, pues?

—Por lo poco que sé, señora, mandan barcos a observar el paso del planeta Venus por delante del Sol desde diversos puntos alrededor del mundo. Eso permitirá calcular no sé qué con más precisión; el tamaño de la Tierra, quizá.

—¿Y para qué necesitamos saber eso?

—¡Lo ignoro, señora!

Se acercaban a casa de Phyllis. Todo parecía tranquilo. Phyllis habría ido a reunirse con Fred, y Caro se preguntó por qué su vida no podía ser así de sencilla. Lo sería en cuanto hubiese solucionado sus problemas, para lo que debía averiguar por qué Grandiston estaba buscando a la esposa de Jack Hill. ¡Ojalá pudiera preguntárselo sin rodeos!

—Iba a contarme más cosas sobre su búsqueda de los Hill —dijo ella dedicándole una sonrisa.

—¿Ah, sí? Creo que Venus es mucho más interesante.

—¡Es usted muy pillo, señor! No se lo consentiré.

—Entonces quizá no satisfaré su curiosidad.

De nuevo, Caro hizo un mohín, en parte sincero. Por algún motivo él se negaba a hablar de lo que a ella le interesaba. Los hombres solían pasarse horas hablando de sus caballos nuevos, de la amortiguación mejorada de su carruaje o de su opinión sobre cómo deberían gestionarse los recursos rurales, pero Grandiston no, en absoluto. Y la verdad es que era demasiado peligroso como para seguir coqueteando con él.

El reloj de la iglesia sonó y eso le brindó una escapatoria.

—¡Vaya! Creo que debería regresar a la posada.

—Sí, yo también creo que va siendo hora de irme —dijo él.

¡Ay, Dios! Le encantaría librarse de él, pero tendría que dejar que la acompañara de nuevo hasta Woolpack. En tal caso podría volverlo a intentar.

—De modo que en su árbol genealógico tiene Hills y Dales, señor. ¿Algún Peak o Vale*?

Él sonrió.

—No, pero confieso que hay algún Plain.

—¿De veras? ¡Qué encantador!

—¿Y usted, señora, alguna otra profesión? ¿Algún Fletcher o Smith**?

—No, creo que no. Pero Katherine es un nombre muy común en mi familia. ¿En la suya hay más Christians?

A él aquello pareció hacerle gracia, pero dijo:

—No se me ocurre ninguno. Cuatro de mis hermanos se llaman Matt, Mark, Luke y John.

—¿Su familia es bíblica? —inquirió ella, si bien no sabía cómo conseguiría su objetivo tirando de ese hilo.

* El apellido del protagonista significa «colina» y da juego a que los demás apellidos propuestos correspondan a otros accidentes geográficos. «Dale» y «vale» son valles, «peak» es una cima y «plain» una llanura. *(N. de la T.)*

** El apellido falso de la protagonista, Hunter, significa «cazador» y, de igual modo, da juego a que los demás apellidos propuestos estén relacionados con otras profesiones. «Fletcher» es flechero y «Smith» es herrero. *(N. de la T.)*

—No especialmente. Mis padres únicamente buscaron la comodidad. ¿Tiene usted hermanos o hermanas?

—Sí —mintió Caro—. Una hermana llamada Mary y un hermano llamado Jack.

No vio que él hiciera ninguna mueca al oír el nombre de Jack.

—¿Y cuál es su apellido de soltera? —inquirió Grandiston—. Tendría gracia que fuese, por ejemplo, Fox.

Ella se echó a reír.

—Sí, pero me temo que es otro aburridísimo: Brown.

De nuevo se acercaban a Woolpack y Caro había descubierto muy pocas cosas.

—Siento curiosidad por algo —dijo ella intentando aparentar indiferencia.

—De eso estoy seguro —repuso él.

—Si el apellido de soltera de su madre era Dale, ¿de dónde salen los Hill?

—Sin duda, una pregunta muy geográfica. Tal vez las «colinas» hayan sido creadas por unos topos gigantes.

—¡Señor Grandiston!

—No pretenderá que me tome en serio una pregunta tan aburrida. ¿Por qué no me cuenta, en cambio, qué ha venido a hacer aquí?

La pregunta era ambigua, pero Caro contestó:

—He venido a ocuparme de unos asuntos de mi esposo.

—¡Qué bíblico! Recuerde las funestas consecuencias.

—Señor Grandiston, tenga la bondad de no coquetear con las cosas sagradas.

—Es mucho más agradable coquetear con usted.

Se habían detenido y Caro estaba hipnotizada por la risueña mirada de Grandiston; de repente una increíble sensación de dulzura se había apoderado de ella. ¿Era real todo aquello, aquel absurdo y juguetón coqueteo con ese hombre increíblemente guapo? Un hombre, además, capaz de jugar con sus emociones con una sola mirada, de excitarla con un roce...

¡Eyam! Dio un paso atrás.

—Señor, recuerde que estoy casada.

—¿En Yorkshire no coquetean las mujeres casadas?

—No con intenciones serias.

—¿Le parece que lo hago en serio? —preguntó él—. Y usted, ¿son serias sus intenciones?

—Por supuesto que no. —Ella se giró para apresurarse hacia la posada.

—En ese caso no hemos hecho nada más que pasar el rato en una hora muerta —comentó él, que le dio alcance sin esfuerzo—, lo cual no hace daño a nadie. Espere.

Ella se detuvo sin pensárselo dos veces y vio que él le hacía señas a un vendedor de flores. Compró un ramillete de flores campestres y se volvió hacia ella.

Caro no quería aceptarlas. Se parecía a Perséfone* probando unas semillas de granada, aunque no sabía con seguridad qué inframundo se vería obligada a habitar durante seis meses... En lugar de ofrecerle el ramillete, él se lo acercó a ella a la nariz.

—¿Huelen bien?

Caro las olió.

—A alhelí, verbena, romero... —A continuación Grandiston las movió un poco para que le rozasen la mejilla mientras la miraba a los ojos fijamente (¡menudos ojos tenía!).

Sus ojos, aquella fragancia, un ligero roce... No fue más que eso, pero sintió un cosquilleo en el estómago.

—¿Y bien? —le preguntó él en voz baja y ella supo a qué se refería.

La respuesta era un no, pero tal vez pudiese ir un poco más allá. Tal vez pudiese seguir con esa divertida travesura y al mismo tiempo averiguar lo que necesitaba saber. ¿Qué peligro había? Aunque él fuese tan audaz como Belcebú y ella tan débil como Eva, no podría lograr su objetivo en una hora, y ése era el tiempo máximo que ella le concedería. Después se retiraría a su cuarto y echaría el cerrojo.

* En la mitología griega, Perséfone es raptada por Hades y se convierte en la reina del inframundo. La única condición que se le impone para ser liberada es que durante el trayecto de regreso a la Tierra no pruebe bocado, pero Hades la engaña y ella come unas semillas de granada, por lo que todos los años tiene que volver con él tantos meses como semillas ha ingerido. *(N. de la T.)*

—Quizá la noticia que está esperando haya llegado ya —dijo ella mientras cogía el ramillete.

—Eso sería una lástima.

Ella le lanzó una mirada.

—Antes es la obligación que la devoción, señor.

—¡Qué virtuosa! Pero ¿y si las obligaciones pueden posponerse?

—¿Las suyas pueden ser pospuestas?

—¿Quiere otra adivinanza? Jugaremos a las diez preguntas, pero en mi habitación y con una copa de vino.

Sus miradas se encontraron.

—Eso sería sumamente indecoroso, señor Grandiston.

—¿El qué? ¿Tomar una copa de vino juntos por la tarde? Tal vez un poco, señora, pero no sería lo más indecoroso.

Caro tragó saliva. En circunstancias normales ni se plantearía algo semejante, pero nadie se enteraría, era de día y él le contestaría a 10 preguntas. Entraron en el vestíbulo de la posada y pasaron por delante del fuego que ardía y que parecía dar mucho calor.

—Es una lástima que vaya usted hacia York y no a Londres, señora Hunter. Podríamos volver a vernos allí.

—Londres es un sitio terrible.

—Pero tiene unas maravillas que yo le mostraría para su deleite.

Caro se entregó a la visualización de su promesa. Grandiston era un canalla, pero estaba segura de que podría cumplir lo prometido y mostrarle esas maravillas...

Pero ¿en qué estaba pensando? No podía ir a Londres. No *quería* ir. Por lo menos, no de momento. Tal vez fuese con Eyam en el viaje de novios, pero una vocecilla le susurró: «No será ni mucho menos tan maravilloso como lo sería con este hombre».

De pronto él le acarició la mejilla.

—¿Cómo se hizo eso?

Caro retrocedió y se tapó la zona con la mano.

—¿El qué? ¿La cicatriz? —Bajó la mano—. Me caí de pequeña. —Le faltó poco para decir «...en la fábrica».

—Contra un objeto afilado pero dentado. —Volvió a reseguir la zona con los dedos y en esta ocasión ella le dejó.

—Un trozo de metal dentado —dijo ella en un mero susurro.

—Es una lástima, aunque no le resta atractivo. Venga conmigo al sur.

—¿No hablará en serio? —Miró nerviosa a su alrededor, pero nada más había dos personas en el vestíbulo y no estaban prestándoles ninguna atención.

—¿No puedo? —replicó él.

—No. Y aunque así fuera, la respuesta sería igualmente un no. Mi hogar está aquí.

—Con su marido.

—Con mi marido —convino ella—. Gracias por este paseo tan agradable, señor Grandiston.

Él le hizo una reverencia.

—El placer ha sido mío. —Pero añadió—: Sigue sin saber por qué he venido hasta aquí. Quizá se lo cuente, pero tendrá que pagar por ello.

—¿Pagarle? —preguntó ella con el corazón latiéndole con fuerza.

—Desvelando algunos de sus secretos...

—¿Secretos? Yo no tengo secretos.

—... Capa a capa.

El señor Grandiston impregnó aquellas palabras de insinuaciones de ardientes besos y prendas de ropa resbalando del cuerpo, una a una.

—Al final, podríamos incluso llegar a la verdad desnuda —añadió como para redondear la imagen.

Caro cerró la boca, pero estaba estupefacta.

—¿Vino? —le preguntó él.

Caro sabía que debería negarse, que debería escapar a su habitación en ese preciso instante y echar el cerrojo, pero era incapaz de poner punto final a aquello todavía. Nunca se había imaginado nada semejante.

Y tampoco llegaría demasiado lejos. La habitación de una posada por la tarde no era como una orgía en Londres, y un poco más de intimidad, sobre todo entre las cuatros paredes de un cuarto, le proporcionaría más oportunidades al estilo de Scheherazade. Naturalmente, puede que tuviese que concederle ciertas licencias: unos cuantos besos, quizás incluso alguna que otra caricia levemente indecorosa...

Sintió un cosquilleo en diversos sitios indecorosos y su corazón acelerado le advirtió del peligro, pero tenía que hacerlo. Tenía que hacerlo por muchas razones.

—Por supuesto —contestó Caro con la máxima serenidad posible—. Esto promete ser divertido.

—Será lo que sea que usted desee, señora —dijo él, y se volvió para pedirle a una doncella que pasaba por ahí que les llevase vino a su habitación.

Al subir las escaleras él le puso de nuevo la mano con delicadeza en la espalda, aunque esta vez más abajo; en la parte inferior. ¿Por qué aquello le parecía tan escandaloso? Grandiston abrió la puerta de su cuarto y le indicó con un gesto que entrase. Caro vio la enorme cama y se detuvo.

«No seas boba. No tienes catorce años y puede que Grandiston tenga muchos defectos, pero no es como Moore. Además, fuiste a aquella posada con la idea de casarte y todo lo que ello implicaba, aunque no esperases tanta brusquedad. Esto será más bien como tomar té en un salón.»

Igualmente, cuando Caro entró, se mantuvo lo más alejada posible de la cama. Lo cual no fue difícil, ya que la habitación era bastante amplia y a ese lado había una sencilla mesa de comedor con cuatro sillas de madera, y otros dos sillones tapizados junto al hogar, cada uno con una mesa de pie al lado.

—Hablando de secretos, ¿cómo se llama? —preguntó él mientras se desabrochaba el cinturón donde portaba la espada.

¡Vaya! ¿No estaría *desnudándose*? Caro se dispuso a escapar, pero él dejó la espada envainada encima de la mesa y fue hasta ella.

—Adelante, dígamelo.

—Katherine —dijo ella con la boca seca.

—¡Es verdad! Es el nombre que se repite en su familia. ¿Y está realmente casada?

—¿Por qué lo duda? —Caro se quitó un guante para enseñarle la alianza.

Él cogió su mano como para examinar el anillo de oro. Si esperaba detectar que era nuevo o que se lo había puesto hacía poco tiempo, se llevaría una decepción. Le levantó la mano y le rozó los nudillos ligeramente con los labios, acariciándolos como Eyam no había hecho. Lo hizo mirándola, sus ojos cargados de obscenas promesas. «Si soy capaz de hacerle esto en la mano con los labios, señora mía, imagínese lo que podría hacerle en otro sitio...»

—Primera desnudez —dijo él en voz baja.

Caro debería marcharse... pero algo borboteaba en su interior, el deseo de gozar de esa maldad, de ahondar en ella. Ella siempre había coqueteado con recato y con hombres comedidos, pero con aquel hombre no estaba segura.

Aunque tampoco era verdaderamente peligroso. Lo presentía. E incluso aunque fuese una bestia, no se propasaría con ella en un lugar respetable y con tanto movimiento como Woolpack. A través de la ventana ligeramente abierta llegaban voces de fuera y el ajetreo de carruajes que iban y venían.

Caro retiró la mano tratando de mostrarse juguetona.

—Y el último —dijo.

—¿El alfa y omega de nuestra interacción?

—Exacto. Imposible imaginar más conociéndonos tan poco.

—Cada vez nos conocemos más. ¡Ah..., nuestro vino! Siéntese, por favor, señora.

Él fue hasta la puerta para coger la bandeja y Caro tomó asiento, y dejó los guantes encima de la mesa contigua. Vio que la camarera se asomaba y le sonrió; así comprobaría que ahí dentro todo era muy decente.

Como si pretendiese poner esa cuestión de relieve, Grandiston dejó la puerta ligeramente abierta. Sirvió el vino y se lo llevó a Caro, y acto seguido ocupó el sillón de enfrente con una sonrisa sumamente inofensiva.

Entonces las esperanzas de Caro se hicieron añicos. Ahí no habría juegos peligrosos ni perversos. Grandiston había estado bromeando, eso era todo. Pese a los escalofríos que la decepción le produjo en sus entrañas, Caro se dijo a sí misma que aquello era lo más conveniente.

A decir verdad, ¿por qué se había imaginado otra cosa? ¿Acaso era la clase de mujer que provocaba deseos de lujuria en cualquier desconocido? ¿Parecía la clase de mujer que pecaba con un desconocido a plena luz del día? Por supuesto que no. Y llevaba el sombrero puesto. Nadie violaba a una mujer con el sombrero puesto.

# Capítulo 8

Christian sabía que tendría que estar haciendo otras cosas, pero su esposa errante era mucho menos interesante que la señora Hunter. Especialmente porque parecía que ésta estuviese esperando a un sacamuelas y no a ser seducida. Volvió a pensar en el marido al acecho, en si irrumpiría en la habitación. Sería decepcionante que sucediera, pero en cierto modo divertido.

—¿A qué distancia de aquí descansa su marido? —inquirió él.

—¡Vaya! Eso ha sonado a tumba, señor.

—Le pido disculpas, pero es de esperar que éste descansando.

—¿Por qué quiere saberlo? —le preguntó ella.

«¿Por qué no quiere decírmelo?» Esa mujer tenía secretos y él como mínimo esperaba descubrirlos.

—Sus secretos —le recordó él—. Capa a capa.

Ella se sonrojó.

—Como le he explicado, el accidente tuvo lugar justo en las afueras de York y regresará a casa con tranquilidad.

—Pero pretende usted pasar aquí la noche —dijo él—. ¡Qué delicia!

El rubor de Caro se intensificó y el vino de su copa tembló un poco.

—Me refería únicamente —dijo él— a que luego podríamos pasar un rato juntos, jugando a cartas tal vez. Señora mía, no irá a dejarme solo con los Silcock.

—Quizá vuelvan de su viaje de mejor humor.

—Algo me dice que son obstinadamente taciturnos, pero ya ve que soy optimista por naturaleza.

De pronto a Caro se le formaron esos hoyuelos junto a las comisuras de los labios, acompañados de una fugaz mirada de picardía.

—A veces el optimismo es injustificado —dijo ella.

—Sin embargo, está usted aquí.

—Para hacerle unas preguntas.

—¡Claro! ¿Es usted una aventurera alocada?

—¿Yo? —Ella se rió, y su risa parecía sincera—. Soy una mujer normal y corriente.

—Lo dudo; al fin y al cabo está aquí —señaló él.

Caro tomó un sorbo de vino.

—Es más probable que sea usted un villano, señor. ¿Me ha engatusado para que venga aquí y así poder robarme mis baratijas?

—Perdone si la ofendo, pero no me parece que valga la pena morir ahorcado por robar sus baratijas. Sin embargo, por los anillos de la señora Silcock, sí. Tal vez esté simplemente pasando el rato hasta que encuentre una ocasión para robárselos.

—Pese a todos sus encantos, las probabilidades que tiene de estar a solas con la señora Silcock en una habitación son escasas, señor Grandiston.

Él sonrió.

—Veo que ha reparado en mis encantos.

—Naturalmente, los exhibe usted con absoluto descaro.

Él se echó a reír. Cuando se lo proponía, la mujer sabía defenderse.

—Sólo delante de usted —repuso él.

—De momento, pero si por mis baratijas no vale la pena correr el riesgo de...

—Quizá por usted sí.

Caro abrió mucho los ojos por la sorpresa, pero no protestó ni siquiera para quedar bien.

¿Estaba receptiva y nerviosa a la vez? ¿Era una mujer virtuosa que sin la presencia de su esposo y su entorno familiar estaba dispuesta a sacar provecho de la situación, por primera vez quizá? Eso sí que era arriesgado. Grandiston conversaría hasta apurar el vino y luego la dejaría marchar a su habitación.

Raras veces se comportaba como correspondía en esas cuestiones, pero le advirtió:

—Sería usted quien correría el mayor riesgo, señora Hunter.

—¿Yo?

—Sí, por su esposo y su reputación.

—¡Oh! —exclamó ella—. No se preocupe por eso.

Caro únicamente había pretendido que la conversación fluyera, retomar el interrogatorio, pero se dio cuenta demasiado tarde de que sus palabras habían sido una invitación. Él dejó su copa de vino y se levantó a cerrar la puerta. Le quitó a ella la suya de la mano, que no opuso resistencia, pero entonces en lugar de dejarla encima de la mesa se la acercó a los labios y, mientras observaba a Caro, bebió por el mismo sitio por el que ella había bebido. ¿Por qué aquello hizo que Caro temblara de pies a cabeza?

Grandiston dejó caer la copa vacía en la alfombra. Caro la siguió con la mirada, asustada, y al cabo de un instante estaba en sus brazos, que la estrecharon con fuerza. ¡Oh, no! No, por favor. Pero todas las partes de su cuerpo dijeron al instante que *sí*.

Caro miró fijamente el prieto tejido de su casaca de paño marrón, tan cegada estaba por las sensaciones que no sabía qué hacer. Sabía lo que *debería* hacer, pero había perdido su natural sentido del decoro.

Grandiston le levantó el mentón y ella tuvo que mirar hacia arriba, hacia aquellos ojos. Lo tenía tan cerca que podía distinguir individualmente el color verde, dorado y castaño alrededor del oscurísimo centro.

Y entonces la besó. Caro consintió. No fue capaz de hacer nada más, ni nada menos, que consentir. Quería saborear y experimentar las cosas que le intrigaban desde hacía años. Fue su primer beso de verdad.

Eyam todavía no le había besado más que en la mano. Unos cuantos caballeros le habían robado besos de los labios, pero con intención simplemente juguetona, debajo de una rama de muérdago, por ejemplo. Este hombre le *agarró* los labios; ésa era la forma correcta de expresarlo. Los agarró, los hizo suyos, los atrapó y lo hizo con imperiosidad.

Esa presión, aquellos movimientos, era casi como si le hablase a Caro en una lengua ardiente que ella apenas alcanzaba a entender. Juguetona, tentadora, persuasiva. Su lengua... Recordó de repente a Moore. Grandiston se apartó unos centímetros y la miró fijamente.

—¿No?

Eso sería lo lógico.

—Lo siento. No sé... No nos conocemos, no deberíamos...

Ella intentó deshacerse de él. Grandiston no la soltó ni la estrechó de nuevo en sus brazos.

—No deberíamos —convino él. Obligó a Caro a mirarlo otra vez, su mano grande le rodeó la mejilla con suavidad y ternura—. Pero ¿quiere?

*No*. Eso era lo que Caro debería decir, pero Grandiston no se parecía en nada a Moore, su tacto y su delicadeza eran radicalmente distintos, como todas las sensaciones; ilusión en vez de miedo, placer en vez de asco.

—En ese caso relájese, señora mía, y déjeme darle placer.

Grandiston volvió a estrecharla contra su cuerpo. La besó de nuevo, le incitó a abrir la boca y le ladeó la cabeza antes de abalanzarse sobre ella. Al principio Caro se puso tensa, pero enseguida todos sus sentidos chispearon de emoción anticipada.

Daba la impresión de que él podía hacer lo que quisiera con ella. Incluso mientras se estaban besando él se sentó y la arrastró sobre su regazo sin romper la crepitante conexión. Ella también se movió, pero no para librarse de él. Se arrimó más a él, le rodeó la nuca con una mano, hundió los dedos en su pelo crespo y lo estrechó contra sí loca por explorar.

Fue increíble. ¡Embriagador! Podría pasarse la vida haciendo aquello y morir feliz. Por fin empezaba a entender lo que ponía en los libros...

La mano de Grandiston estaba en su pierna, debajo de la falda, pero ella no dejó de besarle en ningún momento. Caro se puso rígida al comprender el recorrido de aquella invasión: una mano ardiente subió por encima de su liga, hasta la piel desnuda de su muslo, y allí la acarició y pellizcó; entretanto los besos no cesaban...

Pasó por encima de su mismísimo centro y entonces se quedó ahí. ¡Cielos! Los escalofríos le sacudieron hasta el alma. Caro debería protestar ahora, apartar a Grandiston, huir... Pero era incapaz, al menos de momento.

Sus bocas seguían en contacto, pero ahora los labios de Grandiston únicamente jugueteaban, como si quisiese contrastar deliberadamente con el descaro de su otra exploración, con las caricias en un punto tan sensible que todo el cuerpo de Caro sentía convulsiones.

Grandiston introdujo más los dedos y todo rastro de resistencia se desmoronó. El cuerpo de Caro apresó su mano como para inmovilizarla donde estaba. El corazón se le estaba desbocando y ella jadeaba como si estuviese a punto de expirar. Aquello era escandaloso y un pecado.

—¿Quiere que pare?

Caro se dio cuenta de que Grandiston se había quedado quieto y la miraba desconcertado. Pero su mano seguía descansando entre sus muslos y sus dedos dentro de ella. Poseyéndola. Aunque con suavidad, muy suavemente. Con ternura, incluso, produciéndole y calmándole a la vez una intensa desazón.

—¿Sí o no? —Aquellos dedos se movieron en círculo y ella cogió aire, y se quedó sin habla.

Él volvió a hacerlo. Ella gimoteó, pero no fue una protesta y él lo sabía. Le metió más los dedos en sus partes. Sus músculos de ahí abajo se tensaron de nuevo con un dolor ávido y emocionante a la vez.

—¡Oh, Dios! —exclamó ella.

Él sonrió (una sonrisa diabólica, una sonrisa angelical, una sonrisa de seductor sumamente seguro de sí mismo) mientras le besaba un lado del cuello (¡que sensible estaba!), y la rugosa cicatriz que tenía debajo de la oreja.

Le besuqueó hasta el contorno del escote, hasta la piel de la parte superior del pecho mientras con los dedos la acariciaba, girándolos, y ella se estremecía y se derretía incapaz de oponer resistencia alguna con la mente.

Ella oyó sus propios gemidos y pensó en la ventana abierta, aunque si alguien la oía en ningún momento le parecerían protestas. Aquello era lo más extraordinario que le había pasado jamás, algo inimaginable, y no quería que se acabase, nunca.

Entonces él le hundió más los dedos (ella le invitó a hacerlo abriendo más las piernas) y movió la mano con más fuerza y más deprisa. Con los ojos cerrados, sumida en una vorágine oscura y ardiente, Caro se limitó a experimentar aquello con jadeos y gritos, y un corazón que le latía desbocado al tiempo que olas de intenso placer cada vez más grandes fluían y refluían, hasta llegar al punto máximo en que rompieron.

Ella se quedó ahí despatarrada, consciente de las ondas de placer que aún latían en ella, del calor hormigueante y el sudor que lo acompañaba. Y la mano de Grandiston seguía ahí, entre sus muslos, los dedos dentro de ella poseyéndola íntimamente. Los meneó un poco.

—Si nos desvistiéramos ligeramente, señora mía, podríamos volar a cumbres más altas.

Caro abrió los ojos y lo miró parpadeando, tratando de descifrar sus palabras. Vaga y débilmente, una parte de ella intentaba recobrar la cordura y la decencia. Pero Grandiston volvió a mover los dedos, frustrando todo pensamiento semejante. Ahora ella tenía la sensibilidad a flor de piel.

—No creo...

—Es lo mejor —aseguró él mientras empezaba a desabrocharle el jubón.

Ella lo agarró de la mano.

—Confíe en mí, preciosa, le gustará lo que puedo hacerle a sus senos.

—¿Mis senos? —dijo ella, de pronto consciente como nunca de estos. Consciente de su redondez, de su ardor y de cómo le cosquilleaban los pezones. ¿Sería de ansia? ¿De expectación ante lo que él pudiera hacerle?

—¿Qué clase de amante es su marido? —Grandiston soltó el primer broche de la parte inferior del jubón—. ¿Es de esos de coitos rápidos con el camisón puesto? Déjeme mostrarle lo que es el esplendor y el placer.

Soltó el segundo broche. Caro casi dijo un «no debería», pero era demasiado honesta para decirlo aun sabiendo que debía hacerlo. Tenía que experimentar aquello tan sólo un poco más.

—Por lo menos dígame cómo se llama —logró decir sin premeditación alguna.

—Grandiston. —Otro broche.

—Su nombre de pila.

—Seguro que lo sabe —dijo él.

Ella lo agarró de la mano y la inmovilizó.

—¿Qué? Hable claro.

—Ignoro las razones —dijo él librándose de su mano—, pero mi nombre de pila es Christian.

—¿En serio?

—Si eso es demasiado santo en este momento, llámeme Pagano.

Caro le dio un empujón.

—Quiero saber la verdad.

Él se echó a reír, desaliñado, guapísimo con el cuello descubierto. ¿Cuándo le había quitado ella el pañuelo?

—¿Por qué? —inquirió él.

—¿Por qué? —repitió ella sin saber de qué estaban hablando.

—¿Por qué esta obsesión con la verdad? Aunque si la quiere, la tendrá. Mi nombre de pila es Christian, pero a veces me llaman Pagano. ¿Y usted? ¿Es verdad que se llama Katherine?

Caro estaba tan aturdida que por poco se le escapó la verdad, pero reaccionó a tiempo.

—Sí.

—¿Hay alguien que la llame Kat?

Le gustaba lo de Kat. Era muy felino.

—Sí.

La sonrisa de Grandiston se tornó pícara.

—¿Y araña usted? Puede que eso me guste. —Él le deslizó el jubón por los hombros. ¿Cuándo había acabado de desabrochárselo?

—¡Será sinvergüenza! —protestó Caro, pero dejó que le arrastrara la prenda por sus brazos obedientes, aunque quedaron a la vista el corsé y la camisa de debajo. Una de sus camisas más sencillas. ¿Por qué no se habría puesto otra con ribetes de encaje?

—Los paganos suelen ser unos sinvergüenzas —repuso él tirando el jubón al suelo—. O eso nos hicieron creer los clérigos. Somos todos unos fornicadores, caníbales incluso. —Bajó la mirada—. Parece usted muy apetitosa, Kat.

Caro descendió la mirada y vio que sus generosos senos sobresalían por encima del corsé y el sencillo y delgado volante blanco. Grandiston le hizo girarse de cara a la pared encalada y empezó a desatarle las cintas del corsé. Ella lo intentó por última vez.

—Esto está mal...

—Para un pagano no.

—¡Yo no soy pagana!

—Pues conviértase en una. Los paganos son más honestos, más fieles a las formas naturales. Y su forma es fascinante, ¿lo sabía? —Deslizó una mano rápidamente por su costado y sobre su cadera, y luego la desplazó hacia atrás para apretarle una nalga.

—¡Señor! —Le salió en forma de jadeo.

—Si se considera en la obligación de protestar —le dijo él con voz jocosa—, ¿no sería mejor que me llamase con un nombre propio?

—¿Christian? ¡Esto es lo menos cristiano que se pueda imaginar!

—No sea boba.

Le hizo girar de nuevo, esta vez de cara al espejo moteado y ella vio el reflejo distorsionado de una imagen muy poco cristiana. Su falda estaba intacta. Por lo demás, seguía casi totalmente vestida, pero tenía la sensación de estar desnuda. Cuando él se lo desató, su sencillo corsé beige se abrió hacia delante dejando al descubierto más porción de sus senos bajo la fina tela de batista. Ella se cubrió de nuevo con la prenda.

—No podemos... No puedo...

Él le sonrió, pero ni mucho menos paró. ¿Por qué debería? Las protestas verbales de Caro no iban acompañadas de ninguna acción significativa.

¿Por qué podía Grandiston hacerle eso a ella? ¿Por qué no era capaz de resistirse como sabía que debería? Él era guapo (eso era cierto); sobre todo en ese momento, con tanto caos, pero ahí los elementos conquistadores eran su seguridad en sí mismo y sus aptitudes.

Eso debería hacer que Caro se rebelara, pero la pericia era la pericia y Grandiston la estaba arrastrando a la locura como el vendaval que levanta una sábana y se la lleva.

Él levantó de nuevo la vista, le volvió a sonreír y a continuación se inclinó para depositarle cálidos y delicados besos en la nuca y bajar hasta el centro de la columna vertebral. ¿Cómo había vivido sin saber lo maravillosamente sensible que era su espalda, hecha para el placer? Caro la arqueó y cogió aire, pero de todos modos logró protestar levemente.

—Aún es de día.

—Piensa usted demasiado.

Le puso las manos alrededor de la cintura y la levantó. Antes de que Caro tuviese tiempo para protestar o asustarse, él la bajó otra vez, pero ahora sentada a horcajadas sobre su muslo. Grandiston había apoyado un pie en el banco que había delante del tocador.

—Pero ¿qué hace? —le preguntó ella entrecortadamente al reflejo de Grandiston en el espejo, alarmada pero excitada por aquella firme presión ahí abajo, donde al parecer era tan sensible. Entonces se retorció, lo cual fue peor.

—Distraerla mientras le hago volver a su estado natural. Inclínese hacia delante.

Mientras ella se limitaba a mirar atónita el reflejo de Grandiston, éste le apartó las manos del corsé y le puso las palmas sobre el tocador, al tiempo que le presionaba el cuerpo con el suyo sin dejarle escapatoria, intensificando la presión.

—¡Dios mío! —exclamó Caro cerrando los ojos, pero eso lo empeoró y volvió a mirar hacia el reflejo de Grandiston—. ¡Es usted un experto!

—¿Es una queja?

—¡Es una barbaridad!

—Es pagano y placentero. —Grandiston subió y bajó el muslo ligeramente varias veces y desapareció toda lógica—. Placeres paganos. ¿Por qué privarse de ellos?

Y Caro no encontró ninguna respuesta. Él se enderezó, sonriente, para completar su liberación sin dejar de mover la pierna de ese modo sutil y arrollador. Le quitó el corsé y deslizó ambas manos para apoderarse de sus senos cubiertos por la camisa. Sus pulgares empezaron a juguetear con sus pezones, y a Caro le recorrió una sacudida que jamás habría imaginado posible.

Apoyada en los brazos, con la cabeza agachada y torturada por arriba y por abajo, Caro gimió, pero ¡cielos! Aquél era el estado febril y de desesperación más delicioso del mundo. ¿Por qué no había sabido de su existencia?

Grandiston se inclinó hacia delante, toda su corpulencia y su ardor presionando contra las nalgas de Caro, y le rodeó ambos pezones con el pulgar y el índice. Al pellizcárselos ella se tensó, pero entonces él empezó a girarlos y tirar de ellos. Una oleada indefinible recorrió todo su cuerpo y Caro abrió ojos y boca de cara al espejo como en un grito silencioso, pero abajo, en sus partes íntimas, sintió una punzada. Una punzada de acuciante necesidad.

Grandiston le puso los dientes en el hombro. No para morderla realmente, eso ella lo vio claro, pero aquella firme presión ahí culminó su destrucción. Caro susurró una oración que desde luego Dios ignoró, y sucumbió a medida que una nueva explosión incontrolable crecía sin parar hasta volver a destruirla.

Antes de que ella pudiera recobrar el sentido, él la llevó a la cama y la tumbó. Con la mirada ardiente y sin dejar de sonreír, Grandiston se inclinó para volver a apresarle los labios y hundió la lengua en su boca ordenando una rendición.

Una orden innecesaria, porque ella quería besarlo. Necesitaba hacerlo. Abrir la boca y explorar la suya mientras él hacía lo propio (sí, casi como si intentaran devorarse el uno al otro). Como caníbales.

Grandiston apartó los labios despacio. Jadeando y sudorosa, Caro levantó la vista y lo miró fijamente mientras él se erguía, y esos ojos risueños, pícaros y paganos la recorrían con la mirada como si fuese un suculento plato que estuviese a punto de degustar. Él empezó a desvestirse.

—Mi preciosa Kat. Con la falda arrugada, en ropa interior y con esa piel resplandeciente y deliciosa. —Se quitó la casaca y el chaleco. Se desabotonó la camisa y se desabrochó los puños ribeteados de encaje—. Con esos labios húmedos de color rojo cereza; sí, vuelva a lamerlos. Así. Y los pezones hinchados y ansiosos.

Al comprender que lo que decía era verdad, Caro se los cubrió por instinto. Él se rió, pero no de ella. Contemplándola, parecía realmente desbordante de placer. La deseaba. Con todas sus fuerzas.

Grandiston se sacó la camisa por la cabeza y ella, con la boca seca, se empapó de aquel torso perfectamente esculpido y musculoso. Entonces reparó en la cicatriz rugosa y blanca que tenía en el pecho.

—¿Cómo se lo hizo? —preguntó ella jadeando y apoyándose en los codos alarmada.

—Con un hacha.

—¿Con un hacha? ¿Cómo?

—Alguien quería matarme y llevaba un hacha en la mano.

—¿Un marido indignado tal vez? —preguntó Caro con un atisbo de sensatez. Él era un calavera. Un vividor empedernido con una gran protuberancia en los pantalones.

Caro intentó apartarse.

—No creo que...

Él se dejó caer sobre ella a cuatro patas como un enorme gato.

—Los paganos no creen, lo que mejor se les da es dejarse llevar por los impulsos naturales. —Volvió a besarla, presionándola contra las almohadas. Caro se resistió unos instantes, pero no pudo soportar el ardor de los poderosos impulsos naturales.

Cuando él apartó los labios, ella quiso más. Hasta su corpulencia, sus músculos y el ancho de sus hombros le parecían ahora maravillosos. Sin embargo, la cicatriz seguía horrorizándole. Era una fea imperfección. Caro la cubrió con una mano y notó los duros bordes.

—Tuvo que ser muy doloroso —dijo ella—, tanto la herida como el tratamiento para curarla.

—Cierto. Igual que esto. —Grandiston le depositó un beso en la cicatriz.

—No se puede comparar. Se lo hizo un marido furioso, ¿verdad?

Grandiston se apoyó en un brazo y jugueteó con su seno derecho.

—¿Cree que el suyo me atacaría con un hacha?

Ella pensó en el pobre Hill.

—No.

—¿Con una pistola?

—No.

—¿Con una espada?

Hill peleando con su espada... Era hábil pese a su juventud. Y arriesgó su vida por ella.

—No —contestó Caro con tristeza. Estaban hablando de un miembro de la familia de Grandiston, y él sin saberlo. Lo que en cierto modo parecía deshonroso.

—Veo que es un tipo débil —comentó él con displicencia.

Ella meneó la cabeza.

—No hable de lo que no sabe.

Él alzó una mano.

—Mis disculpas. Hablar de un marido en un momento como éste contraviene terriblemente el protocolo.

—Pero ¿hay protocolo en esto?

—¡Oh, sí! Y es complejo e importante a la vez. —Atrajo a Caro hacia sí y le rodeó un pecho—. Ahora es cuando usted me dice qué más quiere.

Él sonreía con tanta seguridad que Caro se sintió repentinamente avergonzada y se soltó.

—¿Todas las mujeres son presa fácil para usted? ¿Todas perdemos la virtud y la fuerza de voluntad bajo sus hábiles caricias?

Él simplemente siguió ahí tumbado, impasible.

—No a menos que así lo quieran.

—Cree que quiero...

—Está usted aquí, Kat —le interrumpió Grandiston— y lo que hemos hecho le ha gustado. Atrévase a negarlo.

Ella quiso hacerlo, desesperadamente, pero en una jornada de mentiras no fue capaz de articular ésta. Como tampoco logró abandonar la cama como debería.

Caro había ahuyentado, y rechazado en caso necesario, a una docena de hombres insistentes. ¿Por qué a éste no? Seguramente por su pericia y su experiencia, lo cual debería darle asco, pero en lugar de eso estaba ansiosa por obtener más placer.

Deseaba sus sabias caricias, sus hábiles besos, sus indicaciones en aguas extrañas. Quería saber y tocar y aprender, aprender más. Poner la boca en los lustrosos músculos que formaban sus pechos planos y masculinos, pasar la lengua sobre las cadenas de fuertes huesos. Experimentar más. Descubrir más misterios de aquellos; descubrirlos todos. Ahora.

# Capítulo 9

Caro levantó la mirada y entendió que él conocía sus deseos, era inútil negarlo. Que aquel paréntesis tal vez había sido diseñado para que ella los aceptara del todo. Otro golpe magistral.

Como lo fue el modo en que de nuevo la empujó suavemente sobre las almohadas y le puso la mano sobre el cuerpo. Aunque no en el pecho, sino en la cadera, lo que debería tranquilizarla pero no lo hizo.

—¿Seguimos?

Caro se pasó la lengua por sus labios secos y ávidos.

—No quiero concebir una criatura.

—No lo hará.

—Entonces no queda mucho por probar.

—Queda bastante. Mucho más. ¿Quiere que se lo enseñe?

Grandiston era tentador como la serpiente del Edén y ella era una Eva muy estúpida. Sí, por favor, quería descubrirlo todo.

La mano de él seguía sobre su cadera, provocándola, como el fuego lento que mantiene el hervor de una olla, pero la seducía con su mirada risueña y voz sutil, asegurándole que no tenía nada que temer, que cuanto él le ofrecía era un delirio seguro.

Era mentira, todo mentira, pero ella dijo con voz ronca:

—Tal vez un poco más.

—Poco a poco —convino él, que no era lo mismo, pero cuando él retiró la mano de su cadera ella se movió como si fuese a seguirla.

Grandiston empezó a desabrocharse la protuberante bragueta de sus pantalones de montar. Se desató los calzones que llevaba debajo y se sacó el falo: grueso, largo y que apuntaba directamente hacia ella.

Ella había pensado que las ilustraciones de los libros eran exageradas. Levantó la vista hacia los ojos risueños de Grandiston, luego la desvió hacia un lado y encontró el espejo, que gracias a Dios no le mostró nada de aquello.

Él le agarró de la mano y se la cerró alrededor de su erecto ardor. Que temblaba. El calor le abrasó a Caro toda la piel del cuerpo, pero al cabo de un momento tuvo que volver a mirar. La humedad brillaba en la oscura punta.

—¡Dios mío! —Pero entre sus muslos, sus partes íntimas no sabían que era demasiado largo, demasiado grueso y demasiado todo.

Cubriéndole aún la mano con la suya, Grandiston le enseñó a deslizarla sobre la pétrea dureza de debajo.

—Nunca había hecho esto, ¿verdad? Pues su marido es un idiota. ¿O no está bien dotado? Lo sé, sé que contravengo terriblemente el protocolo, pero es un crimen sacar tan poco partido de una dama osada. Explore cuanto quiera, querida Kat, mientras yo hago el caníbal.

Él retiró la mano, pero se inclinó hacia delante para cubrirle un seno con la boca. Ante aquella nueva e intensa sensación, Caro soltó un leve grito, pero continuó acariciándolo mientras pudo. Hasta que la pasión se apoderó de ella y la condujo a un placer ciego y tormentoso.

Pero entonces él la penetró con fuerza invasiva; llenándola, ensanchándola... El recuerdo cayó sobre ella como un rayo. ¡Moore! Caro empujó a Grandiston con furia, tratando de que descabalgara.

—¡No! ¡Pare!

Él le cubrió la boca con la mano.

—¡Por Dios, señora!

El tono solemne con que dijo «señora» sorprendió a Caro, y entonces ella se echó a reír. Fue absurdo, porque los recuerdos oscuros regresaron rápidamente a su pozo, dejando que ella cobrase plena conciencia de su situación. Estaba absolutamente paralizada. Y trastocada.

Él la miró atentamente y retiró la mano silenciadora. Caro tragó saliva, aquel intenso contacto de más abajo casi le cegaba.

—Ha dicho que no haría esto, que no correríamos el riesgo de que me quede embarazada.

—Saldré antes de eyacular. Vamos, Kat, el cielo está a su alcance. —Grandiston la sacó un poco, luego volvió a meterla; estaba todo resbaladizo como la grasa. Estallaron en ella nuevas sensaciones.

—Los paganos no van al cielo.

—Tienen su propio cielo —dijo él mientras continuaba con el lento movimiento—. Uno donde se hacen cosas mucho más divertidas que tocar el arpa.

—Eso es una herejía... o algo parecido.

—Y esto es un pecado, pero maravilloso, ¿verdad? —Grandiston volvió a moverse, lentamente, casi con suavidad, como una caricia en lugares crepitantes y secretos, y el cuerpo de Caro advirtió lo que deseaba por encima de cualquier otra cosa.

¿Sería posible que él cumpliera lo que había dicho? ¿No corría ella ningún riesgo? La idea en sí era ridícula. Grandiston la llenaba por completo y se movía con muchísima seguridad. Su enorme cuerpo era todo su mundo, volvía absurdo cualquier pensamiento de poder escapar a menos que él se lo permitiera.

Y, sin embargo, Caro se sentía a salvo y de algún modo respetada, como envuelta en un calor protector; realizada o con la posibilidad de sentirse verdaderamente realizada al alcance de la mano.

—¿Verdad? —repitió él en voz baja y grave mientras deslizaba una mano por debajo de una nalga, inmovilizándola, apresándola para su propio placer.

Para el placer de ambos.

—¿Verdad que es maravilloso? —volvió a repetir. Grandiston quería obtener su asentimiento, lo estaba exigiendo.

De la garganta de Caro salió algo extrañamente parecido a un gorjeo, pero entonces logró decir:

—Sí. —A lo que añadió un vago—: Creo... —Pero éste se perdió en un beso y el ritmo de su contacto.

Caro se rindió y se dejó llevar hasta que Grandiston acabó embistiéndola con una intensidad galopante que la lanzó a una dimensión que jamás había creído que pudiera existir.

Le dio la impresión de que pasó un rato largo y ardiente antes de que pudiera volver a pensar, un rato de acre y sudoroso ardor en que se estrecharon y besaron. Ella parpadeó y abrió los ojos, y le sorprendió descubrir que la luz del día inundaba aún la habitación y unos lejanos ruidos, señal de que en algún lugar la vida transcurría con normalidad.

Una pasión tan pecaminosa sólo podía tener cabida en las noches tranquilas. Caro estaba medio recostada en el firme pecho de Grandiston, quien la rodeaba con un brazo. Se sentía a salvo, protegida.

Violada. Sí, había sido violada. Tenía sus partes doloridas y había zonas de su cuerpo que aún se estremecían y latían de una forma que podría interpretarse como queja, pero que parecía también un grito que pedía más de lo mismo.

Caro admiró los fuertes músculos de su pecho y un pezón pequeño y oscuro. Se preguntó si con hábiles caricias los hombres sentían ahí lo mismo que las mujeres, pero...

—¿Ha cumplido su palabra?

—Por supuesto que sí.

Era tan arrogante que ella sonrió, pero esa arrogancia dio credibilidad a sus palabras.

—Es usted un vividor consumado, ¿verdad? —dijo ella con un suspiro.

—¿La práctica hace al maestro?

Ella detectó jocosidad en su voz.

—Reconozco que es usted muy hábil.

—Vamos, Kat —dijo él levantándole el rostro hacia el suyo—. Confiéselo. No soy sólo hábil, sino un maestro. Usted misma lo ha dicho.

Ella se rió con él, principalmente de pura felicidad. Caro era una idiota que había caído en las redes de un vividor oportunista, pero de momento estaba más satisfecha y feliz de lo que podía recordar. Grandiston se inclinó para depositarle unos besos en la mejilla, luego le acarició el pelo.

—Jamás había visto el pelo de una dama sobrevivir intacto a un encuentro desenfrenado.

Caro se imaginó un desfile de señoritas lascivas.

—El recogido está bien hecho —comentó ella.

—Ya lo creo. ¿Y por qué?

—Porque mi pelo suele ser rebelde.

—Como usted.

—¿Yo?

—¿Qué es esto sino una rebelión, Kat? —Grandiston le acarició la mejilla—. Espero que no le haga perder la cabeza.

—No diga eso. ¿Por qué iba a perderla?

—Su marido podría enterarse. Es algo que debe usted saber. Claro que parece confiar en que no recurriría a la violencia.

—Estoy convencida de ello. No tiene nada que temer.

—No es él quien me da miedo —repuso él sin rastro de humor—, sino su disgusto si me viese en la obligación de tener que matarlo.

Caro sintió un frío intenso y repentino.

—¿Y por qué iba a hacer tal cosa?

—Lo haría únicamente si él intentase matarme.

—Esa cicatriz... lo del hacha... ¿Mató al hombre que le hizo eso?

—Sí. —No hubo arrepentimiento alguno en su respuesta, que dio vueltas lúgubremente entre ambos, cortando toda ternura.

Caro salió con dificultad de la cama y bajó los escalones hasta el suelo de madera. Fue pisar el suelo y entender con horror lo que había hecho. ¿Cómo podía haberse olvidado de que Grandiston era un hombre antipático y violento?

Se abrochó la parte superior de la camisa y ató la cinta, tratando de recuperar la decencia antes de recoger la falda. Miró de reojo para comprobar si él suponía alguna amenaza.

Estaba acostado, con la cabeza apoyada en una mano, y la contemplaba con aparente impasibilidad. Pues claro que era una amenaza, porque ella no le importaba lo más mínimo.

Caro le dio la espalda, metió los pies por la falda y se la abrochó en la cintura. Entonces oyó un movimiento y se giró. Grandiston estaba rodeando la cama y caminando hacia ella, con los pantalones de montar abrochados ya, pero el torso aún desnudo. Ella cogió su corsé.

—No podrá abrochárselo, imposible —comentó él.

Tremendo, pero cierto.

—Me lo ha desatado usted, señor, ¡así que vuélvamelo a atar!

—No entiendo por qué hay que ir tan ceñido. Su grueso jubón disimulará la falta de corsé.

Grandiston sonrió lentamente, con mirada cálida, y ella notó que su rabia se derretía como la mantequilla.

—¿Qué sentido tiene entonces que no me lo ponga?

—Yo lo sabría —contestó él—, y usted también.

Caro notó que se ruborizaba; imposible negar lo evidente. ¡Qué hombre tan horrible y exasperante! Pero no dejó de derretirse.

—Mi víctima me había hundido un hacha en el hombro —explicó Grandiston—. Tenía una excusa para atacarlo.

—Él también, seguramente.

—¿Todo vale en el amor y en la guerra?

Él le pasó el jubón y ella se volvió para ponérselo, y se lo abrochó encima de sus pechos libres. El espejo le confirmó que él tenía razón, que seguramente la gente no se daría cuenta. Pero ella lo sabía.

Él se colocó tras ella de modo que pudo verlo a través del espejo, pudo ver sus hombros desnudos y la espantosa cicatriz. Había actuado en defensa propia. Vio cómo la miraba él, cómo le sonreía. Y oyó su voz ronca cuando le dijo:

—Gracias.

Entonces se alejó. Caro se volvió para observar cómo él se ponía la camisa y se abrochaba la breve hilera de botones. Ver a un hombre haciendo aquello era de una intimidad insoportable.

Grandiston la miró a los ojos.

—No tenemos por qué despedirnos ahora, si no quiere.

Ella se giró con brusquedad hacia el espejo.

—Nos despediremos ahora mismo.

El pelo no se le había movido prácticamente del sitio, pero estaba revuelto. Se sacó unas cuantas horquillas que se le habían aflojado y se las volvió a poner, deseando poder recomponer también su mente. Sin embargo, había sido educada como Eva en el Jardín del Edén, le habían enseñado todo sobre lo bueno y lo malo, y eso no podía borrarlo.

Contempló a Grandiston por el espejo mientras éste se abotonaba el chaleco. Caro había cambiado, pero para él no había pasado nada fuera de lo común.

¿Acaso no tenía orgullo? ¿Dónde demonios estaba el sombrero, que creía que tanto la protegía? Encima de la mesa junto a la silla de Grandiston. Lo cogió, pero no perdió tiempo ni para ponérselo.

—Debo irme —anunció Caro, pero titubeó pensando que debería poder decir algo más.

Nada sensato. Salió de la habitación sin que él tuviese ocasión de impedírselo. Gracias a Dios el pasillo estaba vacío y podría entrar en su habitación sin ser vista. Allí dentro fue como si el hechizo se evaporase. Volvió a ser ella misma, estaba consternada. ¿Qué había *hecho*?

Si alguien llegaba a descubrirlo, estaría acabada sin remedio. Tenía que escapar. Kat Hunter tenía que desaparecer. Se apresuró a recoger lo poco que había sacado de la maleta y volvió a meterlo dentro. Entonces se quedó helada. ¡Dios santo, había olvidado el corsé en la habitación de Grandiston!

Se le pasó por la cabeza ir a buscarlo, pero fue un pensamiento fugaz. Cerró la maleta y fue hasta la puerta. Allí se detuvo, espantada por otro problema más. No podía salir de la posada con la maleta a menos que fuese para subirse a una diligencia con dirección a York. ¿Alguna hacía el trayecto de noche? Tenía que abandonar la habitación e ir a averiguarlo.

Dejó la maleta, abrió la puerta y se asomó. Ni rastro de Grandiston. Recorrió con sigilo el pasillo y ya estaba en mitad de la escalera cuando cayó en la cuenta de que, por desgracia, el vestíbulo estaba abarrotado de gente. Un grupo de cinco personas estaba negociando con el atareado posadero al tiempo que dos hombres suntuosamente vestidos esperaban en la puerta de la entrada solicitando a voz en grito la atención de los criados, que iban de aquí para allí. Sintió la tentación de volver a esconderse, pero se obligó a seguir adelante.

Sólo que entonces uno de los hombres alzó la vista y, el muy insolente, se acercó un monóculo al ojo para examinarla mejor. Aquello no perturbó demasiado a Caro, pero se apresuró a llegar al pie de la escalera con el corazón latiéndole con fuerza por un nuevo miedo. No conocía a esos hombres, pero puede que hubiese otros viajeros a los que había conocido en Harrogate o en York.

¿Por qué no había pensado en ello? Había creído que no corría ningún riesgo porque allí sólo Phyllis y Fred la conocían, pero se había olvidado de los viajeros. Por ahí pasaba la gran carretera del norte, cualquiera podía transitarla.

Tenía que encontrar el puesto de venta de billetes del patio de diligencias. Tomó rumbo al comedor. Por ahí había una puerta que daba al patio. Pero el comedor estaba también lleno. Caro espió desde la puerta para comprobar que no conocía a nadie. No, sólo a los Silcock, que tomaban té sentados a una mesita junto a la chimenea. Seguramente habían tenido un día tan nefasto como ella, porque se los veía aún más deprimidos.

Los sirvientes no paraban de entrar y salir por la puerta de la cocina, que quedaba a su derecha, de modo que Caro tenía que rodear la mesa larga de la izquierda y pasar junto a la pareja americana. Rezó para que no la entretuvieran.

La señora Silcock dejó la taza y se embadurnó los dedos con la mantequilla de su panecillo para poderse sacar sus cuatro anillos. Cada uno de ellos le dejó una hendidura en la carne hinchada y se masajeó la zona como si le doliera. Pobre mujer. Hincharse así no auguraba nada bueno.

En aquel instante de despiste oyó que fuera alguien gritaba: «¡Pasajeros a la diligencia! ¡Sale el expreso hacia Edimburgo!». También pasaba por York, ¿verdad?

La gente se levantó deprisa y la silla de un hombre golpeó a Caro, que llegó haciendo eses hasta la mesa de los Silcock. Eso evitó que cayera al suelo, pero la vajilla tintineó. El viajero se disculpó, pero acto seguido corrió hacia su diligencia.

Caro sujetó la mesa y recobró el aliento.

—Perdonen, pero...

—La culpa no ha sido suya, señora, y no ha habido daños que lamentar. —Silcock habló sin sonreír, pero sus palabras fueron amables.

Caro le sonrió y se giró para pedirle disculpas a su esposa, pero sus ojos la fulminaron con malévola furia. ¿Estaba loca esa mujer?

Sin embargo, Caro no tenía tiempo para más problemas. Se apresuró hacia el patio de diligencias con temor a quedarse sin poder comprar un billete. Miró hacia atrás. Tenía la sensación de que volaban hacia su espalda flechas candentes. Sí, la mujer seguía mirándola con odio.

Cuando se volvió a girar vio que las puertas de la diligencia se cerraban. Instantes después se puso en marcha. Caro se desinfló, pero no desesperó.

Se detuvo para dejar pasar a dos criados que cargaban una caja al interior y les lanzó otra mirada a los Silcock. La mujer ya no estaba furiosa, sino hablando con su marido. De todas formas, estaba un poco desequilibrada.

Caro estaba a punto de girarse otra vez cuando una nueva colisión le hizo tambalearse. Recuperó el equilibrio y agarró a la niña veloz que se había estrellado contra ella. Pero entonces oyó un grito: «¡Alto, ladrona!». Era la señora Silcock, que estaba de pie, sofocada y con el dedo hinchado apuntando en su dirección. En el comedor todo el mundo se volvió a mirar. Un criado llegó corriendo desde el vestíbulo.

—¡Menuda rata! La he visto merodeando por el vestíbulo, ¡la he visto!

—¡Yo no he hecho nada! —gritó la niña, aferrándose a Caro como si su vida dependiese de ello. Tal vez sí.

—¡Me ha robado los anillos! —chilló la señora Silcock—. ¡Regístrenla, regístrenla!

Caro estaba estupefacta, pero en efecto los anillos ya no estaban encima de la mesa. Bajó la vista hacia la niña, quien a su vez levantó la mirada hacia ella, mostrando un rostro alargado y afilado, y unos ojos que suplicaban protección.

No era tan joven como Caro se había imaginado. Le habría puesto unos 10 años, pero por canija que fuese probablemente tuviera 14 o más. Si había robado anillos de valor, con esa edad la colgarían.

Y no era de la región. Su acento agudo y gangoso no era ni mucho menos del norte, lo que significaba que todos los presentes estarían pensando que era una pilluela que había huido de su casa.

Una ladronzuela vagabunda. Probablemente fuese cierto, pero Caro no podía echarla a los leones. Sabía por sus obras benéficas que detrás de un delito muy a menudo había situaciones extremas.

Agarró a la niña de las huesudas muñecas.

—Pórtate bien y haré lo que pueda por ti.

Un destello de astuta satisfacción iluminó el alargado rostro de la niña. Pero Caro no se dejó influenciar. Los criminales debían ser astutos para sobrevivir, aunque eso no justificaba que un niño fuese ahorcado. Caro se dirigió a la señora Silcock con la máxima serenidad posible:

—¿Está usted segura de que los anillos no se le han caído al suelo, señora?

—¡Completamente! —De nuevo las flechas candentes volaban hacia ella. ¿Cómo podía pensar la señora Silcock que Caro tenía algo que ver en aquello?

Pero entonces la mujer se tambaleó y se desplomó en la silla.

—Mis anillos, mis anillos. ¡El anillo de mi querido hermano!

La verdad era que aquella mujer no estaba bien; igual le daba hasta un soponcio. Lo único que Caro quería era huir, pero no se iría de la sala cada vez más concurrida hasta que la cosa se hubiese solucionado. Para entonces la puerta que daba al vestíbulo estaba atestada de público y la que tenía Caro a sus espaldas iba llenándose de curiosos procedentes del patio de diligencias. Como alguien la reconociera... Ella sí que tenía ganas de desplomarse en una silla.

—Tal vez alguien podría mirar en el suelo, a ver si están los anillos —sugirió Caro, pero el ambiente que se respiraba en la sala era hostil.

Aquellos que no miraban con la esperanza de que la señora Silcock expirase allí mismo, estaban observando a la vagabunda como perros famélicos. Mantuvieron la mirada fija en su presa aun cuando la niña no tenía ninguna escapatoria. Si la ley lo permitiera, colgarían a la niña en ese preciso instante, o cuando menos la azotarían atada de cualquier manera a un carro que la pasearía por toda la ciudad.

—¡Yo no he hecho nada! —volvió a gritar la niña con ese acento chirriante—. Regístrenme, si quieren. —Desafió a la sala con una seguridad sorprendente—. ¡Adelante, regístrenme! Pero cuidado dónde ponen las manos.

—Muy bien, adelante —les dijo Silcock con un gruñido a los criados que estaban más cerca—. Registren a esa sinvergüenza y háganlo a conciencia.

—Yo la registraré —se ofreció Caro, y se puso a ello.

Palpó la falda de tejido basto de la chica buscando las aberturas de los bolsillos. Estaba muy delgada, en realidad estaba en los huesos, pero Caro no creía que pasase hambre. Podía percibir su calor y energía, y seguramente corría más rauda que el viento. De los bolsillos salieron tres monedas de medio penique y una rama seca de hierbabuena.

—¿Lo ven? —dijo la chica, mirando a su alrededor.

—Se los habrá metido dentro del corpiño —sugirió en voz alta una sirvienta.

—Yo miraré ahí —dijo uno de los criados con una risita.

Caro lo miró con frialdad, hizo que la niña girase de cara hacia ella y probó en esa zona. Sin embargo, prácticamente no tenía pecho y no llevaba corsé con aros, por lo que era evidente que ahí no había ningún anillo escondido. Como conocía algunos de los trucos que empleaban los ladrones, se arrodilló para palparle las piernas en busca de bolsitas secretas. No encontró nada.

—Los zapatos —ordenó Caro antes de dar por zanjado el asunto.

Con una impertinente sonrisa, la niña se sacó sus estropeados zapatos. Caro los cogió e inspeccionó, pero tal como se imaginaba no encontró nada. Cada vez más convencida de que la criatura se estaba burlando de ella, le arrancó la mugrienta cofia. Miró en su interior y luego rebuscó en su pelo grasiento.

Nada.

Estaba claro que la niña era totalmente inocente o culpable únicamente de intentar robar un mendrugo de pan. Caro puso las manos sobre los hombros de la niña para demostrarle su apoyo.

—Ella no tiene los anillos. Propongo un registro minucioso del suelo, esa clase de objetos ruedan.

—Los ha cogido ella —dijo Silcock—. Tal vez los haya tirado al suelo al verse sorprendida, pero los ha cogido. Ha chocado con la mesa igual que usted. —De repente la señora Silcock se irguió—. ¡Igual que usted! —chilló—. La ladrona es ella. ¡Regístrenla!

—¿Yo? —repuso Caro boquiabierta—. ¡Yo no le he robado sus anillos! Seguro que estaban ahí después de haber chocado con ustedes.

—Pues no los he visto —dijo la mujer.

Al fin aquella lunática había encontrado una flecha con que dispararle.

—Esto es absurdo —dijo Caro tratando de apaciguar, pero pudo notar que la hostilidad se desviaba hacia ella. Todos a su alrededor murmuraban. Puede que la señora Silcock sonriera incluso.

—¿Alguien puede dar fe de ello? —preguntó.

—Soy de York —dijo Caro—. Usted lo sabe. Sabe lo de mi marido y el accidente.

—Sabemos la historia que nos ha contado —dijo Silcock—. ¿Alguien puede confirmarla?

Con la boca seca, Caro comprendió lo delicada que era su situación. Ahí no era la señora Hill de la fábrica Froggatt y la mansión Luttrell, respaldada por su fortuna y su respetabilidad. Antes bien, era tan desconocida como la niña vagabunda y curiosamente iba sola. Había disimulado eso con una mentira, pero por poco que indagaran descubrirían la verdad. Entonces se demostraría que era una embustera, lo que sería considerado una prueba concluyente de que no tramaba nada bueno.

Si daba su verdadero nombre, nadie respondería por ella, y lo que seguramente era aún peor, Grandiston sabría quién era y podría hacer lo que fuera que hubiera venido a hacer al norte.

Como caído del cielo, Caro lo vio aparecer al fondo de la muchedumbre que miraba atónita desde el vestíbulo. Sus miradas se encontraron, pero ella no detectó en él turbación alguna ni intención de ayudarle. Se giró y se fue.

# Capítulo 10

Acaso esperaba encontrarse con un caballero galante?

—Mírenla —bramó Silcock, señalando—. ¿Han visto alguna vez una imagen más viva de la culpa?

Unas manos ásperas la sujetaron por detrás.

—¡No! —protestó Caro—. Esto es intolerable. Soy una mujer respetable. Mi marido es un abogado de York. Ya se lo dije...

Pero aquellas manos le hurgaron en los bolsillos mientras los demás se daban empellones para mirar. Entonces una de las personas que la estaba registrando, una mujer, exclamó:

—¡Aquí están! ¡Miren!

La mujer baja y fornida de expresión dura dio un paso hacia delante con los anillos en su mano abierta y curtida por el trabajo arduo. Silcock avanzó a zancadas para cogerlos. Caro forcejeó con sus captores.

—Ha sido la niña. ¡Ella debe de haberlos metido ahí!

¿Dónde estaba la niña? Naturalmente, a la primera oportunidad se había ido, su cuerpo delgado como una serpiente culebreando entre la multitud, cuyo ávido interés se había centrado en una nueva presa.

—¡Qué vergüenza! —gritó la mujer que había encontrado los anillos—. Debería darle vergüenza haber intentado que acusaran a una pobre niña abandonada.

—¿Abandonada? —protestó Caro.

Pero la sala al completo se sumó a la acusación. «¡Qué vergüenza! ¡Qué vergüenza!» Sonó como los aullidos de unos mastines contra un criminal.

—Y en cuanto a lo de que es usted respetable... —dijo una criada de la posada mientras se abría paso desde la puerta del vestíbulo—. Me pregunto yo qué hacía la esposa respetable de un abogado en la habitación de aquel hombre tan elegante.

Era la criada que había traído el vino.

—Sin duda, estaba con usted en esto —prosiguió la criada, encantada con su papel protagonista—. Seguro que es un bandolero, sí, tan corpulento y atrevido, y con esa espada y las pistolas. Tanto él como el otro hombre que acaba de llegar. El que lleva ese horrible parche negro en el ojo.

Caro se tambaleó, a punto de desmayarse por la conmoción. Si su auténtico nombre era divulgado, pronto todo Yorkshire estaría al corriente de su deshonra. Perdería a Eyam. Nunca más volvería a asistir a ningún evento refinado. Hasta los cuchilleros y la gente respetable de Sheffield la mirarían con recelo. Preferiría la muerte.

Sólo que se dio cuenta de que eso no era una forma de hablar. Si no descubría la verdad, quizá la colgarían o la deportarían. Puede que la azotaran (a ella, no a la niña) atada a la parte trasera de un carro o que le marcaran con hierro candente un estigma para advertirles a todos que era una ladrona.

Abatida por la maliciosa sospecha que se cernía sobre ella, su mente se trasladó a la posada del Carnero, cuando el joven Jack Hill tuvo que enfrentarse injustamente con una turba similar, y fue cruelmente retenido y humillado, y obligado a casarse con ella para poder huir.

Ella se había escondido debajo de la cama, recordó. ¡Ojalá en ese momento hubiese una cama bajo la que esconderse!

—¡Que alguien avise a la policía!

—¡Llevémosla a la cárcel!

—¡O al cepo!

—Sí, eso es. Al cepo.

—¡Al cepo!

Varias manos tiraron de ella hacia atrás con tanta fuerza que casi perdió el equilibrio.

—No, por favor. ¡Soy inocente!

—¿Está usted dispuesto a llevar la acusación, señor? —le preguntó alguien a Silcock.

Caro abrigó una esperanza momentánea. En casos de robo, la víctima debía iniciar el proceso de acusación. Pero Silcock la miró con una malevolencia comparable a la de su esposa.

—Con todo el peso de la ley.

—¡No! —Caro protestó de nuevo, pero la arrastraron por el patio de diligencias, por debajo del arco y hasta la calle, donde al parecer todo Doncaster se había congregado para curiosear. Para entonces las lágrimas resbalaban por su rostro y no tenía forma de enjugárselas. Aquellas manos le estaban contusionando los brazos. Un niño le lanzó una piedra. La piedra era pequeña y la tiró con poca fuerza, de modo que ella apenas la notó, pero miró consternada al muchacho de aspecto saludable que había hecho semejante cosa.

Si la ponían en el cepo, la gente de bien de Doncaster se consideraría en el derecho de arrojarle cualquier cosa que tuviesen a mano: fruta podrida, basura y hasta piedras, efectivamente. Ya no le importaban su reputación, ni Eyam, ni Grandiston ni nada.

—¡Basta! —chilló Caro—. Conozco a gente aquí... A Fred, a Phyllis... —Pronunció el nombre más influyente que conocía—. ¡Diana!

¿Apellidos? ¿Títulos? No podía pensar con claridad.

—¡Arradale! —gritó—. Ossington.

Un bramido a su izquierda atenuó su defensa. Al girarse vio un monstruoso espantapájaros que corría veloz hacia ella, su casaca negra aleteaba, sus ojos blancos miraban iracundos en un rostro tiznado bajo un maltrecho sombrero de ala ancha. Un fuerte puñetazo hizo que uno de los hombres que la sujetaba saliera volando, luego salió volando el otro. A Caro la cogió, se la subió a un hombro y se la llevó.

Ella cometió la estupidez de gritar:

—¡Socorro! ¡Que alguien me ayude!

Sin poder respirar por los botes que daba, con el escozor de la bilis en la garganta, golpeó en vano a su captor en la espalda llorando, atragantándose mientras torcían a toda velocidad por un callejón y la turba daba alaridos tras ellos. Caro oyó un rugido brutal a lo lejos. ¿Qué era eso?

Los alaridos de la turba se convirtieron en gritos de contrariedad que se perdieron en la distancia. El hombre siguió avanzando con ímpetu y se puso a dar patadas y codazos a unas verjas. Una de ellas cedió y al girar llegaron a algo parecido a un patio. Un patio fétido. El hombre lo cruzó y entró en una especie de cobertizo.

Dejó a Caro en el suelo, aunque se habría desmoronado de no ser porque la sujetó con sus fuertes brazos. La quietud y el silencio repentinos resultaban alarmantes.

—¡Chsss..., querida! ¡Chsss!

¿Era una voz de señor? Caro veía borroso, pero alzó la vista y vio unos ojos verdes y dorados.

—¿Es usted?

Una amplia sonrisa reveló unos dientes sanos.

—Soy yo. No sé cómo se ha metido en ese embrollo, pero he pensado que le gustaría salir de él.

Caro abrió la boca para decir algo, pero entonces oyó un solo grito brutal de la turba y se agarró a Grandiston.

—¡Estamos atrapados aquí dentro!

—Es un señuelo. Apóyese aquí. —Él la puso contra la áspera pared de piedra y se acercó a la puerta a escuchar.

Caro se llevó las manos temblorosas a su cara sucia y luego buscó un pañuelo en un bolsillo. Se le escapó una carcajada entrecortada.

—Alguien me ha robado el pañuelo —dijo ella cuando él volvió la cabeza—. ¡Y el monedero!

—El mundo está lleno de peligros —comentó él con una sonrisa que daba a entender que aquello era un juego.

Estaba loco. Ella debería estar llorando, pero por lo visto estaba por encima de eso, mareada, como borracha casi.

—¿Qué ha sido ese ruido de antes? Parecían truenos.

—Eran mis hombres, que han volcado unos barriles para bloquear el callejón.

A Caro le fallaron las piernas y se dejó caer, sentándose en el suelo con la espalda apoyada en una pared y temblando de pies a cabeza.

—Soy una prófuga de la justicia —susurró—. Si me cogen, me colgarán. Nunca más podré volver a codearme con gente respetable.

—Sobre todo cuando la hayan ahorcado —repuso él con indiferencia. Se acercó y se agachó a su lado—. Ánimo, Kat. No dejaré que le hagan daño.

—¿Cómo? —exigió saber ella—. ¿Hace usted milagros?

—De momento hemos conseguido llegar hasta aquí.

Caro echó un vistazo al cobertizo.

—A una ratonera.

—A nuestra ratonera.

Ella cerró los ojos y sacudió la cabeza, pero volvió a abrirlos para mirarlo fijamente.

—¿Cómo lo ha hecho? Se ha disfrazado, me ha salvado...

—Con ropa de vagabundo, hollín y el efecto sorpresa.

—¿Así, en un periquete?

—He tardado más de lo que cree, pero se me da bien pensar y actuar deprisa.

Él se levantó y Caro reparó en que sus piernas estaban desnudas de calzones para abajo.

—¡Sus pies!

—Sobrevivirán. Mis botas a duras penas conjuntaban con el disfraz.

Volvió hasta la puerta. Ella también oyó el taconeo de unas botas en el callejón cercano y unas voces que iban y venían.

—No hay ninguna búsqueda organizada —le dijo él en voz baja—, sino bullicio y mucha confusión.

—Pero acabarán por encontrarnos. Alguien organizará una búsqueda.

Y si Caro sobrevivía a su dura venganza, la procesarían por robar. Puede que ni siquiera su verdadera identidad la salvara. Habían encontrado los anillos en su bolsillo. ¡Maldita niña! ¡Menuda pilluela!

Caro cerró los ojos y se abrazó el cuerpo mientras se mecía. Aquello tenía que ser una pesadilla; el día entero lo era. No había ninguna carta de la guardia real, Grandiston no existía, ni la huida a Doncaster, ni Kat Hunter...

—Ya es hora de que me cambie...

Ni la niña sinvergüenza, ni la turba...

—¡Kat!

Caro abrió los ojos de golpe y farfulló:

—¡Me colgarán, o me deportarán! Me azotarán sin piedad. No puedo irme de aquí. ¡No puedo!

Él le agarró de los hombros.

—Sí que puede. Como bien ha dicho, organizarán una búsqueda, pero si es usted valiente, la sacaré de aquí.

—No soy valiente. ¡Nunca lo he sido!

Él le dio un beso fugaz y apasionado, y tiró de ella para que se levantara.

—Yo sí. Confíe en mí. La muchedumbre ha pasado de largo, podemos salir sin que nos vean...

—¡No, no! —susurró ella—. Nos pillarán al momento. Todo el mundo sabe qué aspecto tenemos.

—Pues lo cambiaremos. Empecemos por su sombrero. —Él le sacó las horquillas, lo estrujó, se lo metió en un bolsillo de la casaca y entonces empezó a soltarle el pelo.

—¡Ay! —Caro le apartó las manos.

—Tiene que tener tan mal aspecto como yo. Venga, Kat. Seguro que puede esmerarse más.

De algún modo se sintió retada. Cogió aire y procuró pensar. Tenía que cambiar su aspecto... podía hacerlo. El pelo. Se sacó las horquillas y se deshizo las trenzas con los dedos mientras él se quitaba la casaca y la escondía debajo de un montón de piedras y madera de un rincón.

Grandiston se giró y la miró fijamente.

—Ya sé que estoy horrible —dijo ella, que tenía problemas con la maraña de rizos que le coronaba la cabeza y le caía hasta los omóplatos.

—Es asombroso. Lo suyo es como lo del mago que saca un ramillete de flores de un zapato. ¿Cómo consigue que unas simples horquillas contengan su pelo?

—Pues poniendo muchas. —Se las metió en uno de sus bolsillos—. Antes lo tenía simplemente ondulado, pero... —Recordó a tiempo que no tenía que comentarle a Grandiston lo de su aventura con Moore—. Me puse enferma y el médico me cortó el pelo para aligerar la presión sobre mi cabeza. Mi mente se recuperó, pero mi pelo se volvió loco.

—Ahora entiendo por qué es usted tan dura —dijo él mientras se limpiaba la cara con la camisa, mejorando ambas cosas. Ahora su cara parecía simplemente sucia y su camisa ya no desentonaba por estar demasiado limpia—. No se parece en nada a la señora Hunter, pero tiene que sacarse el jubón.

Caro quiso protestar. Adoraba su corte elegante, pero él tenía razón. Sólo que... no llevaba corsé.

—El jubón, Kat.

—No.

Él frunció las cejas.

—No sea tonta. Llamará demasiado la atención con el jubón.

—¿Y así no? —Caro se lo desabrochó y lo abrió—. ¿Recuerda su brillante idea?

—¡Oh, sí!

Y él sonrió. Caro se volvió dispuesta a pegarle, pero él, riéndose, le agarró de la mano y la desarmó besándole los nudillos.

—¡Menuda noche podríamos haber pasado juntos! ¡Qué pena! —Mientras ella estaba aún aturdida, él le destapó los hombros y le quitó el jubón.

Caro se cubrió con las manos.

—¡No puedo! Ni siquiera para salvar la vida...

A ella se le fue apagando la voz. Él se abstuvo de decir lo evidente.

—Hasta la mujer más humilde lleva alguna clase de corsé —protestó ella.

—Tiene razón —dijo él, y le dio la vuelta al jubón dejando el forro de color rapé a la vista—. Llévelo así.

—Vaya, gracias.

Pero entonces él sacó un cuchillo y cortó las mangas.

—¡Nooo!

Caro sabía que era absurdo protestar, pero aquélla era su prenda favorita. Cuando él frotó el suelo con lo que quedaba de ésta, ella sólo pudo morderse el labio. Cuando se la devolvió, Caro la cogió y se la puso agradecida como pudo, por sucia que estuviera, mutilada y todo lo demás.

Resultó difícil abotonarse el jubón del revés, pero lo logró. Al mirarse supuso que ahora se parecía a un sencillo corpiño como los que usaba la gente de campo, con las mangas de la camisa tapándole los brazos hasta los codos. Menos mal que aquella mañana se había puesto una sencilla, sin volante ni encaje.

Aquella misma mañana. En el soleado salón de desayunos de la mansión Luttrell. Las lágrimas amenazaron con emerger, pero las reprimió e incluso procuró sonreír. Él la había salvado.

—Gracias por todo.

—Soy un caballero andante, a su servicio. —Él la miró detenidamente—. Quítese el anillo de casada... es demasiado bueno. Y ensúciese un poco más. Su falda es lo bastante sencilla pero está demasiado limpia.

Ella no tenía claro cuáles eran los detalles del plan, pero se aferró a su resuelta confianza en sí mismo. Giró el anillo para sacárselo y se lo guardó en el bolsillo antes de revolcarse en el suelo. Cuando se volvió a levantar de nuevo se restregó la cara con las manos sucias.

Él se llenó de mugre el pelo rubio, que adquirió un color parduzco. De nuevo la miró con detenimiento.

—Mejor. ¿Puede ir descalza?

Caro quería decir que no. ¡Quería tantas cosas que no podía conseguir...!

—Preferible a que me cuelguen —dijo mientras se sacaba de un puntapié sus zapatos de cuero marrón. Detestó en el acto la sensación que le produjo el suelo áspero y sucio bajo sus pies enfundados sólo en unas medias. Supuso que también tendría que sacárselas. Los pobres solían ir descalzos y sin medias.

Sintió deseos de decirle a gritos a alguien, a quien fuera, que aquello no era justo; que era intolerable y un error, y tenía que acabarse.

—Espere —dijo él, casi como si la hubiese oído. Cogió un zapato y lo frotó con fuerza contra la pared de piedra. Luego se lo devolvió—. Es probable que pase por un zapato de pobre.

Caro lo cogió.

—¡Gracias, gracias! —Se limpió el pie en la medida de lo posible antes de volverse a poner el zapato mientras él raspaba el otro.

—Usted podría haber hecho lo mismo con sus botas —dijo ella.

—No había tiempo, y unas botas como las mías llamarían la atención por muy zarrapastrosas que estuvieran. —Le pasó el otro zapato—. Igualmente, no me puedo permitir el lujo de destrozar mi mejor par de botas.

—Tal vez yo no pueda permitirme destrozar mis mejores zapatos.

—¿Valen más que su vida?

Ella puso cara de disculpa.

—No. ¿Por qué hace esto por mí?

—Me parece de mala educación dejar que cuelguen a mi amante.

Él se giró para espiar por un agujero en la madera, dejando a Caro boquiabierta y con la mirada fija en su espalda.

¿*Amante*? Eso es lo que eran. Había sido breve pero intenso. Pese a la situación en que Caro se encontraba, la tibia espiral de recuerdos se fue desenroscando y dio paso a las llamas cuando recordó su audaz rescate, su firme capacidad de decisión, y hasta su aspecto desaliñado, por qué no. A ella siempre le habían gustado los hombres elegantes, pero el pelo revuelto y la ropa hecha jirones tenían su extraño encanto.

La camisa de Grandiston era del más selecto algodón (recordó su tacto sedoso), pero ahora estaba tan sucia que nadie se daría cuenta. Antes llevaba encaje en los puños; debía de haberlo arrancado. Tenía unos muslos tan fuertes como las pantorrillas.

—No hay nadie. Vamos. —Él abrió la puerta y miró hacia atrás—. ¡Ahora!

Caro dejó de pensar en bobadas y se apresuró a reunirse con él. Atravesaron el pequeño patio sin ser vistos, sólo les bufó una gata sarnosa desde lo alto de una tapia, y a continuación pasaron por delante de un retrete hediondo. A medida que se acercaban a la valla sintió como si unos hilos la frenasen; al otro lado sus enemigos querían su sangre.

Como cualquier presa acorralada, Caro aguzó el oído para captar cualquier sonido (los gritos de la turba o el roce de unos pasos cercanos). Unos perros ladraron. ¿Los habrían traído para cazar? Desde las ventanas de varias casas se oyeron voces interesadas en saber qué ocurría. Gracias a Dios ninguna de aquellas ventanas daba a ese sombrío rincón.

Grandiston forzó la verja combada que daba al callejón, echó un vistazo y luego ayudó a Caro a pasar. No había nadie a la vista. Le agarró de la muñeca y echó a correr. Desesperada por huir, Caro lo siguió a trompicones lo mejor que supo sobre el suelo viscoso y enlodado, pero entonces se le hundieron los tacones.

—¡Por aquí no es! Vamos directos a la boca del lobo.

—Lo sé. —Él le dio un tirón y ella tuvo que correr de nuevo, con dolor en las piernas y tratando de recobrar el aliento. Tal como se temía, no tardaron en dar alcance a los miembros más rezagados de la indignada muchedumbre.

—¿Lo han encontrado ya? —gritó Grandiston imitando pésimamente un acento del norte.

¡*Oh*, *Dios*! ¡*Dios*!, pero Caro hizo lo posible por ayudar.

—¡Qué mujer tan malvada! —dijo jadeante, con voz más grave y áspera y un acento marcado—. Me gustaría ver cómo la cuelgan.

—Sí —repuso un anciano casi sin aliento—, pero no puedo caminar a este ritmo, así que volveré y me prepararé para verla cuando la arrastren por la calle. —Entornó los ojos legañosos—. ¿Qué hacen ustedes tan rezagados, con lo jóvenes que son?

—Hemos girado por la calle equivocada —contestó Grandiston, empeñado aún en intentar hablar con acento local.

—Y nos hemos perdido —se quejó Caro. Tiró de Grandiston, como él había hecho antes con ella—. Vamos ya, mentecato. —Ella fue a la cabeza y avanzó a trompicones, atónita ante el osado plan de Grandiston.

¿Se colarían entre la turba? Semejante osadía dejaría a Caro sin aliento, eso si aún tenía, pero antes de poder decidir si Grandiston estaba en sus cabales llegaron a la retaguardia.

En esa ocasión fue ella la que habló y preguntó si habían cogido a la ladrona, y Grandiston fue lo bastante sensato como para dejar que lo hiciera. Caro desempeñó su papel con la mayor desenvoltura posible, pero por dentro temblaba de miedo. Con sólo que una persona los reconociese a cualquiera de los dos...

Grandiston la arrimó hacia él y le acarició la oreja con la nariz. Caro no necesitó actuar para empujarlo y decirle:

—¡Ya está bien!

Evidentemente, él no se movió y en lugar de intentar robarle un beso le susurró:

—Tranquila. Seguramente esta gente no ha presenciado el incidente y ha seguido a la muchedumbre porque le divierte la persecución.

Grandiston tenía razón. Caro se apoyó en él aliviada, y él aprovechó la ocasión para robarle un beso; su boca ardiente le supo a gloria y le devolvió el beso. Los silbidos y abucheos interrumpieron el acaramelado momento, y Grandiston se echó a reír como la mayor parte de los presentes. ¡Dios del cielo! Ahora eran el centro de atención.

Daba igual. Un grito lejano de entusiasmo unió al grupo hacia un nuevo objetivo. Echaron a correr y Caro y Grandiston fueron tras ellos.

—¡He visto algo ahí abajo, Pol! —exclamó él de pronto, e hizo torcer a Caro por un estrecho pasadizo. Más allá, al fondo, ella vio campo abierto.

Su escapatoria. Caro corrió entusiasmada en esa dirección.

—¿Qué es lo que ha visto? —preguntó entonces una voz aguda a sus espaldas.

—¡Maldito sea! —murmuró Grandiston, y se detuvieron para mirar hacia atrás.

Tres jóvenes de ojos vivos habían decidido seguirlos.

—He visto algo —dijo Grandiston—. Más o menos por aquí. —Se giró y echó un vistazo por encima de una tapia.

Buen intento, pero no pareció convencer a los chicos. Caro no creía que supieran que Grandiston y ella eran los fugitivos, pero sospechaban algo y se pegarían a ellos como lapas. Sólo había una forma de solucionar eso.

Caro se volvió hacia ellos, con los brazos en jarras.

—¡Largaos! ¿No veis que tenemos mejores cosas que hacer que buscar a una maldita ratera?

Grandiston se plantó junto a ella y amenazó con el puño a los chicos, que echaron a correr. Él le dedicó una sonrisa.

—Mi preciosa Kat, ¡qué mala es usted! Ahora que nos hemos librado de ellos, salgamos de una vez de este brete.

—Sí, por favor.

Caminaron deprisa por el callejón y salieron a un trillado sendero que discurría entre setos en dirección hacia los tejados de una aldea. Caro iba delante, pero entonces Grandiston le agarró por el dorso del jubón y tiró de ella hacia un lado de tal modo que quedaron pegados a la áspera pared de piedra de la última casa.

—¿Qué está haciendo? —susurró ella—. Tenemos que huir.

—Algunas de las ventanas dan hacia aquí. Si alguien ve huir a dos criaturas de dudosa reputación, dará la señal de alarma.

Caro se vino abajo, las rodillas le fallaron.

—Entonces ¡estamos atrapados aquí! Es inútil.

Él la atrajo hacia sí (el muy insensato sonreía) y la besó.

—Está usted en manos de Pagano el Pirata, mi delicada y preciosa Kat. No sólo no es inútil, sino que hay esperanza de victoria.

—¡Dios! No me extraña que le clavaran un hacha en el hombro. Seguramente fue en un momento como éste.

# *Capítulo* 11

Quizá deberíamos volver —comentó Caro.

—¿Con la muchedumbre?

A Silver Street, pensó ella, pero no podía ir allí con él.

—No. —Caro suspiró—. Pero tampoco podemos quedarnos aquí. —Aguzó el oído para comprobar que nadie los había seguido por el callejón. Tal vez aquellos chicos habían vuelto y levantado la sospecha.

—Confíe en mí —dijo él dándole otro beso fugaz—. Podemos quedarnos aquí hasta que anochezca y luego escapar. Venga, deberíamos alejarnos más del sendero.

Caro titubeó, se debatía entre los peligros de la ciudad y los peligros de ese lugar a la vista lleno de maleza. Pero al recordar aquellas manos bruscas y aquellos rostros crueles, las piedras y los escupitajos que le habían tirado, se movió con sigilo pegada a las fachadas de las casas y los jardines que constituían los alrededores de la ciudad. Ahí el terreno era agreste y estaba poblado de acederas y dientes de león. También había bastantes ortigas que evitar. En un momento dado Caro tropezó y al apoyarse en la pared rozó una ortiga, y siseó por el escozor.

Se chupó la zona. Detestaba aquella situación. El causante era Grandiston, que había irrumpido en su casa de Froggatt Lane. Él se giró.

—¿Qué pasa?

—Una ortiga.

Grandiston arrancó una hoja de acedera, le cogió de la mano y le frotó el antídoto. Le alivió, pero seguramente ella lo fulminó con la mirada, porque él dijo:

—Me niego a disculparme por las ortigas.

—Yo no estaría aquí, de no ser por usted.

—¿Preferiría estar al tierno cuidado de la turba? —replicó él, preguntándose obviamente si ella estaba loca.

—No, por supuesto que no. Lo siento. Es sólo que hoy ha sido el peor día de mi vida. —Aparte del... pero no quería pensar en el día de su boda, la verdadera raíz de todos sus problemas y del que sólo su propia insensatez era la causante, como tal vez lo era del día de hoy. Notó que las lágrimas asomaban a sus ojos y se tapó la boca mientras trataba de reprimirlas.

Grandiston le soltó la mano y la estrechó entre sus brazos.

—Es verdad. Ha empezado con un accidente del carruaje y la lesión de su esposo, y a partir de ahí no ha hecho más que empeorar. Pero ahora está a salvo.

¡A salvo! Pero él era corpulento y cariñoso, y a pesar de todo ella no podía evitar sentirse querida. Sin embargo, era a Kat Hunter a quien él estaba mimando y haría cuanto estuviera en su mano para ponerla a salvo. Si descubría que era Caro Hill, sólo vería en ella a la viuda de Jack Hill, el objetivo por el que había viajado al norte.

Grandiston deshizo el abrazo y la condujo con cuidado hasta un sitio sin ortigas detrás de unos matorrales bajos.

—Aquí estaremos bien.

Le ayudó a sentarse de espaldas a la fría y áspera piedra; el campo abierto se extendía ante ellos. Caro se abrazó las rodillas, tenía frío y se sentía atrapada pese a la vista que tenía ante sí.

—En aquel campo de ahí hay gente, y alguien podría bajar por ese camino en cualquier momento.

Él le rodeó la cabeza con las manos para volverla hacia él.

—Entonces lo mejor será que pongamos en práctica la excusa que ha dado usted.

—¿Cómo?

—La que les ha dado a los chicos. Ha dado insinuado que...

Ella le dio un empujón.

—¡Ni hablar!

—¿Seguro? —repuso él con absoluta indiferencia. Le lamió el contorno de la oreja.

—Sí, seguro. —Pero lo empujó sin convicción—. No podemos. No puedo... —Él le dio un beso en la mejilla, en la comisura de los labios—. Por lo menos, no aquí...

Él le besuqueó los labios.

—Cabe entonces la esperanza de que sea en otro sitio. Aunque de momento estamos aquí y aquí nos quedaremos. Si damos un motivo a todos los que nos vean...

Caro abrió la boca dispuesta a protestar, pero fue silenciada por un hábil beso y casi todo su ser deseó no oponer resistencia. Todo su ser deseaba olvidar. Se dejó llevar por el calor de su cuerpo, la ternura de su beso y la protección de sus fuertes brazos. Caro gimió... y eso le dio fuerzas para soltarse. Podía verlos cualquiera.

—Pare. Esto está mal.

—¿Mal? Una cosa tan agradable no puede estar mal.

—No tiene usted ni idea de lo que está bien y lo que está mal.

Él la soltó de golpe y ella comprendió que le había herido. Quiso disculparse, pero en lugar de eso se apartó.

—Conozco la diferencia entre la sinceridad y la mentira —repuso él—. ¿Ha robado usted esos anillos?

Caro lo miró boquiabierta.

—¿Qué? Por supuesto que no. ¿Cómo puede pensar eso? Y si lo piensa, entonces ¿por qué...?

Grandiston le hizo callar con un dedo.

—Si esto es una discusión de enamorados, encanto, sería mejor hablar en el dialecto local.

—Que usted imita pésimamente —dijo Caro entre dientes.

—El de los barrios obreros de Londres se me da bien, y el de las zonas rurales de Oxfordshire también.

Ella ignoró su farol.

—No creerá en serio que soy una ladrona, ¿verdad?

—Lo que tengo claro es que no es usted lo que parece. —Y, de pronto, aquellas palabras le parecieron más sinceras que todo lo que le había dicho hasta entonces.

Grandiston tenía razón, pero bajo ningún concepto debía enterarse.

—He intentado ser amable con esa maldita niña y encima me ha metido los anillos en el bolsillo.

—Me he perdido lo de la maldita niña. Cuénteme qué ha pasado. Cuéntemelo todo. —Al ver que ella titubeaba, él dijo—: Pero si me va a soltar otra sarta de mentiras, ahórreselo.

Sólo cabía la indignación.

—¿Por qué supone que voy a mentirle? ¿Porque me he metido en un lío absurdo por querer ayudar a una niña abandonada? ¿Porque he dejado que un... mujeriego me engatuse para que me acueste con él?

Sus duras palabras no impresionaron a Grandiston.

—No sé por qué miente, Kat, pero miente.

Caro abrió la boca, pero se había vuelto a quedar muda. En un solo día había mentido más que en toda su vida.

—Esta vez le diré la verdad —dijo ella por fin, y le contó cómo había acabado arrestada—. Lo he visto ahí... —concluyó—, pero entonces ha desaparecido. Pensaba que me había dado la espalda.

Grandiston arrancó una brizna de hierba y mordisqueó el extremo. Descalzo y con esa camisa sucia y hecha jirones, y el pelo revuelto, casi podría haber pasado por un tosco chico de campo; pero sólo casi.

—Tal vez debería haberle dado la espalda —dijo él—. Únicamente habría tenido que avisar usted a los colegas de su marido para que la soltaran. Pero aquí está, convertida en una harapienta forajida, y la señora Hunter en una criminal buscada. —¿Qué podía Caro decir a eso? Él tiró la brizna de hierba—. ¿Qué le parece si intentamos volver a la ciudad para buscar a los amigos de su marido?

¡Oh, no!

—No son sus amigos. Ni siquiera estoy segura de que mi esposo los conozca. ¿Por qué querrían salvarme de las garras de la ley cuando media ciudad ha visto cómo me cogían in fraganti?

—Me imagino que al menos se asegurarían de que recibiera usted un buen trato.

—No me atrevo a poner la mano en el fuego. —Como vio que él arqueaba con escepticismo una ceja, ella le dijo—: No sé por qué cuestiona constantemente mi sinceridad cuando es evidente que usted mismo tampoco es lo que parece.

—Efectivamente, no soy un vagabundo descalzo —convino él.

—Y, sin embargo, ha sabido transformarse en uno con suma rapidez. Una habilidad propia de los más excelsos caballeros, estoy convencida de ello.

—Me gustan las aventuras y he corrido muchas. ¿Recuerda lo de Pagano, mi sobrenombre?

Caro lo recordaba perfectamente, y él lo sabía. Pero por lo menos se habían desviado del tema de los imaginarios colegas de profesión de su esposo.

—¿Afirma ser un verdadero pirata? —se mofó ella—. ¿Y qué hace tan tierra adentro?

—Hasta los piratas pueden alejarse de la costa de vez en cuando.

—Ya no creo que haya piratas cerca de Gran Bretaña.

—Entonces soy un contrabandista —corrigió él.

—¡Eso sí que es creíble! Sabía que era usted carne de horca. ¿Qué pasará conmigo?

Él rodó y puso una pierna encima de la suya mientras intentaba acariciarle el cuello con la nariz.

—Dígame, ¿qué quiere que le pase, mi querida Kat?

Caro se lo sacó de encima.

—No lo que tiene usted en mente. Quiero que mi vida vuelva a la normalidad.

—¿Y cómo es su vida?

—Sumamente respetable —contestó ella mirándolo a sus ojos incrédulos.

—¿De veras?

—¿Me está acusando de mentir otra vez?

—Si acabo con una soga al cuello, me gustaría saber el porqué.

—Le doy mi palabra de que no he hecho nada malo —dijo Caro con cansancio—, salvo el pecado que he cometido con usted.

—Está bien —dijo él al cabo de un momento—. Entonces, en cuanto hayamos salido de Doncaster, ¿la dejo en York con su marido?

Caro estaba a punto de buscar otra escapatoria cuando se preguntó si podría hacer eso; que su enemigo la llevase hasta su refugio. No con el propio Hambledon, sino a York. La idea de presentarse en el despacho de abogados con ese aspecto le produjo escalofríos, pero Hambledon era de una discreción impecable y tremendamente competente. Le permitiría volver a ser Caro Hill y luego solucionaría lo de su estado civil, y ella recuperaría su vida.

—Se lo agradecería —contestó ella con sinceridad—, porque no tengo dinero para pagar una diligencia.

Él se echó a reír.

—Yo tampoco. Me lo he dejado todo en el bolsillo de la casaca.

Caro se apoyó con desánimo en la pared.

—Entonces no hay nada que hacer.

—Nunca diga nunca jamás. Hasta ahora nos ha ido bien.

—A usted desde luego, lo reconozco. ¿Suele raptar a señoras amenazadas por una monstruosa turba?

—Ha sido mi primer intento y estoy bastante orgulloso del resultado... ¡Chsss...!

Ella también oyó las voces que se acercaban por el camino y se giró para mirar en esa dirección.

—No pertenecen a la muchedumbre —le susurró Grandiston al oído—. Son simples trabajadores que han acabado la jornada y se marchan de la ciudad.

—Pero puede que nos vean —dijo ella en voz baja—. A estas alturas todo Doncaster estará al tanto de lo que ha pasado.

—Entonces ha llegado el momento de representar nuestros papeles.

Caro aterrizó en el suelo boca arriba, aplastada por el fornido cuerpo de Grandiston, su boca impidiendo que gritara. Entendió la situación al instante y trató de cooperar. Eran amantes...

Pero cuando él le subió la falda y dejó su pierna al descubierto, cuando le flexionó la rodilla y presionó sus partes erectas contra ella, los recuerdos enterrados se clavaron en ella como un arpón. La posada del Carnero. La breve y dolorosa agresión sexual de Moore. A Caro se le escapó un gemido. Él lo amortiguó con la mano.

Devuelta a aquel infierno enterrado, Caro sintió pánico. Intentó gritar, intentó forcejear, pero estaba atrapada e indefensa como lo había estado en aquel entonces, y la cabeza le daba vueltas por el asco que sentía mientras él empujaba contra ella. Le salió un sonido gutural del fondo de la garganta.

Él la descabalgó, pero mantuvo la mano oprimiéndole la boca. Antes de que ella pudiese pegarle o arañarle, él volvió a aplastarla y Caro apenas pudo respirar porque tenía la cara hundida en su pecho.

—Si grita, la oirán, maldita sea.

Caro habría gritado de todos modos, de haberle quedado aliento habría clamado al cielo. Intentó morderle el pecho, pero estaba demasiado aplastada contra él. Cuando Grandiston la soltó al fin, ella ya no pudo hacer nada más que coger aire y toser desesperada. Había vuelto a pasar, otra vez.

Caro procuró ahogar sus sollozos con el puño, pero de su pozo de dolor emergieron leves sonidos, maullidos que querían convertirse en aullidos para surcar el firmamento.

—Kat, Kat, pare. ¿Qué demonios...? —Grandiston la estrechó de nuevo en sus brazos y ella estaba demasiado abrumada para oponer resistencia—. La van a oír, maldita sea, mujer...

La meció, pero medio silenciándola una vez más. La angustia desgarró a Caro por dentro.

—¿Maldita sea? —fue un susurro únicamente porque tenía la garganta oprimida. Se apartó de Grandiston lo suficiente para mirarlo con aversión—. ¿Acaso cree que hacer el amor le da los mismos derechos de que goza un marido, pedazo de monstruo?

Él volvió a cubrirle la boca con la mano. Caro intentó morderle, pero no lo consiguió.

—Lo único que he hecho es actuar, loca, más que loca. Y, además, ha sido muy doloroso; seguramente pasaré unas cuantas semanas magullado.

—Estupendo —dijo ella entre dientes.

—Tenía que hacer algo para justificar qué estuviéramos aquí escondidos, ¿se acuerda?

Su honesta impaciencia atravesó de algún modo la demencia de Caro. Sí que se acordaba. Y sabía que Grandiston decía la verdad y no la había violado realmente. Porque abajo le dolía, pero como si estuviese magullada y no profundamente desgarrada como recordó en ese momento.

Él le retiró la mano de la boca con cautela. Al ver que ella no gritaba, relajó el brazo. Caro forcejeó tratando de liberarse y se limpió los labios. Probablemente él se lo tomaría a mal, pero quería sacarse el polvo de su mano mugrienta. Principalmente.

Caro ignoraba que los recuerdos de la violencia de Moore estuvieran tan profundamente ocultos y dispuestos a aflorar y atacarla de esa manera. Se rodeó las rodillas con los brazos y se balanceó mientras luchaba por volverlos a enterrar. Hondo, muy hondo.

Entretanto él no le sacó su mano cálida de la espalda, que masajeó en círculos tratando de calmarla. Finalmente, ella separó los brazos y apoyó la cabeza en las rodillas.

—Lo siento. Normalmente no soy tan...

—Normalmente no la toman por ladrona ni la persiguen por toda la ciudad. —Pero entonces Grandiston añadió—: Supongo.

—Le repito —dijo ella con un gran suspiro de cansancio— que antes de conocerlo era una dama respetable.

—A la que habían violado, deduzco.

Caro se puso rígida, asustada por el término. Nunca lo había pensado así. Se había ido con Moore ilusionada por casarse con él. Su reticencia había sido únicamente debida a que aún no estaban casados. Él había actuado con brusquedad y dureza, pero no fue hasta mucho después, quizás esa misma tarde, que descubrió lo distintas que podían llegar a ser las relaciones sexuales. ¿Qué podía decir después de comportarse de una forma tan extraña?

—Forzado —susurró ella.

—¿Fue su marido? —inquirió Christian, tratando de mantener la voz sosegada mientras la rabia ardía en sus venas.

Ella vaciló, pero luego dijo:

—No.

—Entonces ¿a quién tengo que matar?

Caro lo miró a los ojos.

—¿Qué? ¿Por qué iba a hacer eso?

—Porque la violaron.

—Hace bastante tiempo de aquello —dijo ella con cansancio— y, en cualquier caso, él ya ha muerto.

—¿Quién tuvo el honor de matarlo? ¿Su marido?

—Sí —contestó ella al cabo de unos segundos—. ¿En serio ha dicho que cometería un asesinato a sangre fría por mí?

—Le aseguro que mi sangre no estaría fría —dijo él.

Ella abrió los ojos sorprendida, pero luego los cerró.

—Otra vez hablamos de muerte. ¿A cuántos hombres ha matado, Pagano Grandiston?

Podría haberle dicho que a muchos. Podría haberle dicho que era un soldado y que el incidente con el hacha formaba parte del ambiente bélico, pero no creyó que fuese a influir para nada en su estado de ánimo actual. Había descubierto que a las mujeres, y a muchos hombres, les parecía bien que hubiese guerras, pero no les interesaban los detalles más escabrosos.

—Eso da igual. Nunca he matado a una mujer, de modo que está usted a salvo de mi agresividad. —Por alguna razón aquello hizo reír a Caro con desesperación—. Es verdad, Kat. Nunca he herido siquiera a una mujer, y he tenido motivos para hacerlo en un par de ocasiones. Pero no tengo motivo alguno para hacerle daño a usted.

Christian la atrajo hacia sí y ella no se opuso. Tal vez incluso se acurrucó contra él, pero dijo:

—Es usted cruel.

—El mundo es cruel.

Caro se puso tensa y movió la cabeza.

—Se acerca más gente.

—Quédese como está. Funcionará.

Permanecieron entrelazados mientras un grupo de cinco personas pasaba tranquilamente por delante de ellos.

—Me encantaría obtener la recompensa, pero supongo que ya estarán muy lejos —dijo un hombre.

Hubo un murmullo de aprobación y luego el grupo se alejó demasiado como para poder oír.

—¿La recompensa? —inquirió Caro, levantando la vista hacia él.

—Me imagino que será obra de los Silcock.

—¿Para qué lo habrán hecho, si han recuperado los anillos?

—Hay personas vengativas, pero es curioso.

Kat se irguió, el ceño fruncido.

—Esa mujer está loca. ¡Con qué rabia me miró sólo por chocar con su mesa! Y luego fue como si quisiese echarme una soga al cuello con sus propias manos.

Grandiston le masajeó la nuca y la besó en la frente.

—Nunca le pondrá la mano encima, pero creo que debería volver a la ciudad.

Ella dio un respingo.

—¡No, no puedo!

—Usted no, sólo yo. —Le puso un dedo en los labios—. Escuche. A usted la reconocerán fácilmente como la señora Hunter, pero nadie sabrá que yo soy su andrajoso salvador. Mi criado habrá escondido mi ropa en la cuadra de mi caballo. En cuanto recupere mi identidad podré recomponer mi intachable presencia y descubrir qué está pasando. También conseguiré dinero y ropa decente para usted.

—Pero yo estaré aquí sola —susurró ella parpadeando como un recluta inexperto que está en territorio enemigo por primera vez.

—No le pasará nada.

—Puede haber zorros y tejones.

—Que la temerán más que usted a ellos.

—Y gente —añadió ella.

—Hombres, querrá decir. ¿Su... agresor la atacó a oscuras o lo conocía?

—Lo conocía. Muy bien, o eso pensaba.

Él le tocó el hombro, debatiéndose entre las diversas prioridades.

—Si creyese que hay algún peligro, no la dejaría sola. Desde luego aquí no vendrá nadie, y está lo bastante oscuro como para que nadie pueda verla.

Caro se abrazó las rodillas, convirtiéndose en un blanco pequeño.

—Nunca he estado sola al raso.

Aquello sorprendió a Grandiston, pero ¿por qué? Las mujeres no salían de noche sin acompañante. Le sorprendió porque Kat Hunter en ocasiones hacía gala de una independencia insólita, como si pretendiese tomar sus propias decisiones y ser dueña de su propio destino. Además, tenía esa vena rebelde que le hacía dudar de la absoluta decencia que ella afirmaba, sobre todo porque esa misma vena le había empujado a revolcarse con él en la cama; pero ahí estaba, comportándose como harían la mayoría de mujeres respetables.

—No hay nada que temer —repitió él.

—Ratas. No me negará que hay ratas.

—Están atareadas en los sótanos y los almacenes. Deje que me marche, Kat, y mañana estará en York.

Ella levantó la vista hacia él, escudriñando sus rasgos en la penumbra.

—¿Volverá?

Él la besó.

—Le doy mi palabra.

—¿Qué valor tiene la palabra de un pagano?

—En mi caso cielo y tierra.

—Entonces, márchese. —De pronto Caro le apretó las manos—. Pero tenga cuidado. Quizá crea que parece un criado, pero no es así. Destaca usted hasta cubierto de harapos, y su acento es ridículo.

Él se rió con ternura.

—Ésa es mi Kat.

—¿Qué?

—Sea usted quien sea, podría comandar ejércitos si quisiera.

—No, no podría.

—Permítame discrepar. —Grandiston le besó las manos y se soltó—. No me ausentaré mucho tiempo y pronto el día de hoy no será más que un mal recuerdo.

Él cayó en la cuenta de que estaba esperando a que ella dijese: «no ha sido para tanto», o algo parecido, pero se limitó a asentir y se acomodó contra la pared rodeándose otra vez las rodillas con los brazos.

—¡Ojalá pudiese prestarle una casaca! —dijo él.

—Pues tráigame un chal.

—Sí, señora, sí —repuso él, que regresó hacia la ciudad arrimado a la pared.

Caro se quedó sola en la oscuridad.

# Capítulo 12

No estaba totalmente oscuro. El cielo era de color gris y la luna en cuarto creciente se elevaba en el cielo, aunque resultaba siniestra porque flotaban unas oscuras nubes que jugaban a macabros juegos con la luz. En las ventanas de las casas de enfrente, había puntos de luz esparcidos, pero estos también parpadeaban intermitentemente tras los árboles mecidos por el viento cada vez más intenso.

Refrescaba y Caro se abrazó las piernas de nuevo, deseando que Grandiston volviese pronto con el chal; deseando que volviese pronto.

Sabía que cualquier animal salvaje se fiaría de ella menos que ella de él, pero dio un respingo al oír un crujido a su derecha. Fuese lo que fuese, se escabulló. ¡Qué prudente! Probablemente pudiese matarlo. Bueno, era algo que sabía en teoría porque jamás había matado nada más grande que una cucaracha, cosa que hizo pisándola con un zapato resistente.

No había ninguna amenaza real ahí fuera, pero permaneció quieta y escuchó mientras trataba de escudriñar las sombras que la rodeaban. Estaba de espaldas a la pared y a los sonidos de la ciudad. En algún lugar cercano lloraba un bebé; más lejos, un perro ladró. Aquel rítmico sonido metálico probablemente fuese un herrero que se había quedado trabajando hasta tarde para reparar una herramienta o una rueda.

Una pareja empezó a gritarse por la misma historia de siempre: promesas hechas, promesa incumplidas, promesas denegadas. Los gritos cesaron. ¿Se habían despedido con acritud o se habían reconciliado con un beso? La vida seguía, aunque no para ella. Tuvo la sensación de que a lo mejor se quedaría ahí, en esa aterradora oscuridad, hasta pudrirse.

Volvió a mirar hacia las luces que indicaban la presencia de casitas y gente; gente corriente inmersa en su vida cotidiana. En circunstancias normales podría acercarse a una de esas casas, llamar a la puerta y solicitar ayuda. Si intentaba eso ahora, en el mejor de los casos la echarían por vagabunda; y en el peor, la cogerían y la llevarían a rastras para entregarla al alguacil creyendo que era la mujer que había robado los anillos. Todo para obtener la recompensa.

¡Habían puesto un precio a su cabeza! Caro era una forajida, estaba indefensa ante cualquier abuso que cualquiera deseara cometer contra ella. Entonces se sumió en el azoramiento y los pensamientos absurdos, vagamente consciente de que la oscuridad la envolvía por completo.

¿Dónde estaba Grandiston? ¿Y si le había dado la espalda? «¡Oh, tía Abigail, te enfadarías tanto conmigo!» No por haberse hecho pasar por Kat Hunter tal vez; en general, tía Abigail aprobaba las estrategias defensivas. Quizá tampoco por lo ocurrido con la ladronzuela, aunque se habría mofado de su ingenuidad.

«Los sinvergüenzas son sinvergüenzas y los ladrones son ladrones, Dorcas, no son unas pobres víctimas que se sinceran con unas palabras amables y una hogaza de pan.»

Pero no le habría gustado ver que Caro se quedaba esperando a que un hombre la salvara. «No puedo hacer otra cosa», dirigió el pensamiento al espíritu de su tía. «No tengo dinero, parezco una vagabunda y ofrecen una recompensa a cambio de mi cabeza. ¿Adónde voy a ir?» Aquello pareció silenciar a tía Abigail, pero no levantó los ánimos de Caro.

Un extraño ronroneo le hizo abrir los ojos de golpe. ¡Ahí había algo! Escudriñó temblando las oscuras sombras proyectadas por los matorrales y ahogó un grito cuando vio dos luces. «Marramao-marramao.» Sonaba como un lastimero «¿qué tal estás?». ¿Sería una extraña criatura nocturna? ¿Un duende o un gnomo...?

Caro retrocedió y buscó a tientas por el suelo un palo, una piedra o algo. Entonces se movió una oscura sombra. Ella clavó los ojos en ésta dispuesta a defenderse. Se acercó, las luces volvieron a parpadear… y entonces vio que era una gata. Era claramente una gata. Una simple gata, aunque negra como la noche. Toda la tensión de Caro se disipó con un quejido.

«Miauuu…»

—Silencio —le susurró ella, y luego le tocó la cabeza. Pero ¿qué estaba haciendo? Los gatos no hablaban, aunque sí arañaban, sobre todo los salvajes—. ¡Fuera!

Pero el animal se sentó con la delicadeza propia de los gatos y se la quedó mirando. Entonces, tal vez a consecuencia del susto y el alivio, Caro sintió que necesitaba orinar urgentemente. Procuró aplacar la sensación, pero una vez experimentada ésta se volvió más acuciante por momentos. Escudriñó la oscuridad que le envolvía, esperando que apareciese milagrosamente un retrete o incluso un matorral tras el que poder esconderse, pero no vio más que tierra áspera y arbustos bajos. Y la gata la estaba observando.

—¡Fuera! —intentó de nuevo, exactamente con el mismo resultado.

Sin dejar de hablarle entre dientes, Caro se alejó sigilosamente pegada a la pared. Por lo menos el animal no la siguió; además, tenía que hacer aquello lejos de donde Grandiston esperaba encontrarla. Rezó para que no hubiese ortigas y se puso en cuclillas arremangándose la falda para no salpicarla.

Mientras la orina murmuraba sobre el suelo, Caro decidió que aquello era el colmo de la degradación; intolerable. Había perdido su hogar, su aspecto decente y tal vez su reputación. Pero ese acto innoble la excluía de la sociedad decente. Al acabar se puso de pie y regresó abatida a su sitio original, ahora señalado por los ojos brillantes de la gata inmóvil.

—¡Fuera! —le ordenó ella mientras se volvía a sentar, pero lo hizo básicamente porque sí. ¿Quién era ella para rechazar cualquier clase de compañía?

Tal vez jamás recuperaría su hogar ni su reputación, jamás se casaría con Eyam, jamás volvería a formar parte de la gente de bien. Tal vez acabaría entre rejas, donde orinar al aire libre le parecería un lujo.

«Dorcas Froggatt, ¿dónde está ese temple?»

Caro miró al gato fijamente. No, él no había hablado en un inglés comprensible, desde luego no con la voz de tía Abigail. Era su mente, que le decía lo que su tía diría. Aunque antes de eso, tía Abigail afirmaría: «De estar yo al mando, esto nunca habría pasado».

Sólo que sí había pasado. El origen de ese caos estaba en la gestión de su tía, de modo que lo justo sería que ella misma volviese para intentar echar una mano.

La gata le dio un cabezazo en la mano, así que ella le dedicó la caricia que por lo visto ésta pedía. Aquella manta viviente le daba paz a Caro, si bien su pelo parecía áspero y enmarañado en algunas zonas.

—Seguro que tienes pulgas, pero no estoy en posición de ser maniática. Probablemente a estas alturas yo también tenga pulgas.

La gata hizo «miau» y se subió a su regazo con cuidado dando unas vueltas en círculo antes de acomodarse. Caro nunca había tenido un gato faldero, pero probó a acariciarle el lomo.

—¿A ti también te han echado de casa y acusado de crímenes injustamente? ¿Te están persiguiendo?

Fue una estupidez, pero cuando la gata contestó con un «miaaau», Caro susurró:

—¿Tía Abigail? —Meneó la cabeza—. Me estoy volviendo loca. Eres una gata. Una gata callejera. Verás, no tengo nada para darte. Ni comida ni leche.

El animal hundió la cabeza entre las patas.

—Aunque sí podría ponerte un nombre —dijo Caro, que se estaba acostumbrando a oír su propia voz—. Tabby. Mi padre llamaba Abby a tía Abigail, aunque estoy convencida de que ella nunca se acurrucó en el regazo de nadie. ¡Oh, vamos, Caro! Hablar sola es señal inequívoca de locura.

Dejó de hacerlo, pero tal vez ése sería su destino: un manicomio. Eso les vendría bien a Grandiston y a la familia Hill. Probablemente les proporcionaría los medios para asumir el control de toda su fortuna.

De modo que tenía que hacer algo; al fin y al cabo, era una Froggatt. Su abuelo había sido un hombre de gran entereza que pasó de comerciante a empresario. Su padre no tanto, pero sí tía Abigail.

Hasta sus últimos años de vida Caro no se dio cuenta de que tía Abigail había dirigido la fábrica Froggatt durante casi toda su vida, sólo que a la sombra de su hermano. Fue ella la que insistió en usar el acero crucible antes que la mayoría, de ahí salía su fortuna.

Tras la muerte de Daniel Froggatt, Abigail tomó el mando. Ella intuyó la rentabilidad que podía obtenerse de los selectos muelles de acero que ahora daban fama a la empresa. Hubo quienes se burlaron de ella, porque las hojas de acero eran el principal negocio de los cuchilleros y con la guerra había más demanda que oferta. Pero finalizada la guerra, los muelles habían dado beneficios, mientras que el resto de fábricas lo estaba pasando mal.

Había llegado el momento de parecerse más a tía Abigail. Ella jamás se habría encogido de miedo, esperando sentada a que apareciese un hombre y la salvara. Ésa era la ocasión perfecta para sacarse a Grandiston de encima. ¿Y hacer qué?

—Éste sería un buen momento para que me dieras un consejo práctico —le susurró al espíritu de su tía.

—¿Habla sola?

Caro dio un respingo y se le escapó literalmente un chirrido parecido al de un ratón, pero era Grandiston, que estaba casi a su lado.

—Le pido disculpas. He tardado más de lo que esperaba. —Se agachó y le cogió de la mano—. Está helada. ¿Ha pasado miedo?

—No —respondió ella, aunque sabía que no podría engañarlo.

—¿No ha aparecido ningún animal feroz? —bromeó él.

—Sólo la gata.

—¿La gata?

Caro cayó en la cuenta de que al oír la voz de Grandiston el animal se había ido dando brincos. Escudriñó las sombras.

—Había una gata. Estaba hablando con ella.

—¿Hablando?

Ella lo miró con el ceño fruncido.

—Cualquiera puede hablar con un gato.

—Eso siempre y cuando él no conteste.

Era como si Grandiston lo supiese.

—No han sido imaginaciones mías —protestó ella.

—No, claro que no. Sea como sea, se ha ido y nosotros deberíamos hacer lo mismo. —Grandiston se levantó y tiró de ella para que se pusiera de pie.

—¿Irnos de aquí? ¡Oh, gracias a Dios!

Caro le estaba agarrando de la casaca y lo miraba directamente a los ojos. Le pareció que él iba a besarla, sin embargo la estrechó en un abrazo. Tras un primer instante de sorpresa, Caro se dio cuenta de que no la habían abrazado así desde la muerte de su padre. Tía Abigail no era muy propensa a dar abrazos y desde luego Ellen tampoco. Se sintió como una niña protegida de nuevo por unos brazos fuertes y cálidos. Empezaron a escocerle las lágrimas en los ojos y trató de reprimirlas, pero de repente empezó a llorar.

Se imaginó que Grandiston la apartaría de sí, pero le acarició la espalda y emitió unos sonidos indefinidos para tranquilizarla. Caro trató por todos los medios de recuperar el control, y finalmente lo logró.

—Lo siento mucho —sollozó ella—. Pero he sentido miedo. —Se echó hacia atrás lo suficiente para mirarlo a los ojos—. Me alegro de que no le haya pasado nada.

Él se apartó aún más para ofrecerle un pañuelo.

—¿Lo dudaba?

Caro se enjugó los ojos y se sonó.

—Podrían haberlo cogido. —De pronto cayó en la cuenta de una cosa—. Ha recuperado su casaca.

—Y mis botas, y el dinero de mi bolsillo. —Extrajo algo con lo que cubrió los hombros de Caro—. Creo que me había pedido un chal, señora.

Caro se envolvió con el chal, aunque sintió un ligero picor en la nuca. Era una prenda basta tejida con hilo grueso, pero grande y deliciosamente cálida.

—Gracias por todo.

—Sus deseos son órdenes para mí. Me parece que lo siguiente es emprender camino hacia York. ¡Vamos! —Grandiston le cogió de la mano y la condujo a lo largo de la fachada hasta el sendero.

—¿Cuál es el plan? —susurró ella.

—No hay ninguna forma segura de traer hasta aquí unos caballos, por lo que tendremos que caminar a campo traviesa durante aproximadamente un kilómetro y medio. Barleyman nos estará esperando allí.

—¿Qué ambiente se respira en Doncaster?

—Han colgado un cartel anunciando una recompensa.

—¡Cielo santo! ¿Cuánto ofrecen?

—Cinco guineas de oro.

—¡Eso es una fortuna para muchos! ¿Por qué querrán hacer eso los Silcock?

—No lo sé, pero no se preocupe. La señora Hunter ladrona pertenece al pasado e incluso lo que queda de la vagabunda, Pol, está a punto de desaparecer.

—¿Ha podido recuperar mi maleta?

—Por desgracia, el posadero se la ha quedado en concepto de pago de su estancia.

—Una cantidad bastante elevada teniendo en cuenta que no he llegado a pasar una sola noche.

—Dudo que quiera ir a reclamarle nada ahora. Barleyman le conseguirá algo de ropa.

En ese momento llegaron al sendero y ambos lo escudriñaron para asegurarse de que no venía nadie.

—No hay moros en la costa —anunció él, cogiéndole de la mano—. Adelante.

Pero Caro titubeó. Doncaster le resultaba hostil, pero simbolizaba la respetabilidad, la protección y la seguridad, cosas todas ellas que el destino le había arrebatado aquel día. Más allá sólo había oscuridad y lo desconocido.

Grandiston tiró de ella, y Caro se giró para adentrarse con su enemigo en los peligros de la noche.

# Capítulo 13

La noche era más oscura de lo que se había imaginado. Caro sabía que el sendero era ancho y llano fruto del tránsito frecuente, pero no lograba divisarlo y tenía la sensación de que en cualquier momento podía meter el pie en un agujero.

—¡Ojalá tuviésemos un farol! —exclamó ella.

—Somos fugitivos, ¿recuerda?

—Desde luego es lo que pareceremos si alguien nos encuentra andando a tientas en plena oscuridad.

—No, si nos manoseamos literalmente a tientas —repuso él, con una sonrisa casi sonora, y se volvió para volverla a besar.

Ella lo apartó de sí, pero a él no pareció importarle y eso a Caro le dolió. Entonces Grandiston le cogió de la mano para seguir andando y ella se sintió mejor. De pronto pensó en la gata y se giró para mirar a sus espaldas.

—¿Qué ocurre? —inquirió él, repentinamente alerta.

—Me preguntaba si la gata nos estaría siguiendo.

—Si existe esa gata de la que habla, seguramente esté buscando a alguien con más probabilidades de ofrecerle comida y leche.

Caro se sintió extrañamente abandonada y tropezó al distraerse. Él la sujetó.

—Llamándose Kat, debería ser capaz de ver mejor en la oscuridad.

—¿Usted ve? —preguntó ella mientras caminaban.

—Yo sólo confío en el destino.

—¿Qué le hace pensar que el destino será benévolo? —repuso ella con pesar.

—Querida Kat, es el destino el que nos ha unido.

—Y yo que creía que nada más empezar a hablar conmigo lo lamentaría.

—En absoluto. Me ha aportado diversión, alegría, acción y aventura, y aquí estamos, vivos y libres bajo el cielo iluminado por la luna. Mire —le dijo señalando hacia arriba—, ahí está Venus, sin duda pasando por delante de algo.

—Está usted tan chiflado como la señora Silcock.

—Pero soy mucho más afable.

Christian volvió a rodear a Kat Hunter por los hombros; le gustaba aquella sensación. Ella seguía pareciéndole excéntrica, pero su reciente comportamiento ponía de manifiesto que era exactamente lo que afirmaba ser: una mujer respetable acostumbrada a una vida corriente.

De ser así, había demostrado un coraje y unos recursos extraordinarios. Claro que una vida corriente no incluía una violación, que en todo caso podía llevar a una mujer a aferrarse con más fuerza a la gente de bien.

Entonces ¿por qué había coqueteado con un desconocido y había entrado en su habitación para acabar en su cama? No. A él le gustaría que ella fuese lo que decía ser, pero no lo era.

Le lanzó una mirada, pero la luna se había ocultado otra vez detrás de las nubes y ella miraba hacia abajo, tratando de distinguir el sendero. Christian apreció su asombrosa mata de pelo. Se imaginó que hasta la mujer más respetable y corriente de Inglaterra podía tener una cabellera como ésa, pero no le daba esa impresión. Le encajaba más con una intensa rebeldía y una fuerte determinación.

Ella la constreñía con trenzas y un centenar de horquillas. ¿Enjaulaba también su verdadera naturaleza? Christian sintió el impulso de dejarla marchar, pero lo reprimió. Sería una más de sus conquistas.

Barleyman había ido a indagar a Silver Street, pero averiguó poca cosa. Sin embargo, los criados se mostraron demasiado reservados y poco naturales, de modo que algo escondían. Había averiguado que la señora de la casa se llamaba Phyllis, no Dorcas, y que si bien procedía de Sheffield, era hija de un abogado y no de un maestro cuchillero.

Entonces su sexto sentido le hizo girarse y vio unos ojos brillantes.

—¡Dios mío!

Kat se volvió de golpe.

—¿Qué? —Y entonces dijo—: Ya le he dicho que había una gata.

—Una gata —repitió él—, y encima invisible.

Ella la ahuyentó con una mano.

—¡Zape, *Tabby*!

—¿Zapetabby? ¿Es eso algún tipo de conjuro local?

Ella se giró hacia Christian.

—Zape es para ahuyentarlo y *Tabby* es su nombre.

—¿Es una vieja amiga suya? Eso no concuerda con su historia.

Ella se puso en jarras.

—¿Se puede saber qué disparate ha insinuado? ¿Que esa gata es mía? ¿Que la llevaba escondida en el corpiño tal vez? Sea más sensato.

—Lo soy. —Christian no pudo reprimir una sonrisa. Debió de ser audible, porque Caro bufó como una gata.

—Ha aparecido cuando estaba a oscuras, y he intentado ahuyentarla.

—Poniéndole un nombre.

—Cuando uno está solo se agradece la compañía.

Él la rodeó con un brazo.

—¡Vamos!

Ella no se movió.

—Tiene el pelaje áspero. Creo que está herida en un costado. No quiero abandonarla.

—No tiene por qué hacerlo —repuso él, obligándole a seguir adelante—. Si la gata quiere venir, vendrá, y si no quiere, no vendrá. Probablemente Barleyman nos esté esperando ya, y puede que nos lleve un rato encontrar el lugar exacto.

—O sea, que nos hemos perdido —dijo ella andando junto a él.

—Todavía no. Pero si sigue bufando y arañando, es posible que la pierda a usted.

Tal vez Kat emitió un leve bufido, pero dijo además:

—Le pido perdón. Soy totalmente consciente de que estoy en deuda con usted, señor Grandiston.

Christian supuso que debería sentirse abochornado, pero dijo:

—Estupendo.

Ella se giró para mirar hacia atrás, pero él la forzó a seguir andando.

—Los gatos callejeros están hechos para tocarle a uno la fibra sensible, ¿sabe?

—Los gatos no están heridos y sucios porque quieran.

—¿No? Mi madre dice que los gatos suelen salir a buscar un dueño que los necesite. Despertar la compasión ajena debe de ser el modo más fácil de llamar con la pata a una puerta.

—Eso es un cuento de viejas.

—Mi madre no es tan vieja.

Ella alzó la vista hacia él.

—¡Oh, lo siento! No me refería... —Pero entonces volvió a bufar—. ¡Es usted de lo que no hay!

—Le aseguro que mi madre es lo bastante mayor para haberme parido.

—Verá, no... Simplemente me sorprende que tenga madre.

—¡Eso sí que es absurdo! —exclamó él.

—Bueno, vale, todo el mundo tiene madre, pero parece improbable que algunos hayan pasado mucho tiempo bajo los cuidados maternales.

Christian estuvo a punto de bufar, porque aquello le dolió. Su marcha del hogar familiar había beneficiado a todos. Sin embargo, le habían faltado los cuidados de una madre, de la suya propia o de la de otro. En casa de Thorn no había habido muchas mujeres. Incluso su aya murió cuando él tenía 11 años.

—Quiero mucho a mi madre —comentó Christian. Y era cierto.

—Cuénteme algo de ella, pues —le retó Caro.

—Está rolliza, es cariñosa y le encantan su jardín y sus abejas.

—¿Vive en una casa pequeña, quizá? —dijo ella con palpable incredulidad.

—Retraiga esas zarpas, Kat. No es tan pequeña, aunque sigue

siendo un hogar sencillo. —Christian no mentía. Estaba hablando de la mansión Raisby, la casa donde pasó su niñez.

—Me imagino que una madre como la suya vivirá angustiada por la profesión que ha elegido.

—Es verdad —dijo Christian, dándose cuenta de que había vuelto a apretar los dientes. Su madre detestaba que fuese un soldado.

Habían llegado a una valla, lo que le dio la excusa para dejar la conversación. Buscó a tientas la cuerda que la mantenía cerrada. Cuando dio con ella, la gata se escurrió entre las tablas emitiendo un curioso marramao de desdén.

—Un tanto a tu favor —concedió Christian, preguntándose si estaría en sus cabales. Levantó la cuerda e intentó distinguir sombras en el campo que tenía delante—. Dedícate a explorar —le dijo a la gata— y dime si hay algún toro.

—¿Le está hablando a la gata? —preguntó con ternura Kat, la gata humana.

—Tal vez los árboles sean los siguientes en entablar conversación. Una valla cerrada normalmente es sinónimo de la presencia de animales. Las vacas y las ovejas no supondrían ningún problema, pero un toro ya sería otra cosa.

—Podríamos ir por otro sitio.

—Y perdernos del todo. La gata sigue callada. —Christian abrió la valla torcida unos tres palmos—. ¡Vamos!

Ella pisó con cuidado, era obvio que sabía lo suficiente del campo para imaginarse que tras semejante cancela el suelo estaría embarrado. Christian la siguió y estaba tratando de volver a cerrar la valla cuando un brutal maullido le hizo girase.

Un garrote silbó junto a su oído. Christian se tiró al suelo y rodó para alejarse del peligro, consciente de que la gata le había avisado. El garrote cayó de nuevo hacia él, pero ¿qué demonios...?

Christian rodó, se puso de pie y se abalanzó sobre el hombre. Pero de repente eran dos y la luz de la luna se reflejó en una hoja de acero. Le arrebató el garrote al primer hombre y golpeó con éste al segundo, al que se le cayó la navaja de la mano. Eran meros aficionados. Cazadores furtivos o ladrones de ovejas que creían que habían dado con una presa mejor. Pero ¿eran dos o más?

—¡Kat! —gritó Christian—. ¿Dónde está?

El felino maulló de nuevo.

—*Tú* no... —chilló Christian, pero unas manos fuertes hicieron que se le atragantaran las palabras.

En vez de intentar librarse de esas manos, Christian golpeó al agresor en la cabeza con ambos puños. El hombre bramó y lo soltó. Christian se abalanzó sobre él y lo golpeó hasta hacerle perder el conocimiento. Se tomó unos segundos para coger aire y luego se levantó con dificultad para buscar al otro hombre y a Kat.

Al principio no sabía lo que estaba viendo, pero luego entendió aquella extraña danza. Bajo la tenue luz había dos personas que giraban en círculos sin parar y en algún punto cercano la gata maullaba y bufaba.

¡Ah...! Kat, con el pelo ondeando, daba vueltas con el hombre, agarrada a él de algún modo. No tenía ningún sentido, pero Christian avanzó, eligió el momento adecuado y le dio un puñetazo al hombre en la barriga. Éste se dobló hacia delante y Kat cayó sobre él y soltó un chillido. Christian la sujetó por el dorso del jubón y la levantó.

—¿Está herida?

Ella trató de soltarse, casi sin aliento.

—¿Está muerto?

El silencio del hombre no auguraba nada bueno, pero entonces empezó a toser. Christian le puso una bota encima de la espalda y se volvió para echar un vistazo al otro hombre, que seguía tumbado y en silencio. Retiró el pie del hombre y lo agarró del pelo, pero lo que encontró fue lana áspera. Al palpar descubrió que un chal de lana había medio estrangulado al hombre.

—Una forma curiosa de matar —dijo Christian.

—¿De matar? Estaba tratando de confundirlo.

—Supongo que la muerte confunde.

—¿Está *muerto*?

—Los muertos no tosen.

Christian desenrolló el chal de punto de la cabeza del hombre y empleó el basto pañuelo de éste para atarle las manos a la espalda. No lo retendría mucho rato, pero sí el suficiente.

Se sacó su propio pañuelo y se acercó al otro hombre, aprovechando para coger la navaja del suelo. Estaba vieja y gastada, pero afilada. El destello de sus ojos le indicó que el hombre estaba consciente.

—Sería una insensatez intentar hacer algo —dijo Christian en voz baja—. Saldrá de ésta porque tengo otros asuntos que atender... a menos que insista en que lo mate.

—No se atreve a matarme —repuso el hombre con desdén y una voz gangosa que indicaba que tenía la nariz rota.

—Póngame a prueba, que verá... Junte las manos al frente.

El hombre obedeció. Era de complexión robusta y, sin duda, estaba acostumbrado a ser el que profería amenazas. Debía de morirse de ganas de intentar hacer algo; Christian esperaba que no lo hiciera. Le ató las gruesas muñecas lo más fuerte que pudo.

—No es usted mejor que nosotros —dijo el hombre—. Esto de dedicarse a merodear en la oscuridad... ¿Ha huido con la esposa de otro hombre? —Las nubes que tapaban la luna pasaron de largo, mostrando un rostro cuadrado y feroz.

—¡Exacto! —Christian se levantó y lanzó la navaja con fuerza al seto—. Dudo que se suelte a tiempo de seguirnos, pero si lo logra le aconsejo fervientemente que no lo haga. Limítese a cazar conejos.

Mientras se frotaba los nudillos magullados Christian se giró hacia Kat, de pie con la gata en brazos, y se preguntó quién estaba consolando a quién.

—Ha pedido usted ayuda —dijo ella como si esperase un reproche.

Christian sonrió.

—Así es. ¿Qué ha hecho exactamente?

—Echarle mi chal sobre la cabeza. Y Tabby le ha arañado.

—Mis dos magníficos felinos.

—Pero se ha complicado. Lo del chal, quiero decir. Le ha caído alrededor del cuello y luego se le ha enrollado cuando él se ha girado y yo intentaba esquivarlo. Por eso me he agarrado al chal lo mejor que he sabido, para que él no pudiese atraparme. ¿Y usted, está bien?

—Perfectamente —respondió Christian, que le cogió una mano y se la besó. La gata profirió un maullido y saltó al suelo—. Mordisquéalos a tus anchas —le autorizó Christian—. No es usted una mujer intrépida por naturaleza, pero no duda en lanzarse al ataque.

—Estaba aterrorizada. Aún lo estoy. ¿Quiénes eran?

—Cazadores furtivos, me imagino, pero que no descartan el asalto y el robo si surge la ocasión. Me encantaría verlos entre rejas, pero su seguridad es prioritaria.

—Estoy temblando.

Christian volvió a estrecharla en un abrazo. Era una mujer muy agradable de abrazar.

—La mayoría de las personas temblamos después de una emoción fuerte. Ha sido emocionante, ¿verdad?

Ella se atragantó con su risa.

—¡Oh, sí, muchísimo!

Él se apartó de tal modo que pasó a rodearla sólo con un brazo.

—Vamos, magnífica Kat. Barleyman debería estar justo pasado el siguiente seto.

Caro avanzó, pero no se sentía magnífica en absoluto. Estaba temblando por la violencia física y horrorizada por lo que acababa de pasar. Él había interpretado sus carcajadas como alegría, pero había sido más bien un balbuceo. No había habido más que caos y violencia desde que él había irrumpido en su vida, pero a él le parecía maravilloso.

Ella había creído que las muertes de las que hablaba con tanta naturalidad eran meras bravuconadas, pero ya no. Grandiston había matado a quienquiera que lo hubiese herido con el hacha. De haber tenido ocasión, habría matado a su violador, a sangre fría o caliente. Acababa de dar una paliza a dos hombres fornidos y armados. La había salvado dos veces, pero ahora Caro tenía miedo. Cuanto antes se deshiciera de él, mejor.

Llegaron a un nuevo seto, pero no había valla, únicamente unos escalones inclinados y de aspecto inestable. La gata los subió de un salto y escudriñó al frente. Caro se alejó de Grandiston para acariciarla.

—También ha actuado con violencia —señaló Grandiston. Sabía perfectamente lo que ella estaba pensando.

—Es una gata —repuso ella.

—Y yo un hombre.

—No todos los hombres son agresivos.

—Deberían serlo, en caso necesario.

Caro se preguntó qué haría Eyam si lo atacasen en la oscuridad. Naturalmente, él no estaría nunca en esa situación, pero era de suponer que algún instinto varonil le saldría. Llevaba una espada e iba a clases de esgrima. Daba por hecho que sabría disparar una pistola; cazaba liebres y faisanes, y demás.

—¿Necesita que le ayude a subir los peldaños? —inquirió Grandiston.

Desde luego que no. Caro se arremangó la falda con una mano. ¡Ojalá llevase imperdibles para acortarla y tener libres las dos manos! Levantó un pie y tanteó la estabilidad de la madera. Parecía firme...

Grandiston la cogió en volandas. Antes de que ella pudiese protestar, él ya había subido los escalones desvencijados y la había dejado en la carretera del otro lado.

—Está usted loco —lo acusó ella, empujándolo—. Podrían haberse desmoronado bajo nuestros pies.

—¿Nos ha pasado algo?

Caro lo miró fijamente.

—Señor, estamos en medio de la nada, a oscuras, huyendo de la ley, y acabamos de enfrentarnos con dos peligrosos asesinos...

—¿Asesinos?

—Bueno, cazadores furtivos. Pero ¡no estamos a *salvo*!

Él la atrajo hacia sí y la besó. Ella se resistió, pero entonces la locura se apoderó otra vez de ella y le devolvió el beso.

—¿Cómo lo hace? —le preguntó Caro mientras se apoyaba en su pecho—. Me trastorna usted.

—Eso aún no he llegado a hacerlo, pero si lo desea...

Ella alzó la vista.

—¿Se toma las cosas en serio alguna vez?

—Me he tomado muy en serio mi lucha por salvar la vida, Kat. Sobre todo porque no sabía si a usted le había pasado algo.

Caro recordó que él no sabía que era el causante de todos sus quebraderos de cabeza. Grandiston creía que estaba rescatando a una mujer a la que había conocido por casualidad cuyos contratiempos recientes no tenían nada que ver con él.

—Lo siento.

—No lo sienta. Me ha dado la oportunidad de jugar a ser un caballero errante.

—¿Errante? —se extrañó Caro, mirando hacia un lado y otro de la carretera desierta—. Será errante si lo dice usted, porque yo no veo ni criado ni caballo alguno.

Él miró a su alrededor.

—¡Pardiez! Tiene razón. —Pero entonces sonrió—. ¿Quiere que haga magia?

Caro lo miró.

—¿Un caballero brujo?

—¡Abracadabra...! —Silbó con fuerza un sonido agudo. Durante unos instantes no sucedió nada, pero de pronto apareció un caballo por el recodo de la carretera. La luz de la luna era engañosa y lo volvió borroso, como si verdaderamente hubiese aparecido por arte magia. Pero entonces avanzó al trote, los cascos repiquetearon sobre el suelo duro, el metal tintineó, y ella vio que era real, que estaba ensillado y embridado, pero era rucio, lo que explicaba el efecto fantasmagórico.

Grandiston se acercó a saludarlo y dedicarle elogios, y le acarició la cabeza. El caballo parecía encantado de que le hicieran caso.

Caro miró a su alrededor en busca de la gata y se la encontró tranquilamente sentada.

—¿Algún comentario sobre lo que acaba de ocurrir, *Tabby*?

La gata levantó la pata y ladeó la cabeza para lamerse cierto sitio de lo más inapropiado.

—Porque yo no sé qué pensar... —musitó Caro, desviando la vista.

Grandiston acercó el caballo.

—Le presento a *Buck*. Es el diminutivo de *Bucanero*.

—Está muy bien adiestrado.

—Hay ocasiones en las que es útil tener un caballo que aparezca con un solo silbido. Seguramente Barleyman estará justo después de la curva y tendrá comida, bebida y ropa para usted.

Le cogió de la mano y la condujo hasta allí. Caro tardó unos instantes en darse cuenta de que el caballo los seguía sin que nadie le dijera lo que tenía que hacer. No sabía mucho de equitación, pero aquello le pareció extraordinario, sobre todo porque la gata caminaba a su lado como si estuviesen charlando amigablemente.

Tal vez había entrado realmente en otro reino que no se regía por las normas ordinarias del mundo. Al menos no tardó en ver al anunciado Barleyman al lado de otro caballo.

—Por aquí hay una valla abierta —dijo el hombre con una voz casi de caballero.

—¿Cómo iba yo a saberlo? —repuso Grandiston.

Ahora estaban lo bastante cerca y Caro vio que el criado de Grandiston era bajo y fornido, y llevaba un parche en el ojo izquierdo. ¡Cielo santo! Recordó que la criada había mencionado que parecía un villano. Era cierto.

—He oído un ruido, señor, pero me ha parecido que paraba y ya no he intentado llegar hasta usted.

—Eran dos cazadores furtivos que aspiraban a salteadores de caminos. Los hemos reducido sin problemas con la ayuda de dos gatas.

—¿Dos gatas, señor?

—Una felina y otra femenina. Señora Hunter, éste es mi criado, Barleyman. Es un pícaro, pero de los honestos. —Y añadió dirigiéndose a él—: Se llama Kat.

—¿Y la felina, señor? —Miró a su alrededor, pero la maldita gata se había escabullido hacia alguna sombra—. Es fiera, ¿verdad?

—Ambas los son. El chal de la señora Hunter es letal, se lo aseguro.

—¿El chal, señor?

—El mismo que me proporcionó usted para ella.

El criado se giró hacia Caro.

—Veo que tiene una de esas noches... Lo ignoraremos, señora. Me alegro de que esté a salvo.

A salvo, pensó Caro. Estaban a cuál más locos. Puede que ése fuera su maravilloso destino, pero seguía con aspecto de vagabunda y estaba en una carretera desierta y oscura con dos granujas dementes en lugar de uno. No creía que volviera a sentirse a salvo nunca más.

# Capítulo 14

Christian cogió la bota de vino de la montura y bebió un chorro. Para ser un vino malo le supo increíblemente bien. Le ofreció un poco a Kat. Ésta se quedó mirando la bota y él se dio cuenta de que nunca había visto una cosa así. Se disponía a hacerle una demostración de cómo usarla cuando Barleyman apareció con una taza de hojalata.

—Con su permiso, señora. —Echó un chorro de vino en la taza y se la ofreció.

—Gracias.

Christian tendría que encomendarle a Barleyman alguna tarea muy desagradable; por adulador.

Mientras Caro bebía, la luz de la luna jugó con su pelo rebelde y sus brazos, desnudos salvo por la camisa de lino que le llegaba a los codos. Parecía una gitana tan auténtica que él a duras penas podía creerse que fuese la pulcra y elegante señora Hunter que pocas horas antes había entrado en el comedor de Woolpack.

La luz acarició la redondez de sus senos, mucho más excitantes porque sabía que no iban acorazados por el corsé. Su falda ocultaba más, pero había acariciado sus piernas fuertes y bien proporcionadas de nalgas redondeadas.

Caro apuró la taza y se giró hacia él.

—¿Y ahora qué?

Él no pudo reprimir una sonrisa. Si estuviesen solos, si ella fuese lo que en ese momento parecía, Christian sabía lo que vendría a continuación. Él se sentaría en los peldaños de la cancela y ella cabalgaría sobre él; o él la levantaría en brazos de espaldas a un árbol y ella lo rodearía con esas piernas.

Recuperó la concentración.

—Ahora la ladrona de los anillos de los Silcock desaparece. ¿Dónde está la ropa, Barleyman? —Christian cogió la bota y bebió otra vez—. Mientras se cambia yo recuperaré mi aspecto normal.

Se giró para hurgar en sus alforjas y aclarar sus ideas. Sabía que Kat Hunter, o quienquiera que ella fuese, era conflictiva, pero esperaba no averiguar nunca hasta qué punto podía llegar a serlo. No creía que fuese una criminal, pero desde luego los problemas le seguían como esa maldita gata.

Había causado la muerte de un hombre; su violador. Aunque Christian despreciaba a los violadores, no podía evitar preguntarse cómo había llegado ella a ser víctima de un ataque. ¿Qué precio había tenido que pagar su marido por matar a ese hombre? Un soldado se volvía insensible a eso, pero ¿un cuerpo a cuerpo con el frío de la mañana? ¿Y tratándose de un abogado?

En ese momento su pobre marido yacía dolorido en algún lugar. ¿Sería ella la causante fruto de un descuido? ¿Cuántos percances más habrían ocurrido? Su plan de rescate podría haberse torcido de mil maneras.

Ella era como Jonás, en mujer y en tierra firme, pero había prometido acompañarla hasta York, y lo haría. Aunque después regresaría a Doncaster para resolver el desastre de aquella otra mujer. Si en su momento Dorcas Froggatt hubiese sido más cuidadoso, nada de esto habría ocurrido. Él estaría en el sur... tratando de escapar de las zarpas de Psyche Jessingham.

¡Qué caray! Lo que necesitaba era otra guerra larga y lejana, muy lejana. Tal vez se incorporaría a un regimiento que fuese a la India.

¿Eran carcajadas aquello? Echó un vistazo a sus espaldas. Barleyman (¡maldito fuera!) había hecho reír a Kat. Unas carcajadas breves y quizás irónicas, pero carcajadas igualmente. Christian se acercó a ellos.

—Empiece a cambiarse —le aconsejó a Kat—. No podemos quedarnos aquí toda la noche.

Barleyman se fue prudentemente a ocuparse de otros menesteres. Kat se limitó a quedarse ahí plantada, agarrando con fuerza un bulto oscuro. Él creyó que estaba desobedeciendo su orden, pero acto seguido se dio cuenta de que estaba exhausta. No era de extrañar. La jornada acabaría hasta con la persona más resistente; había hecho mella en él. Y el agotamiento podía apoderarse de alguien repentinamente, como un pesado manto.

—Buscaremos una posada —dijo él con dulzura— y podrá dormir. Pero es preciso que tengamos el aspecto de una pareja respetable, sobre todo si aparecemos a altas horas de la noche.

—Sí, claro, lo comprendo... —Pero Kat miraba fijamente a la carretera que se extendía ante sí y a sus espaldas—. ¿Dónde me cambio?

Christian reprimió su impaciencia.

—Hay muchas sombras junto al seto. Nosotros nos volveremos de espaldas.

Ella lo miró dubitativa, pero caminó hacia la zona en sombra que había bajo un árbol de poca altura. En cuanto Christian se aseguró de que Kat no se desplomaría, apartó la mirada y topó con Barleyman, que le ofreció un nuevo pañuelo.

Christian se lo ató sin apretar y se alejó un poco más.

—¿Alguna noticia más sobre la búsqueda de la señora Hunter? —inquirió en voz baja.

—No, señor. Me parece que los ánimos se calmarían de no ser por esos Silcock. ¿Pollo, señor?

—¡Bendito sea! —Christian dio un mordisco a la carne fría—. ¿Por qué lo hacen? Ya han recuperado sus malditos anillos. ¿Qué más quieren?

—Sangre, supongo. La de ella y la suya por haberla rescatado.

—Que Dios les pudra las entrañas. Al menos no volveremos a verlos. No pienso volver a Doncaster jamás.

—Comentaron la posibilidad de ir a Sheffield, señor.

—Adonde yo tendré que volver en algún momento para averiguar más cosas sobre los Froggatt. ¿A ver si serán mi cruz?

—Mañana parte usted hacia York, señor. Tal vez ellos ya habrán pasado por ahí cuando llegue. He hecho ligeros avances gracias a una criada de los Ossington, señor. Puede que valga la pena un poco más de esfuerzo.

—Recuerde las fatídicas vilezas de que son capaces las mujeres.

—Nunca las olvido, señor... yo no.

Christian ignoró la advertencia implícita.

—Luego tendremos que ir a Nether Greasley a indagar.

—Allí ya habrán pasado página de lo que ocurrió, señor.

—En una localidad tan pequeña la gente no habrá olvidado semejante drama. Puede que incluso haya algún rastro de ese clérigo.

—Yo también podría viajar allí, señor.

Christian tiró el hueso de pollo.

—Cierto. Hágalo pasado mañana. Nos encontraremos en Nether Greasley y seguiremos desde allí.

—¿Y si no aparece, señor? —preguntó Barleyman, en ese tono suyo que insinuaba que del dicho al hecho hay mucho trecho.

—Espere una semana, luego coja una diligencia de regreso a Londres e informe a Ithorne.

—Preferiría ir en su búsqueda, señor.

—Haga lo que le ordeno. Si estoy en un buen lío, Ithorne será la persona indicada para ayudarme.

—Es curioso que no haya dejado todo esto en manos de su excelencia, señor.

—Maldito sea, ¡menuda insolencia! Esta misión no es peligrosa. Si me retraso, será porque se me ha desatado un zapato o algo por el estilo.

—Pero mire dónde se ha metido en cuestión de horas por culpa de esa mujer, señor. Y si alguien la reconoce, ambos podrían verse en un brete. La nueva recompensa es de veinte guineas, señor. Mucha gente vendería a su madre por esa cantidad de dinero.

—¡Caray! Pero es que no he tenido otra alternativa. Cualquier hombre en mi lugar habría hecho lo mismo.

—Creo recordar que muchos no hicieron nada, señor.

Para variar, Barleyman tenía razón. La mayoría de los hombres se habían limitado a observar; algunos habían animado a la turba. En cualquier otra circunstancia, él habría sido un espectador y habría dado por sentado que la mujer era culpable y merecía un castigo. ¡Ojalá hubiese intervenido sólo si la muchedumbre hubiese actuado con ferocidad! Pero había actuado únicamente porque conocía a Kat... sobre todo en el sentido bíblico.

—Regrese a Doncaster. Tendrá que hacerlo a pie. Necesito su caballo para ella.

—Muy bien, señor. —Barleyman se alejó por la carretera. A Christian le pareció oírlo silbar. Era un hombre peculiar, Barleyman. Le gustaba andar. Le gustaba tanto que a veces lo hacía sin ningún motivo en absoluto.

Christian miró hacia el seto, pero Kat Hunter seguía cambiándose de ropa entre las sombras, de modo que clavó los ojos en la carretera silenciosa. Era innegable que desde que la conocía se le había ido todo al traste.

—Necesito ayuda.

Él se giró, consciente de que Kat había hecho lo posible para no reconocer eso. Christian se acercó un poco intentando no mirar. Ella llevaba puesto algo de color claro.

—¿Qué es esto?

Silencio. Un suspiro tal vez.

—Un corsé.

—¡Ah...! —Christian procuró reprimir el tono burlón—. ¿Lo lleva puesto?

—Sí, pero hay que atarlo.

Él anduvo hacia ella, que se volvió de espaldas, y comprendió que el blanco que había visto era una enagua con una camisa encima y un corsé claro. Le pareció que se había recogido el pelo bajo una cofia blanca.

—Necesito que se aleje un poco de las sombras para poder ver los ojetes.

—¿No ha atado nunca un corsé a oscuras? —preguntó Kat con sequedad, aunque hizo lo que él le pedía.

—Lo he desatado, pero atarlo, no lo he atado nunca.

De nuevo esa maldita luz de la luna. Ahora se deslizó sobre la nuca de Kat y la piel desnuda de su espalda, por encima del borde de su camisa, dejando el sugerente canal de su columna vertebral a oscuras. Christian empezó a atar las cintas, ciñendo cada una de ellas perfectamente, consciente en todo momento de sus deliciosas curvas y su olor; tras sus aventuras olía a tierra, pero conservaba trazas de perfume de rosas.

—Le queda bastante bien —dijo él—. Ha tenido usted suerte.

—Me queda bien —repuso ella con frialdad—, porque es mío.

—¡Ah...! —A Christian se le quedó la cara de tonto. ¿Cómo no se había fijado?—. Barleyman es una perla donde las haya.

Kat meneó los hombros para reajustarse el corsé. Aquello hizo que Christian cogiera aire.

—Me lo ha atado demasiado flojo.

—Así montará mejor a caballo.

Kat se giró de golpe.

—¿A caballo?

—¿O prefiere caminar?

Instantes después Kat volvió a refugiarse en las sombras y él se puso cortésmente de espaldas, pero ella no tardó en decir:

—Estoy lista.

Christian se dio la vuelta y vio que iba completamente vestida de negro. Le había dicho a Barleyman que encontrara un atuendo respetable.

Su vestido era oscuro y hasta sus mangas largas se confundían con unos guantes también negros. El único toque más claro era un pañuelo remetido en el contorno del corpiño y la cofia anudada bajo el mentón. Debía de haber conseguido comprimir su pelo debajo de ésta, porque no se veía ni un mechón suelto. Encima de la cofia se había calado un sombrero negro de ala ancha.

—Está claro que nadie reconocerá a la perversa señora Hunter —dijo Christian—, aunque puede que se pregunten por qué va usted de luto y yo no. ¿Eso que lleva alrededor del sombrero es un lazo?

Ella levantó la mano para palparlo.

—Sí.

—Pues tendrá que prestármelo. —Christian extrajo su navaja y cortó la cinta—. ¿Lleva algún imperdible puesto?

Ella se sacó uno de los que le sujetaban el pañuelo en su sitio y él lo utilizó para fijar la cinta negra que llevaba alrededor la manga.

Kat no había comido, así que él le trajo un trozo de pollo y un poco de pan, que ella aceptó entusiasmada. La gata profirió un sonido lastimero y ella le dio un poco.

—¿Lo ve? El animal sabía que más tarde o más temprano le daría de comer.

—¿Usted lo dejaría morir de hambre?

—Ahora ya no nos lo sacaremos de encima. ¿Cómo explicaremos su presencia?

—Pensaré en algo —contestó ella.

—Estoy seguro de que lo hará. —Kat lo fulminó con la mirada—. Bueno, ¿quién se ha muerto? —le preguntó Christian.

—¿Qué?

—¿Por quién estamos de luto?

—¡Oh! —Kat comió otro bocado—. Por mi abuelo materno.

—¿Por qué?

—Porque nunca lo llegué a conocer.

—Un motivo bastante razonable. Podríamos viajar a York para asistir al funeral.

—¿Y qué hacemos entonces paseando por el campo?

—Buena pregunta. Aprovecho el viaje para hacer negocios.

—Cosa que desapruebo —dijo ella con cierta malicia— porque me parece una falta de respeto al muerto.

—Una excusa para pelearnos. ¡Qué lista es usted! ¿A qué me dedico?

—A hacer sombreros de señora —contestó ella, y pegó un mordisco al pan.

Christian sonrió. Kat estaba reponiendo fuerzas.

—No, mejor me dedico a la compraventa de caballos.

—Es una profesión de dudosa reputación. ¿Qué otro tema domina lo suficiente para resistir a un interrogatorio?

—¿De gente educada? —inquirió él.

A ella se le escapó un sonido que podría haber sido de indignación o de risa.

—De la gente que haya en una posada respetable —respondió ella—, en la que puede encontrarse a personas de cualquier ramo.

—Me rindo. Seré un caballero ocioso de recursos modestos que se ha desviado de la carretera de York para ir a ver a un amigo. ¿Lista?

Ella se acabó el pollo.

—Sí.

Christian recogió del suelo la ropa que ya no necesitaban.

—No nos interesa dejar pistas de ninguna metamorfosis en la zona. —La metió toda en una alforja y dijo—: ¡Vámonos! Mañana estará a salvo en York.

Ella no se movió.

—¿Tras pasar una noche con *usted* en una posada?

A él no le gustó que enfatizara la palabra «usted».

—Yo no soy el villano de esta obra. Soy sir Galahad.

—¿El puro y angelical sir Galahad?

—Entonces soy Lancelot. No es tan perfecto, pero sigue siendo un héroe.

—¿Lancelot el adúltero?

—¡Sea sensata! Sea sensata. Es usted la que está casada, Kat, como Ginebra en los antiguos relatos. Lancelot, como yo, no era más que un amante, y era libre de serlo.

No por más tiempo, comprendió Christian. Él también había cometido adulterio ese día.

—No es usted libre para coquetear con la esposa de otro hombre —repuso ella.

—Eso tendrá que decidirlo la esposa.

Christian oyó un siseo y tuvo la convicción de que ella había cerrado los puños, pero, con tan sencillo atuendo y bajo la luz de la luna, su rostro ligeramente alargado adoptó el aspecto de una santa virgen.

—La he rescatado porque así me lo ha dictado mi sentido del honor, Kat, sin pensar en obtener nada a cambio. Y la acompañaré hasta York por la misma razón. En cuanto esté fuera de peligro, ya no volverá a verme.

Ella se irguió aún más.

—¿Por qué no me da dinero y deja que vaya sola?

—Pero ¡si jamás ha ido sola por ahí de noche!

—Hoy he estado sola, y he sobrevivido.

—Vale ya, Kat. No supongo ninguna amenaza para su virtud. —Al oír un sonido, dijo Christian—: Ninguna más, por lo menos. Y usted ha estado tan dispuesta como yo a hacer lo que hemos hecho antes.

—Preferiría...

—Aunque fuese usted una verdadera amazona que no temiese a nada, yo seguiría siendo un simple hombre que se ve obligado a desempeñar el papel de protector que le ha sido asignado.

En lugar de mostrarse agradecida, lo que la exasperante mujer mostró fueron indicios de continuar con la discusión. Él le cogió por el codo y la condujo hasta los caballos. Notaba sus reticencias, pero de pronto Kat se detuvo en seco con la vista clavada en la montura de Barleyman.

—¿Es por la silla? —inquirió él—. Tendrá que montar a horcajadas.

La mayoría de las mujeres de campo lo hacían, y muchas aristócratas cuando pretendían largos desplazamientos. La jamuga no servía para nada si se pretendía hacer algo más que dar un paseo. Sin embargo, las mejoras en las carreteras y los carruajes habían derivado en la absurda idea de que montar a horcajadas era en cierto modo indecente. Kat estaba entre las mujeres mediocres que opinaban eso.

—Me temo que no estoy habituada a montar a caballo en ninguna clase de silla, señor Grandiston —dijo ella al cabo de un momento.

Su hilo de voz denotaba auténtico miedo. ¡Vaya! ¿Por qué Christian no había pensado en esa posibilidad? Muchas mujeres no montaban nunca un caballo.

—Yo guiaré a su caballo, e iremos al paso. Lo único que tiene que hacer es sentarse.

—¿Ahí arriba?

—Ahí arriba —dijo Christian, deseando que Barleyman se hubiese quedado un rato más con ellos. ¿Habría sido capaz incluso de lograr que una mujer aterrorizada se sentase en la silla de montar? Si él le ayudaba a subir, probablemente caería al otro lado.

—Caminaré.

—No podemos aparecer en una posada fingiendo ser unos valientes viajeros, si usted va andando o incluso sentada detrás de mí sin la silla apropiada. —Condujo al caballo hacia los peldaños de la cerca—. Venga, desde aquí podrá subirse.

Caro se quedó mirando al hombre y al animal. No podía hacerlo. Después de una jornada repleta de cosas increíbles que había logrado hacer, había topado con una que no podía hacer.

«¡Eres una Froggatt!» Aquel toque de atención le impulsó hacia el animal. Hasta que éste volvió su enorme cabeza en dirección a ella. Kat se tambaleó hacia atrás.

—Me morderá.

—En absoluto. En serio, Kat, no hay nada que temer.

Se le escapó una carcajada que bastaría para internarla en un manicomio, pero se obligó a sí misma a acercarse de nuevo. El caballo no sólo era enorme, sino que despedía un olor acre. Sabía a qué olían los caballos, pero nunca había tenido que acercarse tanto a uno.

—Suba los peldaños, Kat.

Ella subió con dificultad al oír la orden. Una vez arriba de todo, el caballo no parecía tan gigantesco, pero era muy ancho.

—Ahora monte.

—¡Está demasiado lejos!

Christian empujó suavemente al caballo para que se acercara un poco más y Caro no tuvo donde refugiarse. Había visto a hombres montar a caballo y siempre le había parecido muy fácil.

—No sé lo que tengo que hacer.

—Ponga el pie izquierdo en el estribo.

Eso estaba aproximadamente a la altura de su rodilla, por lo que el movimiento fue bastante fácil, sobre todo en el momento en que se atrevió a poner la mano izquierda sobre la silla para mantener el equilibrio.

—Buena chica. Ahora pase la otra pierna por encima.

Por unos instantes Caro creyó que le estaba hablando al caballo. Miró a Christian por encima de la montura.

—¿Cómo?

—Apóyese en el estribo —le explicó con paciencia—, como si subiese un escalón alto, y agárrese de la perilla.

—¿De la perilla?

—Es la parte frontal donde tiene puesta la mano —contestó él con tanta paciencia que avivó el coraje de Caro o, por lo menos, encendió una irritación sustitutiva.

Apoyar el pie y subir. Eso podía hacerlo. Sin embargo, cuando se dispuso a hacerlo el estribo cedió ligeramente y la silla de montar crujió. Acto seguido el caballo se movió, amenazando el pie que aún tenía en tierra firme. O en peldaño firme.

Caro se agarró con fuerza de la perilla con ambas manos mientras saltaba sobre un pie, intentando desesperadamente que el caballo se quedase quieto.

—¡Sooo! —exclamó Grandiston, dirigiéndose seguramente al caballo. Por lo menos éste obedeció, porque Caro no pudo. Imposible quedarse quieta, pero apretó los dientes y se impulsó hacia arriba.

¡Conseguido! Pero aún no estaba sentada, tenía un pie en el estribo, el otro en el aire y el estómago contra la silla, lo que significaba que había soltado la perilla y estaba agitando una mano ante la cara de Grandiston.

Christian contuvo la risa.

—¡Cabrón! —exclamó ella, respirando con dificultad. Aquella grosería era propia de los obreros de la empresa familiar.

A él se le escapó la risa, sus dientes blancos a la luz de la luna.

—¡Ésa es mi Kat! —dijo él mientras le agarraba la pierna derecha por la rodilla y la pasaba por encima de la montura. Ya estaba sentada a horcajadas, pero tenía el cuerpo en sentido horizontal, con la perilla clavada en el diafragma y la boca hundida en la crin del animal. Escupió los pelos y cogió aire para protestar. Christian la asió con fuerza del dorso del vestido y tiró de ella hacia arriba.

Gracias a Dios, dejó ahí la mano. Como Kat empezara a desplazarse hacia la derecha o la izquierda, él no dejaría que se cayera. Aunque tenía el pie derecho suelto. ¡Cielo santo! No podría hacerlo.

Tenía las piernas completamente abiertas sobre una silla resbaladiza. Por poco que se inclinara se caería, y el suelo estaba lejos, muy lejos.

Por suerte o por la buena gestión de Christian, parte de su falda se había quedado entre ella y el cuero, pero incómodamente arremangada. Se removió con cuidado intentando alisar la tela y aliviar la tirantez, pero entonces volvió a quedarse helada, repentina y asombrosamente consciente de la similitud existente entre esa tensión y la que había sentido durante aquella fabulosa y lejana tarde. Hacía sólo unas horas.

Hasta notaba una sensibilidad persistente en esa zona, junto con una ligera y absurda pulsión de deseo. Caro tragó saliva, le ardía el rostro de calor. Suerte de la luz de la luna.

De pronto el caballo se movió y a ella se le escapó en voz baja un patético «¡socorro!». Él le cogió de la mano izquierda y le obligó a soltar la silla de montar.

—Agárrese de la crin. Se sentirá más segura así.

¡Segura! Caro era incapaz de imaginarse con sensación de seguridad ahí arriba, pero se agarró de la crin. Con todas sus fuerzas.

—Se le da de maravilla forzar a las mujeres a montar a caballo contra su voluntad, ¿verdad, señor?

—Pues dé gracias de ser una mujer. Si fuese usted un varón, joven o adulto, dejaría que se cayese hasta que aprendiera a aguantarse encima del caballo.

—Es usted abominable.

—Lo que usted diga, pero no se suelte.

Y entonces Christian le soltó el vestido. Caro se agarró con todas sus fuerzas, aún con la sensación de que iba a resbalarse. O de que el caballo la tiraría; porque eso era lo que hacían siempre ¿no? O se desbocaría. Grandiston la sujetó por el tobillo.

—¿Qué hace? —gritó ella.

El caballo dio una sacudida y Grandiston le soltó con brusquedad:

—No chille, mujer. —Christian tranquilizó al caballo y levantó la vista hacia ella. A Caro le pareció que le hablaba entre dientes cuando dijo—: Estoy ajustando el estribo. *Billy* no saldrá disparado con usted encima... siempre y cuando no chille como una *banshee*, uno de esos espíritus femeninos que anuncian la muerte cercana de un pariente.

—¿*Billy*? ¿El caballo se llama *Billy*?

—Ni *Guerrero* ni *César*, eso está claro —le dijo él, todavía toqueteando el estribo cerca de su tobillo—. Pero es una montura resistente para recorrer largas distancias.

Christian le cogió por el tobillo y Caro logró no chillar mientras él le metía el pie en el estribo. Se sintió mejor con ambos pies apoyados en algo, aun cuando ese algo fuese parte de *Billy Equino* y, por tanto, le sirviera de poco.

Christian hizo otra cosa, dio un tirón a la silla sobre la que Caro estaba sentada. Ella no dejó que se le escapara ningún gimoteo, menos aún un grito. Pero entonces cayó en la cuenta de algo y susurrando como si de un secreto se tratara dijo:

—No está sujetando las riendas.

—Porque *Billy* no se escapará con usted —susurró él a su vez. ¡Maldito fuera!

Entonces se alejó en dirección a su propio caballo. Caro lo siguió con la mirada, atónita y espantada porque la había dejado sola. No diría nada. No lo haría. Entonces el caballo se movió; no dio más que un paso, pero pese a toda su determinación Caro gritó.

Grandiston se giró y volvió a coger las riendas mientras le decía algo tranquilizador al animal. Entonces alzó la vista hacia ella, la mandíbula tensa bajo la pálida luz.

—Kat, no corre usted absolutamente ningún peligro.

—Podría encabritarse.

—Es demasiado sensato.

—Quiere tirarme al suelo.

—Eso lo entiendo.

Christian silbó como había hecho antes y su caballo dejó de pacer, irguió la cabeza y se acercó, manso como un perro adiestrado, colocándose para ser montado.

—Ahora soltaré las riendas —dijo Grandiston— para ceñir la cincha de *Buck*. *Billy* no hará nada alarmante a menos que usted lo asuste primero. ¡Vaya, estás aquí!

¿Estaba loco o algo parecido? ¿Con quién hablaba Grandiston? Se agachó a coger algo.

—Tenga. Le ayudará. —Y puso la gata en el regazo de Caro.

*Billy* sacudió la cabeza y *Tabby* se quedó en una posición que sugería que aquella situación le producía tanta desconfianza como a Caro. Ésta no tenía la más mínima intención de soltar la crin, pero les dijo a ambos animales procurando aparentar que lo decía en serio: «Tranquilos, tranquilos, estamos totalmente a salvo».

Grandiston terminó de hacer lo que estaba haciendo, puso un pie en el estribo y subió a la silla como si fuese el movimiento más natural del mundo. Se sentó encima del caballo como si fuese comodísimo. Caro asoció aquello con el comentario de Grandiston acerca de que *Billy* era bueno para las distancias largas, y añadió a eso el hecho de que al parecer tanto su criado como él tenían un caballo propio.

—¿Ha venido hasta aquí a caballo? ¿Desde *Londres*?

—Me gusta montar —contestó él mientras se inclinaba para coger las riendas de Caro.

—Está usted loco.

—Eso ya ha quedado demostrado. Vayamos a buscar esa posada.

Caro se agarró de la crin y rezó cuando el caballo empezó su balanceo. Le hacía deslizarse de un lado al otro. Se agarró con más fuerza y rezó con más fervor. No dejaría que el ruin y astuto Grandiston, que ese criminal seductor volviera a burlarse de ella. Tía Abigail no esperaría menos. Su tía creía que las mujeres eran capaces de hacer lo mismo que los hombres y a menudo más.

Caro no había estado nunca en una situación como ésa. Trajo a la memoria a todas las mujeres que había visto montar a caballo con seguridad, incluida Diana Arradale, de quien había oído decir que solía montar a horcajadas. No podía ser tan peligroso como parecía.

—¿Está usted bien? —inquirió él.

No, pensó Caro, no estaba bien. Estaba agotada, asustada e incómoda. Le daba miedo el caballo y también su caballero andante, que por lo visto tenía la capacidad de lograr que ella se sometiese a su voluntad en cuestión de segundos, fuese para gozar o sufrir.

—Perfectamente —respondió ella, y se sintió un poco respaldada cuando la gata dio vueltas en círculo y se tumbó en su regazo.

El cuerpo sólo es capaz de aguantar tensión durante un tiempo determinado, y Caro se dio cuenta de que el caballo le proporcionaba cierta calidez. Sentía el aire frío de la noche en nuca, orejas y nariz, pero estaba sentada sobre una estufa, si bien apestosa, y tenía una olla en el regazo que le hacía entrar en calor. Le ayudaba a relajarse.

Caro encontró el valor para soltar una mano de la crin y acariciar a la gata. Le robó una mirada a Grandiston, sentado en su caballo con una naturalidad inconsciente, con la mirada al frente y la luz de la luna plateando su pelo rubio y su piel.

No tenía aspecto de contrabandista, pero tampoco se parecía al caballero despreocupado con el que se había topado por primera vez. En cierto modo los tonos blancos y grises le daban un aspecto de más dureza y cabalgaba como un guerrero de antaño.

Se había comportado con dureza al irrumpir en su casa de Froggatt Lane. Y como un salvaje apareciendo entre la turba vestido de espantapájaros. Sus puñetazos habían enviado primero a un captor por los aires y después al otro. Luego la había cogido en volandas como si fuese una niña y se la había llevado como un salvaje invasor del pasado.

Y, cuando menos, ella lo recordaba como algo emocionante. ¿Qué le estaba ocurriendo? Sir Eyam Colne era su hombre ideal, el hombre con quien tenía la intención de casarse. Pero cuando trataba de imaginarse la reacción de Eyam a sus contratiempos, sabía que para cuando la mujer a la que cortejaba fuese arrestada por robo él seguiría ponderando cuál era la reacción apropiada para un caballero. Si llegaba alguna vez a sus oídos lo acontecido, incluso sin el desafortunado episodio de su solitaria estancia en una posada bajo un nombre ficticio, él se desentendería del asunto.

¿Y por qué no? ¿Acaso no le haría ella lo mismo? Si descubriera que a Eyam lo habían pillado en una posada bajo un nombre falso donde se había encontrado con alguna mujer licenciosa, no habría boda. Caro no soportaría tener un marido disipado.

Seguía mirando fijamente a Grandiston. Sin duda alguna, él sería un marido disipado. ¡Cielos! Sería el último hombre con quien se casaría cualquier mujer sensata.

Pero Caro tomó de pronto conciencia de la cálida gata entre sus muslos y el paso oscilante del caballo, y le recordaron placeres que jamás se había imaginado. Y que no podría imaginarse con sir Eyam Colne. No era justo, no era justo...

—Creo que ahí delante hay una luz —dijo él.

Caro cogió aire y clavó los ojos al frente, en la carretera.

—¿Una aldea?

—Seguramente. Se ve el chapitel de una iglesia entre la oscuridad de los árboles. Si no hay ninguna posada, probaremos suerte en una granja o algo por el estilo. Recuerde que estamos casados.

Caro se puso a pensar y dijo:

—Eso está mal.

Él se giró hacia ella.

—No es más que un simple subterfugio que la gente creerá a menos que usted cometa alguna estupidez. ¿Se ha vuelto a poner el anillo?

—Sí, pero quizá tengamos que compartir la misma cama —protestó ella.

—¿Duerme usted mal por las noches?

—Ya sabe a qué me refiero.

—Sé que es usted... —Grandiston se mordió la lengua para no decir la palabra insultante que sea que fuese a decir a continuación—. Kat, soy perfectamente capaz de dormir al lado de una mujer sin cubrirla. Claro que si usted quiere, estaré encantado de complacerla.

—No lo dudo.

—¿Alguna vez he fingido lo contrario?

—Hay hombres que hasta que se casan no... *retozan*.

—¿De veras? No he conocido nunca a ninguno. ¡Vamos! —Grandiston tiró de las riendas y el caballo de Caro avanzó dando una sacudida.

Caro se agarró de la crin, conteniendo unas lágrimas debidas principalmente al cansancio. La idea de una cama era maravillosa... pero no compartirla con ese hombre.

¿En serio contaba con que ella se abalanzase sobre él de madrugada? ¿Todos los hombres tenían aventuras fuera del matrimonio, como él aseguraba? Probablemente sí, pero ella no quería pensar que Eyam se comportara así. Aunque no estaba segura de querer imaginárselo totalmente inexperto. ¡Qué confusa estaba! Y todo por culpa de Grandiston, por haber irrumpido en su vida.

Él hizo detener a los caballos junto a la puerta principal de lo que parecía una gran casa de campo, pero tenía un letrero colgado fuera. Grandiston descabalgó con la misma facilidad con que había montado, y volvió a pasar las riendas por la cabeza del caballo de Caro.

—Coja...

La puerta se abrió y apareció un hombre.

—¿En qué puedo ayudarle, señor?

—...las riendas —terminó la frase en voz baja.

Caro obedeció, aunque de nuevo horrorizada por si el caballo percibía que era libre y salía disparado. Sin embargo, permaneció quieto, con la cabeza bajada. Tal vez sólo quisiese dormir, igual que ella.

—Esperaba encontrar una cama para pasar la noche —dijo Grandiston—. Hemos cabalgado más de lo que pretendíamos.

—Ésta es una casa humilde, señor —repuso el hombre con recelo.

—Pero la única que hay por la zona, creo. Agradeceremos una simple cama, se lo aseguro.

—Entonces adelante, señor. Tiene usted razón, no hay ninguna posada de verdad a menos de cinco kilómetros de distancia. Pueden cenar, si lo desean, pero tendrá que ser algo sencillo.

—Sí, muchísimas gracias.

Los dos hombres se volvieron hacia Caro y ella se dio cuenta de que debía aparentar que era una amazona. Para eso Grandiston había devuelto las riendas a su sitio. Se irguió en la silla, pero ¿no pretendería él que bajase sola del caballo?

Sacó los pies de los estribos y entonces se quedó helada. Nunca había sido consciente de la cantidad de cosas que sencillamente no sabía hacer. ¡Ojalá no lo hubiese averiguado nunca!

Él se acercó a ella, le sacó la gata del regazo y la dejó en el suelo. Acto seguido cogió a Caro en brazos y la bajó de su caballo.

—Ya está. Sana y salva, como prometí, querida.

Grandiston la dejó lentamente en el suelo pero siguió rodeándola con un brazo. Caro lo necesitaba. Se tambaleó, sus piernas protestaban por el peso.

El tabernero dio un grito y un chico apareció a toda prisa para llevarse los caballos.

—Un momento —pidió Grandiston.

Una vez que se hubo asegurado de que Caro podía sostenerse en pie, retiró el brazo y se fue a desatar las alforjas, y también las pistoleras, en las que Caro no había reparado hasta entonces.

Caro no quería caminar siquiera, pero al menos eso era capaz de hacerlo. Enderezó la espalda y entró en la taberna. Había un fuerte olor a cerveza y tabaco, y tal como había dicho el hombre era un local sencillo en el que unos cuantos hombres bebían cerveza sentados frente a unas discretas mesas.

La mayoría de los asientos eran bancos, pero Caro agradeció incluso eso. Tenía un techo digno sobre su cabeza... el primero en mucho tiempo. Una lumbre proporcionaba calor y alegría.

El día antes aquel sitio le habría parecido roñoso y habría buscado alguna otra posada. Caro estaba irreconocible. Totalmente irreconocible. ¿Sería para siempre?

Tal vez Caro Hill sencillamente había dejado de existir. Tal vez nunca regresaría a casa. Se arrastró hasta un banco y tomó asiento.

La lumbre y las diversas velas de sebo que había no ofrecían mucha luz, pero ella echó un vistazo a su nuevo atuendo. No era de extrañar que Grandiston le hubiese mencionado lo del luto. Iba completamente vestida de negro salvo por el pañuelo blanco de algodón, y al parecer llevaba por único adorno unos galones y unas lorzas en la parte delantera del vestido.

Hasta sus guantes eran negros. Se los quitó y su anillo de boda quedó a la vista. Tenía el aspecto de un anillo usado desde hacía años, porque así era. Además, estaba hecho con oro de 24 quilates, lo que hacía que brillase a la luz del fuego. Denotaba opulencia y decoro, por lo que debería respaldar su farsa.

Al mirarlo, Caro recordó el sencillo aro metálico empleado en su boda. Se lo había sacado nada más terminar la ceremonia, pero aun así le había dejado un oscuro círculo alrededor del dedo que ella había interpretado como una mancha de la fatalidad.

Oyó retazos lejanos de conversaciones. Al parecer, Grandiston estaba logrando entender el acento local. Estaban en el norte de Burholme y la taberna se llamaba Pot and Pig. La llegada de unos forasteros del sur por lo visto estaba siendo lo más emocionante que había pasado nunca allí, pero ¿dónde estaba la cama...?

Caro se inclinó sobre la mesa, sentía la tentación de apoyar la cabeza y dormir. Habían dejado de importarle los modales. Sólo quería una cama.

# Capítulo 15

Su esposa se ha dormido, señor —comentó un anciano de ojos legañosos.

Christian se dio la vuelta y vio a Kat con la cabeza encima de la mesa.

—Hoy hemos hecho más trayecto del previsto.

En ese momento apareció el posadero llevando dos grandes cuencos de estofado. Los dejó en la mesa y dijo:

—¡Vaya, pobrecilla! De nada servirá despertarla para comer. Mi mujer está calentando ahora mismo la cama con un calentador, señor, así que ya pueden ir a la habitación.

Christian cogió a Kat Hunter en brazos y siguió al hombre por el suelo cubierto de serrín. Creyó que subirían al piso de arriba, pero el local era más grande de lo que se pensaba y en su parte posterior había otra habitación con una cama grande y baja. Probablemente fuese el dormitorio del propio tabernero, pero estaría encantado de cederlo a cambio de unas cuantas monedas. Christian esperaba que no hubiese pulgas.

La mujer del posadero estaba pasando el calentador enérgicamente por la cama, pero le lanzó una mirada escrutadora. Aunque rolliza, era tan adusta como jovial su marido, y saltaba a la vista que sospechaba que la pareja no tramaba nada bueno.

Y es que Kat no parecía en absoluto la típica esposa cándida y su anillo de boda tenía el desgaste propio del anillo que se lleva desde hace mucho tiempo. A ello había que añadirle el encanto de Christian.

—Le estoy sumamente agradecido, señora. Como ve, mi pobre esposa necesita cualquier comodidad que yo pueda ofrecerle.

La mujer se relajó.

—Pobrecilla. ¿A qué cruel ritmo le habrá hecho usted ir para reducirla a semejante estado, señor?

—No ha sido el ritmo, señora, sino el rumbo. En pocas palabras, me he perdido.

Ella chasqueó la lengua y dijo entre dientes algo sobre los hombres y sus atajos mientras retiraba las mantas.

—Acuéstela aquí, señor.

Christian obedeció y le quitó a Kat los zapatos maltrechos y cubiertos de barro antes de que la mujer los viera. Como los habían deformado para que pareciese una gitana, ahora no encajaban con la nueva imagen de respetabilidad que querían dar.

Felizmente dormida, Kat era otra persona. Ya no era una gitana, tampoco una mujer insolente. Ahora era simplemente una mujer normal, con las huellas de la jornada reflejadas en el rostro, tanto de polvo como de fatiga. Aquello provocó en Christian una ternura que parecía especialmente peligrosa.

«Llévala a York y olvídate de ella.»

Pensó en desabrocharle la ropa, pero llegar hasta el corsé sería complicadísimo. Tenía surcos de polvo en las mejillas, pero no podía quitárselos sin despertarla. Se limitó a acariciarlos con suavidad. Cuando se enderezó y se volvió, vio que con ese acto no premeditado había acabado por ganarse a su anfitriona, que casi sonrió.

—Seguro que está usted hambriento, señor, de modo que vaya a comer el estofado antes de que se enfríe. Supongo que un hombre corpulento como usted necesitará comer.

—Es usted un cielo, señora...

—Barnby, señor —dijo ella con una simbólica reverencia y quizá, sólo quizá, sonrojándose.

Era agradable comprobar que sus facultades no le habían abandonado del todo. Porque después de un día como ése, había empezado a tener sus dudas.

Caro se despertó en medio de la oscuridad sin saber dónde estaba. Desde luego en la mansión Luttrell no. Todo, desde el colchón lleno de bultos hasta las sábanas con olor a humedad, le indicaba que no. En algún lugar cercano apestaba a cerveza.

Y había dormido con el corsé puesto. De pronto recordó. Recordó (sin dar crédito) todo el espantoso día. Tenía que ser un sueño. Pero estaba en una cama llena de bultos, entre fétidos olores, y había un hombre a su lado.

Se apresuró a echar un vistazo a su ropa. Todo parecía intacto, pero había dormido tan profundamente que no se había dado cuenta de que él se había metido en la cama. ¿Era posible dormir mientras... a una la cubrían? Era un término de muy mal gusto, pero eso era lo que habían hecho ellos. Fornicar en plena luz del día.

Pese a que estaba acostada a oscuras, se puso una mano a modo de visera como si eso pudiese frenar el desfile de imágenes de su mente. Tenía que huir. Tenía que poner fin a aquello y recuperar su vida normal.

Grandiston la llevaría hasta York. Era muy eficiente, y lo haría. Era muy eficiente, por lo que sería difícil huir de él estando allí. Pero debía hacerlo, de lo contrario descubriría que era Caro Hill.

Él contaba con acompañarla hasta su casa... Entonces encontró la solución. Como Caro no quería llegar con aquel aspecto tan estrafalario, le pediría a Grandiston que se detuvieran en una posada a fin de que él pudiese llevarle un mensaje a una amiga que le proporcionaría mejor atuendo. Necesitaba apenas un minuto para desaparecer y no tardaría en llegar al despacho de Hambledon, donde estaría a salvo para siempre.

Soltó un suspiro y se dispuso a dormir de nuevo. Pero el sueño no quería rondarle. Su mente no paraba de dar vueltas y más vueltas a su plan y presentarle problemas: tropezar con alguien que conociese a Caro Hill de camino hacia York o tropezar con alguien que reconociese a Kat Hunter y la llamase «ladrona» a voz en grito.

Eso no pasaría, porque ahora su aspecto era completamente diferente. Pero su mente frenética no paraba, seguía y seguía: Grandiston que se negaba a separarse de ella e insistía en acompañarla hasta la puerta de su casa...

Él se movió y rodó hacia ella, y la mente de Caro dio vueltas en otra dirección. Si se movía sólo un poco, podría robarle parte de ese calor y esa fuerza. Grandiston era tan fuerte, tan competente y tenía tanta seguridad en sí mismo. No le ocurriría nada horrible mientras él estuviese a su lado.

Ella se acercó un poco más aún, e inspiró. ¿Aquel olor era el propio de los hombres o sólo suyo? Porque era distinto a cuanto había olido con anterioridad. Si el día antes se había puesto lavanda y colonia, el rastro se había ido borrando en el transcurso de sus aventuras. Caro supuso que eso quería decir que olía a falta de aseo, pero curiosamente no lo encontraba desagradable. En absoluto.

Grandiston olía a calor, a tierra, tal vez incluso a especias. No sabría ponerle un nombre, pero inspiró para absorberlo, sintiendo consuelo, alivio... y agitación. Le despertó recuerdos, sensuales y poderosos recuerdos del intenso olor de su piel cuando ella estaba enredada en él, de su sabor cuando se habían besado, cuando él le había lamido.

El cuerpo de Caro se tensó en ese punto hondo e íntimo. Era como si dejase escapar un secreto decisivo. Sin embargo, no pudo permanecer quieta y a la siguiente palpitación se retorció como si estuviese acomodándose en el colchón lleno de bultos. Pese a ello en sus entrañas había un vacío que exigía ser llenado.

¡Dios del cielo! Siempre había pensado que las historias entre hombres y mujeres eran similares al resto de apetitos como comer y beber, y el placer de ver la luz del sol y rodearse de buena compañía. Algo de lo que disfrutar cuando correspondía, pero nada que tuviese una pulsión propia, que anulara la cortesía y el sentido común. Que gruñese y enseñase los dientes.

Hombres y mujeres. ¿Podía una mujer que se despertaba de madrugada, que era partícipe del calor de su marido e inspiraba su olor, arrimarse a él, rodearlo con un brazo y susurrarle: «Esposo mío...»? ¿Se despertaría él entonces y se daría la vuelta para dar comienzo a los maravillosos placeres del lecho conyugal? A demanda. Cuando ella lo pidiese.

Caro alargó con cautela un brazo y dio con la delicada extensión de su camisa. ¡Ojalá no estuviese allí! Deseó tocar, por última vez, su piel ardiente sobre esos firmes músculos. Incluso la rugosa cicatriz.

¿Qué más llevaba puesto? Caro exploró hacia abajo con los dedos, entonces se detuvo. No eran calzones ni medias. Era la piel desnuda. Retiró bruscamente la mano, pero entonces él se movió y se giró. Ella procuró recular, pero Grandiston la estrechó en sus brazos.

—¿Mi Kat vuelve a sentir curiosidad? —musitó. Era evidente que sonreía.

Caro cogió aire y se ahogó en el calor que él desprendía. La verdad afloró.

—Su Kat está hambrienta —susurró ella.

Grandiston le acarició el cuello con la nariz.

—Se ha saltado la cena.

—Y todavía no es hora de desayunar —repuso ella, ahora con el corazón martilleándole el pecho.

—Un caballero jamás debería dejar que una dama pase hambre.

—¿Ah, no?

—De ninguna manera. —Grandiston le giró la cabeza y sus labios se rozaron. Ella presionó con la boca y él la besó de verdad mientras sus manos empezaban a hacer magia.

Pero de pronto se quedó quieto con la mano en su corpiño.

—El corsé —dijo él.

Caro se irguió y se desabrochó la parte delantera del vestido, pero cuando intentaba quitárselo él la tumbó de nuevo en la cama boca arriba.

—El corsé puede tener su gracia.

Los dedos de Grandiston resiguieron el pañuelo de algodón que envolvía el cuello de Caro y estaba remetido por la parte frontal de su corsé, y ella se estremeció ante aquella suave caricia. Una pierna pesada apareció encima de la suya. Puede que la inmovilizase en el sitio, pero la sensación fue tan agradable como si le estuviese rodeando un brazo.

Grandiston soltó lentamente el pañuelo. ¿Sabía él que los extremos de éste se arrastraban sobre sus senos, tensando a Caro y haciendo que contuviese el aliento en la oscuridad?

Ella volvió la cabeza hacia la suya, topó con sus labios y lo abrazó con fuerza mientras lo besaba. Era la primera vez que daba ella el beso. Pero él se apartó demasiado pronto.

—Despacio, despacio. Hay un tesoro especial aquí, Kat. Deje que se lo enseñe.

Sus dedos se deslizaron por dentro de la parte delantera de su corsé y se pusieron a juguetear primero con un pezón y luego con el otro. Caro cerró los ojos y se mordió el labio. ¡Qué sensación tan agradable! Pero ella sabía lo que quería, ¡y lo quería ya!

Grandiston empezó a sacarle los pechos del corsé y a tirar de éste hacia abajo. Caro le dio un manotazo.

—Me aprieta demasiado.

Él le cogió de la mano y se la puso allí, apretando.

—Palpe.

Sus pezones sobresalían contra la palma de su mano, asomados por encima de su corsé. Del corsé que no se había ceñido, recordó; para montar a caballo.

Ceñido o no, le oprimía la parte inferior del seno, pero esa línea que rozaba el dolor parecía volver más intenso el placer.

—¿Se imagina su aspecto? —le susurró él—. Unos duros capullos rosas.

Caro se lo imaginó.

—Toque —le dijo él, moviéndole el dedo índice sobre la punta del pezón. Una agradable sensación irradió de su pecho, y le atravesó cuerpo y mente. Caro retiró la mano, que fue reemplazada por la boca de Grandiston, ocupado en liberar el otro pezón. Entonces con la lengua y los labios fue danzando de un pezón a otro. Caro gimió.

—Imagínese —musitó él sin dejar de martirizarla— que estamos en un gran baile. Nos conocemos desde hace menos de una hora, primero sólo de vista, de un lado al otro del salón. Los dos hemos venido con otras parejas, pero nuestra atracción es irresistible. Hablamos, pero de meras banalidades. Bailamos, sin hablar a penas. Salvo con la mirada... que es elocuente.

La mano de Grandiston estaba ahora debajo de su falda, aunque sólo le acarició la rodilla. Nada más.

—Nos vamos sin que nadie nos vea. ¡Qué suerte hemos tenido de dar con esta pequeña antesala! Carece de chimenea y velas. Hace frío y está oscuro, pero no hay nadie, es un lugar privado. Hemos encontrado este diván. Está tapizado de terciopelo, suave al contacto con su piel, aunque tiene muy poca piel al descubierto. No hay tiempo para desvestirse y desde luego no hay tiempo para sacarse el corsé...

Caro se imaginó en aquella habitación con él, en aquel diván, pero su mano topó con un muslo desnudo.

—Sin embargo, señor, usted está medio desnudo.

Él se rió, pero también la pellizcó, provocándole una deliciosa sacudida.

—Es usted una amante apasionada y exigente. Me ha arrancado la ropa, que está esparcida por la habitación. Sabe lo que eso implica. Si aparece alguien con una vela llameante no podremos negar nuestro pecado. Verá mi ropa, mi desnudez y sus senos a la vista.

Caro se tensó como si eso pudiese ocurrir.

—Esto es una locura —afirmó, sin saber con seguridad si sus palabras formaban parte de la realidad o la ficción.

—Una insensatez por parte de ambos —convino él, y volvió sellar sus bocas con un beso.

Caro no se dio cuenta de que le había subido la falda, únicamente de que él se colocaba entre sus piernas, ya abiertas para recibirlo, y de que levantaba la pelvis ansiosa. Sus partes íntimas ardían, desesperadas, y cuando él la penetró, lo hizo despacio, demasiado despacio. Ella le agarró de las nalgas y tiró de él con fuerza hacia sí mientras arqueaba la espalda y reducía un grito a un ronquido.

Él se quedó inmóvil y le dijo con voz ronca:

—Muy bien. Muy bien. No debemos hacer ningún ruido. —Grandiston agachó la cabeza y le susurró al oído con ardor—: El baile continúa a tan sólo unos metros de distancia. Escuche. Escuche. ¿Oye la música? También hay voces. ¿Se acercan? ¿Se están acercando a esta puerta...?

—¿Por qué no ha echado el cerrojo?

—Puede que lo haya hecho. —Su boca susurrante descendió hasta sus senos y sus prominentes pezones atrapados—. O... —succionó— puede que no.

Caro se metió un puño en la boca para ahogar los gritos mientras él le torturaba los pechos y empezaba a desplazarse de nuevo más abajo. Ella se arqueó tanto que sólo le quedaron los hombros en la cama, se desplomó y luego volvió a arquearse a medida que las embestidas aceleraron cada vez más.

Reprimió la mayoría de sus gemidos, pero ya podía irrumpir en la habitación el salón de baile entero y el palacio real entero con las velas encendidas que a ella lo único que le importaba era seguir con esto, completarlo y dejar que estallara la pasión cada vez más intensa de su sangre.

«Sí, sí, así. ¡Así, sí...!» La contundencia de sus propias reacciones alarmó a Caro, pero con asombroso placer. Aquello no era comparable a nada. Y de nuevo se encontró en ese lugar flotante maravilloso donde todo se reduce a la paz y la unión, al calor de los cuerpos, a dos corazones.

En medio del silencio acalorado y sudoroso, él se rió en voz baja.

—¿Lista para volver al baile, mi dama juguetona?

Caro se apoyó en su pecho, conteniendo también ella la risa, pero notó algo áspero en la boca. Era su propio pelo. Mientras se lo sacaba recordó habérselo recogido dentro de la cofia, pero en algún momento dado él se la había quitado, dejando que su cabello volviera a rebelarse.

—Lo siento —dijo ella—. Siempre llevo trenzas.

—¡Pues qué pena! —Grandiston le ayudó a retirarse los mechones de la cara, pero siguió con los dedos hundidos en su pelo.

—Es indomable y grueso...

—Es magnífico. Como usted.

Caro sintió deseos de verle la cara. ¿Magnífica ella?

—Soy normal. Y una cobarde.

—¿Una cobarde? ¿Por hacerle frente a la turba que la perseguía? ¿Por quedarse sola de noche o por subirse a un caballo?

—No se ría de mí.

—No lo hago. —Grandiston le acarició con la mano—. Yo he montado desde pequeño, pero me puedo imaginar el miedo que debe de dar sentarse a lomos de un caballo por primera vez. Y anoche hizo un buen trabajo con aquellos salteadores. Yo estoy acostumbrado a pelear, pero usted no. Ha tenido una vida convencional y tranquila, Kat Hunter, lo que hace que su coraje sea más sorprendente aún.

Caro sintió una oleada de orgullo antes sus palabras y deseó poder decirle cuál era su verdadero nombre. ¡Ojalá aquella ternura estuviese dirigida a ella, a Caro Hill! ¡Ojalá no fuese un hombre violento y tuviese también una vida convencional y tranquila! Lo abrazó con más fuerza.

—Me encantaría que no fuese...

—¿Que no fuese, qué?

Ella hizo una mueca en la oscuridad.

—Lo que quiera que sea.

—Creía que le gustaba como soy.

—No, si ha de acabar en manos de un verdugo.

Él se rió entre dientes.

—Kat, le aseguro que lo más cerca que he estado de la horca en toda mi vida ha sido el día que he pasado con usted.

—¿Y lo del contrabando? —replicó ella.

—Bueno, sí, quizá sí. Pero dudo que me hubiesen colgado por eso.

Caro jugueteó con su camisa y el maravilloso torso de debajo.

—Así que el trabajo que tiene ahora no es peligroso.

—No más que el de muchos otros hombres —dijo él, pero un fugaz titubeo indicó a Caro que ésa no era toda la verdad.

Antes de que ella pudiese hacerle más preguntas, él le dio un beso y un abrazo.

—Yo no corro ningún peligro inminente, y usted sí. Cuando esté a salvo en York seguiremos hablando de esto.

—Vale —dijo Caro.

Pero entonces la realidad llamó a su puerta. En York, Kat Hunter, la amante libertina de Pagano Grandiston, dejaría de existir. Sabía que tendría que ser así, pero no podía soportar esa idea. ¿En el futuro, tal vez?

—Por si en York no tenemos tiempo para... —dijo ella, jugueteando con un botón de la camisa de Christian. Estaba desabrochado. Quería abrochárselo—. ¿Hay alguna dirección en la que en adelante pueda localizarlo?

Él no habló y toda aquella ilusión empezó a desintegrarse en una neblina. ¿En qué estaría pensando? Por supuesto que él no estaba interesado en nada más que una aventura. Y ella tampoco. Ahí estaba Grandiston, y la posiblemente maltratada viuda de Jack Hill. Y ella se casaría con sir Eyam Colne y tendría una vida perfecta.

—Envíeme una carta a la posada del Cisne Negro, en Stowting, Kent, y me encontrará —le contestó él.

—¿No estará en Londres?

La luz había aumentado hasta tal punto que Caro pudo distinguir sus facciones y lo escudriñó tratando de entender sus palabras.

—Tengo que viajar. Pero siempre me hacen llegar las notas que me mandan allí.

—El Cisne Negro. —Caro repitió el nombre de la posada preguntándose si sería un mensaje codificado. Que un cisne fuera negro era una combinación imposible... igual que la existencia de un futuro juntos.

Sin embargo, Caro no abandonó la protección de sus brazos ni el espléndido calor de su cuerpo; al fin y al cabo, ésa sería su última vez antes de que Kat Hunter muriese.

Christian se despertó con la luz del día, aunque no había mucha. La ventana era pequeña y de macizos postigos, y solamente se colaba en la habitación una delgada franja de luz. Suficiente para avisarle de que era bien entrada la mañana. Echó un vistazo a su lado y vio a Kat, tumbada boca arriba y con la mirada clavada en el techo desigual.

—Buenos días.

Ella volvió la cabeza y lo miró sin sonreír.

—Buenos días.

¡Vaya! El clásico caso de culpabilidad. Su marido. Christian tendía a olvidarse del maldito marido. Aunque tampoco es que él mismo fuese un marido ejemplar. ¿Abandonaría Kat a su esposo para llevar una vida pecaminosa? «¡Qué peligro, qué peligro!»

Christian bajó de la cama y se puso las medias y los calzones. Se negaba a liarse con una esposa respetable de York, especialmente con una que iba dejando una estela de calamidades a su paso.

—Voy a buscar agua para asearme —dijo, y escapó.

La única persona que había en la cocina era una chica que se estaba ocupando del fuego, sobre el que ya colgaba un caldero humeante.

—Buenos días.

Ella se giró bruscamente con cara de estar viendo un monstruo de tres cabezas. Pero entonces, sonrojándose, le hizo una reverencia.

—Buenos días, señor. ¿Qué necesita? Papá me ha dicho que le proporcione cualquier cosa que necesite, señor.

Cuando Christian vio que ella se mordía el labio, supo que «papá» probablemente también le había advertido de las posibles «necesidades» de un caballero distinguido que ella no debía satisfacer. ¡Maldita fuera! ¿Desde cuándo era él un violador perverso?

Temeroso incluso de sonreír, Christian le pidió agua para asearse, en un tono seguramente parecido al de un emperador que estaba de un humor de perros. Ella correteó de un lado a otro como si temiese un azote y encontró una palangana de cerámica desportillada y una jarra de estaño, que se apresuró a llenar del caldero.

Al ver aquello Christian corrió a ayudar a la joven, porque aunque el caldero estaba encima de una trébede, era demasiado grande y pesado para una niña. Ella retrocedió como si él fuese a escaldarla.

—¿Crees que podrías conseguirme jabón y una toalla? —le preguntó él cuando la jarra estuvo llena.

Fue sólo cuando ella abrió desmesuradamente los ojos y se sonrojó que él se dio cuenta de que había sonreído, y de que su sonrisa producía el efecto acostumbrado. ¡Maldición! Lo último que necesitaba era otro grupo de pueblerinos con sed de venganza.

Pueblerinos... No estaba pensando en Doncaster, sino en Nether Greasley. La atemorizada niña le recordaba a la pobre Dorcas Froggatt. Reparó en las semejanzas entre ambas mientras la joven abría y cerraba cajones.

Dorcas había llevado un vestido a la moda, no de simple droguete, pero también tenía poco pecho y los brazos más o menos igual de delgados. Dorcas se había recogido el pelo con horquillas, pero se le habían soltado unos mechones ralos que le caían sobre las mejillas. Esta niña llevaba una cofia de la que se habían escapado unos cuantos mechones sueltos y parecía tener el mismo pelo castaño desvaído.

Cuando la chica se giró con unos cuantos trapos blancos y un tarro, se ruborizó y le lanzó tímidas miradas. Dorcas no se había ruborizado y había mantenido los ojos bien abiertos y la mirada fija, seguramente por el susto.

Christian le ofreció la palangana.

—¿Qué tal si pones eso dentro?

La chica accedió, todavía sonrojada y mirando casi todo el tiempo hacia abajo. Era pura inocencia, lo normal a su edad, pero Christian se imaginó las consecuencias de que ella cayese en las garras de un hombre como Moore, por no hablar de que fuese testigo de una muerte violenta y sangrienta.

Y luego a Dorcas le habían obligado a contraer matrimonio con un desconocido que tenía las manos manchadas de sangre. Porque las tenía manchadas de sangre, aunque no se había dado cuenta hasta que volvió a su cuartel de Doncaster y vio la sangre reseca y oscura.

Doncaster, ¡maldita ciudad!

A saber cuál sería la expresión de su cara, pero la niña volvía a sentir miedo. Tenía que sonreír otra vez. Ella se ruborizó de nuevo y esbozó una sonrisa. Posiblemente incluso una sonrisa incitante.

¡Demonios! Christian le dio las gracias y huyó mientras despotricaba de todas las mujeres que lo habían abocado a aquel desastre: la Temible Froggatt y su estúpida sobrina; Psyche Jessingham, que quería sobornarlo, y Kat Hunter, a la que quizá se estuviese entregando en cuerpo y alma cuando ella ni siquiera era una mujer libre.

La pobre Dorcas era la más inocente de todas ellas. No sería de extrañar que nunca se hubiese llegado a recuperar del trauma. De regreso a la habitación, Christian juró solemnemente que buscaría para ella la mejor solución posible, fuese cual fuese el coste personal.

Kat se había levantado y vestido, y estaba sentada en la cama acariciando la gata.

Christian se había asegurado de que la noche anterior le diesen de comer y luego la había dejado encerrado con la esperanza de que le gustaste más la taberna que la vida nómada. Pero ahí estaba otra vez, y la verdad es que no le importó, porque todo en aquella habitación le recordaba la intensa pasión de Kat y él en la oscuridad. No recordaba haber hecho nunca el amor con tanta fogosidad. Y había empezado ella. «¡Qué peligro, qué peligro!»

—¿Ha dado de comer a *Tabby*? —inquirió ella sin levantar la vista.

—Naturalmente. —Dejó la jarra y la palangana sobre la tosca mesa—. Todo suyo. Yo me lavaré en el pozo.

Christian salió del cuarto mientras recitaba a modo de ensalmo: «Llévala a York y olvídate de ella...». No había conocido a una mujer tan peligrosa en toda su vida.

# Capítulo 16

Caro se quedó mirando fijamente hacia la puerta. ¿Qué derecho tenía Grandiston a enfadarse y tratarla con frialdad? No se habría metido en ese lío de no haberla raptado en Doncaster. Ella estaría en una celda o dejada de la mano de Dios, pero él se habría ido tan tranquilo.

Tal vez estuviese molesto con la gata. Caro tenía que reconocer que a la luz del día la escena era deprimente. El pelaje negro del animal estaba enmarañado y tenía tres heridas nuevas; le faltaba media oreja y casi toda la cola. Tenía cara de pocos amigos y ella estaba convencida de que todas las peleas habían sido por culpa del animal. Además, *Tabby* parecía extrañamente contrahecha, tenía joroba y las patas traseras demasiado grandes, la pobrecita.

La dejó en el suelo y puso agua en la palangana. Se lavó cuanto pudo sin quitarse la ropa y luego dio unas palmaditas encima de la cama.

—Arriba, *Tabby*. A ver si puedo adecentarte.

La gata puso mala cara, pero subió de un salto a la cama sin esfuerzo alguno.

—¡Qué fuerte eres! —dijo Caro mientras le frotaba con cuidado la suciedad y la sangre. Cuando la gata dejó de oponer resistencia, la limpió con un poco más de vigor—. Pero ¿en qué pelea te habrás metido? —le preguntó.

«Miaaau-miaaau.»

—¡Qué habrás querido decir! —La herida ya había empezado a cicatrizar, pero la gata entera necesitaba un lavado. Normalmente los gatos se limpiaban solos, pensó Caro, pero tal vez *Tabby* necesitase ayuda. La palangana era demasiado pequeña—. A lo mejor hay un cubo en el pozo.

*Tabby* frunció el ceño y le enseñó una garra de uñas muy afiladas.

—Vale, entendido, nada de cubos.

Caro prosiguió con la limpieza.

—Quizá seamos tal para cual —dijo ella—. Podría haberme quedado tranquilamente con Phyllis hasta la mañana siguiente y luego haber cogido la diligencia a York sin ser vista. Pero no, tenían que volverse las tornas y cazar yo a mi cazador. Debe de ser por mi sangre Froggatt, pero ¿por qué no ha aflorado nunca hasta ahora?

Porque su primera aventura, la vivida con Moore, había sido tal desastre que corrió a ponerse a salvo y se convirtió en un corderito durante los diez años siguientes.

—Y no hay nada malo en la mansedumbre —le explicó Caro a la gata mientras arrojaba el paño a la palangana.

Se puso a arreglar la cama. El olor a lo que Grandiston y ella habían hecho allí emergió para su bochorno, pero además estimuló su deseo. Había empezado ella (no podía negarlo), pero él... Él había creado una ilusión que había incrementado su deseo hasta convertirlo en una hoguera que debería haberla calcinado.

Se apresuró a abrir de par en par los postigos de las ventanas sin cristal para dejar que entrara el aire fresco de la mañana. Entonces se quedó petrificada, puesto que ahí estaba Christian Grandiston, aseándose junto al pozo con la ayuda de un cubo. La mañana era fresca, pero iba desnudo de cintura para arriba, exhibiendo para tormento de Caro su impresionante físico.

Caro apartó la vista, pero *Tabby* saltó sobre el alféizar y ella se giró para cogerla antes de que se escapara.

—Idiota —murmuró, soltando al animal—. Si quiere irse, que se vaya. No es más que un engorro.

La gata no se marchó y ahora Caro ya no tenía de qué huir. Se puso en un extremo de la ventana a fin de reducir las probabilidades de que él la viera si miraba en esa dirección.

—No deberíamos hacer esto —le susurró a la gata.

Ésta levantó los ojos y luego giró la cabeza para lamerse la herida que ella le había limpiado, como diciendo: «¿Yo? Yo no estoy haciendo nada».

Pagano. Eso era lo que parecía Grandiston en ese momento, medio desnudo y con su abundante pelo suelto. Caro nunca había podido examinar detenidamente el torso desnudo de un hombre. Era extraordinario; o más bien él era extraordinario. Hombros anchos recubiertos de músculos, un abdomen moldeado hasta el ombligo, el cual apenas vislumbraba por encima de sus calzones a medio abrochar.

Lo había visto antes, en la posada Woolpack, en Doncaster, pero de cerca y sin prestar mucha atención. Ahora podía apreciarlo en su conjunto, incluidos los marcados músculos bajo la piel. No era de extrañar que pudiese levantarla en brazos y transportarla como si no pesara nada.

Otro hombre se unió a él; algún jornalero que tuvo el decoro de no quitarse la camisa. A pesar de ello Caro intuyó que era de complexión sana y robusta, aunque no había punto de comparación entre ambos. El labrador era un hombre del montón, pero Grandiston podría haber posado para una escultura antigua de un atleta.

No, de Ares, dios de la guerra. Grandiston tenía la complexión más robusta y musculatura de guerrero, y esa rugosa cicatriz. ¿Sería un soldado? ¿Sería eso una herida de guerra? Era una posibilidad que Caro no había contemplado hasta entonces. La guerra con Francia había terminado, pero había durado muchos años y gran parte de la acción se había desarrollado en Canadá, donde las tribus nativas en ocasiones empleaban hachas en las batallas; al fin y al cabo, puede que aquella herida no fuese fruto de una pelea con un marido agraviado. No, no, ¡no quería mejorar el concepto que tenía de Grandiston!

—Eyam —dijo Caro en voz alta.

La gata alzó la vista y emitió un escueto sonido asombrosamente parecido a una carcajada. Caro se giró.

—Me casaré con sir Eyam Colne y le daré hijos. Tendremos una vida tranquila y ordenada, que es justamente lo que quiero.

La gata volvió a reírse. Caro se agachó y la fulminó con la mirada.

—Ese hombre es mi enemigo —susurró, tanto para sí misma como a la gata—. Cuando descubra quién soy volverá a convertirse en esa bestia iracunda.

Se abrió la puerta y apareció Grandiston, de nuevo vestido, gracias a Dios. La miró con extrañeza y ella supo que le había oído hablar con la gata. ¡Rogó a Dios que no hubiese oído lo que había dicho!

—El desayuno está listo —fue lo único que dijo Grandiston.

Al llegar a la cocina, Grandiston le presentó al señor Barnby, el posadero, y su esposa. Estaba sentado a la mesa, comiendo, junto con otros dos hombres más jóvenes. Uno, Jim Horrocks, era el hombre que Caro había visto en el pozo. El otro era Adam, el hijo de los posaderos. Annie, una de las hijas, estaba ayudando a su madre en el hogar y a servir la mesa.

Todos ellos la saludaron, pero Caro detectó esa expresión apática propia de las personas recelosas. Era un luto muy espartano el suyo, porque su marido sólo llevaba una cinta negra, pero no se le ocurrió qué explicación dar. Sin embargo, cuando se sentaron a desayunar, el problema que surgió fue otro.

—Es raro —dijo Barnby masticando lentamente— que una dama y un caballero viajen con una gata como ésa. Esta mañana ha matado una rata en un santiamén.

Caro rezó para que Grandiston respondiera a la pregunta implícita, pero no lo hizo. Lo pilló esbozando una sonrisa, concentrado en un trozo de jamón.

—¡Oh, no me extraña! —exclamó ella—. Es una cazadora feroz.

—Aun así —dijo el hombre— llevarse una gata de viaje es raro. Y a lomos de un caballo además.

De todos los motivos que había para sospechar, ¿por qué ése?

—Es una raza singular —explicó Caro. Pensó en afirmar que la adoraba, pero el animal no mostraba lealtad alguna hacia ella y con su deteriorado aspecto era improbable que fuese un gato faldero.

La familia seguía con los ojos clavados en ella, esperando más explicaciones.

—No es una gata inglesa, naturalmente. Es de... —¿Qué país podía ser lo bastante lejano?—. Hesse. Es una gata hessiana. De Alemania.

—¿Alemania? —repitió Barnby, pero sonó a escupitajo.

Caro había olvidado que mucha gente no se había resignado al dominio de los Hannover sobre la corona británica, ni siquiera 50 años después. ¿Se habría puesto definitivamente en contra a aquella familia por su imprudente invento? A pesar de que era descabellado, Caro no podía evitar sentir que si se volvían hostiles, descubrirían de pronto que ella era una forajida a cuya cabeza habían puesto precio. Pero la señora Barnby se inclinó para escudriñar al invasor alemán.

—¡Mira por dónde! Desde luego por su aspecto parece extranjera, porque rara sí es. ¿Les cortan la cola a los gatos en Hesse?

¿Qué otra cosa podía decir aparte de un «sí»?

—Aunque con esa joroba... está un poco tullida, ¿verdad?

—Parece un conejo —dijo el jornalero soltando una risilla.

—Pues sí —repuso la señora Barnby.

Era verdad, pensó Caro.

—Explícaselo a esta buena gente, querida —intervino Grandiston amablemente mientras pinchaba un poco más de jamón con el tenedor.

—Creo que deberías hacerlo tú —repuso ella.

—No, no, querida. La gata es más tuya que mía.

Para entonces la familia esperaba atónita y expectante.

—Ustedes mismos lo han dicho —explicó Caro—. El gato hessiano es medio gato, medio conejo.

Las miradas atónitas pasaron a ser de incredulidad.

—Le ruego me disculpe, señora —dijo Barnby—, pero no me imagino a un gato y a un conejo copulando.

—Hay que encerrarlos juntos, señor —dijo Grandiston, dando a entender amablemente que no sería apropiado dar más detalles en la mesa.

—¡Ah...! —El hombre masticó más pan, pero entonces dijo—: ¿Por qué? ¿Con qué fin?

Grandiston, maldito fuera, invitó a Caro con una sonrisa a que continuara el relato.

—Los crían así —contestó ella—. Es mejor para cazar conejos.

—¿Para cazar *conejos*? —repuso sorprendida la señora Barnby.

De perdidos al río.

—Así es, señora. Esos conejos hessianos poco comunes y fieros que tienen colmillos.

—¿Colmillos? —preguntó atónita la hija—. ¡Dios bendito!

Sin embargo, Barnby siguió masticando.

—No digo que esté usted equivocada, señora, pero por muy fieros que sean esos conejos, sería más fácil cazarlos.

Tabby levantó la cabeza del plato y cuestionó al hombre con un trino.

—¡Chsss...! —le dijo Caro sin pensárselo dos veces.

—Como ve, señor —intervino Grandiston—, son muy inteligentes. Incluso parece que hablen. —Miró a la gata con la expresión de un padre orgulloso—. Quizá lo que el animal ha querido decir es que los conejos de colmillos de Hesse son listos y astutos. No hay trampa que valga para cazarlos, y evitan los campos abiertos. Sólo pueden cazarse en sus madrigueras y ser derrotados en combates singulares. Fíjense en las heridas que luce nuestra noble guerrera. Por desgracia, muchos gatos hessianos pierden el combate final.

Todos se quedaron mirando a la noble guerrera, que tras comerse el último trozo de carne empezó a limpiarse.

—¿Y por qué han traído aquí a esa bestia antinatural? —quiso saber la señora Barnby—. Estoy convencida de que en Inglaterra no tenemos conejos tan repugnantes.

Grandiston sonrió a Caro.

—Estoy seguro de que podemos confiarle toda la verdad a esta buena gente, querida.

Caro lo fulminó con la mirada, pero o se crecía en el reto o moría en el intento.

—Lo hemos traído —manifestó Caro— porque podría ser conveniente importar conejos de colmillos de Hesse.

—¡Ah, no! —repuso la mujer—. ¡De ninguna manera!

—No —repitió su marido, cogiendo su cuchillo de la mesa con inquietante actitud—. No necesitamos fieras alemanas por aquí.

—Estoy de acuerdo con usted, señor —se apresuró a afirmar Caro mientras buscaba el modo de salir de aquel atolladero—. Sólo que —disminuyó el tono de voz casi a un susurro— los conejos hessianos de colmillos tienen una cualidad muy especial. Cuéntaselo, anda —dijo dirigiéndose a Grandiston.

Tal vez al resto le pareciera que Christian estaba perplejo, pero ella supo que estaba reprimiendo la risa. Tosió y a continuación miró al posadero y su familia.

—Es un gran secreto... —Hizo una pausa. Suspiró. Entonces dijo—: El fluido estomacal del conejo hessiano tiene fama de curar la peste.

—¿De curar la peste? —repuso la señora Barnby ahogando un grito—. ¿La misma peste que asoló Londres hace apenas un siglo?

—Y que fue peor que la peste negra de la época medieval.

—¡Dios mío! Precisamente en esta región murieron cincuenta personas, casi la mitad de la población. —Hablaba como si fuese un acontecimiento reciente—. Tal vez sí necesitamos unos cuantos conejos de esos, Barnby.

—Pero no hasta que tengamos una generosa provisión de gatos hessianos, señora —interrumpió Grandiston—. De lo contrario, esas bestias invadirían nuestra isla, matando no sólo ratones y ratas, y otros conejos, sino también gallinas, patos y hasta algún que otro cordero.

—¿Matan *corderos*? —preguntó Barnby.

—El conejo de colmillos de Hesse es un carnívoro voraz, señor. Mata y come todo lo que puede. Si mata a un gato hessiano en combate, devora a su víctima, hasta los huesos se come, aplastándola con sus fuertes muelas. Sin embargo, el gato suele ser el vencedor y le lleva a su dueño la presa intacta, como hace un buen perro cobrador, para que puedan extirparle el estómago y utilizarlo.

Barnby tenía la expresión forzada del hombre que no está enteramente convencido, pero que no está dispuesto a decirlo y hacer el ridículo. El resto sí estaba convencido.

—¡Deje que vaya a buscarle un poco de nata líquida, señor! —exclamó la señora Barnby, que se apresuró a su vaquería.

—¿Es muy fiera la gata, señor? —preguntó la joven—. ¿Puedo acariciarla?

Grandiston pensó con aire solemne.

—Acércate muy despacio. Normalmente tiene buen carácter, pero si se asusta, ataca.

—Ve con cuidado, Annie —advirtió Barnby, pero la joven alargó la mano despacio y acarició la cabeza de *Tabby*. La gata se volvió hacia ella y ronroneó.

«A ver cómo les explica Grandiston eso», pensó Caro.

—¡Tienes el don! —exclamó él—. Suelen ser las chicas jóvenes las que manejan mejor a los fieros gatos hessianos. A falta de una jovencita, las mujeres de corazón bondadoso como mi querida esposa también saben manejarlos.

La señora Barnby regresó y dejó en el suelo un plato de nata líquida amarillenta. *Tabby* perdió el interés por la chica y se puso a beber a lengüetazos, pero hizo un ruido *eu-eu* extraordinariamente parecido a un «gracias».

—¡Increíble! —exclamó la señora Barnby y hasta su marido empezaba a parecer convencido.

Pero entonces la mujer se inclinó hacia delante y palpó con cautela el estómago de Tabby.

—Me parece que lleva gatitos dentro. —Miró con reprobación a Grandiston—. ¿Cómo se le ocurre llevarla por ahí a caballo?

¿Gatitos? Caro se quedó completamente en blanco. Pero Grandiston recogió el guante.

—¡Ojalá no fuese necesario, señora! Pero la preciada gata y sus gatitos están en peligro. Al decir que necesitamos unos cuantos conejos de esos, señora Barnby, coincide usted con lo más granado del país. Lo más *granado* —añadió solemne.

—Pero el rey es alemán —objetó Barnby.

—Sí, señor. Su Majestad es descendiente de la casa de Hannover, pero nació en Inglaterra y ama a su patria. Es él quien conocía el secreto del conejo de colmillos y ha puesto en marcha este plan. Siguiendo sus órdenes, se han comprado unos cuantos gatos hessianos y se han traído aquí para que críen. Están distribuidos por distintas regiones rurales para disimular su presencia, pero ésta ha sido localizada.

»Como ve, señor Barnby, la historia que le conté al llegar no fue del todo cierta. Nos perdimos porque huíamos de aquellos que pretenden apresar a nuestra preciada gata y sus singulares crías. Son espías envidiosos de un antiguo enemigo de Inglaterra.

—Francia —gruñó Barnby, y fue evidente que consideraba a los franceses peores que a los alemanes, porque en esta ocasión escupió de verdad.

Grandiston asintió con la cabeza.

—Nos vimos obligados a tomar una carretera secundaria y nos perdimos en la noche. Gracias a Dios pudimos refugiarnos aquí. Pero es posible que aparezcan y hagan preguntas. Espero poder confiar en ustedes, por ingeniosa que sea la historia que les cuenten.

Todos le aseguraron que podía confiar en ellos.

—Y no crean, ni por un segundo, que tienen aspecto de franceses o que su acento es francés —dijo Grandiston—. Puede que parezcan gente normal, aunque si se fijan bien verán que no se ajustan del todo al perfil inglés. Dos de ellos dicen ser de las colonias americanas, pero no tardarán en descubrir sus mentiras.

¡Vaya! Grandiston se estaba protegiendo de los Silcock. La estupefacta familia volvió a asegurarle que no diría palabra, pero Caro estaba convencida de que la anécdota se habría esparcido por Yorkshire en menos de una semana. Para entonces, sin embargo, Caro Hill estaría a salvo en la mansión Luttrell y todo aquello formaría parte del pasado. Curiosamente, la idea no le pareció muy atractiva.

—¿Y qué pasa con lo del conejo? —inquirió Barnby—. ¿Es mejor que sea macho o hembra?

—Es igual, señor —contestó Christian. Sí, ahora ella pensaba en él como Christian—. Pero durante varias generaciones pueden cruzarse gatos con gatos con resultados bastante aceptables.

—¡Aquí tenemos conejos! —exclamó con entusiasmo la hija—. Y gatos.

A Christian se le tensó la mandíbula de tanto contener las carcajadas, y a Caro le entraron ganas de hundir la cabeza en la mesa y estallar de risa.

—Es un proceso muy difícil —le explicó a la chica—, y naturalmente los gatos han de ser siempre hessianos.

Aun así la familia al completo miró entonces a la gata hessiana con codicia.

—Tenemos que irnos, querido —dijo Caro, poniéndose de pie. Se dirigió al resto—: Gracias por su hospitalidad.

Caro protegió a *Tabby* del excesivo interés de las mujeres mientras Christian hablaba del itinerario con Barnby. Cuando acabó le dijo a Caro:

—Iré a preparar los caballos, querida.

Caro lo siguió con la mirada, sintiendo una desagradable punzada en el estómago. Seguro que él era consciente de que ella no podía cabalgar durante seis kilómetros, por no hablar de sesenta. Pero no podía protestar sin destapar su historia.

Cuando él fue a buscarla, ella fue tras él, con la gata pisándole los talones, y sintiéndose como si caminase hacia la horca. Entonces reparó en el cojín que había detrás de una de las sillas de montar.

—Me temo que *Buck* muestra signos de su vieja dolencia —comentó él—. Le he pedido a la señora Barnby su silla para que monte usted a mujeriegas, pero no le pediré a *Billy* que nos lleve hasta York. Cuando lleguemos a la siguiente ciudad, cogeremos una diligencia para llegar allí. Espero que rodeados de gente y con la ayuda de Dios, tanto Tab como nosotros estemos a salvo.

—Eso espero —dijo Caro, emocionada por el alivio. Volvería a subirse a un gran caballo, pero podría agarrarse a Grandiston y éste controlaría totalmente al animal. Aunque entonces le surgió otra inquietud.

—¿Tendremos que ir a Doncaster para coger una diligencia hasta York?

—Así retrocederíamos —dijo Christian con indulgencia—. El señor Barnby me ha comentado que podemos coger una en Adwick, a menos de cinco kilómetros al norte de aquí.

Caro se disculpó con su silencio. Él guió su caballo hasta un abrevadero que hacía las veces de montadero, montó, y luego dejó que el señor Barnby le ayudase a ella a subirse al grueso cojín. Le pareció de lo más indecente rodear a Christian con el brazo en público, pero se vio obligada a hacerlo. Para estar más segura se agarró de la parte frontal de su chaleco.

Se habían olvidado de la singular y preciada gata. Caro se disponía a pedirle a alguien que se la pasara cuando de un solo salto

*Tabby* subió al abrevadero y al regazo de Christian. Él seguramente dio un respingo, porque su caballo se movió un poco antes de volver a quedarse quieto.

—Pero, *¡Tab!* —exclamó Christian, aunque entre dientes.

Les dieron efusivamente las gracias a los Barnby y emprendieron la marcha mientras *Buck*, cuyas riendas estaban atadas, caminaba tras ellos.

—¿Por qué no huye? —preguntó ella.

—Está bien adiestrado y sabe quién le da de comer. ¿Está cómoda ahí detrás?

La verdad es que no, pensó Caro, ya que ir sentada a mujeriegas sobre el caballo era una sensación muy extraña, igual que agarrarse a él y estar presionada contra él, pero eso era extraño en el buen sentido. Apoyó la mejilla en su espalda.

—Siempre y cuando sigamos yendo al paso.

—No aspiro a nada más. A menos, naturalmente, que nos persigan unos espías franceses con la intención de arrebatarnos una feroz gata-coneja de Hesse.

Caro se rió entre dientes.

—Menuda mentira les hemos contado. ¿De verdad lleva gatitos dentro?

—Pálpela, si quiere, pero yo confío en la señora Barnby.

—Claro, claro. ¡Señor, menudo lío!

—Si diera a luz gatos-conejo de Hesse, nos haríamos ricos.

Caro volvió a reír entre dientes, pero dijo:

—Tal vez los gatos-conejo puedan existir. Eso explicaría por qué *Tabby* tiene el cuerpo que tiene.

—Yo tengo mis dudas, como Barnby. Sería una mezcla muy curiosa.

—Como la de algunos matrimonios.

Él se rió y a Caro le llegó al alma. ¡Dios del cielo, montar así era casi tan íntimo como estar en la cama! Ambos estaban ignorando eso, ignorando lo que había pasado entre ellos en la penumbra de la noche. Caro se preguntó si él tendría los mismos motivos que ella. Pese a lo juguetón que se había mostrado Christian, había sido distinto; más profundo que la otra vez. Peligroso.

Lo de Doncaster había sido asombroso, turbulento e intenso. Sin duda habían intimado físicamente, pero a ella no le había llegado al... Tenía sus dudas sobre la palabra «alma», y tampoco podía tratarse realmente del corazón. Sencillamente había sido diferente, al igual que una rosa estática en su tallo era distinta de la rosa de seda elaborada con más delicadeza. Sí, pese a la fantasía que él le había relatado, había sido una conexión profundamente auténtica a todos los niveles de su ser.

¿Habría significado lo mismo para él? ¿Para el hombre capaz de hacer el amor con una desconocida con tanta destreza y tranquilidad?

—¿Como el suyo?

Caro tardó unos segundos en volver al presente.

—¿Qué?

—¿Su matrimonio es una mezcla de gato y conejo?

Le resultaba imposible mentir. Ahora no.

—No me pida que le hable de eso.

Siguieron avanzando tranquilamente, pero entonces él dijo:

—Cuénteme alguna cosa de su vida, Kat. Cualquier cosa.

—Cuénteme usted algo de la suya —repuso ella.

—¿Por qué me contesta con evasivas? ¿Por qué no compartir más cosas a menos que esconda usted secretos de los que avergonzarse?

—No siga, por favor.

—Lo siento, es que... —Ella notó que él cogía aire—. Me vuelve usted loco, Kat. No sé nada de usted. Nada.

Caro abrió la boca dispuesta a protestar, pero suspiró y dijo:

—Le hablaré de mi casa. Está en el campo, cerca de la ciudad. Tengo un huerto, una rosaleda y un invernadero.

—Su marido la cuida bien.

—¿Y usted? ¿Cómo es su casa?

—Tengo una habitación exigua en la guardia montada. Soy comandante del ejército.

Caro suplicó que su reacción no fuera visible. Había tenido razón, ahora encajaban muchísimas cosas, especialmente la rápida respuesta física de Christian a la amenaza.

—Entonces algunas de las muertes que causó fueron honorables —dijo ella.

—Todas ellas, espero.

—Lo siento. Naturalmente. No era mi intención ofenderlo. ¿Y lo del hacha?

—Fue una escaramuza con Pontiac, un jefe indio.

—Y usted me dejó creer que había sido un esposo vengativo.

—Tengo un retorcido sentido del humor.

Eso era notorio, aunque a Caro no le cuadrase con el concepto que ella tenía de los comandantes del ejército.

—¿Cuántos años tiene? —le preguntó ella.

—¿Cree que esa clase de humor es infantil?

—Probablemente, pero más bien estaba pensando en que me parece usted joven para un rango tan alto.

—No olvide el poder que tiene el dinero —repuso él.

Desde luego. La mayoría de grados del ejército se compraban. Caro tenía entendido que había chicos en edad escolar que eran coroneles, y que otros realizaban sus funciones. Moore se había quejado del precio de su tenientazgo y seguramente Jack Hill había comprado el suyo sin problemas.

—Entonces ¿es usted rico? —inquirió ella, volviendo al interrogatorio que había dado inicio a todo eso. En ese momento, más que nunca y por numerosas razones, necesitaba saber si Jack Hill estaba muerto y la naturaleza del interés de Christian por la señora Hill.

—En absoluto —contestó él alegremente.

—Su familia sí, pues.

—Es simplemente acomodada.

—¿Y quién le compró el grado?

—Mi padre. A modo de inversión.

—¿Y da beneficios?

—Es espectacular verme con el pelo trenzado y codeándome con gente importante.

—En Londres. —A Caro se le ocurrió una idea asombrosa—. ¿Ha estado en palacio? ¿Ha visto al rey?

Aquello le pareció más elevado que el monte Olimpo.

—Más a menudo de lo que quisiera —respondió él.

Caro tuvo dificultades para asimilar todo aquello. Naturalmente, Diana Arradale había estado en palacio y por lo visto ella también consideraba que era un deber tedioso. Su marido, el marqués de Rothgar, iba allí con frecuencia, ya que era mentor del joven rey. Sin embargo, Christian Grandiston, parecía tan... «normal» no era la palabra adecuada, pero desde luego no parecía que encajase en ese mundo.

—¿Es provechoso ir a palacio? —quiso saber ella.

—¿Por qué sino se molestaría la gente en ir? Parece usted sumamente interesada en lo ventajoso del asunto. ¿Seguro que no está casada con un comerciante en lugar de un abogado?

—Segurísimo —pudo decir sin faltar a la verdad, pero acababa de topar con una información preocupante.

Había creído que la familia de Jack Hill era adinerada y de alta alcurnia. Ahora parecía que los Grandiston eran pobres. No pobres como los que labraban el campo por delante del cual estaban pasando, sino en comparación con los círculos del Olimpo. Les vendría muy bien la fortuna de los Froggatt.

Christian era afectuoso con Kat Hunter, pero el mismo hombre podía ir tras el dinero de Caro Hill con aviesa intención. Ella no quería pensar eso, pero tenía que intentar averiguar más cosas.

—Entonces ¿está aquí por temas relacionados con el ejército? —preguntó Caro.

—No. Como le dije, se trata de asuntos familiares.

—Y tienen que ver con un matrimonio. —Se sentía fatal por intentar sonsacarle información, pero al menos no tenía que mirarlo a la cara.

—¿He dicho yo eso? Satisfaré su curiosidad, Kat, pero sólo si me llama por mi nombre.

—¿Por su nombre?

—Christian. No lo ha usado en ningún momento.

—¿No se llamaba Pagano? —repuso ella, tratando de evitar el tema.

—No.

Instantes después Caro dijo en voz alta lo que había dicho para sus adentros.

—Christian. Tal vez no lo llame así porque lo que hemos hecho es muy poco cristiano.

—¿Lo es?

Caro no supo qué contestar a eso.

—Hábleme de su vida —le pidió ella.

—Hace unos años se celebró un enlace matrimonial cerca de Doncaster. La chica no quería casarse, pero sus circunstancias lo hicieron necesario. Un gallardo caballero dio muerte al villano de la historia.

Bastante fiel a la realidad, supuso ella. ¿Qué preguntaría si aquello fuese nuevo para ella?

—¿Le dio muerte? ¿Lo mató?

—Allí mismo.

—Pobre chica —dijo Caro al recordarlo.

—Tal vez quería verlo muerto.

—Aun así tuvo que ser angustioso.

—Ciertamente.

—¿Y el objetivo de su viaje a Doncaster? —¿Obtendría al fin las respuestas que buscaba?

—He venido hasta el norte para averiguar si la chica sigue con vida y qué ha sido de ella.

—Parece bastante sencillo —dijo Caro.

—Pero la desposada está resultando escurridiza.

Caro tuvo que contener la risa.

—¿Se ha escondido para que usted no la encuentre?

—Tal vez... O tal vez, como me han asegurado, esté simplemente de viaje.

—¿Ella es la tal Hill a la que busca?

—Sí. Como ve, la historia es verdaderamente aburrida.

Caro formuló la pregunta clave.

—¿Y por qué quiere encontrarla? ¿Qué hará entonces?

—Hablar con ella. Puede que ya lo estuviera haciendo, si no me hubiese entretenido. —Hubo picardía en su voz.

—Yo lo he entretenido.

—Usted es una compañía mucho más grata.

—¿Y eso cómo lo sabe?

—Es una suposición, pero me cuesta imaginarme en mejor compañía, Kat.

Era una invitación; una invitación para hablar de cosas privadas y quizás hasta de un futuro. La tentación más pura flotó en el aire, pero Caro no cometería esa estupidez. No bajaría la guardia hasta estar segura de que ni su fortuna ni ella corrían peligro.

—Su otro caballo se ha parado a pastar —comentó para desviar la conversación.

Él silbó y el animal rucio levantó la cabeza y trotó tras ellos, fingiendo tal vez un aire inocente.

—Nunca me había imaginado que pudiese haber picardía en un caballo.

—Tienen su carácter, como todos nosotros.

El caballo se acercó hasta ellos y rozó la pierna de Christian con el hocico. Él le dio unas palmaditas, y le dijo:

—Sé que quieres que te monte, pero la complexión de *Billy* es más adecuada para llevar a dos personas.

*Buck* sacudió la cabeza y se quedó un poco rezagado. Caro lo observó con tristeza. Era capaz de demostrarle su cariño a Christian sin el menor reparo.

—¿Por qué es tan importante para usted aquel enlace matrimonial? —inquirió ella. Le pareció que él suspiraba.

—¿He dicho que lo sea?

—Es el motivo de que viaje al norte.

—Me gusta montar a caballo. El matrimonio tiene implicaciones legales, Kat, que no pueden ser ignoradas.

—Pero según ha dicho este matrimonio ha sido ignorado durante muchos años.

—Lo cual ha sido un error.

—¿Hay dinero en juego? —preguntó ella sin rodeos.

—¿También es usted materialista, Kat?

—Puede que un distinguido caballero de la corte tenga la capacidad de menospreciar el dinero, pero la gente de a pie es consciente de su importancia.

—Ya le he dicho que no me sobran las guineas.

—Pero seguro que querría más. ¿Por eso está aquí?

—Kat, ¿por qué estamos discutiendo?

«Porque he recordado que en breve tendré que desaparecer de su vida y esfumarme, y aún tenemos que ir a Adwick.» Cuanto antes huyera, mejor para todos.

—No me gusta que demore lo de esa chica por mi culpa —dijo ella—. ¿Por qué no me compra un billete para ir a York y retoma su búsqueda?

—No.

—¿Por qué no?

—Porque me importa usted demasiado.

¿Por qué hacía Christian aquello?

—Estoy casada —dijo Caro.

—Una circunstancia desafortunada pero no insuperable.

—¿Qué? —repuso ella realmente alarmada—. ¿Mataría a mi esposo?

Christian se giró para mirarla, pero se dio cuenta de que era imposible.

—No, por supuesto que no. Lo lamento. Ya no sé ni lo que digo.

Caro podía percibir su... confusión.

—¿Qué ha querido decir? —le preguntó en voz baja.

—Podría llevarla al sur conmigo, Kat. La trataría como si fuera mi esposa, en todos los sentidos.

—Pero no lo sería.

Ella notó su suspiro.

—Y nunca estaría cómoda siendo mi amante. Le pido disculpas.

Los ojos de Caro se llenaron de lágrimas, y se mordió el labio, reprimiéndolas. «Aunque si Jack Hill está muerto y mi dinero a buen recaudo...»

—¿Y si no estuviese casada? —le preguntó a Christian.

—En ese caso la cortejaría, Kat.

—Nos conocemos desde hace tan poco...

—He hecho amigos para toda la vida en una sola hora, y enemigos en menos tiempo.

—Eso es distinto.

—¿Por qué?

Resultaba frustrante no poder mirarse a los ojos. ¡Si tuviera el valor de contarle la verdad! Pero bloqueó esa idea. No perdería la cabeza por ningún hombre. Arreglaría sus cosas y firmaría las donaciones y fideicomisos necesarios para proteger tanto su fortuna como Froggatt y Skellow. Entonces, y sólo entonces, pensaría en cortejar a su malvado Christian.

Detestaba ser tan calculadora, pero tenía que serlo. Era una Froggatt, gracias a Dios.

A Christian le alegró que Kat dejara el tema. Se olvidaba todo el rato de que era un hombre casado.

Una cosa era estar soltero y persuadir a una mujer a abandonar a su marido y ser su esposa de hecho; y otra estar casado y buscarse una amante que rivalizara con su esposa. No sería una situación justa para ninguna de ambas mujeres, pero para Dorcas sería especialmente doloroso saber que él amaba a otra.

¿Amaba? El corazón le dio un vuelco, para qué negarlo. ¿Acaso no acababa de confesárselo a ella? Sonrió con sarcasmo por la descarada ironía. Justo cuando había descubierto que estaba comprometido con otra mujer, el universo le había por fin tendido una trampa.

Y él que pensaba que su situación era complicada... Estaba a punto de convertirse en un infierno. Había jurado que trataría a Dorcas lo mejor posible y su honor no le permitiría menos que eso, pero pensar en Kat se había vuelto igualmente inevitable.

Quería presentar a Kat Hunter al mundo como su esposa, no a Dorcas. Quería que Kat conociese a sus amigos, especialmente a Petra, la mujer de Robin. Eran muy distintas, porque Petra era italiana, aristocrática de nacimiento y distinguida, mientras que Kat era una mujer pragmática de Yorkshire. Aun así creía que se caerían bien.

Quería llevar a Kat a Royle Chart para que conociese a su familia, no a Dorcas. Puede que incluso sobreviviese a eso con gracia. Era alegre y hablaba con franqueza. Puede que hasta se pareciera un poco a su madre. Quería a Kat en su cama por las noches, no a Dorcas Froggatt.

Suerte que ya se acercaban a Adwick, con lo que ese viaje de excesiva intimidad llegaría a su fin.

Tenía que dejar a Kat en York fuera de todo peligro y luego encontrar a su mujer. Le gustaría creer que aquella ceremonia celebrada hacía una década ya no tenía validez o que había un vacío legal por el que podría quedar libre de ataduras, pero no tenía muchas esperanzas. Si verdaderamente estaba casado, no tenía más remedio que cuidar de Dorcas lo mejor que pudiese.

¿Y si tenía un niño, un hijo...? Por ahora desechó la idea. No había nada que pudiera hacer, de momento, y no había visto indicio alguno de ello en Froggatt Lane.

Lo mejor que podía pasarle era que ella quisiese vivir por su cuenta, aunque eso no dejaría una puerta abierta para un futuro honorable con Kat. ¿Cómo iba a ser eso posible si era una mujer casada? Christian sintió deseos de darse cabezazos contra la pared.

Si Dorcas quería vivir como un auténtico matrimonio... eso le parecía una pesadilla y no pudo más que rezar para que no le resultara demasiado penoso.

Christian entró en el patio del Ciervo Blanco y se ocupó de que llevaran los caballos a las cuadras. Kat fue a sentarse con la feroz guerrera de Hesse en un banco soleado junto a la pared.

Ahí no había ninguna caseta donde comprar los billetes, de modo que tendrían que esperar a que llegase una diligencia para coger asiento, aunque pasaban con bastante frecuencia. Christian esperaba que apareciese una pronto. Kat parecía tan dispuesta como él a aguardar en silencio, y Christian sabía el porqué. Ambos querían lo que no podían tener y tenían la suficiente entereza como para no empeorar las cosas.

Sin embargo, él no pudo controlar sus pensamientos. El negro no favorecía a Kat, especialmente cuando estaba triste. Estaba hecha para colores más vivos, como el jubón rojo y dorado que llevaba puesto la primera vez que la había visto. Ahora estaba estrujado en una de sus alforjas. Se lo quedaría, por absurdo que eso fuese.

Ella lo negaría, pero no estaba hecha para la vida convencional de un abogado provinciano. Estaba hecha para la aventura y los grandes placeres. Quería enseñarle el bullicio de Londres y el esplendor de Ithorne, la suntuosidad aletargada de Kent y la maravillosa costa de Devon. ¿Había visto el mar alguna vez?

Quería que sus manos lo buscaran por las noches, despertándolo... Ella levantó la vista como si se hubiesen tocado de verdad y sus miradas se encontraron. Se miraron durante unos instantes, pero ella era más fuerte que él y apartó la vista.

# Capítulo 17

Caro se alegró de despegarse de Christian, ella en ese banco y él en el otro extremo del patio de diligencias. Cuando él estaba cerca no podía pensar. Sin embargo, tuvo que ir a hablar con él para llevar a cabo el plan que había ideado por la noche.

—Sobre lo de York... —empezó ella.

—¿Sí?

—No puede acompañarme hasta mi casa. No sabría cómo explicar eso.

—Podría hacerme pasar simplemente por un caballero que le ha ofrecido ayuda.

—No tiene usted aspecto de caballero ingenuo. Iré por mi cuenta.

—¿Cómo explicará su detención y rescate en Doncaster? Es posible que a su marido ya le haya llegado el rumor.

Caro se lo quedó mirando. Había pasado eso completamente por alto.

—Tenerlo allí no me ayudará, pero sola puedo...

—Inventarse una historia —dijo él—. Kat, necesito ver con mis propios ojos que está fuera de peligro.

—Diré que huí de mi rescatador demente y que llegué a pie a un lugar donde me proporcionaron una cama para pasar la noche. Que me prestaron la ropa y que a la mañana siguiente cogí la diligencia.

—Si su marido se cree todo eso, ya puede contarle que ha ido hasta la luna a caballo.

Caro recordó su plan. Christian la desconcertaba con suma facilidad.

—Hagamos lo que hagamos, tengo que cambiarme de ropa. Todo irá mejor si voy bien vestida.

—¿Tiene algún modo de conseguir ropa?

—Sí, puedo pedirle a una amiga que me la preste. Cuando lleguemos a York, pediremos una habitación en la posada y luego podría usted llevar una nota de mi parte y regresar con la ropa.

Instantes después, él asintió.

—Muy bien.

—Gracias.

Caro volvió a sentarse en el banco, consciente de que Christian seguía pretendiendo seguirla hasta su casa. Sin embargo, eso no llegaría a suceder, porque en cuanto él se marchase con la nota para su amiga, Kat Hunter desaparecería. Y minutos después Caro Hill estaría fuera de peligro con Hambledon, Truscott y Bull. Christian se pondría furioso, aunque tal vez lo entendería en cuanto las aguas hubieran vuelto a su cauce.

Ahora su sueño era estar con Christian como marido y mujer. Sabía que no sería el esposo estable y responsable que siempre había tenido la intención de elegir, pero ya no le importaba. Cometería una locura por amor y se arriesgaría a perder la cordura, pero no la fortuna de los Froggatt.

Antes bien, llevaría a cabo los planes que había concebido para su matrimonio con sir Eyam: parte de su dinero sería para su marido, pero el resto lo pondría en un fideicomiso al que ni ella ni él podrían acceder. Siendo una Froggatt no cabía esperar menos.

Pero cuando estuviese todo acordado mandaría una nota al Cisne Negro, en Kent, localizaría de nuevo a Christian y descubriría si él era capaz de entender y perdonar sus mentiras, y si el cielo estaba realmente a su alcance.

Le dedicó un fugaz pensamiento a Eyam. Caro lamentaría su decepción, pero lo suyo con él era como la leche desnatada al lado de la nata.

No podía dejar de mirar a Christian. Era un hombre guapísimo, de elegantes trazos que daban lugar a una esbelta silueta. Al mismo tiempo tenía tal porte de soldado que estaba asombrada de no haberlo intuido en ningún momento.

Eso también podría hacerle sufrir. La larga guerra había terminado, pero habría otras. Puede que Christian se marchase de nuevo al frente a lomos de su caballo, que volvieran a herirlo, y quizá la próxima vez muriese. Si las cosas se torcían y ellos dos no podían estar juntos, a lo mejor Caro nunca sabría que él había muerto. ¿Quién iba a decírselo?

Eso le hizo comprender que no podía abandonar a Christian sin decirle nada. Se desesperaría. Volvió a acercarse a él.

—Tengo que entrar en la posada un momento. Vigile a la gata.

—Naturalmente.

Él dio por sentado que necesitaba ir al retrete, pero Caro se fue a buscar papel de carta. Encontró unas cuantas hojas en un saloncito y un tintero a mano. La pluma estaba en mal estado, pero se apresuró a escribir la nota.

*A mi caballero andante:*

*Sé que lamentará mi desaparición, pero le ruego me crea si le digo que lo hago con la mejor intención. Pronto estaré a salvo, se lo prometo. Temo que nunca pueda haber nada honorable y duradero entre nosotros...*

Tener que mentir, incluso indirectamente, hizo que las lágrimas le empañasen la vista. Se frotó los ojos.

*...pero le prometo que si hay una posibilidad, le escribiré a la dirección que me ha dado. Si logra perdonarme, tal vez podamos volver a vernos.*

*Kat*

Dudó entre varias frases finales, pero se decidió simplemente por su nombre falso. Dobló la nota y estaba buscando el modo de sellarla cuando oyó un grito en el exterior. «¡York! ¡El expreso de York! ¡Dense prisa!»

Caro se introdujo la carta en el bolsillo y se apresuró a salir. Christian le ayudó a subir a la diligencia y a continuación le pasó la gata. Algunos pasajeros emitieron ruidos de desaprobación, pero cuando Christian se sentó al lado de Caro, dijo en voz alta:

—Es valiosa y poco común, no les molestará.

Su tono autoritario silenció a los presentes, y la diligencia arrancó bamboleándose.

Seis horas más tarde la diligencia pasó por debajo del arco de la posada George de York. Tras entrar traqueteando en el patio y detenerse, Christian se apeó de ésta y Caro se dispuso a volver a pedirle que fuese a ver a su amiga para traerle un vestido. Él se giró para ayudarle, pero Tabby, que no había parado de moverse, bajó de un salto y corrió hacia las caballerizas como si estuviese persiguiendo a un conejo de colmillos de Hesse.

—Iré a buscarla. Espere en la posada —dijo Christian.

Se fue antes de que ella pudiese decir nada, pero ¿qué iba a decirle, «adiós»? Era la oportunidad perfecta para escapar y debía aprovecharla. Caro necesitaría todas sus fuerzas para girarse y entrar en la posada sin mirar atrás, y lo hizo.

—¿Señora? —Caro se volvió y vio que una criada le estaba haciendo una reverencia—. ¿Puedo ayudarle en algo, señora? ¿Necesitará una habitación?

¡Ahora!

—No, pero tengo que dejar una nota. —Extrajo la carta de su bolsillo—. Es para el señor Grandiston.

Pero entonces Caro vio que sus planes se iban al traste. ¿Qué pasaría con Tabby? Supo al instante que Christian cuidaría de la gata, aunque estuviese enfadado con ella. Confiaba en él y, si todo iba bien, pronto estarían todos juntos.

—El caballero de la gata —añadió.

—¿La gata, señora?

—La gata —contestó Caro, y salió de la posada.

Nunca había estado sola en York y no sabía con seguridad dónde se encontraba, pero recordó que Hambledon, Truscott y Bull tenían el despacho en una casa elegante y moderna de Petergate, cerca de la catedral cuyos chapiteles dominaban la ciudad. Podía verlos desde ahí.

Le había asegurado a Christian que estaba fuera de peligro, pero él iría a buscarla (sabía que lo haría) y ella llamaba demasiado la atención vestida de negro. Necesitó toda su fuerza de voluntad para no echar a correr por las calles hacia esos chapiteles.

Se detuvo en Petergate para ordenar sus ideas y dirigir una oración hacia la enorme catedral, y luego se acercó al edificio de ladrillo de tres pisos y usó la aldaba de latón. Instantes después miraba horrorizada al secretario.

—¿Está de viaje? ¿Cómo es posible que el señor Hambledon esté de viaje?

Ahí no era conocida, ya que casi siempre era Hambledon el que iba a verla a ella, por lo que el secretario se puso tenso ante tal arranque de rabia.

—Están todos de viaje, señora. Han ido a la boda de uno de los socios más jóvenes. Si quiere dejar un mensaje...

Caro abrió la boca para contestar, pero no salieron las palabras. ¿Y ahora qué?

—¿Señora? —inquirió el secretario mostrando cierta preocupación. Caro se imaginó que se apiadaría de ella al verla de luto.

—Soy la señora Hill, de la mansión Luttrell. El señor Hambledon se ocupa de mis asuntos desde hace más de diez años.

Fue evidente que le sonaba su nombre, pero la miró con recelo.

—¿Ha perdido a algún ser querido, señora? —Caro sabía que él estaba pensando que si la señora Hill de la mansión Luttrell había sufrido una pérdida que mereciese tan riguroso luto, Hambledon, Truscott y Bull estarían al tanto de la noticia.

—Mmm... —Saltaba a la vista que Caro había agotado su capacidad de invención, porque no se le ocurrió ninguna mentira—. ¿Cuándo volverá el señor Hambledon? —preguntó.

—Mañana, señora —contestó el secretario con gélida cortesía y acompañándola hacia la puerta—. Estoy seguro de que si regresa entonces, estará encantado de atenderla.

«Mañana.» No faltaban muchas horas, pero eran demasiadas. ¿A quién conocía en York? ¿A quién conocía lo bastante bien para confiarle esa singular situación? A nadie. Y no tenía ni cinco céntimos. ¿Y si le pedía dinero al secretario? Pero éste respondió con la expresión de su cara. Abrió la puerta y le invitó a salir, y Caro se encontró fuera otra vez sin tener ni idea de qué hacer.

Christian disimuló su reacción al leer la exasperante nota. Sintió deseos de salir corriendo a buscarla, pero necesitaba dejar la maldita gata, que le había arañado, en algún sitio.

—Quiero una habitación —dijo.

El posadero le complació, pero la operación fue excesivamente larga. Christian intentó convencerse de que estaba encantado de que se hubiera ido Kat Hunter, quien claramente había estado días bailándole el agua, pero por dentro estaba desgarrado.

Había llegado a confiar en ella, a creer que era todo lo que decía ser. Prácticamente le había confesado que la amaba y ella se lo había sacado de encima como se saca la hoja que se engancha en la suela del zapato. ¡Pardiez! No se saldría con la suya. La encontraría y le sonsacaría toda la verdad.

Encerró en el cuarto a la quejicosa gata y salió de la posada para ir en su búsqueda. Por la calle pasó una diligencia abarrotada de gente tanto en el interior como encima. Christian prestó atención por si había una mujer de negro. Irrumpió en las tiendas y volvió a salir de ellas furioso, y la gente se apartaba para dejarlo pasar.

Se detuvo ante la posada del Cisne Negro, y le dolió recordar que le había dado esa misma dirección en Kent; la posada del Cisne Negro de Stowting. La modesta taberna en la que Thorn había jugado a ser el capitán Rose no tenía nada que ver con esa magnífica hostería, pero en ella se albergaban sus esperanzas. La esperanza de que Kat abandonaría su hogar y a su marido, y se iría con él.

Menuda mentirosa, menuda tramposa. ¿A ver si no tendría marido, ni lesionado ni sin lesionar? Lo que estaba claro era que había dicho la verdad sobre una cosa: que tenía amigos en York que la protegían. Se había burlado de él y no se saldría con la suya.

Prosiguió su búsqueda, merodeando incluso por la catedral. Finalmente entró en razón y se quedó ahí plantado mientras se frotaba los arañazos inflamados de la mano, hirviendo de rabia contra toda clase de felinos.

Kat había huido, cosa que seguramente ya había planeado. Christian dio media vuelta y caminó hacia la posada George. ¡Maldita mujer! ¡Que se fuese al cuerno! Se encontraría con Barleyman en Nether Greasley y concluiría la misión que lo había traído al norte.

Caro estaba en la posada del Cisne Negro. Se había quedado en la calle, inmóvil, durante demasiado rato. La gente se la había quedado mirando con asombro. Un hombre le había preguntado si se encontraba bien, seguramente con buenas intenciones, pero ¡quién sabe! Caro se había obligado a moverse, a seguir andando como si tuviese un propósito. Se metió por un callejón para que nadie la viera e intentó pensar en otro plan.

Y desde ahí había visto a un hombre alto y moreno caminando por la calle. Iba charlando con un sujeto un poco más mayor. Ambos vestían con sencillez, pero la gente se quedaba mirando al hombre moreno. Algunos incluso se abrieron paso para verlo. Caro dudaba que supieran de quién se trataba; simplemente advertían el dinero y el poder. Pero ella sí lo conocía.

Era el marqués de Rothgar, marido de Diana, condesa de Arradale y amiga de Caro. Bueno, no exactamente, pero se conocían y tenían simpatía mutua, e incluso participaban juntas en algunas obras benéficas. Curiosamente, el marqués y Diana estaban muy unidos, por lo que iban juntos a todas partes. Diana le ayudaría.

Después de mirar prudentemente a su alrededor, Caro había cruzado la calle y había seguido al marqués hasta la posada. Un criado le preguntó qué deseaba.

—Quisiera hablar con lady Arradale.

—Aquí no se hospeda nadie con ese nombre, señora.

—Mire por lady Rothgar, entonces —dijo Caro con impaciencia.

—Tampoco está.

Caro lo miró con dureza y se preguntó si se estaría burlando de ella, pero parecía desconocer realmente que se trataba de la misma mujer. Sin embargo, el hombre empezó a sospechar. Ella procuró aparentar serenidad, pero por dentro estaba hecha un manojo de nervios.

¿No estaba Diana ahí? Entonces tendría que irse, pero ¿qué haría luego? ¿Se atrevería a abordar al distinguido marqués? Diana se lo había presentado, pero lo más probable era que él no lo recordase. Fue en una concurrida celebración en York donde todo Yorkshire quería hablar con uno de los terratenientes más importantes.

Ahora el criado fruncía el ceño, quizás hasta se estuviese planteando la posibilidad de echarla. Caro se irguió y lo miró fijamente.

—Así que el marqués viaja sin su mujer. Por favor, déme papel de carta. Escribiré una nota.

El hombre frunció los labios, pero no se movió. Caro intentó mirarlo con autoridad, pero estaba hecha trizas por todo aquello y no tenía dinero con que sobornarlo.

En ese momento el marqués y su acompañante aparecieron en el vestíbulo. El criado la miró con desdén, convencido de que ella no se atrevería a abordarlos. Pero ella se acercó y les hizo una reverencia.

—Milord.

Caro percibió una actitud defensiva y sintió un nudo en el estómago. Al marqués debían de abordarlo constantemente para pedirle ayuda y seguro que se los sacaba de encima sin pestañear.

Pero entonces le devolvió el saludo.

—Es usted la señora Hill, ¿verdad?

El alivio se apoderó de ella y se le llenaron los ojos de lágrimas.

—Sí, milord. Esperaba que lady Arradale estuviese con usted, pero el criado de la posada me ha dicho que no es así.

—Se ha quedado en el sur y me ha dejado venir a Yorkshire para realizar unas cuantas gestiones en su nombre. ¿En qué puedo ayudarla?

El marqués le pareció asombrosamente perspicaz, pero entonces Caro cayó en la cuenta de que su nerviosismo debía de ser palpable. Puede que él incluso pensara que guardaba relación con el hecho de que fuese de luto. Le dieron ganas de desahogarse allí mismo, pero dijo:

—Necesito que me aconseje, señor. ¿Ya se iba o me permite que le robe unos minutos?

—El tiempo que necesite —le contestó él—, siempre y cuando me deje comer mientras hablamos. —Señaló hacia la escalera—. Suba, por favor.

Caro titubeó. Aquella no era Diana, sino un hombre con el que únicamente había intercambiado unas palabras. Era un desconocido y, lo que es peor, tenía cierta fama de ser cruel y hasta violento. Había oído decir que no hacía mucho había matado a un hombre en un duelo simplemente por insultar a su hermana.

Tras sus recientes aventuras debería haber aprendido a ser más sensata. Pero ¿qué opciones tenía? Si Christian la localizaba en ese momento, no le quitaría el ojo de encima, y aunque en York no era famosa, había demasiada gente ahí que la conocía. Seguro que alguien le diría: «¡Vaya, señora Hill! ¿Quién ha muerto?».

Subió con el marqués a un salón del piso de arriba y le sorprendió que no fuese nada del otro mundo. ¿Qué esperaba encontrarse? ¿Un dormitorio revestido de oro y reservado sólo para él? No, pero aun así le sorprendió ver únicamente a un solícito lacayo de librea junto a una mesa repleta de comida.

Tan sólo había dos sillas frente a la mesa y el marqués la acompañó hasta una de ellas. Caro le lanzó una mirada de disculpa a su acompañante, pero el lacayo ya estaba trayendo otra silla. Acto seguido se alejó a toda prisa, probablemente para pedir otro servicio de mesa y más comida.

La eficiencia fue máxima, pero Caro se sintió incómoda por momentos. ¿Tendría que contar toda la historia delante de un criado? ¿O dos? Porque no tenía ni idea de quién era el otro caballero.

Lord Rothgar se arrellanó en su propia silla y dijo:

—Permítame que le presente a mi secretario, el señor Carruthers. Carruthers, ésta es una conocida de mi esposa, la señora Hill... de Sheffield, creo.

Que la recordase de un breve encuentro era admirable, pero que también se acordase de su ciudad natal le recordó que tenía una misteriosa fama de omnisciente. ¿Sería capaz de intuir sus recientes y desastrosas aventuras?

El secretario la saludó y le dedicó una sonrisa absolutamente inocente y amable, pero Caro agradeció que trajesen una sopera humeante junto con un juego extra de platos y cubiertos.

El resto de criados desapareció, pero el lacayo se quedó. Caro cogió su cuchara, consciente de que debería lanzarse a pedir consejo al marqués, pero cohibida por el desasosiego que sentía.

Habló el marqués.

—Si sus inquietudes son confidenciales, señora Hill, Carruthers y Thomas pueden irse a la habitación de al lado a comer con el resto de mis ayudantes. Aunque Thomas es la discreción en persona y Carruthers, mi álter ego.

De modo que viajaba con un séquito, que simplemente estaba en otro sitio comiendo tranquila y relajadamente. Por alguna razón aquello devolvió a Caro a la realidad.

—No es nada confidencial, milord, y estoy segura de que su gente es de fiar. Únicamente es complicado... —Se obligó a sí misma a dejar de farfullar y se lanzó a contar la historia entera, empezando por Moore y su hermana, y Jack Hill.

Estaba tan nerviosa que hizo un batiburrillo, confundiendo u olvidando detalles y yendo hacia delante y hacia atrás en el tiempo con la intención de explicarse mejor, pero los dos hombres le prestaron atención pacientemente y el lacayo casi logró pasar inadvertido salvo para retirar los platos sucios.

Tras la irrupción de Christian en Sheffield hizo una pausa. Se vio incapaz de revelar el resto.

—Así que sentí la necesidad de esconderme y asesorarme. Me he puesto esta ropa y he venido a York para pedirle consejo a mi abogado, pero al llegar me he enterado de que está de viaje. Y he visto al señor Grandiston por la ciudad. No sé cómo me ha seguido la pista, pero ahora no sé qué hacer.

Lord Rothgar la examinó unos instantes y ella tuvo la certeza de que él había detectado sus rodeos e invenciones, pero entonces sonrió.

—¡Qué maravilla! Una dama en apuros y un rompecabezas por resolver.

Su secretario soltó un gruñido, aunque con una sonrisa.

—Le encantan los rompecabezas, señora, aunque éste parece bastante fácil, señor. Lo único que hay que saber es si la señora Hill es esposa o viuda.

—O si realmente se casó —señaló lord Rothgar—. Es un asunto sumamente insólito. Coma un poco de tarta de limón, señora Hill.

Caro le dio las gracias y cogió un poco, pero preguntó:

—¿Cree que la ceremonia no fue válida, milord?

—Muy posiblemente no.

—Yo difiero, señor —dijo Carruthers mientras cortaba un trozo de queso—. A fin de cuentas, los votos se hicieron en presencia de testigos y antes de la ley Hardwicke. Además, lamento decirlo señora, pero el hecho de que haya usado usted el apellido Hill durante tantos años tiene cierta fuerza legal.

Caro lo miró consternada.

—Me pareció lo correcto.

—Lógico —repuso Rothgar—. Este misterio está lleno de matices, ¡qué maravilla! El té, Thomas, por favor. —Cuando el lacayo se marchó, el marqués se volvió a Caro—: ¿Ha dicho que se llama Grandiston? ¿Señor Grandiston?

Al oír el nombre Caro se sonrojó (no pudo evitarlo), pero asintió con la cabeza. Sólo entonces se le ocurrió que el marqués había dicho la frase en un tono extraño. ¿Cuál? Antes de poder precisarlo, él le formuló otra pregunta.

—¿Y le insinuó que está tratando de arreglar unos asuntos legales relativos a un primo suyo?

—Sí, milord —contestó ella, ya que eso era lo que Grandiston le había dicho a Ellen. ¿Debería contarle al marqués los detalles que Christian le había revelado horas antes? ¿Cómo? Además, no tenían importancia.

—Me imagino que será un hombre atractivo —comentó Carruthers con un brillo en los ojos. ¡Vaya! ¿Se había ella ruborizado?

—Eso va a gustos —dijo Caro con la mayor indiferencia de que fue capaz.

—Pero no es su tipo —concluyó el marqués. Afortunadamente, antes de que Caro se viese obligada a decir una gran mentira, él prosiguió—: Suponiendo que se casara usted con Jack Hill, lo principal es saber si sigue entre los vivos o ha recibido ya el regalo de la vida eterna.

—Estoy convencida de que está muerto, milord, pero mientras siga habiendo dudas debo proteger mi fortuna y mi persona.

—Eso es muy sensato, porque la balanza de poderes suele decantarse por el marido.

—Lo sé.

—Aunque esté usted viuda, señora —dijo Carruthers—, me temo que es posible que eso no invalide las repercusiones legales.

—Y que haya un interés por la herencia —dijo Caro, dejando el tenedor—. Eso es lo que más me preocupa. Tengo la sensación de que Hill está muerto, pero si al morir tenía derecho sobre mis propiedades, ese derecho puede ser heredado, ¿verdad? Muy posiblemente por el señor Grandiston.

—Interpreta usted la ley de maravilla —dijo Rothgar.

—Tengo una empresa, milord. Me enseñaron a interpretarla de pequeñita.

—No me extraña que mi esposa la admire.

A Caro le asustaba la idea de que hubiesen podido hablar de ella, pero dijo:

—Yo también la admiro, milord. Para una mujer no ha de ser fácil mantener su independencia ante todo el mundo. ¡Ojalá yo hubiese sido más valiente de jovencita! Hill firmó un documento. En principio era para proteger mi patrimonio, pero no sé lo que ponía y le confieso que nunca he intentado averiguarlo. Quizá pueda ser de utilidad.

—¿Sabe dónde está?

—No, y cuando busqué la carta no di con él. Pero tengo la esperanza de que mi abogado tenga en su haber ambos documentos.

—Carruthers —dijo el marqués—, tenemos que averiguar eso.

—Desde luego, señor, pero es muy poco probable que semejante documento contemple los ingresos ganados después del enlace. ¿Qué parte sería del total, señora?

Caro cogió aire.

—Casi todo. La guerra nos dio enormes beneficios y el esfuerzo de mi tía dio sus frutos. ¡No es justo que la familia Hill se quede con todo eso! —Miró hacia Rothgar—. Le ruego me asesore. Mis orígenes son humildes y el señor Grandiston parece de clase alta, como probablemente lo fuera el teniente Hill. Es posible que este caso se dirima en Londres y en un nivel social donde mis amigos de Yorkshire poco podrán hacer.

—Espero que no esté descartando lo útil que puede ser mi esposa, señora Hill.

Caro se sofocó.

—¡No! No, claro que no. Ya pensaba recurrir a ella.

—Creo que a veces yo también puedo ser útil.

Caro tuvo la sensación de que ahora estaba en permanente estado de bochorno, pero pudo más la cautela.

—¿Usted, milord?

Le brillaron los ojos.

—Sin duda, es sensato desconfiar de un tigre que aparece con un regalo, pero no tengo ninguna intención de hacerle daño. Mi esposa querrá apoyarla, tanto por ética como por amistad, y a mí me apasionan los rompecabezas. Tiene usted razón al decir que el veredicto posiblemente venga de Londres; del despacho del arzobispo de Canterbury, de la guardia montada y la clase de abogados que suelen contratarse para casos tan difíciles. Creo que podré conseguir que la guardia montada se ponga a buscar rápidamente cualquier documento en el que conste Jack Hill. Ha dicho que se llamaba Jack, ¿verdad?

—Sí, aunque es probable que su nombre fuese John.

Rothgar asintió.

—A partir de ahí no tardaremos en determinar la verdad de su matrimonio y sus derechos legales.

Caro suspiró con alivio.

—Es usted muy generoso, milord. Gracias. Pero ¿qué hago mientras? No... Sería poco sensato caer en manos de Grandiston, creo.

En esas manos fuertes y hábiles...

—Una imprudencia. ¿Es necesario que se quede en el norte?

—¿Cree que debería viajar como fingí de cara a Grandiston?

—Creo que debería ir al sur. Conmigo.

Caro lo miró fijamente.

—¿Al sur? ¿A Londres? ¿Ahora? No puedo hacer eso.

—¿Por qué no?

Caro cogió un poco de aire.

—Aquí están mi empresa y mi casa. Mi dama de compañía se preocupará. ¡Y no tengo más ropa que la que llevo puesta!

Él hizo una mueca de contrariedad.

—Angustioso, sin duda, pero todo eso tiene fácil solución. Su casa y su empresa no están únicamente bajo su responsabilidad, ¿verdad? Y a su dama de compañía se le puede avisar. Se le puede decir que mi esposa la necesita.

—Pero... —Caro se dio cuenta de que no podía acusar al marqués de decir ninguna barbaridad—. Lady Arradale y yo no somos íntimas amigas, milord.

—Igualmente la necesita, se lo prometo. Diana está embarazada de seis meses, que es la única razón por la que me ha concedido el honor de ocuparme de sus asuntos aquí arriba. Está aburrida y necesita distraerse. Su aventura le vendrá como anillo al dedo.

Caro desconfió del tono con que el marqués dijo aquello, pero había empezado a darse cuenta de las pocas opciones que tenía. Sheffield y la mansión Luttrell quedaban descartados porque Christian reanudaría su búsqueda. No sabía la dirección de Phyllis en Rotherham y tenía más amigos en cuyas casa podía refugiarse, pero no sin responder a un sinfín de incómodas preguntas. Pero ¡en Londres! Christian era de Londres.

—Lo más sensato es evitar caer en manos de Grandiston hasta que esté completamente segura de cuáles son sus derechos legales —dijo lord Rothgar—, y Londres es el centro neurálgico de todo lo legal. Si su situación es delicada, quizá convendría involucrar al rey.

—¿Al rey? —repitió Caro asustada.

—Como cabeza de la Iglesia y el Estado puede realizar, si quiere, cambios extraordinarios sobre casi todo. Tiende a ser más generoso cuando ve al peticionario personalmente, así que debería ir a conocerlo.

—¿A palacio? —Caro ahogó un grito. Christian acudía con frecuencia a palacio.

—Tal vez no haga falta un visita muy formal —la tranquilizó lord Rothgar—, pero podría conocer a los reyes en un evento menos formal. Les encanta la música antigua, como los madrigales y demás. ¿Es usted aficionada a eso, señora?

—Me temo que no.

—Quizás estemos a tiempo de aficionarla. —La contempló de

nuevo de una manera que a Caro empezaba a parecerle preocupante—. Froggatt, su empresa, ¿produce algo que el rey pueda apreciar?

—Lo dudo, milord —contestó Caro aturdida—. Espadas y hojas de la mejor calidad, pero supongo que el rey ya tendrá todas las espadas que necesita. El único otro producto que hacemos son muelles de acero de primera calidad. Son los mejores resortes de acero que hay, pero...

—¡Ajá! —exclamó el marqués.

Carruthers se rió entre dientes.

—¿Quiere que pasemos por Sheffield, señor?

—Tentado estoy de hacerlo —contestó Rothgar—, pero eso pondría a la señora Hill en una situación comprometida. —Se volvió hacia Caro—. Su Majestad y yo compartimos la misma afición por los mecanismos de relojería, señora. ¿Le ha comprado resortes el rey?

—Que yo sepa no.

—Entonces se llevará una sorpresa muy agradable. ¿Podría hacer que le obsequiasen con un surtido de resortes?

Caro trató de imaginarse la reacción de Sam Skellow a semejante honor, pero no pudo.

—Sí, seguro que...

—Estupendo. Pese a la sensata advertencia de que hay que desconfiar de caballo regalado, casi nadie es capaz de despreciar un regalo verdaderamente atractivo. Entonces ¿vendrá al sur conmigo, señora?

Caro tenía la sensación de que le faltaba aire, pero no vio otra alternativa.

—Si le parece a usted que es prudente, milord. Tendrá que aconsejarme sobre cómo proceder. ¡Vaya! Lo siento, me refería a que alguien tendrá que asesorarme; sé que está usted muy ocupado. ¿Dónde puedo alojarme? ¿Y si alquilo una casa...?

—Eso no será en absoluto necesario. Sería un honor que se alojara usted en mi casa. La verdad es que Diana necesita distraerse un poco y sin duda ahí estará usted fuera de peligro.

—Lo dice porque Grandiston no se presentará en su casa.

—Sería una insensatez hacerlo —repuso él—. Pero puede que haya peligros mayores. Éste es un tema muy complicado cuyo proceso judicial podría prolongarse durante años y costarle el patrimonio. —Antes de que Caro hubiese asimilado aquello, añadió—: Sería mucho más sencillo si estuviese usted muerta. ¿Quién más se opondría a la reclamación de Jack Hill?

—Muerta —repitió Caro. ¿Habría pretendido eso Christian desde el principio? Christian había matado a muchas personas. Si en el transcurso de sus aventuras hubiese descubierto su identidad, ¿yacería ahora su cadáver bajo un seto? Caro sabía que por muy enfadado que él pudiese estar en ese momento con Kat Hunter, no era ninguna amenaza para ella, pero a lo mejor su familia lo había enviado al norte para localizar y eliminar a la molesta viuda de Jack Hill.

—Lamento angustiarla —dijo Rothgar—, pero hay que afrontar los hechos.

Y era un hecho, comprendió Caro, que aún no había vendido sus acciones de Froggatt y Skellow. La empresa seguía corriendo peligro.

—Asimismo le recomiendo que utilice otro nombre, al menos de momento.

—¿Por qué?

—Mis criados son discretos, pero es fácil que el nombre de un invitado se les escape. Es mejor que la gente no sepa que hay una señora Hill en Londres.

Caro ansiaba desesperadamente ser ella misma (ser la señora Caro Hill de la mansión Luttrell), pero era imposible.

—¿Qué nombre quiere usar?

—Grieve* —contestó Caro con pesar—. Por lo menos va a juego con mi atuendo.

«Y con mi corazón, que sufre por la posibilidad de haber perdido para siempre a mi caballero andante.»

—Muy bien, pues —dijo lord Rothgar—, señora Grieve. Esta tarde tengo unos asuntos que atender en Worksop.

Y quisiera Dios que no hubiese problemas en la carretera o con el clima, ni que se interpusieran las flaquezas humanas.

* To grieve en castellano significa lamentar o apenarse. *(N. de la T.)*

Caro se levantó, aturdida pero segura de una cosa: dentro del poderoso baluarte del marqués no había Hill ni Grandiston que pudiese tocarla. Más aún, si alguien podía manipular y exprimir las leyes de la Iglesia y el Estado para concederle la libertad, eran lord Rothgar y su esposa.

Ignoraba si se pondría en contacto con Christian cuando fuese una mujer libre. Eso dependería de lo que descubriera sobre su verdadero interés y el de su familia por su persona.

—Debo enviar esas notas —anunció ella.

Como por arte de magia, Carruthers sacó un pequeño pliego, una pluma y un tintero portátil. Lo dejó todo frente a Caro y esperó, preparado para sellar cada una de las cartas.

El lacayo ya se había ido al cuarto contiguo, y por las voces y el movimiento que había allí todo apuntaba a que se preparaban para marcharse. El marqués no se mostró ostensiblemente impaciente, pero Caro percibió las prisas. Sin embargo, cuando cogió la pluma se quedó en blanco... o más bien Christian ocupó todo su pensamiento.

Escribió a Ellen para decirle que se había encontrado con el marqués en York y se había dejado convencer para ir al sur con él. A Phyllis también le escribió algo similar, con la esperanza de que las desventuras de la señora Hunter no hubiesen llegado aún a Rotherham. Por último le escribió a Sam Skellow, ordenándole que le enviase al rey un surtido de resortes pequeños. Dado que no tenía ni idea de dónde hacérselos llegar, le pidió al marqués su dirección de Londres.

—Residencia de los Malloren —dijo Carruhters—, plaza Marlborough.

Y ella añadió eso antes de sellar la carta. Entonces dijo Carruthers:

—Si no le importa, señora, escríbale una carta a su abogado para comentarle lo de ese acuerdo nupcial y pedirle que le envíe los detalles a Malloren.

Caro se apresuró a hacerlo. Uno de los caballerizos de lord Rothgar se ocupó de mandar las notas y, en otro inesperado giro del destino, Caro no tardó en emprender rumbo al sur tan rápido como las carreteras y el tiempo les permitieron.

# Capítulo 18

A la mañana siguiente Christian llegó con los caballos a la posada del Carnero de Nether Greasley. Montaba a *Buck*, al que afortunadamente no le importó cargar con el cesto que contenía no sólo a la maldita gata hessiana sino a dos gatitos. De una camada de cinco, tres habían nacido muertos. Después de todo, tal vez fuesen el resultado de un apareamiento contranatural.

Como antinatural era su unión con Kat. ¿Tenía tan poca experiencia en la cama como aparentaba? ¿Se había dado cuenta de que aquella noche él había perdido el control? ¿Qué haría si descubría que estaba embarazada? ¿Contactar con él a través de la dirección de Stowting que le había dado? Ese deseo sacaba a Christian de sus casillas.

Había estado a punto de abandonar a su maldito felino, pero una gata no tenía la culpa del comportamiento de la otra. Sin embargo, tenía que darse prisa en encontrar un hogar para la gata y sus gatitos. Llevaban tantos recuerdos como pulgas.

Se detuvo frente a la maciza posada de estructura cuadrada, y le sorprendió ver que no había cambiado salvo porque en aquel entonces el día había estado nublado y hoy brillaba el sol. ¿Había habido plantas en flor en la parte delantera 10 años atrás? Porque la recordaba tremendamente sombría.

Descabalgó, cogió el cesto y llamó a un mozo de cuadra. Apareció Barleyman.

—Me he imaginado que era usted, señor —dijo mientras se hacía cargo del caballo—. ¿Todo bien en York? —Se quedó mirando fijamente el cesto.

—Es la amiga de la señora Hunter, más sus crías —le explicó Christian. Al ver que Barleyman parecía desconcertado, añadió—: La gata que estaba con nosotros cuando recogimos los caballos.

—¡Así que finalmente había una gata, señor!

—A veces se vuelve invisible, eso cuando no se dedica a cazar conejos feroces.

—Si usted lo dice, señor —repuso Barleyman con deliberada indiferencia.

La ironía de la situación calmó un poco el malestar de Christian.

—¿Podemos comer algo? Estamos hambrientos, y es preferible que *Tab* no cace.

—¿Ah, no, señor? Para cenar había un sabroso pastel de conejo, y ha sobrado un poco.

Christian miró hacia la gata presumida.

—¿Te dignarás comer una presa que no hayas matado tú?

Sin embargo, la gata rehusó hablar con él. No había dicho ni mu desde que Kat se había ido, y lo trataba con tal desdén que Christian en un momento dado había tratado de defenderse.

—He visto unas cuantas ratas en las caballerizas —dijo Barleyman.

—Las ratas no son más que un aperitivo para un gato cazador hessiano, y hay que ser indulgente con las parturientas.

—Muy bien, señor. Iré a ocuparme de este jamelgo, señor, y le traeré sus cosas.

Christian lo observó con una sonrisa, pero cuando se giró para entrar en la posada, todo divertimento se desvaneció. ¡Menuda locura haber determinado ese sitio como punto de encuentro! Lo último que quería era volver a entrar ahí. Hizo acopio de valor y echó a andar con aire resuelto, y sólo en el último momento cayó en la cuenta de que tenía que agacharse ligeramente para evitar chocar con el dintel. La vez anterior no le había pasado. ¡Era muy joven!

Lo abordó el mismo posadero. Christian lo reconoció en el acto, si bien el hombre tenía más barriga y papada.

—Buenas noches, señor. Bienvenido al Carnero. —Echó un vistazo al contenido del cesto.

—Es un espécimen de gran valor. Dormirá conmigo.

—Muy bien, señor. Lo acompañaré a su habitación, señor.

Christian lo siguió, consciente de otro posible desastre. Que no fuese la misma habitación...

—Es un hombre supersticioso, ese criado suyo —comentó el posadero mientras Christian lo seguía escaleras arriba.

—¿Ah, sí? —El comentario le pareció curioso, porque si algo no era Barleyman era supersticioso.

—Me ha preguntado si había fantasmas y cosas así, señor. Naturalmente, en el Carnero no tenemos nada de eso, pero al contarle el terrible asesinato que hubo en nuestra mejor habitación se negó a que usted se hospedara en ella.

Christian le dio las gracias mentalmente. De todas formas, le sentó mal que Barleyman supiera antes que él mismo cómo se sentiría. Lo mejor sería que formulase la pregunta de rigor.

—¿Un asesinato? —preguntó Christian al tiempo que el posadero abría una puerta.

El hombre le relató encantado la historia.

—Un tal teniente Moore, un tipo infame, señor, que fue enterrado de cualquier manera bajo la hierba de este mismo cementerio, se fugó con una colegiala y la trajo aquí. Naturalmente, yo no tenía ni idea de que ella fuese tan joven, señor, porque él afirmó que era su esposa y ella iba envuelta en una capa, ni de que estuviese pasando nada raro, porque la vi bastante contenta cuando llegaron. Pero las apariencias engañan. Afortunadamente, irrumpió en la habitación otro joven oficial que mató a Moore en el acto, tras lo cual él, el otro oficial, señor, se casó galantemente con la chica para salvaguardar su honor. Resultó que él era el amor verdadero de la joven, señor, así que estoy convencido de que al final fueron felices.

—Seguro que sí —repuso Christian, preguntándose si el hombre se creía esa versión de los hechos. Después de pasarse 10 años contándola, era lo más probable—. ¿La joven era de esta región?

—¡Oh, no, señor! Era de Sheffield. Según tengo entendido, de una acaudalada familia de cuchilleros. Prefiero no dar nombres, señor, ya me entiende.

—¡Lo entiendo perfectamente! —exclamó Christian—. Y admiro su discreción, señor.

Abigail Froggatt y su fortuna habían ejercido su influencia en la zona, pero seguramente sería imposible lograr que aquella gente recordara que el enlace había sido una imposición.

El hombre hizo pasar a Christian a la habitación. Éste dio su conformidad. Era muy parecida al cuarto en el que había contraído matrimonio, pero no igual, y eso era lo único que importaba. Pidió vino, con lo que se sacó de encima al posadero, deseoso de adornar la historia.

—¡Qué lugar tan deplorable! —le dijo a la gata, que estaba amamantando tranquilamente a sus gatitos—. ¿Acaso no intuyes la vileza y la maldad? Por lo visto no, porque ella te cayó bien.

Tabby entreabrió los ojos, pero permaneció en silencio.

—Háblame, maldita seas. Antes bien que te hacías oír.

La gata parpadeó.

—¡Venga! Por lo menos insúltame.

—¿Habla usted solo, señor? —inquirió Barleyman cuando entró con las alforjas y las pistolas de Christian.

—Con la gata. Al menos sabe escuchar.

—Y además es una despiadada asesina, señor.

—Hemos conocido a más gente así.

Barleyman dejó las alforjas en un rincón y las pistolas cuidadosamente encima de la mesa.

—Desde luego que sí, señor. Desde luego que sí.

—Dígame que trae novedades —dijo Christian adelantándose a cualquier pregunta sobre Kat, porque ignoraba qué diría. Su orgullo le impedía reconocer que se habían burlado de él y se negaba a admitir que no sabía dónde estaba ni si estaba a salvo.

—Alguna sí traigo, señor. ¿Prefiere hablar de Doncaster primero o de aquí?

—De Doncaster.

—La criada de los Ossington fue excesivamente discreta, pero me quedé merodeando en una taberna cercana y conseguí entablar conversación con un hombre que trabaja para los Ossington. Se llama Cuddy Barraclough. El típico que se hace el duro y es un poco corto de luces, pero que cuando está borracho habla por los codos. Según él, los Ossington son una pareja joven y encantadora con un hijo y otro en camino. Una tal señora Hill estuvo en cierta ocasión en la casa. De eso estaba seguro, con lo que queda descartado que ella pudiera ser la señora Ossington. Aunque estaba seguro de que ese día no estuvo allí.

—¡Maldita sea! ¿Y qué hay de la criada de la casa de Froggatt Lane a la que yo seguí hasta allí? ¿Sabía el hombre si había ido a llevar algún mensaje?

—Eso fue lo curioso, señor. No sabía nada de ella.

Christian lo miró con el ceño fruncido.

—¿Seguro que trabaja en esa casa?

—Completamente, señor —respondió Barleyman con solemnidad—. No quise preguntarle nada concreto, porque de lo contrario se habría olido algo raro, pero le colé unas cuantas preguntas acerca del trato que recibían los criados de otras casas y me dijo que no habían tenido ninguno en varios meses. Verá, señor, saltaba a la vista que cualquier parte de la casa que no fuese el sótano era un terreno desconocido para él y, como le decía, no es ninguna lumbrera.

Christian le dio vueltas al asunto.

—Así que la criada se presentó en la puerta principal, entregó su mensaje y se fue por donde había llegado.

—Eso parece, señor. Puede que tuviese que entregar otro mensaje en algún otro sitio.

—¡Caray! Debería haber esperado más rato. ¿Y qué novedades ha habido por aquí? Ya me han contado la historia de lo que sucedió hace años.

Barleyman puso su único ojo en blanco.

—Es de lo primero que hablan, señor. Aunque no coincide exactamente con lo que me ha contado usted.

—La señora Froggatt debió de untarlos. ¿Ha averiguado cómo se llamaba el clérigo?

—Nadie parece recordarlo, señor. Hood, el posadero, señor, duda que la ceremonia fuera legal.

—Todos lo dudamos —suspiró Christian.

Entonces llegó el vino, lo trajo el propio posadero. Christian le dio las gracias y le preguntó si el vicario sabría más detalles de la fascinante historia.

—¿El reverendo Bletheringhoe, señor? No, señor. Sólo lleva tres años aquí, desde que el anciano reverendo Peake falleció.

En aquel entonces los lugareños no reconocieron al clérigo astuto que lo había casado, por lo que estaba claro que Peake no era. Esa línea de investigación parecía estéril.

Christian le pidió a Hood que se retirara y sirvió el vino. Bebió un poco e hizo una mueca de disgusto.

—No se puede pedir más, señor —dijo Barleyman.

—Tiene razón —repuso Christian, pero estaba pensando en Doncaster y el vino, y en Kat Hunter, que sabía distinguir el buen vino del malo. En ningún momento le había explicado el porqué de ello, aunque cualquier explicación habría sido mentira segura. Al parecer, también montaba como un soldado de caballería.

—¿Cuál es el plan, señor? —inquirió Barleyman.

Christian se centró en lo que los ocupaba.

—¿Le ha llegado algún otro rumor?

—No, señor. He pasado un rato en la taberna con los lugareños. No tienen ningún problema en contar la historia y ponerse a discutir sobre algunos de los detalles, pero no he oído nada nuevo. A uno se le ha escapado el apellido Froggatt, pero los demás lo han hecho callar enseguida. Es como si hubiesen decidido proteger la identidad de la joven, tanto de soltera como de casada.

Christian apuró la copa y la rellenó.

—Ya no tenemos nada más que hacer aquí, pues. Continuaremos el viaje hasta Sheffield para seguir indagando allí. Después tendremos que ir a Devon. Ahora que sé que Dorcas está viva, debo decírselo a mi padre.

Una tarea que temía. Era incapaz de adivinar cuál sería la reacción de sus padres a la noticia, pero sabía que sentirían profundamente que les hubiese ocultado semejante lío durante todos esos años.

—Hay una cosa más, señor.

—¿Sí? —repuso Christian, encantado de desviar su atención.

—Los Silcock han estado aquí.

Christian lo miró fijamente.

—¿En la posada?

—Sí, señor, aunque no pasaron la noche. El otro día, el día en que la señora Hunter fue acusada de robar sus anillos, vinieron a Nether Greasley. Cuando yo llegué y dije que era de Doncaster, Hood comentó que hacía unos días habían venido otras personas de allí. No consumieron más que una jarra de cerveza, lo cual contrarió al posadero, aunque sí dejaron la calesa y pagaron los cuidados del caballo. Se limitó a describirlos como unos americanos huraños, pero seguro que se trataba de ellos.

—Recuerdo que se fueron en una calesa. —Los vio cuando Kat y él salieron de Woolpack a dar aquel fatídico paseo; que ella había planeado—. ¿Para qué vinieron?

—Preguntaron por la dirección de la iglesia y, según él, fueron allí.

—¿Es de interés arquitectónico?

—No me lo pareció, señor. El sacristán estuvo aquí, en la taberna, mientras me obsequiaban con la famosa historia, y habló de la extraña pareja que había estado merodeando por su cementerio. Parecían bastante respetables, pero como eran extranjeros no les quitó el ojo de encima. Es muy celoso de su cementerio. Comentó que por lo visto encontraron la tumba que buscaban y que la mujer se acercó mucho, como si le costara leer la inscripción. Entonces se quedaron ahí un rato, se giraron y se fueron. Al sacristán no le hizo falta ir a ver qué tumba era. Era la perteneciente a la conocida víctima del terrible asesinato. Con lo cual la taberna entera se puso a especular sobre si serían parientes suyos y por qué no habían ido antes al cementerio.

—¡Dios mío! —exclamó Christian—. ¿Y si la señora Silcock es la hermana de Moore? Por edad me cuadra, y entonces se rumoreó que había huido del país.

—¿Se parece a Moore, señor?

—Con la cantidad de maquillaje que llevaba, imposible saberlo. Y tampoco está muy equilibrada. Pero el color de pelo coincide, y tal vez la nariz.

—Es raro que aparezca ahora, señor.

—A lo mejor el décimo aniversario de su muerte es lo que ha motivado su regreso. Creo recordar que eran sólo dos hermanos.

Moore la mencionaba de vez en cuando, en general porque le daba dinero. Se llamaba Janet —recordó Christian.

—Entonces, es muy lógico que visite su tumba.

—De todas formas, sigo teniendo la mosca detrás de la oreja.

—Eso no es buena señal, porque otras veces le ha pasado lo mismo y ha acertado.

—Y... —añadió Christian con gran alarma— desde Doncaster se fueron a Sheffield, lo que no guarda ninguna relación directa con Moore.

—Pero sí tiene una clara conexión con su esposa, señor.

—Después de aquel escándalo, a Janet Moore la echaron de su puesto de maestra, eso se comentó en el regimiento, y desapareció. ¿Qué probabilidades hay de que estuviese Abigail Froggatt detrás de eso? Muy posiblemente la habría hecho salir del país, además.

—¿Se refiere a que a lo mejor lo que quiere es vengarse, señor?

—Su comportamiento en Doncaster no indica que tenga un carácter comprensivo.

—No, señor, no. ¿Y qué cree que hará cuando descubra que la señora Froggatt ha pasado a mejor vida?

—Buscar a la única Froggatt que queda, mi esposa. Puede que en cierto modo incluso la culpe de la muerte de su hermano. Tenemos que seguir adelante, pero necesito ir a ver esa tumba. Haga los preparativos.

Christian cogió el sombrero y los guantes y salió, pero se detuvo en el pasillo. Ahí estaba la puerta de aquella habitación. Hacía 10 años, llevado por la absoluta y ciega arrogancia de la juventud, la había abierto sumamente confiado. Ahora parecía una fortaleza al otro lado de un abismo, un abismo que no deseaba salvar.

Christian perdió la batalla y entró en el cuarto. A diferencia de aquel entonces, tuvo que agacharse de nuevo para no chocar con el dintel. Estaba todo igual. Las mismas colgaduras de un verde desvaído sobre la cama hundida, la misma mesa y las mismas sillas toscas. Contempló el suelo, donde había yacido el cadáver de Moore. Fue el primer hombre al que mató, y el único fuera de un contexto bélico.

No quedaba prueba alguna de ello. Tal vez Moore no había sangrado tanto como recordaba o quizá 10 años de desgaste y arreglos habían borrado la mancha. Sin embargo, nada había podido eliminar la muesca de la columna de la cama hecha por el feroz intento de Moore por decapitarlo. Después de todo, tal vez aquella muerte no había sido en vano. Christian había matado a muchos hombres simplemente para evitar que lo mataran a él.

El paso del tiempo y la cera oscura habían disimulado los daños. Rascó el lugar de la muesca con el pulgar mientras contemplaba la impecable cama tratando de evocar más detalles sobre su indeseada esposa. Tan sólo la había vislumbrado antes de tener que centrar toda la atención en Moore. Piernas delgadas y pelo de color castaño desvaído, recogido probablemente para demostrar que era una mujer en edad de casarse. Pero había empezado a soltársele de las horquillas, lo que no hacía más que resaltar su juventud.

La parte superior de su vestido azul estaba intacta, únicamente la falda estaba arremangada, dejando a la vista los muslos y la camisa blanca. Había sido un cortejo breve y brusco, pobre criatura; no era de extrañar que se hubiese convertido en una mujer complicada.

¿Y después? De nuevo su atención había estado dirigida a otras cosas. Recordó que al intercambiar los votos él le sacaba a ella una cabeza de estatura. Que su mano era tan estilizada como el resto de su cuerpo; y estaba pálida y helada. Y que el burdo anillo que les dieron le iba grande.

Christian volvió a mirar a su alrededor, pero ahí no quedaba nada de todo aquello, ni siquiera el fantasma de Moore. Lo único que había eran recuerdos que como mínimo eran dudosos. Salió de la habitación y se fue en busca de la tumba de Moore.

No mucho después se encontró ante una lápida pequeña pero decente. ¿Quién la había costeado? Sin duda, otra vez la Temible Froggatt, para atar los cabos sueltos. Al leer la inscripción se convenció de ello.

*Aquí descansa Bartholomew Moore, oficial del ejército de Su Majestad. 1733-1754. Murió por sus pecados. Que Dios se apiade de su alma.*

¿La omisión de los detalles del regimiento había sido un insulto premeditado? Probablemente, y hasta cierto punto era comprensible. Moore no había hecho honor al uniforme, pero ¿qué le habría parecido dicha omisión a la señora Silcock?

Puede que, a fin de cuentas, no fuese la hermana de Moore. ¿No habría dejado entonces unas flores u otro símbolo de su recuerdo? Entonces Christian vio que entre la hierba y la piedra había algo oscuro, y se agachó a cogerlo. Era un pequeño pañuelo de luto, de seda negra. Estaba húmedo, pero no llevaba ahí mucho tiempo.

Christian pensó al instante en Kat vestida de negro, pero ella no tenía nada que ver con eso. Aquello lo había dejado la señora Silcock, quien ahora estaba convencido de que era Janet Moore. Pobre mujer. El pecado de su hermano no era culpa suya.

Christian se agachó para volver a dejar el pañuelo en su sitio cuando notó una mancha seca. La examinó detenidamente. La mancha tenía el mismo aspecto que las producidas por la humedad, pero no era igual. La rascó con el pulgar y éste se le quedó rojo. Era sangre.

Eso volvía todo más misterioso aún. La mujer difícilmente habría traído un pañuelo manchado o se habría hecho daño sin querer estando ahí. En Woolpack no había tosido ni una sola vez, de modo que tísica no era. Estaba convencido de que se había cortado o pinchado y había presionado la herida con la seda, para luego dejarla escondida junto a la tumba de su hermano.

Christian estuvo tentado de llevarse el pañuelo, como si éste pudiese revelar más cosas, pero volvió a meterlo donde lo había encontrado. Si había sido una extraña pero honesta demostración de dolor, perfecto, pero él tenía que dar alcance a los Silcock. Puede que descargaran su ira contra su esposa, a la que el honor obligaba a proteger.

# *Capítulo* 19

Cuando Christian y Barleyman entraron a caballo por Froggatt Lane, el ruido de los cascos amortiguado por el suelo fangoso, ésta estaba tan sombría como habitualmente. Christian no reconoció el olor acre hasta que estuvo lo bastante cerca de la estrecha casa para ver que era un caparazón calcinado. Miró atónito unos instantes, luego llamó a un muchacho que pasaba por ahí con un fardo a la espalda.

—¿Qué ha ocurrido aquí?

El chico contempló la casa.

—Pues que se ha quemado ¿no?

Christian mantuvo la paciencia.

—¿Cuándo?

—Anteayer, señor. Era la casa de los Froggatt, señor. Pertenecía a los dueños de la fábrica de al lado.

—¿Hubo algún herido? —Ésa era la pregunta clave.

—No, señor. Por lo que me han contado, no.

No le sonsacaría nada más, así que Christian le agradeció la información dándole un penique.

—¿Habrán sido los Silcock? —inquirió Barleyman.

—No sería de extrañar, porque la coincidencia es notoria, ¿verdad? Tengo que encontrar a Dorcas.

—Sí, señor.

—La fábrica parece parada.

—¿Habrá causado daños el humo del incendio, señor?

—Puede ser. ¿De dónde podemos sacar más información?

En ese preciso instante, apareció traqueteando por el callejón una calesa que llevaba a un hombre entrecano de cierta edad y a otro más joven que conducía. Ambos fruncieron el ceño al pasar por delante de Christian y Barleyman, pero cuando se detuvieron enfrente de la casa y bajaron del vehículo, ésta absorbió toda su atención.

Christian descabalgó y se acercó a ellos.

—Disculpen, señores, ¿saben qué ha ocurrido aquí? —Ambos hombres se giraron y lo miraron. Pero Christian se les adelantó y dijo—: Salta a la vista que la casa ha quedado reducida a cenizas. ¿Qué causó el incendio?

—Ésa es la cosa, señor —dijo el hombre de más edad con acento local—. A veces hay incendios, pero no hubo ninguna causa que sepamos y se quemó increíblemente deprisa.

—¿Fue provocado? ¿Quién haría algo así?

El hombre más joven escudriñó a Christian. Iba elegantemente vestido y tenía cierto aire del que el otro hombre carecía. Entonces habló con tajante autoridad:

—Usted, señor, podría ser el tal señor Grandiston que vino aquí no hace muchos días y se fue indignado.

Christian desplazó la mano hacia su espada, pero entonces vio que el otro hombre no iba armado y, en cualquier caso, la observación era razonable.

—En efecto, soy yo —repuso bruscamente—. Vine a buscar a la señora Hill, en el pasado Dorcas Froggatt, y me dijeron que no estaba en casa. La mujer con la que hablé, la señora Spencer, no estuvo muy servicial y reconozco que me enfadé. Lo lamento, pero le aseguro que no volví para causar estragos. Para que se queden tranquilos, ayer estuve viajando de York a Doncaster y estoy seguro de que puedo encontrar a alguien que lo corrobore.

El hombre más joven miró a Barleyman con ojos entornados, pero el otro dijo:

—Ya basta, Henry. Soy Samuel Skellow, señor, y éste es mi hijo. Somos copropietarios de la cuchillería, junto con la señora Hill. ¿Se puede saber para qué la busca?

—Necesitaba... necesito aclarar algunos detalles del enlace matrimonial que se celebró hace diez años. Son cuestiones legales.

—¡Ah...! —repuso el joven, pero ni él ni su padre hicieron más comentarios.

—¿Saben dónde está la señora Hill en este momento? —inquirió Christian—. Convendría que nos viéramos.

—Se trata de un testamento, ¿verdad? —preguntó Skellow padre mientras miraba con sagacidad a Christian—. No va muy necesitada de dinero, señor Grandiston, pero de todas formas no sabemos dónde está. Lo mejor sería que yo le diera el recado. Le aseguro que lo haré cuanto antes.

—¿No le ha comunicado el incendio de su casa? —preguntó Christian con educación.

—Como le decía, señor, no sabemos con seguridad cuál es su paradero.

¿En serio estaba viajando sin una ruta planificada o los Skellow estaban siendo tan deliberadamente poco serviciales como la señora Spencer? ¿Por qué? ¿Qué pasaba con Dorcas?

—¿Están seguros de que no murió en el incendio? —preguntó Christian observando el edificio tiznado y con enormes agujeros donde antes había habido ventanas. El olor a humo y a chamuscado volvían el aire espeso.

—Completamente seguros, señor —contestó Skellow hijo—. Gracias a Dios, no murió nadie.

—¿Ni la señora Spencer?

—No estaba aquí.

¿Había apostado a caballo perdedor? ¿Y si la tal Spencer había corrido a reunirse con Dorcas mientras él seguía a Carrie, la criada, hasta Doncaster? ¿Habría sido ése el plan? Parecía muy rocambolesco, mucho, pero toda la situación empezaba a confundirle.

—¿Dónde está la señora Spencer? —inquirió—. Tal vez ella pueda ayudarme.

—No estoy del todo seguro, señor —contestó Sam Skellow con una indiferencia que a Christian le recordó el ejército. No le sonsacaría nada más sin amenazar con azotarlo.

No era de extrañar que los Skellow se negaran a darle información después de su inapropiado comportamiento. Seguramente la señora Spencer había corrido a verlos deshecha en lágrimas. Christian no sabía muy bien por qué aquel día había perdido el sentido común y la serenidad.

Sí lo sabía. Había sido por la sorpresa de descubrir que Dorcas estaba viva. No había contado con ello y le desconcertó.

Miró de nuevo hacia la casa y se preguntó si diciéndoles a esos hombres que Dorcas Hill era su esposa las cosas mejorarían, pero al parecer ya les había dado un nombre distinto. Tardaría una eternidad en demostrar que Grandiston era un título nobiliario y encontrar a los Silcock urgía más que nunca.

—Gracias, caballeros. Les daré una nota para la señora Hill. —Christian volvió hasta su caballo y localizó su bloc y su lápiz. No es que fuera muy elegante, pero bastaría. Se limitó a escribir que era urgente que la señora Hill se pusiese en contacto con el abogado de la familia, y le dio la dirección del principal abogado de Thorn en Londres.

Dobló el papel y se lo dio a Sam Skellow. Entonces pensó en los Silcock.

—¿No hubo nada sospechoso? ¿Nadie merodeando por aquí?

—Bueno, señor —dijo Skellow padre—. Sí que hubo algo. Becky, la joven criada que está en periodo de formación, dijo que había visto a una pareja en la calle contemplando la casa. Ella estaba limpiando el polvo en el piso de arriba, por eso los vio, señor, pero ellos no la vieron. Comentó que era una pareja de aspecto decente, pero no es normal que la gente venga aquí a mirar, señor. Tampoco es que Froggatt y Skellow sea una bonita iglesia ni nada de eso.

—No —replicó Christian.

Los Silcock habían estado ahí. No habían preguntado por Abigail ni por Dorcas Froggatt. Habían ido, habían concebido el plan y habían regresado por la noche para incendiar la casa sin importarles quién podía morir dentro. Parecía increíble, pero encajaba con la discreta amenaza de ese pañuelo de seda manchado de sangre.

Le asustó la intensa rabia que sintió en su interior, pero Dorcas era su mujer. Cualquier agravio contra ella, era un agravio contra él. De todas formas, no era algo racional, el nudo lo tenía en el estómago. Era como si...

Como si la supuesta víctima fuese Kat Hunter. ¡Ah...! Recordó la feroz persecución de los Silcock, la generosa recompensa ofrecida, pero Dorcas y Kat eran dos mujeres distintas que habían ofendido a los Silcock de dos formas distintas en un lapso de 10 años.

Skellow hijo rompió el silencio.

—¿Cree que esa pareja podría tener algo que ver en esto, señor? Pero... ¿por qué?

Christian no podía dar ninguna explicación lógica, pero además no quería que los Skellow ni la policía fueran tras esos villanos. Ahora eran suyos. Sus enemigos personales, y él personalmente se encargaría de mandarlos al infierno.

—¿Y si ha sido obra de un competidor de la empresa? —preguntó para desviar la atención.

La respuesta la dio Samuel Skellow, con absoluta convicción pero, curiosamente, en un francés mal pronunciado.

—*Pour y parvenir à bonne foi.* —Para triunfar con honestidad.

Christian miró instintivamente al joven para obtener una aclaración. Henry Skellow esbozó una sonrisa.

—Es el lema de la Asociación de Cuchilleros de Hallamshire, señor. Nos representa a todos. Hallamshire es el antiguo nombre con que se designaba esta parte de Yorkshire. —Pese a la sonrisa mostró una admirable desvergüenza. No debía de ser fácil alejarse tan claramente del entorno de sus padres. Muchos intentaban allanar el camino de su porvenir renegando de sus raíces.

A Christian le caía bien el hombre, pero probablemente tuviese más información de Dorcas de la que estaba desvelando y eso le ponía furioso. Sintió deseos de agarrar a los Skellow por el cuello y obligarles a hablar.

Sin embargo, no quería que lo persiguiera otra ciudad de Yorkshire, especialmente una que se dedicaba a vender afilados cuchillos. Se despidió de los hombres y se alejó a caballo con Barleyman.

—Un asunto desagradable, señor.

—Mucho. Tengo que darme prisa en encontrar a los Silcock.

Primero fueron a la posada Ángel, pero allí no conocían a los colonos, de modo que Christian y Barleyman se dividieron para recorrer una a una las posadas de la ciudad.

Barleyman dio con una pista en la Cabeza de Verraco e informó a Christian.

—Durmieron ahí dos noches, señor, y ayer por la mañana cogieron una diligencia para irse a Londres.

—¿A Londres? ¿Es posible que hayan descubierto que Dorcas está allí? En palacio llamaría la atención como una rana entre rosas.

—Hay muchos sitios en Londres aparte de Saint James, señor.

—Es verdad. Puede que tenga parientes en la ciudad. Aunque me daría una rabia tremenda descubrir que ha estado allí todo el tiempo. ¡Maldita sea!

Barleyman tuvo la prudencia de no hacer comentarios al respecto.

—¿Vamos tras los Silcock, señor, o seguimos aquí indagando sobre su esposa?

—Las dos cosas —contestó Christian—. Yo iré a Londres siguiendo la pista de los Silcock. Usted quédese aquí y averigüe todo lo que pueda, en especial cualquier conexión que Dorcas pueda tener con Londres. Hágame llegar sin falta cualquier información útil, a casa de Ithorne. Regrese al sur con los caballos dentro de tres días como máximo.

—No pierda los estribos, señor. No puede ir matando por ahí sin ton ni son.

—¿Tengo que esperarme a que asesinen a mi mujer? —quiso saber Christian, y se fue al piso de abajo a comprar un billete para la primera diligencia que saliera en dirección sur.

Era la misma caseta a la que se había acercado la criada hacía tan sólo unos días, razón por la que él había acabado en Doncaster, en otro frustrante callejón sin salida, pero donde había conocido a Kat. A Kat Hunter, de expresivos hoyuelos junto a las comisuras de los labios y con esa atrevida pluma roja en el sombrero.

El sombrero que él había aplastado y dejado debajo de un montón de leña podrida. Los hoyuelos que no le había vuelto a ver desde que se había visto expuesta a un grave peligro; salvo cuando se habían inventado la historia de los conejos de colmillos de Hesse.

—¿Señor?

Volvió a la realidad y vio al vendedor de billetes esperando. Si algo deseaba por encima de todo era comprar un billete hacia el norte y rastrear York hasta encontrarla. Al menos para asegurarse de que estaba fuera de peligro.

—La diligencia más rápida a Londres —dijo escuetamente.

Nunca la obsesión por una mujer le había hecho desatender sus obligaciones, y no lo haría ahora. Iría al sur, a Londres, y le daría toda la información a Thorn, que estaba más capacitado que él para lidiar con los Silcock. Luego seguiría hasta Devon para hacerle frente a su padre.

# Capítulo 20

El marqués viajaba deprisa, pero aun así tardaron dos días enteros en llegar a su casa de Londres, especialmente porque pasó la noche en casa del conde de Huntersdown, lo que requirió parar antes de lo normal a fin de que pudiese asistir a una reunión de caballeros de la zona y debatir diversos asuntos políticos.

A Caro le alarmó descubrir que lady Huntersdown no sólo era italiana, sino la hija ilegítima del marqués. Éste debía de ser muy joven cuando la concibió, aunque supuso que no más que el pobre Jack Hill. Le pusieron nombre a los tres meses y ahora estaba encinta.

Habían cenado en el tocador de Petra, dejando que los caballeros se ocuparan de sus asuntos, y trabaron amistad enseguida. Aunque no era una amistad honesta. Caro tenía la sensación de que había lagunas en la descripción de Petra de su llegada a Inglaterra desde Italia para encontrarse con su padre. Y su propio relato de los últimos acontecimientos fue igualmente inexacto. De todos modos, era improbable que su vida se cruzara con la de la condesa de Huntersdown, cuya casa de campo estaba en Huntingdonshire, muy al sur. Incluso sin sir Eyam, su propio entorno estaba en Yorkshire.

Lord Rothgar apenas había explicado la presencia de Caro en su séquito, lo cual ella agradeció. Había dicho que ella viajaba a Londres para ir a ver a Diana y esclarecer ciertas cuestiones relativas a su primer matrimonio que estaban retrasando un nuevo enlace. Su atuendo negro lo había justificado como el resultado de una desafortunada colisión entre su arcón de viaje y una carreta de estiércol.

Lord y lady Huntersdown habían parecido escépticos, pero no lo cuestionaron. Probablemente muy pocas personas dudaran del marqués de Rothgar, ni siquiera su familia.

Petra le había ofrecido de buen grado ropa de recambio, y tras un dobladillo que hizo apresuradamente su costurera, Caro se puso un vestido azul nomeolvides con bonitos detalles bordados. Le alivió no tener que llegar a Londres con aspecto de viuda sosaina.

—Mi bebé nacerá tan sólo unos meses después del de Diana —dijo Petra con su adorable acento mientras servía un aromático café—, lo cual dará a la sociedad algo más de lo que cloquear.

—¿Y no te importa? —preguntó Caro.

—¡Qué va! ¡Lo encuentro divertidísimo!

Caro sintió definitivamente que empezaba a adentrarse en el retorcido mundo del sur.

—Este café es fabuloso.

—¡Ya lo creo! Es algo que comparto con mi esposo y mi padre, adoramos el café de primera calidad. Aunque esa horrible mujer, Fowler, se ha propuesto ser muy desagradable.

—¿Ha dicho algo del café? No sabía que también estaba en contra de eso.

Con un elocuente gesto propio de extranjera, Petra dijo:

—¡Está en contra de *todo*! Utiliza mi existencia como ejemplo de perversidad antinatural de la aristocracia. Si por Robin fuera, la mataría, pero mi padre dice que sería más perjudicial que beneficioso y que hay que lidiar con ella de alguna otra forma.

Caro sintió cierta lástima por lady Fowler, pero en cuanto a lo anterior, ¿había malinterpretado la frivolidad de los italianos?

—Supongo que no iba en serio lo de que tu marido habría matado a esa mujer.

—Seguramente no. Pero yo me pregunto si no mataría a un hombre que dijera las mismas cosas. Si no estuviese embarazada, *yo misma* la retaría. Me puse furiosa cuando le dio mil guineas.

Sin duda, Caro lo había malinterpretado.

—¿Tu marido dio mil guineas a la recaudación de fondos para la reforma moral de la sociedad a la misma mujer que le gustaría matar?

—Pero en *aquel* momento aún no había empezado a calumniar, por lo que él no quería matarla. Le dio el dinero porque hizo una apuesta de lo más ridícula. Bueno, no fue exactamente una apuesta. Fue la estúpida promesa que él y dos amigos hicieron de que no se casarían antes de cumplir los treinta. Se la tomaron tan a pecho que establecieron como pena el pago de mil guineas a la causa más inútil que se les ocurriera. El pobre Robin estaba tan consternado por tener que hacer aquello que los otros le dejaron hacerlo de forma anónima.

—¡Qué... curioso! —dijo Caro, totalmente desconcertada—. Pero estoy segura de que la causa de lady Fowler no es la *más* inútil que hay.

—Lo era para tres jóvenes vividores.

—¿No te importa que... tu marido fuese un vividor? —preguntó Caro sin contenerse.

—Ya *no* lo es —contestó Petra ligeramente sorprendida.

Caro quiso preguntarle cómo podía estar segura, pero había visto a la pareja junta y la complicidad entre ellos era palpable.

—¿Se encarrilan los vividores cuando se casan? —inquirió.

—Si se casan por amor, sí —respondió Petra con tremenda seguridad.

—Espero que sea cierto —replicó Caro, y para disimular su propio interés añadió—: Por tu bien.

Los oscuros ojos de Petra brillaron.

—¡No estarás insinuando que Robin me es infiel!

—No, no, por supuesto que no.

Petra siguió unos instantes con el ceño fruncido y luego sonrió.

—Tengo carácter. Dime... ¿quién es tu amado?

—No lo sé —respondió Caro, y lo dijo en el más amplio sentido de la expresión.

—¿No sabes si estás enamorada?

—Tal vez sea eso, sí.

Petra se rió entre dientes.

—Lo estás. Lo sé. Háblame de él.

Caro estaba acorralada, pero también tenía ganas de hablar de Christian, al menos a grandes rasgos.

—Es muy fuerte, valiente y audaz, pero no estoy segura de poder confiar en él a ciegas.

—Si no es amor, ¿qué sientes? —quiso saber Petra.

—Ha puesto mi vida patas arriba.

—¡Oh, eso es maravilloso! A mí me pasó lo mismo con Robin. Claro que yo también puse su vida patas arriba. ¿Tú también lo has hecho?

—Sí, sin lugar a dudas.

—Magnífico. Me gusta. Pero para estar segura tienes que vivir más cosas con tu misterioso caballero.

Había compartido con él cosas de sobra, pensó Caro, y luego se preguntó si sus pensamientos eran visibles, porque Petra enarcó las cejas y movió los labios.

—A veces es más prudente dejarlo ahí —dijo Caro rotunda.

—Y los que se guían por la prudencia mueren sin conocer la felicidad.

La conversación siguió por otros derroteros y Petra mostró verdadero interés por la vida de Caro en Yorkshire. Aun así, a la mañana siguiente, mientras el séquito de lord Rothgar se preparaba para marcharse al rayar el alba, Petra volvió a insistir en que Caro conociera mejor a su hombre misterioso.

—¡Escríbeme! —insistió—. Quiero enterarme de todo lo que pase en Londres. De todo.

—Muy bien —dijo Caro sonriendo—, pero ya verás como te aburren mis cartas.

—Ya verás como no. Intuyo que te pasarán cosas emocionantes.

—No me digas eso, por favor —protestó Caro, pero Petra se rió.

«Extranjeros», pensó Caro mientras emprendían el último día de viaje, pero de repente recordó a Christian cuando dijo que las amistades de verdad, como el verdadero amor, podían trabarse en un instante. Ése parecía ser el caso entre Petra y ella. ¿Cuándo volvería a ver a la condesa de Huntersdown? Lamentablemente, aquella amistad tenía tan pocas probabilidades de prosperar como la que mantenía con Christian.

Sí, por unos instantes él y ella habían sido casi amigos, algo que Caro jamás se había imaginado que le pasaría con un hombre, ni siquiera con un marido. No de ese modo. Pero los secretos habían roto aquella promesa de amistad. Su amistad con Petra se iría a pique por otros motivos: la distancia geográfica y la disparidad de niveles sociales.

Sin embargo, Petra y su marido sí eran amigos. Caro lo había percibido en pequeños gestos, al margen incluso de su evidente amor y pasión. Ella quería lo mismo.

¿Con Christian? Eso fue lo primero en lo que pensó, pero desechó la idea. Tenía que averiguar más cosas sobre su persona para permitirse esa clase de anhelo o saber adónde le conduciría. Si volvía a verlo, se echaría en sus brazos.

Bueno, no, porque él no los tendría abiertos. Christian debía de estar indignado por el modo en que ella había desaparecido y, cuando al fin volvieran a encontrarse, él sabría hasta qué punto ella había estado engañándolo desde el principio.

Aun así no perdía la esperanza. Había habido algo muy especial entre ellos, como el oro auténtico al lado del falso, algo que ella jamás podría olvidar del todo. Suspiró al ver el amanecer neblinoso. También una neblina de incertidumbres le desorientaba a ella. Rezó para que en Londres al fin todo se aclarara. Pero el primer vistazo de la ciudad no fue nada prometedor.

—Al fondo hay una nube oscura. ¿Se estará quemando algo?

El marqués alzó la mirada.

—Se usa mucho carbón como combustible —dijo—. Es práctico, pero sucio. Me temo que con el tiempo toda Inglaterra será negra a causa del hollín.

Carruthers estaba guardando papeles y lord Rothgar parecía dispuesto a conversar.

—Londres es gigantesco —dijo—, y todos los días entra gente a raudales. Si tuviese que abastecerse sólo de madera, Inglaterra no tardaría en quedarse sin árboles. Ahora mismo hay un porcentaje cada vez mayor de gente que se dedica a conservar el campo cultivando cereales, fruta, hortalizas y produciendo carne que se envía a diario desde lugares como estos por los que estamos pasando. Puede que pronto las distancias sean demasiado grandes para la salubridad de algunos alimentos. Traen a los animales vivos, pero luego para sacrificarlos se crean apestosos mataderos. La ciudad es una bestia antinatural, que se asfixia sola.

—Entonces ¿para qué entra tanta gente en la ciudad? —preguntó Caro, apoyada en la ventanilla y con la vista clavada al frente.

—Para trabajar y poder prosperar.

—Pero ¿por qué los ricos viven ahí?

—Porque es el sitio más fascinante del mundo. El rey y el gobierno están en Londres, lo que se traduce en poder y oportunidades. Hay oportunidades económicas, pero también para lograr cambios. Los gobiernos extranjeros de todos los rincones del mundo tienen embajadas y consulados aquí; hay una concentración increíble de artistas y científicos. Todo el que se considere alguien pasa por aquí. Tómese su tiempo para disfrutar de la ciudad, señora Hill, y obtendrá su recompensa. Pero viva en otra parte para no volverse loca.

—¿Disfruta usted de la ciudad? —se atrevió Caro a preguntarle.

—No tanto como quisiera, pero sí todo lo que puedo.

—Por suerte no tengo ninguna intención de vivir en el sur, menos aún en Londres.

—Siempre corre el peligro de conocer a un Plutón para su Perséfone.

—¿Un hombre que me secuestre y me lleve a sus tenebrosos dominios?

—Un hombre que la convenciese de que se quedara en la tiznada ciudad.

—No creo que Plutón convenciera a nadie, milord.

—A Perséfone la convenció de que se comiese la semilla de una granada.

—Y todo se convirtió en un erial. —Caro sonrió—. ¿Por eso los ricos y poderosos pasan los meses de invierno en Londres y regresan a la campiña en verano?

—¡Ah...! Veo que ha descubierto nuestro secreto. Todos comemos mucha granada.

—Pues vigilaré lo que como.

—Y con qué caballeros coquetea.

—No tengo absolutamente ninguna intención de coquetear —dijo Caro.

—Me imagino que Perséfone tampoco la tenía. ¿No siente la más mínima tentación de conquistar a un gran señor?

—Intento no dejarme tentar por los imposibles, milord.

—¡Qué forma de limitarse! Deduzco que es usted rica.

—Dentro del nivel de vida de Yorkshire, sí.

—Dudo que los niveles de vida sean tan distintos. Pero en el norte, por ejemplo, tenemos al duque de Bridgewater, que está soltero y busca constantemente financiación para continuar con sus canales y acueductos.

Una desagradable sospecha brotó en Caro. ¿Sería el marqués capaz de planear un enlace entre ella, su dinero y algún amigo suyo?

—Creo que seré más feliz si me caso con alguien de mi propia clase, señor.

—¿Con un cuchillero de Hallamshire?

Resultaba sorprendente que supiera el antiguo nombre con que se designaba la zona de Yorkshire donde ella vivía.

—Simplemente con alguien de Hallamshire.

—Ya lo veremos.

Aquello no fue tranquilizador. Caro se dedicó de nuevo a observar la gran ciudad que se desplegaba a su alrededor, y se preguntó si estaría precipitándose hacia una trampa.

No tardaron en llegar a unas calles bordeadas de hileras de casas adosadas altas y estrechas, una calle tras otra, más calles de las que jamás habría podido imaginarse, más gente concentrada en un punto de la que habría sido capaz de imaginar.

Traquetearon por una inmensa plaza rodeada de magníficas y enormes casas, y siguieron por el camino que rodeaba un jardín central y conducía a una mansión. Ésta estaba aislada de los vecinos y su parte frontal rodeada de una verja de hierro alta e imponente que se abrió para darles la bienvenida.

Los carruajes se detuvieron delante de un portón del que salieron criados a raudales para ayudar. A Caro la arrastraron al interior de la casa más grande en la que había entrado jamás (y era la casa londinense de lord Rothgar, no la de campo). Le costó mucho no quedarse literalmente boquiabierta.

El recibidor estaba revestido de madera oscura y reluciente, lo que daba indicios de su antigüedad cuando gran parte de Londres era de construcción más reciente. De él surgía una fabulosa escalera hacia los pisos de arriba, por la que estaba bajando Diana Arradale, cuya barriga mostraba su avanzado estado de gestación.

No tuvo ojos más que para su esposo, al que dio la bienvenida a casa con los brazos abiertos. Tampoco él tuvo ojos para nadie más durante unos instantes, pero entonces dijo:

—Traigo a una invitada querida, y un poco de distracción.

Diana se giró y se quedó estupefacta.

—¡Caro! ¡Qué maravilla! Pero ¿qué haces aquí? ¿Por qué has venido?

—Te lo explicaré todo —dijo Rothgar—, pero tenemos que instalar a la señora Grieve. La he raptado y traído rápidamente aquí.

Al oír aquel nombre Diana arqueó las cejas, pero no hizo preguntas.

—Así que te has visto atrapada en uno de los líos de mi marido, Caro.

—Me temo que él se ha visto atrapado en uno de los míos.

—Por lo que ercs doblemente bien recibida. —Se giró hacia un criado, le dio rápidamente unas instrucciones y volvió a dirigirse a Caro—: Ven, te acompañaré a tu cuarto.

Caro obedeció, consciente de que la pareja preferiría quedarse a solas, pero de que Diana era incapaz de no hacer de anfitriona y dejarlo en manos de un criado.

—Supongo que te preguntarás...

—Ahora no —repuso Diana como si tal cosa—. Nuestro servicio es de fiar, pero lo que se dice en el recibidor y en la escalera se oye desde muchos sitios.

Condujo a Caro por un pasillo hasta una espléndida habitación de cortinas a rayas amarillas y blancas tanto en las ventanas como en el dosel de la cama. Asimismo había dos sillones y un sofá tapizados, una mesita de madera, sillas y un escritorio.

Diana abrió una puerta que dejó a la vista un pequeño vestidor con cómodas y armarios, además de una bañera rodeada de cortinas cerca de la chimenea. Estaba todo cuanto un invitado podría necesitar. Tal vez de eso se tratara. Así Caro no tendría que inmiscuirse para nada en la vida de los ilustres señores de la casa.

—Aquí está la campanilla —dijo Diana, acercándose al hogar de la habitación y señalando un bonito tirador de porcelana que había al lado—. Si tiras, alguien vendrá a ayudarte. Es mucho más agradable que chillar o tener siempre a una asistenta revoloteando a tu alrededor.

—Naturalmente —dijo Caro, que nunca había vivido en un sitio tan grande donde el modo de llamar a un criado fuese un problema.

—Pide lo que quieras, pero ¿qué te apetece primero? ¿Cenar? Estoy segura de que Rothar no ha parado en el último tramo del trayecto.

Caro sonrió.

—Parecía ansioso por llegar a casa. —Diana se sonrojó—. Ve con él, Diana, y gracias por la cálida bienvenida.

—Me encanta que estés aquí —le aseguró Diana—, pero ¿el lío en que te has metido es grave?

Caro no quería entretenerla.

—Es una contrariedad sin importancia.

—Pero que habrá que arreglar. Estupendo. La ciudad está tranquila ahora aparte del movimiento habitual de palacio. Rothgar tiene que ir con frecuencia a ver al rey, pero mi estado me dispensa de ello. —Se puso una mano alegremente en la barriga. De pronto se echó a reír—. Ha dado una patada. ¡No para! No quiero ni pensar lo que será cuando empiece a andar.

Caro sonrió.

—Me alegro muchísimo por ti.

—Es una maravilla. —Seguro que su expresión vagamente ausente era debida tanto a su marido como a su bebé.

—Ve con él, por favor, Diana.

Diana se rió, le brillaban los ojos.

—¡Gracias por entenderlo! Me tienes que contar todo sobre el hombre de tus anhelos. Enseguida vendrá un criado. Pide cualquier cosa que necesites.

Y se fue. «El hombre de tus anhelos.» Caro fue hasta la ventana que daba al laberíntico jardín que moría en un gran muro. El patio de enfrente estaba cercado por una reja y vigilado. Le recordó que el marqués de Rothgar era un hombre importante, y la gente importante tenía enemigos. Además estaba el populacho, la turba. Tal como había descubierto en Doncaster, esa gente podía ser peligrosa en cualquier sitio. En Londres podían formar un pequeño ejército, irrumpir en las casas de la gente importante, muy impopular, romper ventanas y causar otros daños.

Londres era un lugar maravilloso pero peligroso. El lugar que Christian consideraba su hogar. Probablemente no estuviese aún en la ciudad, porque lord Rothgar había viajado deprisa cambiando con frecuencia los caballos, y Christian estaría montando a *Buck*, que necesitaba parar a beber, comer y descansar. Pero en algún momento llegaría a esa gran ciudad.

Más que eso; formaba parte del reducido círculo de aristócratas en que ella se encontraba ahora. En el árbol genealógico de la familia Grandiston había un título. Christian pasaba más tiempo en palacio del que le gustaría. Era un oficial de la guardia montada, que ella creía que eran los escuadrones de élite que constituían la guardia personal del monarca.

Puede que un día cercano volvieran a encontrarse. Pese a su lógica cautela y ligero miedo, Caro no pudo evitar pedirle al cielo que para entonces reinase la sinceridad entre ellos y pudiesen encontrar de nuevo la amistad y la pasión que les había pertenecido brevemente.

# Capítulo 21

Christian tuvo que identificarse ante la verja de la casa familiar de Royle Chart, lo que hizo pasar un mal rato al guardián y a él le incomodó. Principalmente se debió a que no iba uniformado, aunque había estado allí sólo un par de veces y no durante mucho tiempo. Tenía obligaciones que atender en Londres, también distracciones, pero le remordía la conciencia por no haber ido más a menudo.

Se había quedado en Londres sólo el tiempo suficiente para darle a Thorn un informe completo de sus indagaciones y pedirle que se quedara con la gata y los gatitos. Thorn se había mostrado ligeramente contrariado; menos mal que había llegado Barleyman, quien se quedó en calidad de mozo de los gatos.

Christian no tuvo más remedio que incluir a Kat a fin de explicar la curiosa interacción con los Silcock en Doncaster, pero era la amenaza que suponían para Dorcas lo que más le preocupaba. El equipo de Thorn localizaría a la pareja y también a Dorcas, si estaba en Londres.

Gracias a Thorn se había enterado de unas cuantas cosas. El negocio de los Froggatt era conocido y respetado entre los comerciantes de espadas y cuchillería, pero también por sus resortes de primera calidad, cuya demanda para mecanismos de relojería y demás era cada vez mayor. Ahora la compañía se llamaba Froggatt y Skellow y, por lo que le habían contado a Christian, la dirigían los Skellow. Los que sabían del tema hacían conjeturas sobre los sustanciales beneficios que ésta daba a sus propietarios. Thorn había descubierto también que la señora Hill de Froggatt y Skellow no vivía en aquella casa de Froggatt Lane, sino en el campo, en un lugar llamado mansión Luttrell.

«A poco que hubieras investigado, lo habrías descubierto tú mismo», había señalado Thorn. Aquello no había sentado bien a Christian, consciente de que se había precipitado a la acción en lugar de pensar. Menos mal que lo había dejado todo en las manos sensatas y capaces de Thorn y había ido a Devon.

Mientras recorría por tercera vez a caballo el serpenteante camino, intentó recordar detalles de la casa. Royle Chart era mucho más grande que la mansión Raisby, por lo que la familia tenía espacio suficiente, pero también era un laberinto jacobeo de habitaciones y pasillos, y en las visitas anteriores se había perdido con frecuencia y sólo alguno de sus hermanos pequeños lo había podido rescatar.

Tremendamente embarazoso, sobre todo porque a menudo no sabía quién era quién. Los seis hijos mayores de la familia eran mujeres a excepción de Tom, que estaba surcando los mares del sur con la Armada. Christian no confundía nunca a las chicas, quizá porque había crecido con ellas, pero no era muy normal que un hombre no reconociera a sus propios hermanos.

Cuando se marchó a Canadá, Kit, Matt y Mark eran pequeños y Luke, Jack y Ben no habían nacido aún. Matt y Mark, ahora de doce y once años, eran muy parecidos, lo que resultaba muy incómodo, y la similitud de sus nombres no ayudaba. Era capaz de distinguirlos siempre y cuando los mirara a los ojos, puesto que Mark tenía los ojos de color avellana como él, mientras que los de Matt eran totalmente azules. A sus nueve y siete años respectivamente, Luke y Jack eran inconfundibles, y Ben era muy pequeño. Si quedaba algo de cordura en el mundo, Ben sería el último.

Cuando el caballo giró a la izquierda Christian dio una sacudida. No era más que un surco del sendero, así que elogió a *Buck* por su iniciativa. El camino no estaba en mejores condiciones que en su última visita, y no se había realizado ninguna mejora en el accidentado paisaje. No había ninguna hilera de árboles variados, ningún lago ni ningún templo griego.

Tal vez su padre estuviese simplemente gestionando Royle Chart como lo gestionaba todo: dejando que la naturaleza siguiese su curso. Aunque quizá la familia estuviese agotando incluso los ingresos de un conde.

Un recodo del sendero le proporcionó a Christian la primera visión nítida de la casa, construida con piedra color miel que resultaba cálida hasta en un día nublado. Recordó la piedra gris de Yorkshire y los cielos encapotados, y le recorrió un escalofrío.

«Dorcas, Dorcas, ¡ojalá nunca la hubiese conocido! Aunque ¿me enfrentaría entonces a un futuro con la tal Jessingham?» ¿Y qué decir de Kat Hunter, a la que no podía quitarse de la cabeza? ¡Maldita fuera! ¿Cómo era posible que un hombre curtido en mil batallas perdiera el norte de esa forma por un lío de faldas? Y ahora tenía que hacer frente a su madre.

No, no podía compararla con las demás. Su madre era una reina entre las mujeres, que cuidaba de su familia con cariño y dedicación, incluso al miembro menos digno de sus cuidados. Seguramente le partiría el corazón.

Unos gritos desaforados y el aporreo de cascos de caballo dispararon los instintos militares de Christian. Hincó bien las piernas contra el caballo y alargó la mano para desenfundar la espada... Que no estaba ahí.

Estaba buscando a tientas la pistolera de la silla cuando volvió a la realidad y vio que la fuerza atacante estaba formada por cuatro chicos montados en pony que se precipitaban hacia él en una simulada carga de caballería que completaban con unas espadas de madera que agitaban en el aire.

—¡Alto! —chilló el líder, deteniéndose—. ¡Explica a qué has venido!

—A daros una zurra —dijo Christian con una sonrisa, pero intentando desesperadamente decidir quién era quién.

Matt iba en cabeza, porque el segundo chico tenía los ojos avellana, por lo que debía de ser Mark. De todas formas, Matt siempre iba en cabeza. Luke llegó en tercer lugar y el último chiquillo que llegó jadeante, despatarrado sobre una pequeña montura peluda, tenía que ser Jack, de siete años. Jack en persona y hecho un roble.

—¡Christian! —exclamó Mark—. ¿Por qué no llevas uniforme?

—Estoy de permiso.

—¿Te quedarás mucho tiempo? —inquirió Jack con los ojos muy abiertos y las mejillas sonrosadas mientras guiaba a su pony hasta *Buck*, que giró la cabeza sorprendido.

—No mucho —contestó Christian, sintiéndose aún más culpable, lo cual le disgustó.

—¡Ojalá te quedaras más! —dijo Matt—. A papá y mamá les gustaría, ya lo sabes.

Christian por poco empezó a poner excusas como el deber militar y el honor de servir al rey, pero ése no era el momento ni el lugar. El comentario de Mark interrumpió aquellos incómodos segundos.

—¡Nos adelantaremos para anunciar tu llegada! —y el chico se giró y dio vida a sus palabras.

Matt se apresuró a seguirlo y poner fin a ese desafío de su liderazgo. Luke fue tras ellos, con la espada de nuevo en alto. Jack se quedó, la vista levantada hacia su hermano mayor.

—¿Tú eres del servicio de escolta? —preguntó Christian.

El niño asintió.

—Te dará tortícolis estar ahí abajo. ¿Te gustaría montar conmigo?

Al niño se le iluminaron los ojos de emoción y saltó de su pony.

—Ata las riendas bien cortas para que el pony no tropiece con ellas —le recordó Christian, que luego subió al chico delante suyo—. ¿Quieres que carguemos también contra la fortaleza?

Jack asintió, de modo que Christian espoleó a su caballo y galopó hacia la casa y la hierba (un suelo más seguro) al tiempo que soltaba un grito de guerra brutal. Jack gorjeó en su propio tono de voz hasta que llegaron a la puerta frontal, que se abrió y de la que salieron en tropel sus padres y otra serie de personas.

Christian ordenó al caballo que se empinara con efectismo y aparatosidad.

—¡Que todos aclamen a los Hill, justos y prolíficos donde los haya! —exclamó blandiendo una espada imaginaria antes de hacer bajar al caballo y plantar a Jack en el suelo, que se reía a carcajadas.

—¡Christian Hill, podrías haber matado al niño! —protestó su madre, pero sus ojos eran como luceros y su sonrisa casi le dividía la cara redonda en dos.

Que a uno lo quisieran tanto dolía. Christian descabalgó de un saltó, le entregó el caballo a un mozo y se fue a coger en volandas a su madre.

—Él era el cabecilla —protestó Christian.

—Bueno, bueno... —repuso ella—. Siempre les metes a los chicos en la cabeza ideas descabelladas del ejército.

Su madre era unos 30 centímetros más baja que él y gordinflona. No pudo evitar comprobar si había indicios de fecundidad, pero era difícil de adivinar. Vio que a su vez ella lo miraba detenidamente, reparando esperanzada en que iba vestido de paisano.

—Únicamente estoy de permiso. Puede ser una buena carrera, mamá, y los chicos bien tendrán que hacer algo.

—Entonces rezaré para que haya paz.

—Amén. —Christian se giró para abrazar a su padre, sólo 15 centímetros más bajo que él, pero igual de gordinflón que su madre, aunque tenía la grasa tan concentrada en la barriga que él mismo podría estar a punto de engendrar otro pequeño Hill. Parecía tan encantado de ver a Christian como su esposa, pero estaba más rubicundo. Lo cual no era una buena señal, si Christian quería zafarse de todo aquel entorno durante aproximadamente los siguientes 40 años.

Cuando todos se disponían a entrar en la casa, Christian le dijo a su padre:

—Veo que todo va bien.

—La vida nos ha colmado de bendiciones.

El padre de Christian hacía a menudo ese simple comentario sin ninguna clase de reserva. Y razón no le faltaba; 13 hijos, todos con vida, y un condado que su padre no se había imaginado que heredaría. Incluso Christian había salido ileso de la guerra salvo por una herida más bien de poca consideración. Conocía a otras personas, otras familias, que parecían perseguidas por la desgracia, igualmente caprichosa. Le resultaba imposible explicar el fenómeno, pero agradecía contarse entre los afortunados.

Sin embargo, al entrar en el recibidor revestido de madera oscura, rodeado de chicos reclamando su atención, y ver a un grupo de criados ansiosos por dar la bienvenida a casa al heredero, la aglomeración de gente le produjo escalofríos. Había vivido en barracones del ejército completamente llenos de gente y soportado largos viajes por mar en barcos abarrotados de centenares de hombres, pero como siempre su casa le abrumaba.

En los barracones y los barcos los hombres apiñados procuraban respetar la intimidad mutua tanto como fuera posible. En su familia, no existía la intimidad.

Su padre estaba hablando de cierto hallazgo en el árbol genealógico; su madre les estaba diciendo a los criados que Grandiston había llegado y que había que arreglar su cuarto; un puñado de niños competía para ponerse a su lado y obtener su atención, y tres jovencitas esperaban su turno. En algún momento Jack había cogido a Christian de la mano, que le apretaba con fuerza.

Christian supuso que debería estar agradecido de que sus dos hermanas mayores estuviesen casadas y viviesen en otra parte, pero las ramas del árbol genealógico de los Hill no paraban de aumentar.

Soltó la mano de Jack. Le revolvió el pelo, dedicó un saludo general a sus hermanas y dijo:

—Tengo que lavarme un poco para estar presentablc. —Y corrió a guareccrse.

Gracias a Dios, logró encontrar su cuarto sin ayuda. Era absurdo tener una habitación fija para él en casa, sobre todo porque era la segunda más grande después de la de sus padres. Sin embargo, no había quien los convenciera de otra cosa. Era el heredero.

Las ventanas daban a los huertos, a los pastos para las vacas y al arroyo a lo lejos. Aún no lo había probado, pero le habían dicho que era un buen sitio para pescar. Tal vez lo probase; seguido de los chicos, naturalmente.

Eso si su padre no lo echaba de casa cuando se enterase de la enrevesada historia de la increíble boda. Le costaba imaginarse una reacción tan drástica, pero seguro que la noticia sorprendería aunque fuese sólo porque Christian había mantenido algo así en secreto durante tanto tiempo.

Hechizado por Royle Chart, se apoyó en el marco de la ventana y trató de imaginarse que había nacido y crecido ahí, y no en Raisby. Quizá se hubiese encariñado mucho con aquella casa.

Puede que incluso ahora le gustase vivir en ella, si bien no por la familia. Se estremeció al pensar en eso, aunque no era tan horrible como sonaría si lo dijese en voz alta. Le gustaba la casa y adoraba a su familia. Pero por la razón que fuese no podía soportar la presión de tantas atenciones y veneración.

Tal vez fuese como los gatos y tuviese un acusado instinto de independencia. Le había contado a Thorn que *Tab* y él eran almas gemelas. Thorn era un amigo absolutamente leal y capaz de ponerse una sedosa coraza de discreción.

A diferencia de Robin, que necesitaba estar acompañado y reunía a los amigos como las abejas el polen. Pero ¡si hasta le gustaba ir a palacio! Tanto en Inglaterra como en Versalles. Robin se había casado hacía poco. ¿Llenaría la casa de niños? Christian creía que no, pero principalmente por respeto hacia su mujer. Había formas de limitar las posibilidades de procrear.

Al enterarse de la existencia de éstas, en su momento Christian se había preguntado si sus padres necesitarían que les diera alguna pista. De ser así, ahora ya no era de su incumbencia, menos aún de jovencito, y además intuía que no les habría interesado. Los hijos eran parte de sus abundantes bendiciones y ahora tenían la alegría de que sus hijas los hubieran hecho abuelos. Pronto Inglaterra tendría tantas ramas de la familia Hill que competiría con Suiza, pero desde luego no sería por su contribución.

Kat Hunter volvió a apoderarse de su mente. ¿Habría Christian engendrado ya otro pequeño Hill? Los métodos anticonceptivos no eran infalibles y la última vez había perdido el control. Menos mal que le había dado la dirección de Stowting.

Pero ¡qué caray! La verdad es que anhelaba recibir noticias suyas, aunque fueran desastrosas, anhelaba enterarse de que debían estar juntos porque tenían un hijo en común. Nunca había sentido nada parecido por ninguna otra mujer a la que hubiera conocido por azar. ¡Y encima estaba casada! Él también, recordó Christian. Si Kat le daba un hijo, sería bastardo, y no podría hacer nada al respecto.

Se recordó a sí mismo que Kat, o quienquiera que fuese en realidad, lo había abandonado; y no a la inversa. Ella tenía su propio plan, desde el principio lo había tenido, y se había deshecho de él en cuanto había dejado de serle útil. ¡Que se fuera al infierno! Al infierno, al hades y las más oscuras profundidades del río Estigia.

Un criado le trajo agua para asearse y Christian la utilizó. Sin otra excusa por la que quedarse merodeando, el criado salió del cuarto. Había cosas peores (muchas, muchísimas cosas peores) que pertenecer a una familia cariñosa que tenía la suerte de gozar de buena salud y fortuna. ¡Dios quisiera que pudiese seguir formando parte de ella!

# Capítulo 22

Dos horas después de llegar a la residencia de los Malloren, llamaron a Caro para que fuese a cenar con sus anfitriones. El marqués y Diana la esperaban en una habitación pequeña que tenía una mesa con capacidad para un máximo de ocho comensales nada más y había sido puesta para tres. Caro se relajó un poco, pero seguía recelando de lord Rothgar. Observó la cálida sonrisa de Diana y quiso creer que ésta no consentiría que importunaran a otra mujer.

Diana tocó una campanilla y los criados trajeron platos a la mesa y sirvieron la sopa, pero acto seguido se fueron y Caro y sus anfitriones ocuparon sus sitios.

—Creo que lo mejor será que le cuente a Diana su historia con sus propias palabras —dijo lord Rothgar.

Caro los complació y sólo le interrumpieron las pertinentes preguntas formuladas por ambos anfitriones. Diana parecía escuchar atentamente nada más, pero en un momento dado miró con desconcierto a su esposo. ¿Habría detectado las omisiones?

—¿Tú qué opinas, querida? —preguntó al final Rothgar.

—Es una situación delicada —contestó Diana—. Primero tenemos que descubrir si el tal Hill está vivo. Si lo está, hay que saber si el matrimonio fue legal. Si lo es, hay que averiguar cómo disolverlo.

—Estoy de acuerdo. Sin embargo, es probable que lo primero sea mucho más fácil que lo tercero.

Era muy fácil ponerse a hablar como si se tratara de un interesante rompecabezas.

—No está vivo —dijo Caro.

—¿Por qué estás tan segura, Caro? —dijo Diana—. El autoengaño nunca es aconsejable.

Caro estuvo a punto de protestar, pero Diana tocó la campanilla y los criados volvieron para llevarse los platos de sopa y traer otros. Entraban y salían a una velocidad casi mágica. En cuanto se fueron Caro explotó:

—¡Nadie me obligará a casarme contra mi voluntad! ¡*Nadie*!

Lord Rothgar sirvió el jamón.

—Ya le obligaron a hacerlo. Ahí reside el problema. Pero como mínimo deberíamos poder conseguir una separación *a mensa et thoro*.

Irritada pero sin saber qué responder, Caro dijo:

—¿Qué significa eso, milord?

—Es una separación de cama y mesa. Su marido no podría obligarla a vivir con él, y sus derechos sobre usted y sus bienes serían limitados. Es lo máximo a lo que normalmente están dispuestos a llegar los tribunales de la Iglesia en la ruptura de vínculos sagrados.

—Mi matrimonio de sagrado no tuvo nada.

Sus anfitriones no contestaron, ¿qué iban a decir? Rebelarse contra los hechos, por injustos que estos fuesen, era tan absurdo como autoengañarse. Caro recuperó la serenidad y tomó un poco de apio rehogado.

—Y seguiría estando casada —declaró.

—Sí.

—Por lo que no podría volver a casarme.

—No.

—Entonces pediré el divorcio.

Rothgar rellenó la copa de vino de Caro.

—Una empresa poco frecuente y costosa...

—Tengo dinero.

—... Y difícil de conseguir, especialmente tratándose de una mujer. En general es el hombre quien obtiene el divorcio alegando que se ha cometido adulterio.

—Claro, porque si él comete adulterio no se considera pecado —repuso Caro con brusquedad. Pero cerró los ojos—. Lo siento. No es usted el causante del brete en el que estoy metida. —Comió un poco de jamón mientras los recuerdos de Christian y las camas que había compartido con él se entrelazaban en su mente—. ¿Y si yo cometiese adulterio...?

Sus anfitriones parecían sorprendidos, pero no alarmados.

—Igualmente su marido tendría que interponer la demanda —dijo Rothgar—. Además, divorciarse por infidelidad destrozaría su reputación. Muchos hombres se mostrarían reacios a casarse con usted.

Pero tal vez no el hombre con quien había pecado. Una de las ventajas de ser un vividor, supuso Caro, era que una situación así le chocaría menos. Por otra parte, sir Eyam... puede que se desmayase de verdad.

—Entonces supongamos que, tal como se me informó, Jack Hill murió —dijo Caro—. Detesto pensar eso, porque no hizo nada malo, pero es la puerta más fácil hacia mi libertad.

Diana alargó el brazo para acariciar la mano de Caro.

—Mañana lo averiguaremos, y luego sabremos cuál es la mejor forma de proceder.

—Con un Malloren, todo es posible —dijo el marqués esbozando una sonrisa—, pero mañana sólo puedo prometerle descubrir si Hill murió al servicio de la corona o, si por el contrario, sigue en el ejército. Si salió del ejército con vida, podríamos tardar mucho más en averiguar su paradero y su situación actual.

—No puedo seguir así, sin saber —protestó Caro.

—No —convino él.

Caro miró a un punto indeterminado entre sus anfitriones. Le costó decir el nombre.

—Grandiston. Él lo sabrá.

Lord Rothgar sonrió con curioso regodeo.

—Sí, supongo que sí.

—¿Podrá localizarlo? —Caro recordó que no había revelado que estaba en la guardia montada. ¿Podía hacerlo sin que lord Rothgar sospechara que había algo más entre ellos? Al contarle la historia le había dicho que su única relación con Grandiston había sido aquel breve encuentro en Froggatt Lane, cuando ella se había hecho pasar por criada.

—Creo que sí —contestó el marqués y ella dejó que aquello tranquilizara su conciencia.

—Seguramente estarás aquí al menos unos cuantos días más, Caro —dijo Diana—, y reconozco que, egoístamente, estoy feliz. Será un placer enseñarte algunas de las maravillas de Londres.

—Debo cuidarme de no encontrarme con ningún conocido o la señora Grieve será desenmascarada.

—En esta época del año no hay mucha gente en la ciudad —le aseguró Diana—. Únicamente quienes están estrechamente vinculados al palacio y a la clerecía. A menos que conozcas...

—Sólo a vosotros —repuso Caro.

—Entonces todo irá bien —concluyó Diana con desconcertante alegría.

¿Bien? No si Jack Hill estaba vivo. Puede que el marqués hubiese dicho que con un Malloren todo era posible, pero lo que la Iglesia y la ley unían no podía separarlo el hombre, ni siquiera un Malloren.

Más tarde, en su cama, con las cortinas echadas, Diana preguntó:

—El tal Grandiston seguramente será lord Grandiston, ¿y además es un Hill?

—Lo raro sería que no lo fuese —convino Bey, rozando los labios de Diana con los suyos.

—¿El *famoso* Hill?

—Creo que se llama Christian, no Jack, pero está en el ejército y sirvió en las colonias.

—Pero si se casó con Caro, ¿por qué ha prescindido del asunto durante todos estos años?

—¿Y ella?

—Porque creía que estaba muerto.

—Quizás él creyese lo mismo. Yo, en cambio, no estoy muerto.

—Ya lo noto —dijo Diana—. ¿Ves la energía que da un viaje a Yorkshire?

—Calla... o el sur entero vendrá al norte en estampida. El bebé no para de moverse.

—Yo también estoy activa —dijo Diana, moviéndose con deleite—. Grandiston debería saber que su mujer está viva. ¡Menudo lío!

—Sobre todo porque se comenta que está cortejando a Psyche Jessingham.

—¡Oh! —Aquel «oh» fue motivado por dos cosas.

—Eso digo yo —repuso él con una sonrisa y prestando la debida atención a sus senos.

Al cabo de un buen rato dijo el marqués:

—Es inevitable pensar que como esposa la señora Hill sería más simpática.

—¿Más que yo? —repuso Diana con incredulidad.

Él se rió entre dientes.

—¡Con qué facilidad pierdes el hilo de las conversaciones, mi amor! Más simpática que lady Jessingham.

—Casi cualquier mujer lo sería. Pero lady Jessingham es hermosa. Y muchos hombres valoran eso.

—Sí —dijo él con delicadeza—, muchos hombres lo valoran.

—¡Es verdad!

—Incluso Ithorne, hasta hace muy poco.

—¿El amigo íntimo de Grandiston? —se extrañó Diana, levantando los ojos hacia el indistinto dosel mientras con la mano derecha exploraba el adorado cuerpo de Bey, que tan familiar le resultaba.

—Hermano adoptivo. Grandiston se fue a vivir con Ithorne a los diez años.

—Peor aún. Seguro que habrás obtenido todos los detalles sobre Ithorne desde que Petra se casó con Robin.

—Robin es el primo de Ithorne y el último componente de ese feliz trío de juerguistas —convino él—. Ithorne, Grandiston y Huntersdown.

—¡Que Dios nos bendiga! —exclamó ella—. El matrimonio de Caro se ha convertido en un asunto familiar.

—Lo ha sido desde el primer momento —repuso él—, porque era algo que sabía que te preocuparía, y tus problemas son mis problemas.

—Y mis enemigos. —Diana rodó hacia él—. Si Grandiston quiere hacerle daño a Caro es mi enemigo.

—Y cualquier enemigo de Grandiston lo es de Ithorne y Robin.

—Lo que pone a Petra entre su marido y su padre.

—Lo cual es intolerable.

—Pero ¿qué podemos hacer? —inquirió Diana—. ¿No crees que deberíamos comentarle a Caro nuestras sospechas?

—Antes me gustaría saber la verdad de su relación.

—No hay nada entre ellos aparte de aquel breve encuentro en Sheffield.

—Tal vez.

—¿Por qué sospechar lo contrario? —preguntó ella.

—He pasado con ella más tiempo que tú, mi amor, y ha habido una serie de detalles que sugieren que su relación es más complicada. Su relato de los hechos no es del todo convincente.

Diana frunció el ceño en la oscuridad.

—¿Quieres que le sonsaque la verdad?

—Todavía no. En la mayoría de los casos la verdad cae por su propio peso.

Diana asintió, pero seguía con el ceño fruncido.

—Si están legalmente casados, no habrá modo de conseguir que sea una mujer libre.

—Grandiston es uno de los mayores seductores de Londres.

—Papel que disfruta demasiado desempeñando.

—¿Tienes algo contra el placer? —inquirió él, y le dio un beso.

A ella le encantó el beso, pero luego lo apartó de sí.

—Con moderación...

—¿De veras?

—Mañana tengo que poder andar, y estoy preocupada por Caro. No estoy segura de que hagamos bien en ocultarle esto.

—Confía en mí, mi amor.

—Siempre lo hago, ya lo sabes. Pero Caro merece ser feliz. Siempre he tenido la sensación de que vive constreñida, y ahora que sé más cosas sobre su matrimonio entiendo por qué. Es una mujer fuerte, buena y generosa, y merece un marido perfecto, no uno como Grandiston.

—Es un héroe militar, es guapo, sabe complacer a las mujeres y en general es un hombre bueno y honorable.

—Y un vividor empedernido —objetó Diana—. Lo que hace que su seductor encanto sea especialmente peligroso. Aunque Caro esté obligada a ser fiel a los votos matrimoniales, podría enamorarse de él, pero a la larga le partirá el corazón; sé que lo hará.

—¿Sería mejor el divorcio? —inquirió él.

—No, pero... quiero que sea feliz, Bey. Total y absolutamente feliz.

—Eres una romántica incorregible —dijo él.

—¿Cómo no voy a serlo si nos tenemos el uno al otro? —replicó Diana.

# *Capítulo* 23

Christian salió de su habitación y se encontró a Jack sentado en el pasillo con las piernas cruzadas. Al chico se le iluminó la cara y se levantó con esa agilidad sólo propia de los niños sanos.

—He pensado que quizá necesitarías un guía para llegar al comedor.

Christian reprimió una sonrisa.

—¡Es todo un detalle! Gracias.

El rostro del muchacho se iluminó aún más. Una parte de Christian quería eludir aquello, evitarlo, pero era un chico irresistible. De mayor causaría sensación.

—¡Esta casa es enorme! —exclamó Jack mientras bajaba las escaleras a una velocidad alarmante y medio de espaldas. Que se partiera un brazo o algo peor estando a su cuidado no sería una buena forma de empezar la velada—. ¡A veces jugamos al escondite y tardamos siglos en encontrarnos! Y al laberinto, porque hay sitios estupendos para esconderse. Aún no los hemos descubierto todos.

—Somos una familia con suerte —dijo Christian, agradecido de que Jack y él hubiesen llegado ilesos a la superficie llana del recibidor.

—¿A que sí? Me apuesto a que Kit está enfadadísimo por pasar tanto tiempo interno en el colegio cuando podría estar aquí. No sé por qué no vives aquí, Christian. Eres el heredero, podrías hacerlo.

Christian fue acallado antes de que se le ocurriese algo que responder. Sus hermanos bajaron ruidosamente las escaleras; uno de ellos se deslizó por la larga barandilla y aterrizó de pie en el suelo con habilidad de experto acróbata. Aquello parecía divertido. Margaret bajó tras ellos de la mano de Ben, protestando ligeramente por tan salvaje comportamiento. ¿Ejercía las funciones de una institutriz? Eso no parecía justo. El resto de hermanas apareció procedente de algún lado, y sus padres salieron del despacho y refugio de su padre.

¡Oh-oh! Que sus padres se hubiesen encerrado en el despacho significaba que había temas serios de los que hablar. ¿Habrían hablado de él? Sin duda.

Como una marea intensa, todos lo arrastraron hasta el comedor para cenar. La amplia sala podía albergarlos, aunque seguro que en ningún momento había sido concebida para tan turbulenta reunión.

Su padre se sentó en un extremo de la mesa y su madre en el otro con Ben a su derecha, instalado en un elevador con relleno colocado encima del asiento de su silla. Christian sabía cuál era su sitio; a la izquierda de su padre. El asiento que había a la derecha de su padre se lo turnaban los niños y esa noche lo ocupó Luke con una mezcla de orgullo y temor.

Esa costumbre ya estaba instaurada cuando Christian se marchó de casa, cuando sólo había cinco hermanos menores y los más pequeños apenas andaban o eran bebés, por lo que le había tocado sentarse ahí con frecuencia. Cuando había traído a Thorn a casa, el sistema estaba tan implantado que también él se había sentado de vez en cuando a la derecha de sir James Hill, quien le sonsacaba información sobre sus últimas aventuras y le daba consejos con delicadeza.

Entraron los criados a servir la sopa, pero antes de empezar a comer era misión de Luke bendecir la mesa. Dio diligentemente las gracias a Dios por los alimentos que iban a tomar y por muchas más bendiciones, por sus padres y su familia, luego añadió:

—Y porque Christian está en casa.

—Amén —dijeron todos.

Christian se dio cuenta horrorizado de que estaba a punto de llorar y no tenía ni idea de si era porque estaba emocionado por los sentimientos o porque estos le exasperaban.

Mientras comían su padre se puso a hablar con Luke, de modo que Christian le dedicó su atención a Anne, su hermana de 19 años, que estaba eufórica y tendía a decir bobadas de puro buen humor. Le expresó que estaba arrebatada por su visita y luego añadió:

—Aunque me hubiese gustado que trajeras a Ithorne. Debe de estar buscando esposa.

Christian se abstuvo de poner los ojos en blanco.

—¿En serio? ¿Y por qué? —dijo.

Anne sí puso los ojos en blanco.

—Por la sucesión, bobo.

—Y si el ducado de Ithorne terminara, ¿sería el fin del mundo o qué?

—¡Claro! —exclamó Anne, que luego apeló a la mesa—. Ithorne tiene que casarse y conseguir un heredero, ¿verdad?

Los chicos parecían perplejos, pero las chicas se mostraron de acuerdo.

—Sin duda necesitará una esposa —dijo la madre de Christian—, pero no molestes a Christian, cariño. Estoy segura de que intentará traer a Ithorne a casa pronto. Debe de ser terrible vivir solo.

«¿*Et tu*, mamá?» Pero Christian sabía que la principal preocupación de su madre probablemente fuese la que había manifestado; que Thorn estuviese deprimido, que paseara solo por sus mansiones enormes y vacías sin una familia que le sustentara el alma. Curiosamente, fue entonces cuando Christian se preguntó si habría cierta verdad en ello. Desechó el pensamiento e intentó desviar el tema y que Anne hablara de caballeros de la región que pudieran ser interesantes. Sabía por qué había tanto interés general en los planes de matrimonio de Thorn. Pese a la existencia del condado, las porciones que heredarían las chicas no dejaban de ser pequeñas, lo que limitaba sus oportunidades, e Ithorne era el partido más extraordinario de Inglaterra.

Les sirvieron un gran pastel de conejo, que derivó la atención de Christian a otra comida, a los conejos de colmillos y al gato hessiano.

Al fin el padre de Christian dirigió hacia él su atención.

—Bueno, chico, dime, ¿qué tal te trata la vida? —Christian por poco vomitó la historia entera, pero se cuidó muy mucho de no hacerlo. Ése no era lugar para revelaciones solemnes.

—Por lo menos no me aburro, señor.

—En general la tranquilidad se considera una bendición.

—Pero no es común ni en el ejército ni en palacio.

—¿En palacio? En mi opinión, hoy en día eso sí que es aburrido. Pero cuando yo era joven había mucha vida allí.

Ése era un aspecto de la vida de su padre que Christian no había contemplado nunca.

—¿De veras, señor?

Su padre les relató encantado algunas historias que apuntaban a una carrera sorprendentemente agitada en sus años de juventud, cuando Jorge II reinaba y disfrutaba de una corte casi tan alocada como la de la Restauración. La escena descrita fue un tanto inquietante, especialmente cuando su madre se rió entre dientes como si recordase algunas de las disparatadas aventuras, pero las anécdotas hicieron que la cena fluyera más suavemente de lo que Christian se había imaginado.

Sin embargo, a su debido tiempo su madre condujo a todos fuera, dejando a Christian solo con su padre. El éxodo era la norma, pero se le hizo un nudo en el estómago y casi lamentó haber disfrutado tan vehementemente de la cena. Ahora su padre se retiraría a su despacho y, por lo visto, Christian debía ir con él.

Christian lo siguió, agradecido de que esa habitación no le trajera recuerdos de su infancia. El despacho que su padre tenía en Raisby había sido lugar de discusiones y desatinos, y de algún que otro fustazo que, muy a su pesar, éste le había dado en el trasero.

Christian recordó la única ocasión en que Thorn había recibido seis azotes de su padre. Ocurrió tras una aventura con unas cuantas ovejas, que se descontrolaron e hicieron que la calesa de un granjero acabara en la zanja poniendo en peligro su integridad física. Christian había sido consciente de que merecía un castigo, pero le apenó mucho que su padre se considerase en el derecho de pegar también a Thorn. Sin embargo, Thorn (del que Christian estaba casi seguro de que jamás había recibido un azote) se había mostrado absolutamente encantado al respecto, afirmando que le hacía sentir como uno más de la familia.

Thorn se había convertido en un miembro más de la familia, ya que los padres de Christian habían considerado que la adopción era bilateral. Habían ido con frecuencia a casa de Thorn y lo habían tratado como a un Hill. Entonces Christian no había caído en la cuenta de que Thorn no había ido nunca sin él a visitar a su familia. Sería bienvenido a todas horas, pero tal vez él no lo creyera. Christian decidió que pronto lo traería. Eso si él mismo era aún bienvenido en casa.

—¿Brandy? —preguntó su padre, deteniéndose frente a la licorera y las copas dispuestas encima de una mesa.

—Sí, gracias.

Su padre sirvió dos copas, le pasó una y a continuación se sentó en uno de los dos sillones tapizados que había junto a la chimenea. Christian casi sintió que sería más apropiado quedarse de pie como un niño travieso, pero ocupó el otro sillón y tomó un sorbo de brandy. Como siempre, era excelente. Sus padres no eran extravagantes, pero sabían disfrutar de los pequeños lujos.

Salvo por un tema concreto, eran gente muy sensata. Claro que tener hijos tal vez fuese para ellos un lujo que valía la pena.

—Bueno, Christian... —dijo su padre—. Vienes a vernos tan poco que sin duda alguna razón habrá para la visita.

Aquello le dolió a Christian y retrasó la respuesta el tiempo suficiente como para que su padre, con lo que parecía una sonrisa esperanzada, dijese:

—¿Es por la señora Jessingham?

—No —contestó Christian, y entonces un desgraciado impulso le llevó a añadir—: Es por Dorcas Froggatt.

Su padre lo miró atónito.

—¿Dorcas Froggat? ¿Qué es lo que has hecho, hijo mío?

—Nada. Por lo menos recientemente. ¡Diablos...! —Hacía una década que no se le trababa tanto la lengua.

—¿Hace nueve meses, tal vez? —inquirió su padre, cuyo rostro adquirió una seriedad que le recordó tremendamente al pasado.

—No —contestó Christian, tranquilizándose—. Padre, necesito contarle esta historia de principio a fin, pero empieza hace mucho tiempo. Diez años, para ser exactos.

—¿El año en que te fuiste al extranjero?

—¿Cómo es posible que recuerde eso entre tantísimos otros detalles?

—Puede que a veces confunda los nombres de mis hijos, Christian, pero jamás olvido los detalles importantes. Rezamos todas las noches por tu seguridad.

Y él a duras penas había pensado en su hogar.

—No soy el heredero que merece, padre.

—Tonterías. Tu madre y yo sabemos que siempre harás lo correcto.

—Pero casi nunca estoy aquí.

—Como tengo la intención de vivir muchos años, sería absurdo que estuvieras, porque detesto la holgazanería. Y ahora háblame de Dorcas Froggatt.

Christian había pensado en relatarlo a modo de saga con la esperanza de que fuese más fácil de digerir, pero entonces dijo:

—Por lo visto es mi mujer. Desde hace diez años.

Se hizo el silencio. Su padre bebió más brandy.

—Y has estado todo este tiempo sin decirnos nada —comentó al fin—. Pero hijo, esto consternará a tu madre.

¡Caray! Se puso colorado de la vergüenza que sintió.

—Lo sé, señor. Es que... no pensé que fuera algo real. Deje que le cuente lo que pasó. —Se lanzó desesperado a contar la historia, pero al oírse le pareció que decía estupideces. Terminó con su búsqueda reciente y esperó la opinión de su padre.

Éste meneó la cabeza, más que nada por el desconcierto.

—¡Qué historia tan extraña! ¿Y dices que posiblemente tu esposa haya recibido una buena educación, aunque no sea de buena familia?

—Sí, señor. Pero espero poder disolver el matrimonio. Seguramente ella estará deseándolo tanto como yo.

—¿Cómo vas a saberlo, si no has hablado con ella? Puede que esté realmente en Londres y tú tienes ciertas cualidades que atraen a las mujeres.

—El título —repuso Christian con una mueca de disgusto.

—Y otras cosas —contestó su padre con sequedad—. A menos que quieras convencerme de que mantuviste el celibato hasta convertirte en vizconde.

Era absurdo sofocarse, pero Christian se sofocó, y estuvo tentado de responder con un comentario cínico acerca de que cualquier hombre acaudalado podía conseguir a una mujer. Pero aparecieron en su mente las imágenes de una habitación en Doncaster con dos personas sudorosas, que le agobiaron y desconcertaron aún más. Ahí ni el título ni el dinero habían tenido nada que ver; sólo una lujuria sana y compartida.

—Quizá tu esposa sea rica —conjeturó su padre—. ¿Siendo huérfana e hija única? Has dicho que tienen una cuchillería ¿no?

Christian se agarró a ese tema tan serio con alivio.

—Su pequeña fortuna tendrán, sí, pero... —confesó Christian— creo que firmé un documento por el que ella adquiría el control total de sus bienes.

—¡Así se hace, chico!

La sorpresa de Christian debió de ser palpable, porque su padre dijo:

—Pese a los problemas que ocasionó tu noble gesto, me complace que no fueras capaz de hacer la vista gorda ante ese abuso cuando te enteraste de éste y que no quisieras lucrarte personalmente.

—Gracias, señor. Pero estoy convencido de que debería haber sido capaz de evitar el enlace.

—Eras joven. ¡Por Dios! No eras mucho mayor de lo que Kit es ahora, y se mete de cabeza en toda clase de alborotos llevado por su entusiasmo y buenas intenciones. Estoy seguro de que él habría hecho lo mismo que tú.

—Pero al punto le habría confesado la insensatez cometida, señor.

—Sí, así es —repuso su padre—. Él es más nuestro.

Aquello le dolió a Christian en el alma, pero disimuló. Su padre no pretendía hacerle daño, aunque la afirmación era cierta. Naturalmente, su padre se dio cuenta.

—No he querido decir eso, Christian. No con ese sentido. —Suspiró—. Fue una magnífica oportunidad, como todos advertimos, y en aquel entonces me preocupaba un poco cómo iba a mantener todas las mercedes que Dios me había concedido. Además, el joven Ithorne estaba solo en el mundo. En aquel momento probablemente no te dieras cuenta de lo mucho que hablamos y pensamos aquello, pero tu madre y yo coincidimos en que Ithorne necesitaba un compañero de juegos alegre, pero también de sólidos principios y sentido de la moral.

—¿Sólidos principios y sentido de la moral? —repitió Christian, recordando algunas de las locuras de la infancia.

Su padre agitó la mano.

—Hablo de comportarse correctamente y respetando a los demás. Las normas y los pecados son para mentes mezquinas.

—¿Cómo puede soportar los sermones semanales? —inquirió Christian, estupefacto.

—Con tolerancia, chico; y mano dura con los vicarios intolerantes.

Christian se rió en voz alta y a su padre le brillaron los ojos. Pero se puso serio y le dijo:

—Tu madre y yo estuvimos de acuerdo en dejarte ir a vivir con Ithorne no sólo porque eso iba a beneficiarte a ti, sino porque esperábamos que pudieras hacer un bien allí. Y acertamos, pero pagamos un precio, cosa que siempre supimos. Siempre hemos rezado para que la separación familiar no te hiciera sufrir.

Era una cuestión peliaguda, pero Christian no pudo evitar decir la verdad.

—Creo que no sufrí. —Al cabo de unos instantes añadió—: Aunque a veces siento que debería haberlo hecho.

—¡Venga ya! ¡De eso nada! Queremos que seas feliz. Eso es lo que desea cualquier padre, por encima de todo. Ahora tienes este problemilla y debemos resolverlo. Es una pena que no nos informaras cuando sucedió, porque estoy convencido de que habría podido solucionarse.

—Siento lo de lady Jessingham, padre.

Su padre lo miró fijamente a los ojos.

—¿Lo sientes?

¡Maldición!

—No.

Le sorprendió que su padre asintiera.

—Han empezado a llegarme ciertas historias. Podría haber actuado por impulso y determinar que es la esposa adecuada para ti, pero lo que vi fue una mujer hermosa, con tantas ansias de casarse con un noble, tan dispuesta a mostrarse generosa...

No había mucho que decir a eso.

—¡Es verdad! —exclamó su padre, y sorbió el brandy que tenía abandonado—. Incluso me figuro que ella e Ithorne... —Christian se mantuvo imperturbable—. Es verdad. Me está bien empleado, por avaricioso... bueno, no tanto, porque tu situación nos ha salvado a todos, alabado sea Dios. ¿Ves como Él vela por todos nosotros, incluso cuando cometemos disparates?

A Christian le costaba entender la idea de que su caótico enlace matrimonial de hacía 10 años hubiera sido diseñado como una defensa contra Psyche Jessingham en el presente, pero dijo:

—Sí, señor.

—Todo es para bien y ahora debes encontrar a tu esposa y traerla al seno de su nueva familia.

Christian estaba empezando a notar el consabido martilleo en su cabeza.

—Tal vez ella no quiera eso.

—¿Una hija única, huérfana desde jovencita y que se quedó al cuidado de una tía antipática? Agradecerá que la acojan en una familia numerosa y feliz. —Se levantó—. Hablando de lo cual... deberíamos reunirnos con el resto. Luego le daré la noticia a tu madre y mañana al resto de la familia.

Christian salió de la habitación detrás de su padre sintiendo el acuciante deseo de emborracharse.

La numerosa y feliz familia estaba en el salón (todos los que vivían allí se entiende) y pese a los magníficos cuadros y el techo dorado, parecía igual de abarrotado y desordenado que la sala, más pequeña, de Raisby. ¡A saber cómo se las apañarían sus padres cuando tenían invitados a los que agasajar!

Margaret estaba tocando el clavicémbalo, y Elizabeth y Anne bailaban con Matt y Mark. ¿Qué clase de brutalidad había sido necesaria para producir aquello?

Luke y Jack corrieron a suplicarle a Christian que jugara con ellos a los palitos chinos. Lo hizo (cualquier cosa era preferible a hablar con su madre en ese momento), pero algo se agarró de su pierna y por poco se cayó. Bajó los ojos y vio que el pequeño Ben lo miraba riéndose, aferrado a él como un grillete. Recordó lo del juego y continuó andando mientras balanceaba la pierna con el niño sujeto a ella entre risas.

Se sentó frente a la mesita con el niño en las rodillas y descubrió que no estaba tan incómodo, aunque no podía imaginarse a una extraña, una persona criada por la mismísima Temible Froggatt, acostumbrándose a esto.

Le llegó el turno de intentar sacar con sus manazas, lo cual era una desventaja, un estrecho palillo de marfil del montón sin mover ningún otro. Cuando la música dejó de sonar Jack estaba ganando, y Mark y Matt corrieron hasta la mesa para tratar de echar a sus hermanos pequeños de las sillas.

Con una palabra de Christian cesaron las hostilidades (ya quisiera él que sus hombres fuesen tan fáciles de intimidar) y se pusieron a pensar en algún otro juego. Los chicos le enseñaron entusiasmados una versión de las canicas que habían ideado para aprovechar el diseño de la alfombra turca. El conde de Royland ejerció de árbitro, pero la condesa insistió en jugar, de rodillas y demostrando una puntería tremenda para meter las bolitas de cristal en los agujeros objetivo.

Como siempre, los chicos fueron enviados a la cama en oleadas. Ben fue el primero en irse; luego dos doncellas vinieron a buscar a Luke y Jack, quienes besaron a sus padres y se marcharon, pero no hasta que Christian les aseguró que a la mañana siguiente aún estaría ahí. Media hora más tarde, se llevó a Matt y Mark un criado de cierta edad, que era su asistente personal. Ellos también besaron a su madre, pero a su padre le hicieron una reverencia y éste los bendijo poniéndoles la mano en la cabeza.

Christian recordaba aquella transición. Se producía a los 11 años y a uno le parecía que pasaba a ser un hombre.

Entonces sus padres quisieron jugar al *whist*. Normalmente formaban dos parejas junto con dos de las chicas, pero Margaret se puso a tocar el clavicémbalo otra vez y Elizabeth insistió en que Christian ocupara su sitio en la mesa de juego para poder hacerle un retrato. Él la complació, porque sabía que no le gustaba mucho jugar, a diferencia de Anne, que disfrutaba jugando pero cuya estrategia era caótica. Como sus padres eran los dos unos jugadores excelentes, les dieron una buena paliza a Anne y a él, pero en todo momento hubo buen humor.

Cuando el reloj dio las 10 hubo una movilización general a la cama, pero Elizabeth se acercó a Christian para enseñarle el retrato. Él ya estaba prevenido, así que pudo hacerle sutilmente unos comentarios sobre el extraño hombre dibujado, que por alguna razón tenía el cuerpo recto de hombros a rodillas en lugar de tener las piernas dobladas para sentarse. Elizabeth hacía unos dibujos preciosos de flores y árboles, pero por algún motivo no tenía buena traza para el cuerpo humano.

Christian subió a su cuarto, emocionalmente exhausto pero sonriente, aun cuando tenía que hacerle frente a su madre. Bebió un poco del brandy que le habían traído y esperó. Su madre entró y le dio un fuerte abrazo.

—¡Qué tonto eres! ¿Cómo se te ocurre no decirnos nada sobre una cosa así? Tienes que haberlo pasado mal.

—No tanto —confesó él.

Ella sacudió la cabeza, riéndose.

—No, claro que no. Supongo que estabas encantado jugando a las guerras.

—No es ningún juego, mamá.

Ella se puso seria.

—No. Siento haber sido tan desconsiderada. Pero ¿acaso puedes negarme que disfrutaste con ello? Porque desde luego ésa era la sensación que yo tenía cuando venías a casa de permiso. No sólo te morías de ganas de volver con tu regimiento, sino que te metiste en ese asunto de contrabando de armas con Thorn y Huntersdown, burlando a la armada francesa en el Canal de la Mancha tanto de ida como de vuelta.

Christian se echó a reír.

—Como siempre tienes razón, mamá. Lamento haber mantenido en secreto lo de mi matrimonio, pero al principio me daba vergüenza que pudieran descubrirme en semejante aprieto y luego la verdad es que casi olvidé el asunto. Cuando me comunicaron que mi esposa había muerto, me pareció que todo había acabado.

Ella asintió mientras se sentaba en un sillón junto al fuego.

—Verás, la memoria selectiva es la clave de la satisfacción.

Christian pensó en ello con asombro.

—¿En serio?

—Piénsalo bien, cariño, ¿acaso no tendemos naturalmente a olvidar lo malo? Como cuando nos sacan una muela o nos recolocan un brazo roto. Dios lo ha dispuesto así para la tranquilidad de nuestra conciencia. ¿Por qué no vamos a querer hacer lo mismo con otras heridas? En general no es nada bueno recrearse en los recuerdos dolorosos de nuestras vidas, y estoy encantada con lo de la tal Jessingham.

—¿Ah, sí?

—¡Oh! Desde luego que sí. Estaba rezando para que rehusaras casarte con ella y tratando de decidir cómo te insinuaría que lo hicieras si parecías reticente. De hecho, me preocupaba un poco que pudieras lanzarte sin avisarnos, porque si bien esa mujer parecía cariñosa, esquivaba a los niños, especialmente a Ben.

—¿Cuándo ocurrió eso? —inquirió él.

—Vino aquí. Estaba de viaje y pasó a visitarnos, o eso nos contó, pero nos sirvió para tantearnos mutuamente. Parecía muy virtuosa, pero yo tenía mis dudas.

Christian sonrió.

—Eres muy lista, mamá. Estoy deseando conocer tus impresiones de Dorcas. Eso si algún día consigo ponerle las manos encima.

—¡Oye! Nada de violencia física ¿eh?

—Por supuesto que no, mamá. Pero padre quiere que la traiga aquí. No puedo prometer si vendrá, pero como estamos casados podríamos intentar ver si sacamos algo de esto.

—¡Claro que sí! —dijo ella, desconcertando de nuevo a su hijo—. Utiliza tus artimañas con ella; tal vez en la cama, ya que estáis casados. —Se levantó, le dio otro abrazo y otro beso, y se fue, dejándolo con la habitual sensación de que le habían atado una cuerda y lo habían hecho rodar un par de veces como una peonza contra una pared.

¿Tenía que engatusar a Dorcas Froggatt para que se metiera con él en el lecho conyugal? En otros tiempos puede que lo hubiera hecho sin pestañear, pero ahora sus deseos se dirigirían constantemente hacia la maldita Kat, que lo había vuelto loco. ¿Qué clase de unión sería ésa para una mujer que ya había sido tratada con crueldad por otro hombre?

No había nada que hacer al respecto hasta que encontrase a su mujer, hablase con ella y se enterara de lo que quería. De nuevo decidió que pese a la presión que recaía sobre él y su absurda autoridad como marido, no haría nada que perjudicara la vida de la pobre Dorcas.

Se cambió para irse a la cama, dándose cuenta de que había salido ileso de ese terreno accidentado, lo cual no estaba mal. Estaba fenomenal, y sintió que admiraba aún más a sus padres cariñosos y tolerantes.

Se metió en la cama con una sensación de paz general. Entonces oyó el chirrido rítmico de una cama que crujía. ¿Qué? Cayó en la cuenta de que su habitación estaba al lado del dormitorio de su madre. ¡Oh! ¡Por Dios! Se cubrió la cabeza con la almohada y trató de ahuyentar todo pensamiento sobre lo que estaba pasando.

# Capítulo 24

El segundo día de Caro en Londres llegó un baúl cuidadosamente embalado, cuyo envío en la diligencia más rápida costó bastante dinero. Caro estaba encantada de recuperar su ropa y no le importó el coste, pero la carta que venía adjunta le consternó.

La misiva ponía en su conocimiento que Ellen, acompañada de Eyam, serían lo siguientes en llegar.

Tras reflexionar unos instantes supo que no había ninguna posibilidad de detenerlos. Tendría que hacer frente a Eyam y decirle que no podía casarse con él. Una parte de ella abrigaba la esperanza de que Jack Hill estuviese vivo y que eso le proporcionase una escapatoria; pero eso sería realmente como huir del fuego y caer en las brasas.

En cuanto a Ellen, Caro se dio cuenta de que tampoco la quería allí. Estaría en desacuerdo con todo, seguramente le citaría palabras de lady Fowler. En la carta Ellen decía que esperaba conocer a la dama en cuestión y asistir a alguna de sus «respetables reuniones sociales».

Caro buscó a Diana y le explicó la situación.

—Naturalmente, tu amiga debe quedarse aquí —dijo Diana.

—No es exactamente una amiga —matizó Caro—. Era mi institutriz y ahora es mi dama de compañía.

Diana ladeó la cabeza.

—Siempre me he preguntado si érais compatibles. Tal vez sea hora de que la despidas, pagándole una generosa anualidad si crees que es necesario.

—¡Oh, eso por descontado! Pero ni con una renta generosa podrá vivir como vive en la mansión Luttrell.

—¿Y qué pensabas hacer cuando te casaras?

Caro tuvo que pensar en ello.

—Creo que dábamos por sentado que Ellen vendría conmigo... —«Al palacete de los Colne», añadió mentalmente. Diana no sabía nada de eso—. La verdad es que hasta hace poco me he dejado llevar por la inercia. No ha sido desagradable, pero...

—¿Pero? —Parecía que Diana miraba atentamente a Caro.

—Pero ahora he chocado contra una roca. Haga lo que haga, nada volverá nunca a ser igual. Antes de que ocurriera esto yo era feliz —dijo con dureza.

—¿Lo eras?

Caro descubrió que no podía contestar que sí.

—Al menos estaba contenta.

—No basta con estar contenta. Tienes que ser valiente, Caro.

—¿Valiente? ¿A qué te refieres?

—A veces lo que da más miedo es aceptar la verdad.

—¿Qué verdad?

—Eso te corresponde a ti averiguarlo —se limitó a decir Diana—, pero... ¿no hay ningún hombre que te atraiga? Yo creía que sir Eyam Colne tal vez te gustaría, y ahora viene hacia el sur.

Caro supuso que no podía ocultarlo.

—Es un pretendiente —confesó—. Incluso yo misma le he dado esperanzas, pero ahora me doy cuenta de que no funcionaría.

—¿Por qué no?

—No lo quiero. Es una estupidez, lo sé. El amor no es necesario. Seguramente es una ilusión...

—Sabes que no es así.

—Ya, pero tal vez no nos esté reservado a todos. O quizá pueda desgraciar a una persona.

Le sorprendió que Diana asintiera con la cabeza.

—A veces ocurre eso, pero un amor en el que haya confianza y honestidad nunca puede llevarnos por mal camino.

—Confianza y honestidad —repitió Caro. Tomó una decisión—. Pues con ese espíritu dejaré de ser la señora Grieve y seré yo misma otra vez, la señora Hill.

—¿Estás segura?

—Sí. Necesito ser yo. De todos modos, el baúl iba dirigido a la señora Hill y no quiero tener que explicarles a Ellen y a sir Eyam por qué he estado ocultándome bajo un nombre falso. ¿No se sabe nada de Hill? Lord Rothgar insinuó que sería fácil averiguar si estaba muerto o si seguía con vida en el ejército. ¿Sabes si ha descubierto algo ya?

—Está resultando un poco más complicado de lo que pensábamos —dijo Diana—. El apellido Hill es muy común, y al parecer hubo un naufragio en el que se perdieron algunos archivos coloniales. ¿Crees que a la señora Spencer le gustaría la habitación contigua a la tuya?

Caro aceptó el nuevo tema de conversación, pero tuvo la incómoda sensación de que Diana no estaba siendo del todo honesta con ella. ¿Abrigarían Diana y lord Rothgar la esperanza de presentarla, a ella y su fortuna, a uno de sus amigos en caso de estar libre para contraer matrimonio? Ya había empezado a descubrir hasta qué punto la vida en Londres giraba alrededor del intercambio de contactos y favores.

No le sorprendería que en breve le presentaran al duque de Bridgewater, pero puede que se produjese un asesinato.

Ellen llegó al día siguiente por la tarde nerviosa y refunfuñando. Que si el carruaje era excelente; que si el tiempo nefasto en algunos sitios. Que si la ciudad era enorme y el aire estaba contaminado. Que si menudos edificios; ¡la catedral de San Pablo! Que si qué amable había sido sir Eyam y qué escándalo cómo iba vestida una mujer por la calle.

Eyam la había acompañado hasta ahí y estaba esperando; era la viva estampa de la expectación. También reparó Caro en que estaba orgulloso de estar en la residencia de los Malloren, cuya dueña, lady Arradale, le dio una calurosa bienvenida.

Diana acompañó a Ellen a su cuarto, dejando a Caro a solas con su pretendiente. Éste le habría cogido de la mano, pero ella le señaló un sillón y se sentó en otro. Tenía la sensación de que debería quedarse de pie como una niña que se sabe culpable, pero se negó a hacerlo. Sería elegante, pero sobre todo firme.

—Tengo que contarle unas cuantas cosas, Eyam —dijo ella.

—Si es sobre la verdad de su matrimonio, Caro, me lo ha contado Ellen.

Caro sintió deseos de retorcerle el pescuezo a su dama de compañía.

—¿También le ha contado que quizá mi esposo siga con vida?

Él se reclinó ligeramente.

—No. ¿Sería eso posible?

—Creo que mi tía se inventó la historia de su muerte. Lord Rothgar está intentando averiguar la verdad.

Él se levantó y paseó por la habitación, deteniéndose bastante más lejos de ella de lo que estaba.

—¿Desde cuándo lo sabe, Caro?

—¿Saberlo? Es que aún no lo sé.

—¿Desde cuándo sabe que existían dudas?

Caro entendió enseguida que debería bajar la vista y arrepentirse. Pero lo miró a los ojos intencionadamente.

—En el momento en que pensé seriamente en volver a casarme, me surgió una pequeña duda que se fue haciendo más grande.

—Y no me dijo usted nada.

—Tenía la esperanza de que no fuese cierto. —Advirtió su error al instante—. Eyam...

Pero él ya había corrido hacia ella y se había arrodillado.

—Pero me ama, Caro.

«¡Oh, Dios!»

—No, Eyam. Debo decirle que no.

Él se quedó ahí con una rodilla clavada en el suelo y cara de estar tratando de resolver un acertijo.

—¿No me ama?

—No. Lo siento mucho...

Eyam se puso de pie con más torpeza que al arrodillarse.

—¿Me ha querido en algún momento?

¡Qué desagradable era aquello!

—Creía que sí.

—Se ha enamorado de otro —comentó él.

Caro detestaba mentir, pero dijo por orgullo:

—En estos momentos no hay nadie más, Eyam, y quizá nunca lo haya si Jack Hill está vivo.

—¿Se convertirá en su esposa de hecho?

—No, obtendré la separación legal. No tenemos nada en común salvo la media hora que compartimos hace diez años.

Él se giró de espaldas, pero luego se volvió otra vez.

—¿Y qué hay del tal Grandiston, que tan antipático era?

—¿Grandiston? —Pronunciar su nombre le produjo un escalofrío—. ¿También le ha contado Ellen ese incidente?

—Quiso explicarme por qué había sentido la necesidad de venir al sur. ¿Supone una amenaza para usted?

Eyam aún quería protegerla, y aquello le llegó a Caro al alma. Se puso de pie y fue hasta él.

—Aquí, bajo la protección de lord Rothgar, estoy a salvo, Eyam, pero agradezco su preocupación.

—Por supuesto que me preocupo. Me quedaré en la ciudad varios días. Tengo ciertos asuntos que atender, pero estaré localizable por si me necesita. Me hospedaré en casa de Henry Fleece, en Brook Street.

—Gracias. Lamento haberle hecho daño, pero creo que ambos merecemos un amor verdadero.

—¿Se ha vuelto romántica, Caro?

—¿Yo? No me da esa sensación, pero espero que las cosas mejoren en el futuro.

Eyam asintió y se despidió únicamente con una reverencia. Era un buen hombre y en un mundo justo ella lo amaría, pero no era así. Caro hizo acopio de valor y se fue en busca de Ellen y la siguiente escena desagradable.

—¿Has rechazado a sir Eyam? —se sorprendió Ellen—. ¿A pesar de que ha venido hasta aquí para estar a tu lado?

—Ésa no es razón suficiente para casarse con alguien —contestó Caro. Le alegró ver que le habían dado a Ellen una habitación igual de magnífica que la suya, pero eso no desvió la atención de su dama de compañía.

—Creo que te has vuelto loca, Caro. ¿Acaso puedes negar que antes de que aquel día fuésemos a Froggatt Lane estabas planeando tu boda?

—Sencillamente me he dado cuenta de que no funcionaría.

—Pero *¿por qué*? —quiso saber Ellen.

—Porque no lo amo.

—¿En serio? ¿Y eso cuándo lo has decidido?

Las preguntas de Ellen eran de lo más razonable. Si los papeles estuvieran invertidos, Caro habría preguntado lo mismo. Por suerte Ellen no sabía nada de sus aventuras.

—Cuando todo se trastocó y viajé hasta aquí empecé a ver las cosas de otra manera.

—En otras palabras, que la perversidad de Londres te ha corrompido.

—Hasta ahora he visitado la Abadía de Westminster, he ido a ver una exposición de dibujos pastoriles y he dado un par de paseos por el parque. Ayer, como era domingo, fuimos a misa y a una reunión de un hospital benéfico. Mis experiencias en Londres no se ajustan a lo que denuncia lady Fowler.

—Me imagino que el hecho de que lady Rothgar esté embarazada habrá moderado su comportamiento. De *él*, naturalmente, no diré nada más.

—Ellen, no consentiré que seas descortés con nuestros anfitriones.

—Todos los cristianos tienen el deber de denunciar el pecado, y él engendró una criatura fuera del matrimonio.

Caro inspiró.

—De camino hacia el sur he conocido a lady Huntersdown. Es una mujer encantadora, y su marido y ella están muy enamorados.

—¡Es *papista*!

—¡Ellen! —Caro se impuso—. Si prefieres no permanecer bajo este techo, te encontraré una habitación en una posada decente...

—¿Sola? —protestó Ellen.

—Pues... ¡bah! Es igual. Pero no insultes a lord Rothgar ni a lady Arradale o yo personalmente te meteré en una diligencia de vuelta a Sheffield.

# Capítulo 25

Christian regresó a Londres y fue directamente a casa de Thorn, donde reinaba el caos. Estaban colocando unos enormes paneles de mármol falso al tiempo que otros trabajadores decoraban el techo con metros de tela oscura. Se abrió paso con dificultad hasta el santuario de Thorn.

—¿Qué demonios está pasando?

—No son demonios, es el Olimpo —contestó Thorn, que dio instrucciones a dos personas que se fueron a toda prisa—. Este año organizo yo la fiesta del Olimpo, así que todo debe parecer clásico.

Christian se sentó.

—¿La fiesta es tan prometedora como suena por su nombre?

—No —dijo Thorn. Sirvió brandy para ambos y le pasó a Christian una copa.

—¿No tomas té? —preguntó Christian, que tomó con gusto un sorbo—. Debes de estar muy mal.

—Lo más probable es que me convierta en un borracho. —Thorn ocupó su asiento—. La fiesta del Olimpo es una mascarada que reúne cada otoño a la élite. Todo el mundo se pone un disfraz clásico, romano o griego, y nadie se quita la máscara.

—*Muy* prometedor.

—Sólo que el círculo es tan cerrado que la mayoría de las personas adivinan quién es quién. La fiesta pretende ser simplemente un pasatiempo para aquellos que deben quedarse en la ciudad por obligación, pero también permite interesantes interacciones entre aquellos que normalmente no hablan. Existe la convención de dejar a un lado ese día los desacuerdos y la animosidad.

—Política pura —dijo Christian—. ¿No hay vírgenes vestales y ninfas núbiles?

—Muchas, pero no es aconsejable aprovecharse de ellas. Sobre todo porque ya hay bastantes mujeres en tu vida.

Christian soltó un gruñido y tomó un gran sorbo de brandy.

—¿Novedades?

—En primer lugar no he encontrado a lady Grandiston. Si está en Londres, se ha escondido muy bien.

—En ningún momento he pensado que tuviéramos muchas posibilidades de encontrarla. ¿Qué hay de los Silcock?

—A ellos sí que los he localizado. Se hospedan en casa del señor Matthews, en el centro. Es un comerciante americano.

—¿Y qué has hecho?

—Nada, aparte de ponerles vigilancia. ¿Qué esperabas, que los encerrara en unas mazmorras del ducado?

—No, pero... está bien que los tengas bajo vigilancia. Gracias. ¿No están haciendo nada?

—Yo no diría eso. Es evidente que él está haciendo negocios de diversa índole. Fueron juntos al médico, el doctor Glenmore, y la señora Silcock ha vuelto a ir, así que puede que tengas razón y no se encuentre bien.

—¿Está especializado en tratar demencias?

—No. En enfermedades debilitadoras.

Christian encogió los hombros con frustración.

—Pero ella tiene otro foco de interés —dijo Thorn—. Visita con frecuencia a lady Fowler.

—¡Dios mío! Eso lo explica todo.

Thorn hizo una mueca de disgusto.

—Me encantaría culpar a esa tal Fowler de todos tus problemas, pero dudo que sea sensato. También he husmeado un poco allí. Al parecer la señora Silcock hace años que se cartea con lady Fowler y es una generosa seguidora de su reforma.

—Son tal para cual... ¿Alguna noticia del norte?

Llamaron a la puerta y entró un hombre que hizo una reverencia y pidió permiso para retirar algunos retratos de duques anteriores del pasillo de arriba. Thorn se lo dio y le hizo señas para que se retirara.

—¡A poder ser, piérdanlos! —le gritó al criado. Cuando se cerró la puerta, dijo—: Ni rastro de tu mujer en la mansión Luttrell, pero la dama de compañía, la señora Spencer, se fue de la casa. El idiota que tenía que vigilar el lugar no la siguió, simplemente dio parte de que se había ido con un caballero en un carruaje. El caballero era sir Eyam Colne, un baronet local.

—¿Se han fugado juntos? Ella me pareció tan timorata que nunca lo hubiera dicho, pero le deseo suerte.

—Lo más seguro es que sea un viaje de lo más decoroso para visitar a familiares mientras tu esposa está fuera. Aunque... el asunto tiene miga, porque la señora Hill es conocida allí arriba.

—¿Cómo?

—Nada apunta a que sea una incompetente. No dirige Froggatt y Skellow, pero visita regularmente la fábrica para examinar la contabilidad y demás. Tengo su descripción general: estatura y complexión media, pelo castaño claro, no es guapa pero tampoco mal parecida.

—En otras palabras: podría ser cualquiera.

—Tendré más información a su debido tiempo. Empiezo a preguntarme si habrá huido.

—¿Por qué?

—Todo se sale de lo corriente. Dejó la mansión Luttrell para irse a Sheffield, y luego se fue a visitar a una amiga, mientras que su dama de compañía, la señora Spencer, volvía sola, pero mandaba ropa a Doncaster.

—¡Otra vez Doncaster! Yo mismo voy a volverme loco. Doncaster está yendo por la carretera en sentido norte, así que tal vez sí se haya fugado; al fin y al cabo, ya lo hizo en su momento. ¿Y luego qué? ¿Un par de días más tarde la dama de compañía se pone en marcha para reunirse con ella?

Thorn se encogió de hombros.

—Es difícil reconstruir nada a semejante distancia.

—Por eso me he ido al norte.

—Y has perdido la pista del objetivo. —De repente apareció *Tab* y se quedó mirando a Thorn. «Miaaau-miaaau.»—. Eso mismo. Por cierto, ¿quieres que te devuelva a *Tabitha*?

—¿Por qué la llamas *Tabitha*?

—Una madre tiene derecho a cierta dignidad y mantenemos interesantes conversaciones.

—En cambio a mí me ignora diligentemente. No es ni mucho menos mi intención separar a dos almas que sintonizan.

—Ya que hablamos de sintonías... no ha llegado ningún mensaje al Cisne Negro.

—No espero que llegue ninguno —repuso Christian con frialdad, aunque sintió igualmente una dolorosa punzada. ¡Si por lo menos supiera que ella estaba fuera de peligro!

—Tienes que levantar el ánimo. Ven a la fiesta.

—¿Por qué no? Siempre es divertido ver a los dioses en acción.

Para alivio de Caro, en su primera noche Ellen decidió no salir de su habitación, alegando que estaba exhausta por el viaje. Cuando a la mañana siguiente le dijo a Caro que quería ir a ver a lady Fowler, le pareció un tanto grosero, pero Caro estaba encantada de que se fuese. No le apetecía nada seguir discutiendo con ella.

El correo trajo una carta de Hambledon. Éste empezaba explicando que había recibido una extraña visita de una mujer que afirmaba ser ella, y Caro se dio cuenta de que no había mencionado aquello en la carta que le había enviado a Hambledon. Quizá mejor. Así seguiría siendo un misterio.

Le había enviado una transcripción del escueto documento. Caro la leyó y luego se la llevó al señor Carruthers para tener otra opinión, pero estaba convencida de que la conclusión sería justo la que él había sospechado: la fortuna que Caro había acumulado después del enlace matrimonial quedaba desprotegida.

—Supongo que no se puede hacer nada al respecto —dijo Diana pese a que lo lamentaba muchísimo—, y Rothgar no está aquí para hacer milagros. Ven conmigo a mirar telas y deja de preocuparte. Hay unas cuantas habitaciones que necesitan cortinas nuevas.

Regresaron a casa horas más tarde y descubrieron que Ellen había vuelto y se había ido otra vez, llevándose su equipaje. Había dejado una carta, que Caro leyó con incredulidad.

—Se ha ido a casa de lady Fowler —dijo sin revelar las razones de Ellen—. Lo siento mucho, Diana.

—No te preocupes —repuso Diana, llevándose a Caro a su tocador. Una vez ahí le dijo—: Será más cómodo para todos y me facilitará un poco algunos de mis planes.

Caro se sintió aliviada y agradecida.

—¿Qué planes?

—Creo que lady Fowler desaprueba especialmente los bailes de máscaras, por lo que deduzco que sus seguidoras también.

—Sí, claro.

—Pero yo espero que asistas a uno conmigo.

—Por supuesto. Me encantan.

—A mí también, y será sencillo ocultar tu identidad. Aunque éste es especial. No será ningún escándalo, te lo prometo. Desde luego no más de lo habitual. Se llama la fiesta del Olimpo y todo el mundo debe llevar un disfraz clásico. Nada de dominós ni cosas semejantes. Los caballeros generalmente eligen sus disfraces en función de sus ocupaciones, de tal modo que los políticos llevan togas, mientras que los soldados llevan armaduras antiguas. Los que no son ni una cosa ni otra a veces se decantan por un dios menor.

—¿Y los clérigos? —inquirió Caro, divertida.

—Sosas vestiduras sacerdotales, pero he visto a un par de druidas agitando ramas de muérdago.

—¿Y las mujeres qué tenemos que llevar?

—Una túnica como las que llevaban las griegas o las romanas, o naturalmente el estilo más ligero de las diosas, las ninfas y las vírgenes vestales.

—Suena de maravilla. ¿Cuándo es la fiesta?

—Mañana.

Caro parpadeó, sorprendida.

—Entonces no tendré tiempo para conseguir un disfraz.

—Si quieres ser una diosa, yo tengo uno.

—¿No te lo pondrás tú?

Diana se echó a reír.

—Envuelta en tanto ropaje parecería una vela hinchada. Llevaré la vestimenta propia de las matronas. Ven conmigo.

—Vale, gracias.

—Magnífico. Pediré que traigan el disfraz. Vete a mi vestidor y quítate la ropa.

Caro comprendió que lo había dicho literalmente, porque la doncella de Diana dijo:

—Toda la ropa, señora. Al menos así es como la señora llevó el disfraz.

—¿Sin camisa ni corsé? —preguntó Caro recordando de pronto lo vivido en Doncaster.

—Pues no se los quite, señora. Yo no lo haría.

Sin embargo, cuando Caro se puso el disfraz aparentemente sencillo se dio cuenta de que tenía que sacarse la ropa interior. El vestido de lino blanco no era tan fino como parecía, pero dejaba un hombro al descubierto, con lo que se le veía el grueso tirante del corsé y la camisa. Y de cintura para abajo se le marcaban los huesos y el bocací le quedaba mal.

—Me los voy a quitar.

Cuando volvió a ponerse el disfraz, le quedaba perfecto, y el lino grueso era casi tan decente como el jubón que había llevado en Doncaster. De todos modos, era como llevar una tela fina sobre la piel desnuda y su hombro derecho al completo estaría expuesto a las miradas ajenas.

—No me convence...

—Te sienta de maravilla —dijo Diana—. Yo quise ir de Diana la cazadora, pero Rothgar me propuso que fuese Perséfone. No sé muy bien por qué, aunque me imagino que estás medio casada.

—No —repuso Caro—. O estoy casada o no lo estoy, sin medias tintas. ¿Seguimos sin saber nada?

—Ahora no —contestó Diana, echando una mirada a los criados que las rodeaban.

Caro tuvo que dejar las preguntas para más tarde.

—Supongo que lord Rothgar piensa que encontraré un Plutón que me retenga en el inframundo de Londres.

—A veces es fantasioso —explicó Diana, dando una vuelta alrededor de Caro—. Aunque pasarás perfectamente por Perséfone. Qué necesitamos... Flores primaverales —le ordenó a una doncella— y... —dirigiéndose a otra— una granada, verdadera o falsa.

De un tirón arregló un pliegue del vestido.

—Que te cosan unas cuantas flores en el vestido con unas puntadas y otras en una corona para el pelo. Que venga el señor Barilly a hacerte un peinado de estilo griego. —Salió otra criada a cumplir lo ordenado—. Nada de joyas, creo. Simplicidad. Sí, creo que funcionará.

—¿Y la máscara? —inquirió Caro, que tenía la sensación de haber sido arrollada por una ola.

—¡Oh, sí! Algo sencillo, pero que te cubra toda la cara. Muchos asistentes se conocerán, pero tú serás un auténtico misterio. El centro de atención.

—No estoy segura de querer eso, Diana.

—No seas boba. Será estupendo. Si algo caracteriza la fiesta del Olimpo es que nadie se quita la máscara. Si nadie te reconoce en el transcurso de ésta, saldrás sin ser descubierta.

—¡Qué extraño!

—¡Qué maravilla! Aquí está la máscara.

Entró una criada con una sencilla careta blanca y Caro se la ató. Le cubría el rostro desde el nacimiento del pelo hasta justo debajo de las mejillas. Se giró hacia el espejo y lo que vio fue una criatura realmente misteriosa. El vestido blanco tenía buena caída, le ceñía las caderas y el borde era irregular, por lo que en algunos puntos los tobillos le quedaban al descubierto. El hombro estaba descaradamente a la vista y la careta lisa y blanca le daba un aire de misterio.

—Color para los labios —dijo Diana—. Contrastará con tanta palidez. —Apareció una doncella con un tarro y un pincel, y le aplicó un rosa intenso.

—Asombroso, diría yo —comentó Caro, aunque empezaba a gustarle la idea de ser una audaz desconocida.

Hacía demasiado tiempo que no disfrutaba de un sencillo rato de distracción y no había nada de malo en que alguien reconociese a la señora Hill de la mansión Luttrell.

# Capítulo 26

Caro subió al carruaje con Diana, ambas envueltas en capas que ocultaban sus disfraces. Debajo de ésta, Diana llevaba una vestimenta de distintas capas propia de una matrona rica. Lucía un sofisticado peinado acorde con la indumentaria; le habían hecho tupidos rizos en el pelo castaño, coronado por una diadema con diamantes engarzados. Llevaba un sencillo antifaz que le cubría únicamente los ojos. Desde luego no se había esforzado por estar irreconocible.

En cambio, el marqués sí. La careta le cubría la parte superior del rostro y le proporcionaba una nariz ligeramente protuberante y unas cejas pobladas. El pelo largo le caía sobre los hombros y se lo había empolvado de gris, lo cual le envejecía. Llevaba una larga túnica de sencilla tela blanca, ceñida a la cintura con un rollo de papel remetido. Daba la impresión de que en éste había un diagrama dibujado.

—Milord, le confieso que no logro adivinar de quién va disfrazado —dijo Caro cuando el carruaje arrancó.

—Soy Dédalo, arquitecto y constructor de laberintos.

Parecía una elección curiosa para un hombre como él.

—A Rothgar le divierten las cuestiones mecánicas —dijo Diana—, especialmente los mecanismos de relojería.

—¡Oh! —exclamó Caro, recordando—. Resortes.

El marqués sonrió.

—En efecto. Eso también me interesa.

—Y la astronomía, supongo.

—Sí. —La máscara ocultó su reacción, pero Caro detectó la sorpresa del marqués, y no era para menos. Esa información se la había proporcionado Christian.

Agradecida de que su propia careta le tapara la cara, dijo ella:

—Me lo habrá comentado Diana.

Rothgar habló un poco de los viajes para presenciar el tránsito de Venus. A Caro le alegró que la máscara le cubriese el rostro, porque no hacía más que pensar en Christian. Tal vez se dejara llevar por la nostalgia, porque él le dijo:

—Me parece que la estoy aburriendo, señora Hill.

—¡No, en absoluto!

—El personaje de su disfraz salta a la vista —continuó hablando el marqués—. Le delata la granada. ¿Es auténtica?

Caro miró hacia el objeto que llevaba en la mano.

—No, es de cerámica, y pesa bastante.

—Pero ha sido hábilmente pintada —comentó Diana—. Deduzco que la habrán cogido de la cocina, aunque desconozco para qué querrán algo así.

—Lo que sea con tal de tener contenta a una buena cocinera —dijo el marqués.

El carruaje aminoró la marcha a medida que se acercaron a la casa del duque de Ithorne.

—La fiesta está bien organizada —le contó Diana a Caro— y acudirán los más distinguidos invitados, así que no será necesario que te pegues a nosotros. Pero no seas tonta y no te vayas con un caballero, a menos que así lo desees... —añadió con una sonrisa.

—Eso nunca lo haría.

—¿Nunca? —dijo Diana en lugar de mostrar desaprobación, como si Caro hubiese dicho que nunca comía pan.

—Nunca —repitió Caro.

Diana arqueó las cejas.

—Como prefieras. Espero que no te parezca mal bromear y coquetear un poco.

Caro se sentía incómodamente extraña.

—Por supuesto que no.

—Es tan obvio que estoy encinta que, muy a mi pesar, conmigo no bromeará ni coqueteará nadie.

—Excepto yo —afirmó lord Rothgar.

—Excepto tú —dijo Diana, dedicándole a su esposo una sonrisa con ojos entornados, que hizo que Caro sintiera que la pasión crepitaba a su alrededor.

No dudó en mirar por la ventanilla, deseando estar de nuevo en Yorkshire, donde conocía las reglas.

La mansión del duque de Ithorne no tenía nada que envidiarle a la residencia de los Malloren, y todas las ventanas habían sido iluminadas para la ocasión. El carruaje se detuvo y todos se apearon. La calle estaba repleta de gente que había ido a ver llegar a los invitados, y un cordón de hombres disfrazados de soldados romanos, con sendas lanzas, impedían su avance. Las lanzas parecían reales.

¿Podía ser peligrosa semejante muchedumbre? La turba londinense tenía fama de ser imprevisible. Entonces Caro reparó en varias mujeres que sostenían una pancarta en la que ponía algo sobre Sodoma y Gomorra. ¡Diantres, lady Fowler! Caro rogó que Ellen no estuviese allí, pero sólo por su propio bien. No creía que corriese el peligro de que la reconocieran.

Le alegró entrar en la casa, pero entonces sintió nervios por tener que quitarse la capa. Vio al instante que la mayoría de las mujeres llevaba un disfraz parecido al suyo. Únicamente las de más edad se habían decantado por capas de tejido más grueso. Suerte que en la casa no hacía frío, pensó, de lo contrario algunas de las ninfas y diosas contraerían una neumonía.

Muchos de los hombres iban también ligeramente vestidos, algunos con togas que dejaban al descubierto un brazo y un hombro. Muchas togas estaban ribeteadas de dorado y púrpura, indicio de alto rango, y unas cuantas llevaban coronas de laurel doradas. ¿Esos hombres eran duques, marqueses y condes? Reparó en el gracioso aspecto del marqués de Rothgar, que había adoptado la identidad de un modesto arquitecto y lamentó no haberse disfrazado de sirvienta.

Lo cual le llevó a pensar en Carrie, y en Christian, corpulento y furioso en Froggatt Lane. ¿Cómo era posible que tuviese caras tan distintas? ¿Por qué no podían ser todas repugnantes?

Muchos de los hombres llevaban armaduras antiguas con capas

escarlata y yelmos con emblema. Todos eran oficiales, pensó Caro, aunque probablemente fuese cierto. Ahí jamás se permitiría la entrada a los soldados rasos.

Conforme se adentraba en el vestíbulo Caro se preguntó qué aspecto tendría aquella casa en circunstancias normales, ya que para la ocasión se había creado hábilmente un efecto clásico. Enormes paneles y columnas habían sido pintados para asemejarse al mármol y unas enormes colgaduras oscuras cubrían el techo, simulando el cielo nocturno, como si estuviesen al aire libre.

Asimismo había olores. Caro identificó algunas hierbas y cuando un criado le ofreció una bandeja de cosas para picar, le llegó un olor a ajo. El duque había incluso logrado copiar los olores de un país extranjero. Lo visualizó, solemne y viejo, barrigudo y con la nariz roja, planeando su bacanal. Entonces se echó a reír. Seguramente se había limitado a pagar un dineral a unos profesionales y se había ausentado hasta esa noche.

Caro cayó en la cuenta de que estaba merodeando junto a lord Rothgar y Diana como una niña inquieta. No podía ser. Se apartó y dejó que la muchedumbre le arrastrara por las salas comunicadas, disfrutando de cada detalle de la casa y los invitados.

Algunos habían hecho una interpretación demasiado libre del estilo clásico. Una joven pechugona llevaba una túnica sin mangas que le llegaba por las rodillas, una máscara que le cubría medio rostro, y sonreía con descaro. ¿En serio era de buena familia?

Otros iban demasiado modernos. Un senador con toga lucía una peluca empolvada, y un soldado llevaba botas y pantalones de montar modernos debajo de su armadura con falda de cuero. Había quienes llevaban el estilo antiguo demasiado lejos. Pasó por delante de un grupo de hombres con túnica que probablemente hablaban en griego clásico. Caro sabía que todos aprendían en el colegio a emplear dicha lengua con fluidez, pero hacerlo ahí parecía una grosería.

—¿Por qué frunce el ceño, bella ninfa? ¿Quién le ha hecho enfadar?

Caro dio un respingo, pero se zambulló en la diversión de la mascarada y desempeñó su papel.

—Hombres maleducados, naturalmente. ¿Qué sino? —dijo ella, caminando tranquilamente junto al caballero de toga. Llevaba un ribete púrpura, pero ninguna corona de laurel. Era de los que llevaba un hombro al descubierto, pero éste era demasiado ancho para su gusto y por el pecho le asomaba un vello negro y grueso que le llegaba casi hasta la clavícula.

—Lamentablemente, somos unas criaturas abyectas; todos y cada uno de nosotros. Dígame, ¿de qué va disfrazada?

—Eso lo tiene que adivinar usted, señor.

Él la miró de arriba abajo, reparó en su granada y sonrió.

—¡Perséfone! ¿Me dejaría ser su Plutón por esta noche?

Ella sonrió y se lo quedó mirando.

—No parece lo bastante siniestro como para ser el señor del inframundo.

—¿Demasiado alegre? —repuso él sonriendo—. Conmigo podría divertirse.

Apareció una mujer a su otro lado, inconfundible porque iba vestida con una túnica de color rojo oscuro, parte de la cual le envolvía la cabeza. Representaba el dolor. Su careta sugería tristeza, pero curvó los labios hacia arriba.

—Tú podrías divertir hasta a una viuda, Jasper.

—Psyche, al menos podrías fingir que te he engañado.

—¿Por qué? —preguntó ella, y se lo llevó lejos de Caro sin disculparse.

¡Vaya! No es que Caro quisiera estar con él, pero aquello había sido sumamente grosero por parte de ambos. Se fijó en que cuando Psyche andaba, su vestido se abría por un lateral dejando ver casi toda su larga y esbelta pierna. Si eso era lo que la flor y nata entendía por compañía selecta, que Dios los bendijera a todos. Tal vez se uniría a lady Fowler. Aunque, tal como dijo el santo, todavía no.

—Perséfone —mascculló otro hombre, interceptándole el paso—. Déjeme morder su granada, mi sabroso placer.

No estaba mirando la fruta. Caro levantó la pieza de cerámica, sonriendo.

—Por supuesto, señor, pero se partirá los dientes.

Él le lanzó una mirada lasciva, dejando ver una dentadura torcida. Llevaba toga y corona, pero también un violín. Caro cayó en la cuenta de que se trataba del emperador Nerón, representando estupendamente su papel.

—Soy Plutón —manifestó— y le ordeno que venga a mi inframundo.

—Es Nerón y no tiene ningún poder sobre mí.

—Soy su emperador. Obedezca.

Caro se estremeció de miedo, pero estaban rodeados de gente, todos interpretando alegremente sus papeles. Ella simplemente había tenido la desgracia de tropezarse con un desagradable espécimen.

—Podría llevármelo a *mi* inframundo —dijo ella. Como a él le brillaron los ojos, Caro añadió—: ¿A la cocina, tal vez? Así podría tocar el violín mientras arde la chimenea.

La sonrisa del caballero se convirtió casi en una mueca.

—Una chica atrevida y deslenguada. Estoy convencido de por mucho que se quejara se metió usted por voluntad propia en la cama de Plutón.

—Él es un dios —contestó ella—, y usted, aunque emperador, no es más que un hombre.

Tras lo cual Caro se dio la vuelta y se marchó. Pensó que quizás él la seguiría, pero al parecer era inteligente como para saber que era una causa perdida. Sin embargo, más encuentros como ése y la velada sería tediosa.

En algún lugar de la casa tocaban música, pero entonces la melodía cambió y sonó un baile de animado ritmo. Entre exclamaciones de satisfacción, muchos se dirigieron escaleras arriba. Caro se dejó arrastrar por ellos, de nuevo sonriente. Le encantaba bailar.

Pero de pronto le agarraron de la mano. Miró de reojo, temiendo ver a Nerón, pero se trataba de un hombre más joven vestido con una sencilla y corta túnica aparentemente hecha a mano con una tela sucia. Cabría pensar que era un criado disfrazado, pero aunque llevaba una máscara ideada para parecer tela atada alrededor de la parte superior de la cara y se había dejado crecer la barba en las mejillas, su voz, su postura y todo lo demás sugerían que pertenecía a la élite. Probablemente el disfraz entero había sido hábilmente confeccionado por un experto a un precio elevado.

—¿Un ermitaño? —adivinó ella, dejando que él la condujese hacia delante.

—Demasiada melancolía. Soy un cabrero. Incluso nuestros emperadores y filósofos necesitan que alguien les suministre la comida.

Ella se rió entre dientes, le gustó la rebeldía de su elección y estaba loca de contenta de que él no hubiera mencionado a Plutón. Sin embargo, Caro levantó las manos entrelazadas de ambos y examinó la suya, impecable, y de uñas perfectamente arregladas.

—Tiene usted unas cabras muy mansas.

Él sonrió, mostrando una dentadura magnífica.

—¿Qué sentido tiene una fiesta de disfraces si uno va de sí mismo?

—¿La mayoría de los que están aquí lo reconocerán?

—Es probable. ¿Y a usted la reconocerán?

—Puede que no.

—Entonces he encontrado un tesoro. —Le besó los nudillos.

Por fin un pasatiempo elegante.

—Al menos hasta el invierno, cuando debo regresar al Hades.

—Razón de más para divertirnos mientras podamos. Bailemos.

Él la llevó hasta la sala de baile, más extraordinariamente transformada con pilares, mármol y colgaduras. Entonces su hombro desnudo rozó contra medio pilar de mármol y se dio cuenta de que al menos eso era auténtico.

—El duque ha creado una maravillosa ilusión —dijo ella mientras ocupaban sus puestos en una hilera de bailarines.

—O él o sus esclavos y subalternos.

—Entonces es usted un Nivelador que quiere que bajen los que están arriba para que suban los cabreros.

—No. Yo disfruto de mis privilegios y mis lujos. —Echó un vistazo a la granada de Caro—. Es una fruta bonita, pero ¿qué hará con ella mientras bailamos?

Caro la metió en una bolsita que colgaba de su cinturón. Como era blanca pasaba desapercibida hasta que se usaba. Había sido un invento suyo y estaba muy orgullosa de él.

—¡Caray! —exclamó él cuando empezó el baile—. ¿Se puede soltar del cinturón? Porque en ese caso sería un arma muy útil.

—Que me temo que quizá necesite esta noche.

—¿Ha tropezado con un algún impertinente? —Giraron hacia un lado y el otro—. No debería ser tan atractiva.

—¡Ay, qué gran verdad! —repuso ella—. Especialmente porque fueron mis encantos la causa de que Plutón me hiciera descender al infierno.

—¿Preferiría usted la fealdad?

Ella se rió.

—Tanto como usted la pobreza, señor.

El baile los separó y Caro vio que el entusiasmo cohibía a la siguiente mujer con la que él bailó. Debía admitir que era guapo y pese a las medias que llevaba bajo la túnica mostraba un cuerpo perfecto de líneas elegantes, aunque ella sospechaba que además era rico y noble, y el sueño de muchas mujeres.

Caro se mostró atenta con sus otras parejas de baile, pero cada vez que bailaba con su cabrero le gustaba más. No para echarle el lazo y casarse con él, sino simplemente para pasar el rato. Estaba claro que se le daba de maravilla coquetear. Por primera vez desde que Christian irrumpiera en la casa de Froggatt Lane, Caro se sintió verdaderamente alegre.

Christian era un oficial del ejército. Caro cayó en la cuenta de que cabía la posibilidad de que estuviese allí. No pudo evitar estudiar a todos los soldados que la rodeaban. Muchos se habían deshecho de sus pesados yelmos, lo cual ayudaba a su identificación. Vio a hombres corpulentos y a hombres rubios, pero ninguno que combinara ambas cosas para ser el hombre adecuado. ¿Qué haría si lo veía? Tendría que esquivarlo porque seguía sin poder ofrecerle nada. Aunque a duras penas lo soportaría.

Los ojos escrutadores de Caro se posaron en un joven alto, vestido con una sencilla toga y de cara redonda, que estaba insistiéndole a alguien en que le cediese su puesto en el baile. Le sorprendió que se lo cedieran sin rechistar.

—¿Quién es el poderoso César? —le preguntó ella a su cabrero mirando de reojo al joven—. Porque parece tener autoridad.

El cabrero miró en esa dirección y acto seguido siguió bailando con ella.

—Es el rey —contestó en voz baja—. Casi todo el mundo lo sabe, naturalmente, pero se supone que es un secreto.

Caro volvió a mirar en cuanto pudo. Supuso que guardaba un parecido con la imagen del rey que figuraba en grabados y monedas. Cuando le tocó bailar con él, le costó mucho no actuar de forma extraña.

—Dígame, ¿de qué va disfrazada? —inquirió él mientras contemplaba el disfraz de Caro—. ¿De ninfa?

Caro le hizo una media reverencia y perdió el compás del baile.

—De Perséfone, señor. —Para impedir que fuese él quien hiciese la misma broma pésima que los caballeros anteriores, añadió—: La pobre víctima de Plutón.

—¡Ojalá hubiese estado yo ahí para defenderla! ¿Y quién cree soy yo? —preguntó él.

¡Dios! ¿Qué decir a eso? Probablemente ni siquiera a los reyes anónimos les gustaba que los rebajasen de categoría. Pero lo del César le parecía demasiado obvio y tampoco encajaba con su disfraz.

—Un filósofo —respondió Caro con la esperanza de complacerlo.

Así fue.

—Chica lista —dijo él, y por suerte en ese momento tuvieron que separarse, porque no le hacía ninguna gracia que le llamase «chica» un hombre de su misma edad, aunque fuese el rey.

Vislumbró una cabeza rubia al otro lado de la sala y de nuevo se apoderó de ella su mayor inquietud. Pero no, no era lo bastante alto. Entonces pensó en Jack Hill. Lord Rothgar no había conseguido localizar ningún documento en los archivos militares donde constara su defunción. Eso le preocupaba. De estar vivo, ¿podría estar en la fiesta? No lo conocía, y él a ella tampoco. Podrían bailar y coquetear con ingenua ignorancia.

¿Sentiría ella algo? Cuando volvió a bailar con el cabrero, lo examinó con más intensidad, pensando: «Es más alto de lo que me había imaginado, pero de huesos finos como Jack Hill, y desde luego se da un aire a él».

—¿Cree que me ha reconocido? —preguntó el cabrero.

—A lo mejor sí. ¿Es usted militar?

—Habría venido con armadura ¿no?

Ella le contestó con el mismo comentario que le había hecho antes él.

—¿Qué sentido tiene una fiesta de disfraces si uno va disfrazado de sí mismo?

—*Touché.* Pero ¿sólo sonríe usted ante el dios Marte?

—Tal vez —dijo ella, olvidando su repentino ataque de locura. Jack Hill estaba muerto y aunque no fuese así, ese hombre no era él.

El baile finalizó y su pareja la sacó de la pista.

—Venga, le encontraré un Marte con quien juguetear.

Caro habría preferido quedarse con él, pero la cortesía exigía que los caballeros bailaran con muchas damas. Ella era una extraña en ese lugar y él estaba siendo amable.

—¡Ahí posiblemente haya uno! —dijo tras mirar a su alrededor. La condujo hacia un grupo de soldados. El que tenían más cerca llevaba capa y estaba de espaldas a ellos.

A Caro le falló el paso. Su altura, hombros anchos y pelo rubio... Pero el cabrero ya había empezado a exclamar:

—¡Ajá, Marte! No, usted no, señor... *Usted.* Una hermosa diosa exige que le rinda culto.

Los tres hombres se habían girado. El hombre alto y rubio que estaba en el centro era Christian Grandiston. Suerte de la máscara impasible de Caro, que ocultaba sus emociones.

Caro sabía que el peto hecho a medida no era más impresionante que su silueta al desnudo. Debajo de éste llevaba una túnica blanca sin mangas que le llegaba a las rodillas, espinilleras de metal y sandalias, pero sus musculosos brazos estaban completamente al descubierto. Aun con esa sonrisa despreocupada que ella tan bien conocía, era la viva estampa de un guerrero.

Sintió frío y calor al mismo tiempo. ¿Se sonrojaban los hombros? ¿Y si acababa vomitando? Él se puso serio.

—¿Por qué me importuna? —le dijo al cabrero mientras acercaba la mano a la espada corta de hoja ancha que colgaba de su cinturón.

—Mi noble y gran señor —imploró el cabrero poco convincente—. Me limito a obedecer a la diosa.

Christian desvió la mirada hacia ella y volvió a sonreír.

—Es el deber de todo hombre obedecer a una diosa. ¿Qué dispone?

Caro se dio cuenta de que... ¡estaba celosa! Celosa de que él estuviese sonriendo y mirando de aquella manera a una desconocida. Era absurdo, pero no quería que la reconociera. Únicamente le produciría dolor.

Tenía que escapar, pero huir en ese momento como había hecho en su primer encuentro pondría todo en evidencia. Era obvio que él no la había reconocido, porque no contaba con verla allí. Lo único que tenía que hacer era disimular la voz. Empleó un tono más agudo de lo normal y se valió del nerviosismo para hablar entrecortadamente.

—Señor, ¡qué honor tener a un imponente guerrero como usted a mis órdenes!

Él le hizo una reverencia con anacrónico estilo.

—¿A qué diosa tengo el honor de rendir culto? ¿A Venus, diosa de la belleza, o a Juno, que gobierna el Olimpo?

—No se confíe. Lleva una granada —dijo el cabrero con una sonrisa.

Prefiriendo mantener un misterioso silencio, Caro sacó la granada.

—¡Ah..., la eterna promesa de la primavera! —exclamó Christian—. ¡Largo de aquí, valet! Éste no es su sitio.

—Sólo si mi diosa da su aprobación —repuso el cabrero.

Caro intuyó que los dos hombres se conocían y se llevaban bien. Christian desenfundó la espada.

—Dé su aprobación, Perséfone, o su humilde acompañante morirá.

—¡Oh! —Caro soltó un grito—. ¡Doy mi aprobación, la doy!

Los otros dos soldados habían desaparecido y entonces su cabrero también la abandonó. Christian le sonrió, pero debió de verla asustada.

—Le aseguro que no infundo tanto miedo. Sólo estamos actuando.

—Yo también —dijo ella con voz aguda.

—Entonces tenga la bondad de fingir fascinación.

Caro bajó la mirada esperando parecer nerviosa.

—Verá, soy nueva en Londres y me aterroriza tanto desconocido.

—En ese caso permítame que la acompañe de nuevo con sus amigos. ¿Sabe dónde están?

—No.

—Pues los buscaremos.

Estaba siendo amable y simpático con ella, y Caro comprendió que con él nunca había tenido libertad de elección. A pesar de todo lo quería muchísimo.

Él había extendido la mano, con la palma hacia arriba, y ella se vio obligada a poner su mano encima. ¿La reconocería nada más tocarla? Tembló al entrar en contacto con él, su cuerpo empezó a recordar y su mente recordó otras cosas.

Christian había seducido a Kat Hunter por pura maldad, pero la había rescatado por galantería. Y ahí estaba ahora, rescatando a una dama a la que el baile de disfraces ponía nerviosa. Una dama que él no conocía de nada y a la que no tenía posibilidad alguna de seducir.

—¿A quién estamos buscando? —inquirió él.

Temerosa de que hubiera algo en Diana y Rothgar que pudiese ponerla en evidencia, se sacó un nombre de la manga.

—A lord y lady Bingham.

—No los conozco. ¿De qué van disfrazados?

—De centurión y romana.

—Es posible que nos demoremos en la búsqueda, Perséfone, pero no será algo que lamente. ¿Cuánto tiempo lleva en la ciudad?

—Tan sólo unos días —susurró ella mientras su voluntad se derretía.

Él le habló con soltura de los encantos de Londres y de lugares que tal vez le gustase visitar. Era un Galahad con armadura griega. Hizo una pausa, esperando alguna reacción, pero ella no tenía ni idea de lo último que había dicho. Estaban en un rincón de un descansillo desde donde se veía el amplio vestíbulo de abajo. Caro miró hacia allí como si estuviese buscando a alguien y vio al hombre que el cabrero le había asegurado que era el rey.

—¡Oh, lo siento! Estaba distraída. Según mi cabrero, ese hombre de ahí es el rey. ¿Es cierto?

Caro se volvió para mirar a Christian y se quedó helada. No sabía que su mirada pudiese ser tan fría y dura.

—¿Vuelve a sentir curiosidad, Kat? ¿Qué diantres hace aquí? —La arrinconó sin dejarla escapar.

Caro se quedó anonadada, la boca seca por el miedo.

—No pierda el tiempo negándolo.

—Muy bien, no lo negaré —susurró ella, y en esa ocasión los nervios no eran fingidos.

—Es usted sensata. Dígame, ¿por qué está aquí?

—Por... diversión, ¡por pura diversión!

—No hay nada puro en usted. ¿Por qué ha venido?

—Por favor, no... —Caro ignoraba qué temía exactamente, pero la ira irracional de Christian le estaba derritiendo los huesos.

—Hace bien en tener miedo, Kat, si ése es su nombre. ¿No lo es? Ya me lo figuraba. —Pero entonces le preguntó en un tono de voz diferente—: ¿Por qué huyó?

—¿Qué?

—En York. ¿Por qué huyó?

¿Por eso estaba Christian tan enfadado? Caro le dio un empujón.

—Porque temía una escena como ésta. Déjeme marchar.

—¿Qué hice para merecer eso?

«Ha hecho que lo ame.»

Caro cerró los ojos.

—Déjeme marchar, por favor. Esto es absurdo.

—En York me tomé la molestia de indagar y averigüé que allí no hay ningún abogado que se apellide Hunter.

Ella lo miró con cansancio.

—Sí, mentí. El apellido es falso. Lamento que se haya enfadado...

—Y aquí está, preguntando por el rey.

Caro lo miró fijamente, tratando de comprender. Pasó por delante un grupo de gente, que obligó a Christian a pegarse a ella, presionando el peto contra sus pechos desprotegidos. Caro gruñó de dolor, pero también por una excitación opresiva. Él retrocedió sin dar señales siquiera de haberlo notado, pero ahora le asía con firmeza de la muñeca.

—Venga conmigo.

Caro se retorció para soltarse, aunque le dolió.

—No.

—Venga conmigo —le dijo en voz baja— o pediré ayuda y la llevaré a la torre.

—¡La *torre*!

—Como posible amenaza a la seguridad del rey.

Caro se quedó boquiabierta, pero vio que él hablaba completamente en serio. ¡Qué locura! Aquello podían arreglarlo en un santiamén, pero no era el lugar ni el momento. Estaban rodeados de militares que probablemente no dudarían en cumplir sus órdenes. No tenía ni idea de dónde estaban Diana y lord Rothgar.

Christian le soltó la muñeca, pero acto seguido la rodeó con un brazo, estrechándola con tal fuerza que Caro no tenía posibilidad de escapar. Le obligó a caminar entre la alegre muchedumbre, con una sonrisa en la cara que a ella le sugirió una muerte segura, pero a los demás debió de convencerles.

—¿Cómo me ha reconocido? —susurró ella.

—Por la cicatriz de la mandíbula. Pero igualmente he tenido el presentimiento de que la conocía. En el más amplio sentido de la palabra.

Era ridículo que aquel comentario le hiciera daño, pero Caro tuvo que apretar los labios para combatir las lágrimas.

—Pare ya y deje que le explique.

—Todavía no.

Ese comportamiento tiránico le recordó a Caro su primer encuentro y debería haber eliminado cualquier sentimiento de ternura, pero su angustia por la ira y la desconfianza de Christian era indicio de su estupidez.

Cuanto más se alejaban de la sala de baile, menor era la aglomeración de asistentes y más asustada estaba. No quería creerse que él le haría daño realmente, pero cuando abrió una puerta y le obligó a pasar, a Caro por poco le fallaron las piernas.

Christian cerró la puerta. El baile se convirtió en un lejano murmullo. Estaba sola con él en una especie de tocador inutilizado y frío sin una lumbre en la chimenea. Sólo estaba la luz procedente de la luna, pero ésta entraba directamente, bañándolos tanto a él como a la habitación con una luz pálida y gélida.

# Capítulo 27

Caro hizo un esfuerzo por hablar.

—Esto no es necesario. —Su voz era tan aguda y entrecortada como cuando había intentado disimularla—. Siento haberlo plantado en York...

—¿Cree que eso me importa? Nuestro juego había terminado y, en consecuencia, se marchó. ¿Para quién trabaja?

—¿Para quién trabajo?

—¿Para los franceses? ¿Los Estuardo? ¿Los malcontentos irlandeses?

La luz de la luna lo había convertido en una estatua de mármol de ojos de obsidiana.

—¡Para nadie! No soy ninguna traidora. Christian... —Se le escapó el nombre, pero Caro constató que surtió efecto.

—Entonces cuénteme una sola verdad —le pidió él con más suavidad—. Dígame su verdadero nombre.

Era algo muy sencillo, pero en ese momento, con lo furioso que él estaba y siendo ambos enemigos, esa revelación era superior a ella. Christian volvió a mostrarse frío, le agarró de la muñeca y la arrastró hasta la ventana.

—¿Qué hace? —gritó ella, forcejeando.

—Asegurarme de que no puede escaparse. —Inspeccionó la ventana y miró por ésta—. ¿Es usted una intrépida escaladora de fachadas? Yo diría que no, pero no sé nada de usted, ¿verdad?

—Soy una dama respetable de Yorkshire... —le soltó Caro— ¡que ha tenido la desgracia de toparse con usted! ¿Qué vileza sospecha de mí?

—Asesinato.

—¿Qué? Usted está loco. Matar es su habilidad, no la mía. —Caro recordó el comentario acerca de usar su granada como arma y trató de desatar la tira de su cinturón.

Él la empujó con fuerza de espaldas a la pared.

—Veamos eso. Sáquelo.

—¿Por qué? ¿Por qué cree que yo mataría a alguien?

—Porque es una mentirosa y una ladrona...

—Yo no he matado...

—Y está aquí a la vez que el rey.

—Pero ¡yo no sabía que vendría!

—Me ha pedido que le confirmara su identidad. —Christian retrocedió y a la vez que hacía ese movimiento desenfundó su corta espada, asió la bolsita y la soltó de un corte como si fuera un cuchillo cortando mantequilla.

Caro se estremeció.

—¡La hoja es de verdad!

—Recuérdelo.

Christian examinó la fruta de cerámica, pero ella permaneció pegada a la pared. No tenía ninguna duda de que al más mínimo movimiento él volvería a inmovilizarla ahí, tal vez con la hoja de su espada.

—Soy quien le he dicho —dijo ella con toda la serenidad que pudo—. Eso es una pieza de cerámica. No quiero matar al rey. No sé qué le ha hecho abrigar tan disparatada sospecha...

Él giró la fruta con ambas manos y ésta se partió en dos mitades, dejando a la vista pequeñas bolas plateadas que destellaban a la luz de la luna.

Caro las miró y al levantar la vista se encontró con una mirada fría y fulminante.

—No sé qué son —farfulló—. ¿Qué son? ¿Balas de pistola? No lo sé, no sabía que estaban ahí. No me extraña que pesara tanto...

—¿Son alguna clase de explosivos? ¿Pretendía encenderlos?

—No. No lo sé. ¡Yo no sé nada! ¿Cree que yo misma querría saltar por los aires?

—Sería una asesina muy entregada.

Repentinamente furiosa, Caro le arrebató la granada de las manos. Las dos mitades golpetearon contra el suelo de madera y las bolas repiquetearon.

Grandiston la empujó contra la pared. Caro contraatacó con todas sus fuerzas, pero entonces se dio cuenta de que él la estaba protegiendo con su cuerpo y se quedó inmóvil.

—No han hecho explosión —dijo ella después de tres lentas respiraciones.

—Aún no. —Pero Christian la estaba mirando de un modo distinto y con seriedad—. Dígame cómo se llama.

No podía seguir ocultándolo.

—Caro —le dijo, rezando para que él se conformara sólo con eso—. ¿Usted se llama realmente Christian?

—Sí, y soy cristiano —contestó con sequedad—. Lo cierto es que el mentiroso no he sido yo en ningún momento, pero para serle totalmente sincero Grandiston no es mi apellido. Es mi título. Soy el vizconde Grandiston y usted... usted es el mismísmo demonio anidado en mi alma.

Selló los labios de Caro con los suyos. Puede que las bolas metálicas no fueran explosivas, pero él sí; ellos sí. Muchas partes de Caro gritaron socorro, pero el resto de su cuerpo gritó de un modo distinto, con un feroz alarido de desesperación. Agarró del pelo a Christian y le devolvió el beso. Él le cogió de las piernas y rodeó con ellas su torso duro por la armadura. Caro cruzó los tobillos. Aunque le asombraba su propia posición, se arqueó contra él llena de deseo.

La tela que le cubría el hombro que llevaba tapado se rasgó y Christian paseó la boca húmeda y ávida por sus senos. Caro soltó un gemido largo y ronco, y todo su cuerpo se puso rígido. Presionó con más fuerza contra él, ansiosa de que la penetrara. De quc la penetrara hasta el fondo...

Entonces notó una luz sobre sus párpados cerrados.

—¡Dios mío! —se oyó una voz de mujer—. Parece que la fiesta se ha convertido en una orgía. Y muy pronto.

Grandiston se quedó petrificado. Caro miró atónita por encima de su hombro a la viuda vestida de color rojo sangre y al Nerón de mirada lasciva que estaba a su lado y llevaba un candelabro.

—Creo —dijo Caro— que ha olvidado echar el cerrojo.

A él se le escapó una carcajada, pero luego cogió aire, igual que ella. ¿Empezaba también como ella a sentir frío debido al miedo? Entonces llegó la guinda de los desastres. Caro, como un conejo atemorizado, se habría quedado inmóvil con la vana esperanza de pasar desapercibida, pero Christian le descruzó los tobillos y le devolvió los pies al suelo. Sus rodillas amenazaron con doblarse y de no ser por la pared podría haberse desmoronado.

Él se giró, tapándola de nuevo con su cuerpo. Caro se cubrió los pechos con el vestido y apoyó la cabeza en su ancha espalda. Pero hasta eso salió mal. La armadura de cuero le molestaba y no olía a él.

—Búsquese otra habitación, lady Jessingham —dijo Christian.

—Es que ésta me gusta —repuso la maldita viuda—. Tal vez podamos jugar todos juntos. ¿A quién esconde ahí detrás, Grandiston? Venga, díganoslo.

—¿Eso no es una granada? —comentó Nerón—. ¡Esconde a la bella Perséfone! Vaya, vaya... Sí, compártala con nosotros.

—Váyase a tocar el violín al infierno, que es su sitio —gruñó Christian.

Pero no sirvió de nada. Caro oyó una nueva voz que dijo:

—¿Qué pasa aquí?

—Que Grandiston ha encontrado una granada muy jugosa —contestó Nerón.

Caro no pudo evitar mirar. Se asomó por detrás de Christian y vio a otros tres invitados que estaban riéndose. Seguro que no tardarían en aparecer más y encima la viuda le cogió a Nerón las velas y encendió otro candelabro que había encima de una mesa, con lo que la habitación se iluminó más.

¿Cuánto tiempo podría permanecer escondida? Alguien recordaría que Perséfone había venido con lord Rothgar, pero seguía con la careta puesta. Tal vez no hacía falta que nadie supiera que era Caro Hill.

—Por favor, lady Jessingham...

Al oír la voz de lord Rothgar, Caro sintió deseos de volverse tan pequeñita como las bolas del suelo y desaparecer. Las personas aglomeradas junto a la puerta se disgregaron y él entró junto a Diana. Los dos parecían tranquilos y hasta ligeramente divertidos. Diana iba completamente disfrazada, pero lord Rothgar se había quitado la máscara.

—¡Vaya, Rothgar! ¿A que es un espectáculo estupendo? Haga que continúen —dijo Nerón.

Estaba muy borracho. Rothgar lo miró con tanta frialdad que lady Jessingham dio un paso atrás para desvincularse del asunto. El marqués prescindió de Nerón como si no existiera y se dirigió al grupo:

—Les pido un poco de respeto e intimidad para estos cónyuges que acaban de reconciliarse.

Sólo le faltaba haber señalado con el dedo. Los espectadores del fondo desaparecieron. Lady Jessingham no se movió de su sitio.

—¡Cónyuges! Pero ¡si es Grandiston!

—Está casado —insistió lord Rothgar.

Nerón cogió a la viuda y trató de estar a la altura.

—Vamos, Psyche. Será mejor que salgamos de aquí. Están casados, mira tú por dónde...

—Grandiston *no* está casado —susurró ella con los ojos entornados y sin moverse un ápice.

—Resulta que sí lo estoy —repuso Christian.

Ella le lanzó una mirada iracunda y su rostro se contrajo tanto que perdió cualquier rastro de belleza.

—Entonces es usted un idiota y su familia no comerá más que mendrugos de pan.

Lady Jessingham salió majestuosamente y Rothgar cerró la puerta. Caro sabía que debía dar la cara y afrontar su destino, pero tampoco entonces consiguió mover sus cobardes piernas. Christian sacó pecho delante de ella.

—Le agradezco que haya acabado con el problema, milord, pero lamento que se haya visto obligado a mentir. ¿Le importa que le pregunte qué interés tiene usted en todo esto?

—Esta dama está bajo mi protección.

Christian se volvió hacia Caro, perplejo.

—Es usted una constante caja de sorpresas, ¿eh? —Se giró de nuevo hacia Rothgar—. Me enfrentaré con usted, naturalmente, pero a ser posible habría que preservar su reputación.

Al oír aquello Caro salió de su escondite tapándose los pechos con el vestido.

—¿Qué? ¿Un duelo? ¡Ni hablar!

—No —contestó Rothgar. Al ver el estado de su vestido enarcó las cejas, pero no parecía furioso. Diana se estaba mordiendo el labio, quizá para no sonreír. ¿Tan perverso era Londres que hasta aquello era una nimiedad?

—No hay vuelta atrás —dijo Christian enfadado—. La noticia ya debe de estar propagándose, pero será fácil demostrar que es una mentira.

—Usted ha convenido en que estaba casado —señaló Rothgar.

—Y da la casualidad de que es verdad, pero no con esta dama.

—¿Ah, no? Lamento el dramatismo, pero es que resulta irresistible. Señor, permítame que le presente a Dorcas Caroline Hill, de soltera Froggatt, su legítima esposa. Caro, éste es su marido, el comandante lord Grandiston.

Caro miró fijamente a Rothgar y luego a Christian, que se giró y la miró atónito, y retrocedió como con repugnancia... Y pisó las bolas de metal. El pie derecho le resbaló y se tambaleó tratando de mantenerse erguido. Caro corrió a ayudarle. Se le cayó la parte superior del vestido. Christian rápidamente se lo sujetó y tiró de él hacia arriba, una vez recuperado el equilibrio.

Se quedaron estáticos en esa posición, medio erguidos, mirándose a los ojos. A saber lo que él estaría sintiendo, porque su rostro carecía totalmente de expresión.

# Capítulo 28

Era su mujer, pensó Christian. Dorcas Froggatt; Kat, Caro. Quienquiera que ella fuese, las dos aventuras que él había vivido en todo momento habían sido una sola y ahora no sabía lo que sentía ni lo que debería hacer.

Entonces lady Arradale se interpuso entre ellos al tiempo que se sacaba un imperdible de la túnica.

—Mientras lo aclaráis todo, deja que te arregle el vestido, Caro.

—Lo siento —dijo ella, con los ojos muy abiertos por la sorpresa.

Su mujer, pensó Christian. Una parte de él rugía triunfal, pero otra bramaba de furia. Ella le había engañado como a un tonto. ¿Con ayuda de lady Arradale? Era evidente que se llevaban bien. Las dos eran de Yorkshire, aunque de clases sociales muy distintas. Claro que Kat Hunter había mencionado a la condesa al menos en una ocasión.

Se volvió de cara al marqués de Rothgar, un hombre al que conocía de vista y por su reputación, pero con el que nunca había intercambiado más que algún que otro comentario banal. Un hombre con suficiente poder para hundirlo y un duelista lo bastante experto para matarlo.

No habría ningún duelo. Ni siquiera Rothgar podía matar a un hombre para complacer a su mujer, aun habiéndolo encontrado en una posición deshonrosa. Pero podía descargar su venganza de otras formas. La rabia se apoderó de él cuando comprendió de qué modo le habían bailado el agua, engañándolo y utilizándolo. ¿Con qué fin, además? ¿Qué esperaba conseguir aquella condenada mujer?

—¿A qué se ha referido lady Jessingham con eso de que su familia no comerá más que mendrugos de pan? —dijo lord Rothgar.

Christian lo miró fijamente y desvió su atención a otro tema distinto. ¿En eso consistiría la amenaza del marqués? Aunque las palabras de Psyche le preocupaban, dijo:

—Era una hipérbole. Me ofreció su persona y su fortuna a cambio del título y está ofendida.

—El condado de Royland no es próspero —declaró Rothgar— y su padre tiene muchos hijos.

—Pero no es un derrochador.

—Su hermano sí lo es.

—¿Cómo? —Christian tuvo ganas de estamparle la cabeza en la pared—. Milord, ciñámonos al tema en cuestión: cómo evitar el escándalo concerniente a mi... mi esposa. —Casi se atragantó con la palabra.

—La historia seguramente ya estará corriendo entre los asistentes a la fiesta —convino Rothgar—, pero será fácil darle un toque de romanticismo. Una boda secreta, una prolongada separación debido a la guerra, algunos malentendidos, un reencuentro inesperado... ¿De veras ignora las estrecheces que pasa su familia?

—No pasan ninguna estrechez.

—Por desgracia sí.

Christian lo fulminó con la mirada.

—De ser así, ¿cómo lo sabe?

—Tanto usted como ellos se han convertido últimamente en tema de interés para mí.

*¡Santo Dios!*

—Deje usted en paz a mi familia, milord.

No pareció convencer a lord Rothgar, lo cual no era de extrañar.

—Su mujer es amiga de mi esposa, Grandiston. ¿Nos convierte eso en camaradas?

Lord Rothgar daba más miedo cuando hablaba en broma que cuando se mostraba vengativo. ¿Y cuál de sus hermanos despilfarraba? Tenía que ser Tom. Los demás estaban en el colegio o en casa. ¿Qué habría hecho? La marina seguramente le ofrecía numerosas tentaciones.

La puerta se abrió y Thorn entró disfrazado aún de cabrero, pero parecía un duque de pies a cabeza. Cerró la puerta.

—¿Puedo ayudar en algo?

Christian tenía un aliado, pero volvió a sentir un gélido escalofrío en la espalda. Aunque era más joven, Thorn era de nivel social superior a Rothgar y para defender a un amigo se valía de eso con toda naturalidad. Christian no sabía con seguridad quién ganaría, pero puede que el mundo se echara a temblar.

—Me vendría bien un brandy fuerte —dijo con la máxima serenidad que pudo—. Por lo visto mi esposa errante ha estado en mis narices todo el tiempo.

Se giró. A Caro le habían recompuesto toscamente el vestido con imperdibles y se había quitado la máscara que ocultaba su rostro. Sin duda era Kat... su bella y atemorizada Kat. Sintió deseos de estrecharla entre sus brazos y protegerla; sintió deseos de pegarle.

—Permíteme que te presente a Caro, no a Dorcas, fíjate bien... mi esposa. Querida, ésta es su excelencia el duque de Ithorne.

Thorn hizo una reverencia, logrando no parecer ridículo.

—Encantado, lady Grandiston. Lady Jessingham está sembrando la duda acerca de tu matrimonio, Christian, y está colocando a tu dama bajo una luz nada halagüeña. He venido para descubrir la naturaleza exacta del veneno antes de aplicar un antídoto. Ahora veo que lo que tenemos es una panacea. A menos que... —añadió, dirigiéndose directamente a Rothgar— haya mala intención por parte de alguien más.

—Tenga mucho cuidado —dijo Rothgar—. Aunque en esta ocasión, Ithorne, creo que compartimos el mismo interés.

—Sólo si los intereses de Christian coinciden con los de su esposa, ya que ella ha hecho lo posible por esquivarlo.

—Porque no quiero estar casada con un desconocido —protestó Caro, dando un paso hacia delante—. Y aquí estoy, otra vez sin alternativa. —Arremetió contra Christian, los ojos llenos de ira—. Todo esto es por su culpa. Por arrastrarme hasta aquí llevado por esa absurda sospecha. Me ha... me ha...

—¿Qué? —quiso saber él, y añadió deliberadamente—. ¿La he violado?

Ella se puso lívida, pero aún hervía de ira.

—¿Acaso no se da cuenta de lo que ha *hecho*? Si tenía alguna posibilidad de poner fin a nuestro enlace, este incidente ha dado al traste con ella. Aunque hace diez años no se presentó la ocasión de consumar el matrimonio, ¡es evidente que ahora sí la teníamos!

Christian se la quedó mirando fijamente, asombrado y excitado por su descomunal furia.

—¿Ése ha sido su plan desde el principio? —siguió ella sin contención—. ¿Sabía quién era yo y quería asegurarse de que me ataba bien atada?

—¿Por qué demonios...?

Pero Caro ya había arremetido contra Rothgar, ni más ni menos que Rothgar.

—Me prometió usted que estaría a salvo. ¿Estaba confabulado con él?

—No —contestó Rothgar.

—¡Usted es muy poderoso! Omnisciente, omnipotente. —Caro dijo esas palabras incluso con desdén—. Seguro que sabía que él estaría aquí, pero no me lo ha advertido. No ha hecho ningún esfuerzo...

Christian cayó en la cuenta de que sin darse cuenta se había colocado a su lado.

—Kat...

Ella se giró y le dio un empujón.

—¡Déjeme en paz!

Rothgar alzó una mano.

—Tranquilidad. Le pido disculpas, lady Grandiston, le ruego de corazón que me perdone. No sabía que Grandiston estaría aquí, pero debería habérmelo imaginado por la relación que tiene con Ithorne. Yo la había traído aquí para que conociese al rey en un marco informal.

—¿Por qué? —inquirió ella.

—Porque he descubierto que no hay ninguna probabilidad de que su matrimonio pueda ser anulado, así que esperaba allanar el camino hacia Su Majestad llegando a algún acuerdo especial. Él es un esposo abnegado y fiel, pero no es inmune a una mujer hermosa en apuros, especialmente si es virtuosa.

No hizo falta que dijera lo obvio. Un encuentro apasionado como el que acababa de ser interrumpido no contaría como virtuoso ni siquiera entre una pareja casada, y encima echaba por tierra la idea de las diferencias insuperables.

Caro se llevó la mano al rostro. Entonces pareció reparar en su anillo de boda por primera vez. Se lo sacó y se lo tiró a Christian a la cara. Él se protegió con una mano y el anillo rebotó contra el suelo tintineando al entrar en contacto con una de las bolas de metal.

—¿Qué es eso? —preguntó Thorn.

—Explosivos —le soltó ella—. ¿No tiene miedo? Piénselo un momento, si hubiese aquí una llama podría prenderles fuego. ¡Y todos moriríamos!

—Creo que son pesas de vidrio para repostería —explicó Diana con serenidad—. La granada salió de la cocina. Supongo que es ahí donde las guardan.

—Pesas para repostería —dijo Christian, que recordaba haber visto de niño a la cocinera empleando judías para mantener el platillo con la cobertura de pasta abajo para cocinar. Al parecer, en las casas más pudientes usaban bolitas de cristal con ese fin.

—Irrelevancias al margen —comentó Rothgar con frialdad—, volvamos a lo importante. Como decía, tenía un plan dedaliano y estaba urdiendo un encuentro cuando Su Majestad ha solicitado mi atención en otro asunto. Usted ha desaparecido y cuando la hemos localizado ya era demasiado tarde. Por eso sus esperanzas se han visto truncadas —le dijo—, por lo que no puedo más que pedirle que me perdone.

Caro se quedó petrificada, su ira se desvaneció, y se quedó con aspecto de concha pálida. Christian retrocedió mentalmente a aquella habitación de la posada del Carnero, 10 años antes. Incluso enfadado, había querido consolar de algún modo a esa chica delgada y pálida. Ya no era una chica, pero deseaba rodearla con el brazo, ofrecerle su apoyo y defenderla.

—Aun así podría obtener una separación de cama y mesa, ¿verdad? —preguntó ella antes de que él pudiera moverse.

Rothgar la examinó detenidamente.

—Únicamente si declara que en este encuentro ha habido abuso de fuerza. Eso podría sustanciar un proceso de crueldad intolerable.

—Ha habido abuso de fuerza. —Caro mostró la muñeca—. Tengo cardenales. Les invito a todos a dar fe de ello.

¡Maldita fuera! Era verdad.

Christian estaba sentado en el salón privado de Thorn, arrebujado en una capa. Se había quitado la armadura, pero se había quedado con una túnica que le llegaba por las rodillas. Y lo único que Thorn pudo prestarle era ese dominó de satén negro. Christian estaba bebiendo, pero Thorn no le rellenaba la copa con la frecuencia que querría.

—Desde luego damos pena —dijo Christian, señalando el banyan negro con broches de plata de Thorn.

—Cosas para lamentar hay... Tu reputación, por ejemplo. Si ella sigue adelante con la separación y apela al abuso de fuerza, saldrás mal parado.

—Es imposible que un hombre abuse de su esposa.

—Nadie afirmará que es un crimen, pero probablemente te pedirían que renunciaras a tu cargo en la guardia real y tal vez en el ejército en general.

Christian echó la cabeza hacia atrás y se quedó mirando el techo sin artesonado.

—No le obligaré a vivir conmigo. —En su interior, sin embargo, se le arremolinaban los motivos. Si ella fuese Kat...

No lo era. Sí lo era... Sabía que era Kat. Era una mujerzuela embustera y tramposa, pero le vinieron a la memoria momentos mejores que le atormentaron. El gato-conejo de Hesse. El viaje a Adwick, con Kat arrimada a su espalda, su conversación rayana en la honestidad. ¿De verdad no había sabido que él era su marido? De haberlo sabido, ¿habría huido de él igualmente?

Sí. Ella aún ansiaba ser libre, lo deseaba con la suficiente intensidad como para intentar escudarse en lo que seguramente sabía era una acusación deshonesta. Es probable que quisiese casarse con otra persona.

—Te sugiero que lleguéis a un acuerdo privado.

Christian se irguió y procuró concentrarse.

—¿Qué?

—Convéncela de que no acuda a los tribunales. Puedo pedir que redacten unos documentos que os desvinculen con la misma eficacia. Ella vuelve al norte, tú retomas tu carrera militar y todos contentos.

Todos contentos no, pero Christian no lo dijo.

—Sólo que ella quiere ser libre para contraer matrimonio y por lo visto yo necesito casarme con Psyche Jessingham por dinero. Cuando mi padre intentó persuadirme de que me casara con ella, ¿por qué no me dijo que en realidad necesitaban más dinero? ¿Y en qué demonios andará metido Tom?

—No tengo ni idea. En cuanto a tu padre —Thorn se encogió de hombros—, una vez que le confesaste que estabas casado, ¿qué sentido tenía desvelarte la necesidad real? No es precisamente la clase de persona que te cubriría de lodo. Sin embargo, seguro que ha rezado pidiendo que tu esposa estuviese muerta.

—Creo que ni siquiera es capaz de ser tan cruel, pero tendré que darle la mala noticia en breve. —Christian apuró su copa y alargó el brazo. Thorn la rellenó—. Creo que ya lo entiendo. En el pasado, como únicamente contaban con los limitados ingresos de Raisby, mis padres aceptaron que sus hijos tendrían un futuro modesto y confiaron plenamente en que bastaría con unos principios sólidos y el trabajo duro. Sin embargo, con las rentas ostensiblemente mayores de Royland, su visión se expandió. Dotes sustanciales para las chicas, la guardia real para mí... —Bebió más vino—. Estoy convencido de que su intención era vivir en función de sus posibilidades, pero quizá no cayeron en la cuenta del gasto que supondría el mantenimiento de las propiedades, de lo que costaría venir a la ciudad para acudir a palacio y al parlamento, y demás. Y si encima Tom ha contraído deudas, seguro que las habrán pagado. Andarán otra vez escasos de dinero y aún mantienen a todos mis hermanos pequeños. Querrán darles las mismas oportunidades que a los mayores, por eso cuando Psyche me hizo una oferta debieron de ver el cielo abierto. Y ahora...

—Puedes liberar las propiedades de las limitaciones impuestas.

—Tendremos que hacerlo a fin de poder vender algunos bienes, pero eso no bastará. —Christian hizo una mueca de disgusto—. Tendré que ocuparme de gestionarlo todo.

—¿Y dejarás el ejército?

Christian se encogió de hombros.

—Cobraré fácilmente cuatro mil por la venta del grado y de todas formas hoy día es aburridísimo.

—No tienes ni idea de cómo se gestiona una finca.

—Puedes enseñarme tú.

—Con mano firme y un látigo, pero ¿serás capaz de negar a tus hermanos menores las ventajas de que han gozado los mayores?

—Si algo he aprendido durante estos diez años como soldado es que uno debe hacer lo que debe hacer. Las chicas necesitarán cierta dote, pero será modesta. Si los chicos quieren hacer carrera militar, que entren en la Armada, no en el Ejército. O en el Cuerpo de Ingenieros. Ahí no hace falta comprar grado alguno. En el caso improbable de que se decanten por la iglesia, podrían recibir formación y se les podría buscar un beneficio eclesiástico. Si no eligieran ninguna de estas opciones, me imagino que el condado necesitará quien lo administre y demás. O tal vez alguno que otro me sorprenda y se aventure en el sector empresarial, llenando sus propias arcas.

—Siempre puedo casarme con una de tus hermanas —comentó Thorn—. ¿Quién tiene edad para casarse?

Christian se incorporó de golpe.

—¡Dios mío, no! —Thorn se lo quedó mirando fijamente—. No tengo nada contra ti, pero ninguna sería compatible contigo.

—Me alegra que sepas con tanta seguridad lo que me conviene.

—¡Caray! No te pongas a discutir conmigo ahora. No quiero que te sacrifiques por mi prolífica familia.

—Puede que crea que merece la pena.

—Thorn, no tienes que sufrir para formar parte de la familia. A saber por qué no has ido a verlos en mi ausencia.

—Nadie me invitó.

—Nadie creía que necesitaras una invitación.

Thorn dejó el tema.

—¿Por qué sientes tú la necesidad de sacrificarte por tu prolífica familia?

—Porque es mi familia.

—¿Y no te parece que yo podría sentir lo mismo?

Christian se frotó la cara con una mano.

—Lo siento, pero no es lo mismo. La familia que lucha unida, vence unida.

—Pero tú no quieres dejar el ejército —protestó Thorn.

Christian bebió más vino.

—Una parte de mí siente fascinación por las batallas sangrientas y la certeza irreversible del momento, o vives o mueres. Pero sé que es una vileza y hay emociones a las que es mejor renunciar. —Dejó a un lado su copa vacía y se levantó—. ¿Me representarás?

—¿Para convencerla de que acepte un acuerdo de separación privado?

—Sí. Naturalmente, me reuniré con ella, si así lo desea, y le aseguraré que no es mi intención obligarle a hacer nada. Pero no quiero importunarla.

Mentira. Quería imponerle su presencia y defenderse, intentando usar sus despreciables aptitudes para cautivar y seducir, y recuperar a su esposa. Pero había jurado que dejaría que su mujer decidiera por sí sola, y lo cumpliría.

—Convéncela simplemente de que no acuda a los tribunales —le dijo a Thorn—. Tanto por su bien como por el mío.

# Capítulo 29

Habían sacado a Caro discretamente del baile y la habían devuelto a la residencia de los Malloren bajo el cuidado de una de las sirvientas de más confianza de Ithorne. Diana y el marqués se habían quedado en la fiesta para aplicar antídotos a diestro y siniestro. Caro se alegró de que solamente hubiese una criada con ella para no tener que intentar empezar ya a dar explicaciones y hablar del tema. Tenía tal caos mental que cualquier intento habría resultado absurdo.

Christian Grandiston... no, Christian Hill, lord Grandiston, era como se había imaginado siempre que sería Jack Hill, un Galahad esbelto y apasionado que no dudaba en acudir a su rescate. Al parecer, rescatar a damas en apuros era su debilidad fatídica.

Mucho peor era la cruda realidad de que su marido estuviese vivo. Le había sido arrebatada toda posibilidad de elección, toda independencia. Lord Rothgar se había mostrado de acuerdo en eso, escribiendo su destino.

Una parte de ella quería gritar de alegría porque Christian era su marido. Pero casi todo su ser sabía que estar casada con un vividor le rompería el corazón de mil maneras distintas. Se casaría con Eyam si pudiera. Por lo menos él le proporcionaría estabilidad.

Caro llegó sola a su habitación, ya que ninguno de los criados esperaba tan pronto el regreso de la familia. No habría tenido ningún inconveniente en seguir sola, pero Martha, la doncella que le habían asignado durante su estancia allí, apareció enseguida. Reparó al instante en el maltrecho disfraz. ¿Vio los cardenales que le habían salido a Caro en la muñeca?

—He sufrido un percance. Me he caído. Tengo un dolor de cabeza horrible. Necesito descansar.

—Sí, señora. ¿Quiere que le traiga una tisana para el dolor?

¡Ojalá existiera una poción!

—Sí —contestó.

Cuando la criada se fue, Caro se quitó el disfraz y se puso el camisón de manga larga, que le ocultó la muñeca. Empezó a deshacerse el peinado, pero no había progresado mucho cuando Martha regresó. Caro se bebió de golpe el empalagoso brebaje de regusto amargo por el opio. Únicamente pospondría el dolor, pero aceptaría esa dulce misericordia.

Martha le soltó rápidamente el pelo y le hizo una trenza, y luego Caro se metió en la cama decidida a olvidar. Cuando abrió los ojos y vio la luz grisácea y la lluvia, volvió a recordar todo el desastre, pero pensó que estaba más preparada para encarar su futuro. Sin embargo, se sentía feliz de que no brillase el sol. Sin duda era un día que tenía que llover.

Se sentó en la cama, pero no llamó a su doncella. Se abrazó las rodillas flexionadas y trató de sintetizar los hechos. Estaba casada. Eso repicaba en su cabeza como el tañido de una campana. Casada, casada y casada... y por tanto supeditada a la voluntad de su marido. Quizás el escueto acuerdo nupcial que firmó le protegería un poco, pero él era dueño prácticamente de cuanto Caro poseía y podía hacer lo que quisiera con ello.

Había percibido el disgusto de Christian al pedirles a todos que dieran fe de sus cardenales. Su disgusto y su rabia, y la verdad es que Caro había sido injusta. Porque él le había hecho daño, pero desde el convencimiento de que era una perversa asesina. Sin embargo, ella haría cualquier cosa para escapar de la cárcel de ese matrimonio.

Sólo que no parecía que hubiera realmente ninguna escapatoria. Una separación de cama y mesa no significaba que Caro pudiera volver a casarse. Estaba condenada a la castidad eterna, un ayuno especialmente amargo después de haberse dado un banquete.

Su puerta empezó a abrirse. ¡Ojalá no viniese Martha aún! Pero fue el rostro de Ellen el que se asomó.

—¡Vaya! Al fin te despiertas. Vine enseguida y he entrado a verte varias veces. No quería interrumpir tu descanso, pero sabía que me necesitarías.

Ellen entró y cerró la puerta, por lo que Caro difícilmente pudo contradecirle. Echó un vistazo al reloj. ¡Caray! Eran casi las 11.

Caro deseó poder despachar a Ellen, pero ¿para qué? Si tenía que pasarse el resto de su vida en un estado indefinido, ni casada ni viuda, bien valdría la pena seguir con Ellen como dama de compañía. Al menos alguien sería feliz. Tal vez se sumara a la recaudación de fondos de lady Fowler. Un par de crápulas le habían destrozado la vida.

—¿Qué tal estás, cariño? —inquirió Ellen mirándola con auténtica preocupación.

—Bien, dentro de lo que cabe. ¿Te has enterado?

—Me enteré en casa de lady Fowler. Esa clase de cosas nos llegan siempre. Hay sirvientes fieles a la causa.

Caro se preguntó qué sabían exactamente Ellen y lady Fowler.

—¿De veras tu marido está vivo? ¿Y es el abominable de Grandiston?

Tal vez no supieran demasiado, gracias a Dios.

—Sí.

—¡Dios mío! ¡Dios mío! ¡Dios mío! Pobre sir Eyam.

—Y pobre yo.

—Pero él es el inocente.

—Ya lo había rechazado, Ellen. Lo de anoche no ha sido el motivo.

—Pero lo rechazaste únicamente porque tenías miedo de no poderte casar. Sabes que os compenetráis a la perfección. ¿No se puede hacer nada?

—Según el marqués, no.

—¡Menudo animal! ¿Tendrás que... que depender de él?

Caro se sulfuró.

—No, ya te lo he dicho. El marqués dice que podemos establecer lo que se llama una separación *a mensa et thoro*, que significa que no viviremos juntos ni tendrá ningún poder sobre mí. Y ahora, Ellen, por favor, ¿podrías decirle a mi doncella que quiero tomar un baño y desayunar?

Parecía que Ellen tenía ganas de continuar lamentándose de la situación, pero se fue, dejando a Caro con el eco de su última afirmación («ni tendrá ningún poder sobre mí»), aunque vacía por dentro. Como cuando se tiene el estómago revuelto por ingerir alimentos en mal estado, subyacía a lo razonable el recuerdo de aquella habitación de anoche y esa ardiente pasión. Más tarde o más temprano dicho recuerdo le haría verdadera y vilmente desdichada.

¿Cómo la ira de Christian, su convencimiento de que ella podía ser perversa y la furia y el terror de Caro ante eso habían desencadenado aquella pasión desenfrenada, forjando de nuevo un vínculo que ella había creído que estaba hecho añicos y enterrado? Un vínculo que anidaba dolorosamente en su pecho y le pedía a gritos que fuese débil, que se doblegara, que se lo entregase todo a él a cambio de los excedentes de su encanto y unas ráfagas de placer desenfrenado y ciego.

Se obligó a sí misma a afrontar aquella verdad. Lujuria ciega. ¿Qué había dicho él sobre su huida de York? «¿Cree que eso me importa? Nuestro juego había terminado y se marchó.» Un juego. Eso creía él realmente, que había sido un juego. No debía olvidarlo. Igual que un perro aceptaba un hueso, Christian aceptaba a cualquier mujer que se le ponía delante y la olvidaba con la misma facilidad.

Bueno, era servicial y protector, y podía ser verdaderamente amable. No es que Caro lo considerase despreciable, pero era incapaz de encariñarse profundamente con ninguna mujer y ella no podía confiar su corazón y sus bienes a un hombre como él. La seduciría cuando le diera la gana y la rechazaría cuando le conviniese. Se gastaría su dinero en otras mujeres y quizás hasta lo perdería en una sola noche de juego.

Caro se incorporó al darse cuenta de algo realmente terrible. Christian era un embustero de la peor calaña. Durante el trayecto hacia Adwick, había intentado convencerla de que dejase a su supuesto marido y fuese su amante. Y lo que era peor, le había asegurado que, de ser posible, la cortejaría y se casaría con ella.

Pero en aquel entonces él sabía que Dorcas Froggatt estaba viva, y que no era libre para casarse. Simplemente le había dicho lo que

creía que le persuadiría de que rompiera sus votos nupciales. Era preciso que Caro recordara eso como coraza contra cualquier truco que él intentase utilizar.

Entró Martha con una bandeja en la que llevaba la jarra de chocolate, pan y un poco de fruta troceada.

—Su baño está listo, milady.

Milady. La noticia también se había propagado en el comedor del servicio, ¿verdad? Supuso que sería inútil disimular. En la bandeja había un papel doblado. Caro lo cogió y lo leyó. Diana le decía que cuando estuviese lista acudiese a su tocador. Era un encuentro que a Caro no le apetecía nada, pero no había forma de evitarlo, como todo lo demás.

Al cabo de media hora, aseada y enfundada en un vestido verde oscuro, el más sobrio que tenía, Caro fue al salón privado de Diana.

Diana le sonrió como si no hubiese pasado nada.

—¿Cómo estás, Caro?

—Lista para que me echen a los leones.

—Siéntate, por favor. Estoy segura de que no será para tanto. Ithorne ha pedido una cita.

—¿El duque? ¿Conmigo? —Caro no lograba imaginarse el motivo.

—Es hermano adoptivo de Grandiston. Es lógico que él le haya pedido a Ithorne que lo represente en esto.

Ni en sus más disparatados sueños se habría podido imaginar que tendría a un duque por adversario.

—¿Se opondrán a la separación?

—Espero que no, pero lo averiguaremos. ¿Puedo hacerle llegar el mensaje de que venga a hablar contigo?

Caro recordó al alegre cabrero, pero con quien se enfrentaría es con el joven frío e imponente que había desafiado a Rothgar.

—Por supuesto. Cuanto antes se haga, mejor.

Diana escribió una nota y luego tocó una campana de plata. Cuando entró su doncella, le dio la nota y añadió:

—Le ruego que informe al marqués de que solicito su presencia.

Caro sintió deseos de preguntar si eso era necesario, ya que sin duda prefería no hacerle frente, pero naturalmente que lo era. Desvió el pensamiento hacia lo único que quizá podría controlar.

—¿Podré conservar mi dinero?

—Por lo menos parte de él. Espera a que venga Rothgar. ¿Crees que Grandiston sabe que eres rica?

Caro pensó en ello.

—Sabe que Froggatt y Skellow existe, pero puede que no conozca su importancia.

—Bueno, entonces intentaremos pactar una cantidad fija.

—¿Tendré que darle algo?

—Estás casada, y... —añadió Diana— en cierta ocasión te hizo un gran favor.

Entró el marqués y le dio los buenos días a Caro como si esperase que fueran buenos. Caro fue directamente al grano.

—¿Qué cree que querrá el duque, milord?

—Lo mejor para Grandiston. La pregunta es: ¿qué quiere usted?

«Recuperar mi libertad de elección», podría haber dicho Caro, pero se había propuesto no estar de malhumor.

—Quiero librarme del control de mi esposo, tanto sobre mi persona como sobre mis bienes. Aquella mujer insinuó que la situación económica de su familia es precaria. ¿Es eso verdad?

Rothgar esbozó una sonrisa.

—Me alegra que le funcionara la cabeza a pesar de la situación. Sí. Psyche Jessingham es una viuda que heredó muchísimo dinero de su anciano marido. Decidió utilizarlo para comprar a Grandiston, pensando que sería algo fácil, dadas las estrecheces de su familia, y a ésta le pareció bien.

—*Comprar*... —dijo Caro, pero entonces ocultó su indignación. La viuda de rojo sangre no era la villana de la historia—. Así que tenía pensado casarse por dinero —dijo con la máxima serenidad posible—. Eso significa que ahora querrá obtener de mí todo el que pueda.

—Es de suponer que sí —dijo el marqués.

—Anoche demostró que te apreciaba de verdad —comentó Diana—. Intentó protegerte para que no te vieran.

—¡La culpa de que necesitara protección fue suya!
—No, de verdad, al final parecía como si quisiera envolverte en un manto de protección.
Caro bajó los ojos hacia sus manos y por primera vez vio que no llevaba su anillo de casada. ¿Dónde lo había dejado? Daba igual; no volvería a ponérselo nunca más.
—Es protector por naturaleza —reconoció ella—, pero estaría dispuesto a proteger a cualquiera. A mi costa.
—Esto plantea otra cuestión —dijo el marqués en un tono que hizo que Caro alzara la vista de golpe—. Desde el principio he pensado que su actitud hacia Grandiston no acababa de encajar con su versión de que sólo se habían visto una vez en su casa de Sheffield. ¿Cuándo exactamente empezó a mostrarle esta marcada propensión a protegerla?
Aquel ataque cogió a Caro desprevenida.
—Hace... hace diez años no dudó en salvar a una desconocida.
Lord Rothgar se limitó a arquear las cejas. Era inútil. Caro les relató la historia entera. Casi toda, por lo menos. Omitió dos apasionados encuentros, pero tuvo la descorazonadora sensación de que quizá los adivinasen.
—¿Te arrestaron? —preguntó Diana—. El rescate de Grandiston parece verdaderamente heroico.
—Fue impresionante —reconoció Caro—. Probablemente sea un magnífico soldado.
—Me interesa lo de los Silcock —comentó el marqués—. Hay una pareja de mediana edad que también ha preguntado en la guardia real por un tal teniente Hill; iba bien vestida, pero tal vez la mujer esté enferma.
—Podrían ser ellos —repuso Caro—. ¿Y han preguntado por Hill? Es imposible que supieran que la persona que me salvó en Doncaster era Grandiston, y menos aún que su apellido era Hill.
—¿Cómo la reconoció Grandiston anoche? —inquirió el marqués—. ¿Por la voz?
Caro parpadeó sorprendida por el cambio de tema.
—No, porque la disimulé. Por una cicatriz. —Se tocó la zona rugosa de la mandíbula.

Él se levantó y se acercó a examinarla.

—Ya la veo. No es fácil de apreciar de lejos, pero es bastante característica. La suposición más factible es que la señora Silcock fuese su profesora, la hermana de Moore, y que también ella viese la cicatriz en aquella posada de Doncaster.

—¿La señorita Moore? —preguntó Caro con sorpresa—. Eso es descabellado.

—¿De veras? Algo sacó a esa mujer de sus casillas. Pudo ser el hecho de reconocer a una persona vinculada a la muerte de su hermano.

—Pero la culpable no fui yo.

—¿No? La gente sabe cómo tergiversar los hechos a su conveniencia. Sin duda se habrá usted convertido en una joven sirena que indujo a su hermano a la fatalidad. No olvide que alguien le prendió fuego a su casa de Sheffield. Eso es indicio de una emoción intensa. Ahora están en Londres, buscando a Hill, la persona que asestó el golpe letal.

—¡Christian! —A Caro se le escapó sin poder contenerse. Los demás no reaccionaron, pero su disimulo fue muy obvio—. No deseo su muerte —comentó Caro con actitud desafiante—. Sencillamente no quiero estar supeditada a él. Y si la señora Silcock es la hermana de Moore, ¿por qué ha venido ahora, después de diez años?

—Tal vez el décimo aniversario del fallecimiento de su hermano haya abierto viejas heridas.

Caro pensó en ello.

—Los Silcock se marcharon hacia algún sitio. Puede que fuese Nether Greasley. Pero el enlace tuvo lugar en invierno y estamos en septiembre.

—En invierno resulta difícil cruzar el Atlántico y puede que hayan sufrido otros retrasos. —Lord Rothgar contempló la pared de enfrente—. Tal vez su intención fuese únicamente visitar la tumba y su dolor se convirtió de repente en rabia. Es asombroso cómo la gente distorsiona los hechos a su antojo. Puede que a estas alturas su hermano sea víctima de una injusticia, asesinado a sangre fría. Y entonces, casi por casualidad, cuando la herida está otra vez en carne viva, ella ve esa cicatriz y se da cuenta de quién es usted: el malvado instrumento de la destrucción de su hermano.

—¡No es verdad!

—En la mente de esa mujer, recuérdelo. Usted es su enemiga y ella ha aprovechado la oportunidad para hacerle daño.

—Sabía que estaba loca.

—¿Guarda algún parecido? —inquirió Diana.

—¿Con la señora Moore? —dijo Caro tratando de asimilarlo todo—. Supongo que es posible que sea la misma, con diez años más y enferma. Yo diría que los ojos son los mismos. Pero la perjudicada fui yo.

—Como dice Rothgar, el corazón no es lógico ni se deja llevar por la verdad —señaló Diana—. Pero como bien dices, el principal objetivo de su odio tendría que ser Grandiston, o más bien Hill. ¿Le será fácil descubrir quién es él ahora? —le preguntó a su esposo.

—Ya lo sabe. La pareja en cuestión cuenta con la ventaja de conocer el regimiento y otros detalles, por lo que ella ha obtenido una información detallada más deprisa que nosotros. He enviado gente tras ellos, pero no me han dado ningún nombre.

—Hay que ponerle sobre aviso. —Cuando Caro dijo eso sabía que lo malinterpretarían, pero lo dijo igualmente—. Me trae sin cuidado el asunto del matrimonio. Christian me importa lo bastante como para advertirle, aunque no para ser su esposa.

Tras un golpeteo en la puerta entró un lacayo.

—Milord, milady, ha llegado el duque de Ithorne.

—Hágalo subir —dijo lord Rothgar. Nada más irse el sirviente, echó un vistazo a la bonita sala de paredes empapeladas con papel chino y tapicería de brocado de flores—. Esperemos que cierta cantidad de volantes y flores calme el acaloramiento varonil.

Cuando el duque entró ya parecía calmado, aunque de un modo solemne. Había venido elegante y formalmente vestido de terciopelo castaño galoneado de dorado, y con una espada pegada a la cadera. Sus zapatos de tacón tenían hebillas de diamantes. Llevaba el pelo oscuro empolvado o una peluca empolvada. Aunque era imposible saber si era una peluca, porque había sido hecha con suma habilidad.

Hizo una reverencia tan pronunciada que su condición de aristócrata fue palpable. Por imperfecta que fuese, su interpretación de cabrero había sido toda una hazaña.

—Vengo en calidad de representante de lord Grandiston —dijo una vez sentado, erguido y en guardia— a fin de llegar a un acuerdo que levante el menor revuelo social posible y con el que lady Grandiston esté conforme.

Caro no estaba nada acostumbrada a ese tratamiento. ¿Se vería obligada a usarlo de por vida?

—El revuelo social será inevitable —dijo Rothgar con actitud igual de formal. Caro recordó la tensión de la noche anterior entre los dos hombres y rogó a Dios que su situación no se complicara más.

—Naturalmente —dijo el duque—, pero el tiempo y una versión adecuada lo relegarán al olvido.

¿Al *olvido*?

—No para aquellos que sufrirán sus consecuencias, su excelencia —dijo Caro.

El duque se volvió hacia ella sin calidez en la mirada. Era el hermano adoptivo de Christian, y consideraba que Caro era la causante de los problemas de éste. Al fin había topado con la familia de Hill, pensó ella con las carcajadas amenazando con escapársele, aunque de un modo que jamás se había imaginado.

—Desea usted una separación *a mensa et thoro* —afirmó él.

Un lamentable titubeo la mantuvo en silencio unos instantes, pero logró pronunciar la palabra.

—Sí.

—Su esposo está dispuesto a garantizarle eso voluntariamente, sin necesidad de juicio.

Aquello casi le dolió. El hecho de que Christian no peleara. Caro se dirigió a lord Rothgar.

—¿Eso tendrá fuerza legal?

—Cualquier documento será todo lo legalmente vinculante que puede ser, pero no conozco ningún precedente, de modo que no podemos estar seguros de qué pasaría si cualquiera de los dos intentara invalidarlo en un futuro.

—Es muy poco probable que yo haga eso.

—Eso dependerá de las condiciones que se le impongan. Con el paso del tiempo podrían resultar onerosas.

Caro miró al duque.

—¿Qué condiciones, su excelencia?

—No habrá, señora.

—¿Ninguna? ¿Y qué hay de mis bienes?

—Cuando contrajeron matrimonio su esposo firmó un documento por el que renunciaba a todos los derechos. Se atendrá a eso.

—¡Qué generosidad! —exclamó bruscamente Rothgar—. ¿Y a qué es debida? ¿Le remuerde la conciencia?

—Simplemente es generoso —contestó el duque con más frialdad.

—Me parece bien, pues —dijo Caro, deseosa de impedir que hubiese más discordia—. ¿Podremos pactar con rapidez?

Ithorne se giró hacia ella, claramente indignado por su entusiasmo.

—Como esto es inusual, los abogados necesitarán varios días para redactar un documento. Puede que hasta una semana.

—¿Y qué se supone que debo hacer yo durante ese tiempo? —preguntó Caro dirigiéndose principalmente a Diana—. Preferiría no estar en Londres siquiera mientras mi vida esté en el candelero.

—A lo mejor te gustaría visitar la fortaleza de Rothgar —comentó Diana.

—Pues sí, gracias.

¿Y luego qué? Caro pensó en la desalentadora vida que tenía por delante. ¿Cómo se tomaría la sociedad de Yorkshire un semimatrimonio marcado por el escándalo? Aun cuando volvieran a aceptarla en el rebaño, ¿cuál sería su lugar? Una mujer soltera era siempre un bicho raro, pero no había sitio para la que no podía casarse. Al mismo tiempo, el título la distanciaría aún más de los círculos de su padre en Sheffield e incluso de amigas como Phyllis. ¿Había alguna norma que dictaminara que debía usar el título? Tal vez pudiera exigir que la conocieran por la señora Hill.

Tampoco habría más placeres lujuriosos. Pensó en Christian, su marido. La noche anterior hizo patente que seguía habiendo pasión entre ellos, pero hacía falta algo más que pasión. ¡Por Dios! Caro no lo conocía, no conocía a ese soldado, a ese vizconde, a ese heredero de un condado. Ahora que Christian había prometido mantenerse alejado de ella, confiaba en él. En quien no confiaba era en sí misma, si le dejaba volver con ella.

Las leyes y los documentos estaban muy bien, pero había muchos casos de mujeres forzadas o engatusadas para que renunciaran a todos sus derechos. Si había hijos, tal como alguien había escrito en cierta ocasión, estos eran rehenes de la fortuna. En una pareja separada, al marido generalmente se le concedía la custodia total de los hijos...

—Caro. —Diana intentó captar su atención.

—Perdona.

—Tenemos que completar la versión que en su día explicaste en Yorkshire —comentó Diana—. Una fuga romántica, un marido que se va a la guerra, la notificación de su fallecimiento. Pasaremos por alto todo lo demás hasta vuestro espectacular reconocimiento de anoche. La información recibida en el pasado es errónea y el descubrimiento es una conmoción. Estáis en plena discusión cuando os interrumpen. Por desgracia, descubrís que en estos diez años habéis cambiado tanto que no os podéis soportar. Por eso os separáis. ¿Te parece bien?

Caro creyó que debería señalar lo mucho que había distado su situación de ser una discusión, pero no tuvo el valor de hacerlo.

—Sí, claro. Gracias. Estáis siendo todos muy amables. —Se refirió también al duque, aunque éste no tenía nada de amable.

El aristócrata se levantó.

—Señora, su marido me ha pedido que le diga que está dispuesto a reunirse con usted si necesita que le dé garantías personalmente.

—No —se apresuró a decir Caro, refiriéndose a que no necesitaba eso último. Pero se dio cuenta de que el duque interpretaba la pronta respuesta como un rechazo total. Sus afiladas facciones se endurecieron.

—En el futuro hará lo posible para no importunarla con su presencia. —De nuevo hizo una formal reverencia y se marchó.

—Me parece que ha ido bien —dijo Diana—. ¿Pido que traigan el té?

¿*Bien*? Caro tenía ganas de gritar. De pronto se levantó.

—No le hemos dicho al duque lo de los Silcock. Hay que avisar a Grandiston.

—Su muerte le simplificaría a usted el futuro —señaló el marqués.

—¿Qué? ¡Ni hablar!

Él esbozó una sonrisa.

—Muy bien. Enmendaré la omisión. —Salió de la habitación.

—¿Por qué me siento como si estuviese en una obra de teatro? —preguntó Caro.

—El mundo entero es un escenario —contestó Diana—. Lo único que podemos hacer es intentar asegurarnos de que vivimos una comedia y no una tragedia. ¿Quieres que Ellen te acompañe al campo?

Nadie parecía entender que aquello ya era una tragedia. Caro se sentó otra vez.

—¿Por qué no? —repuso—. Siempre y cuando quiera venir.

# *Capítulo* 30

Christian se fue de la guardia real abatido por la opinión de su oficial al mando con respecto a todo el embrollo, pero había obtenido permiso para irse a Devon a explicárselo todo a su familia. En efecto, estaba huyendo del fuego para caer en las brasas, aunque esperaba que su mayor problema en Royle Chart fuese justificar la ausencia de su esposa.

Fue a casa de Thorn para que éste le informase. Estaban desmontando todo lo de la fiesta y aquello era un caos lleno de amargos recuerdos.

—¿Por qué está tan enfadada conmigo? —quiso saber.

—Tiene que enfadarse con alguien y tú has provocado la situación.

—He provocado un maldito desastre. De veras pensaba que quizás había ido al baile para asesinar al rey. Yo sólo sabía que es una mentirosa empedernida y va y aparece en el sitio equivocado.

—A lo hecho, pecho, pero tenemos que hablar de los Silcock.

Un enemigo contra el que combatir.

—Sí, es verdad.

—Rothgar está al tanto de su presencia.

—¿Los ha contratado él?

—No. No digas disparates. Ha tirado hacia delante la causa de tu mujer probando la conexión entre Jack Hill y tú. En el proceso se ha topado con una pareja que solicitaba la misma información. Me han dicho que te avise de que es posible que pretendan hacerte daño.

—Kat no... ¿Caro? ¿Por qué reducir entonces su casa a cenizas?

—Por un rencor pasajero, me imagino. Tú mataste a Moore. Ten cuidado.

Christian quiso decir que los Silcock no suponían ninguna amenaza para él, pero se lo pensó bien. Había métodos de matar muy turbios.

—Si ahora mismo no me necesitas para cuestiones legales, me iré a casa un par de días.

—Supongo que no te convenceré de que viajes escoltado en mi carruaje.

Christian se limitó a arquear una ceja. Thorn suspiró.

—No puedo obligarte. Vigilaré de cerca a los americanos, pero... al menos pasa aquí la noche.

—¿Con todo este desorden?

—Aún hay zonas en orden. Dime que sí, maldita sea. Me están saliendo canas por tu culpa.

—Muy bien. —Christian hizo una mueca de disgusto—. Cuida de ella también, Thorn. De mi mujer. Si pueden le harán daño.

—De eso se ocupa Rothgar.

—No confío en él. Cuida tú también de ella.

Caro tuvo ganas de recluirse en su habitación, probablemente debajo de la cama, pero sabía que era el centro de las miradas de toda la casa, de modo que trató de fingir que todo iba bien. Por desgracia, Ellen no le ayudó. Había insistido en volver a instalarse en la casa para apoyar a Caro, pero por lo visto todo lo que no fuese un decaimiento absoluto le parecía poco femenino y hasta inmoral.

Diana las mantuvo a las dos entretenidas con el papeleo de sus obras benéficas. Ante las relacionadas con la asistencia a prostitutas e hijos ilegítimos Ellen chascó la lengua con desaprobación. Para ella estaban los pobres dignos y los indignos, y la falta de arpillera y cenizas situaba a un pecador en el rebaño de los indignos. Sin embargo, Caro nunca había entendido qué culpa tenían los niños.

Las horas le sirvieron de algo a Caro; le dieron tiempo para darse cuenta de que pasara lo que pasara en un futuro, ya no soportaba a Ellen Spencer.

Intentaron ir a verla algunas personas, pero su visita fue denegada. Llegó un torrente de misivas. Diana les echó un vistazo a todas y luego hizo que su secretario enviara respuestas mecánicas. Caro no sabía si alguna iba dirigida a ella, pero se alegró de no tener que ocuparse del tema. Tenía la sensación de estar en una fortaleza asediada.

Contaba con sufrir el bochorno de más críticas de Ellen hacia sus anfitriones, pero por lo menos eso se lo ahorró. Cuando Ellen recibió una nota a las dos en punto y se excusó por ir a cenar a casa de lady Fowler, Caro suspiró aliviada.

—Así tendrá a alguien con quien compartir su indignación —le comentó con ironía a Diana.

—Y nosotras nos libramos de su desaprobación.

—Lo siento muchísimo.

—No importa. Cenemos con tranquilidad. Rothgar aún no ha vuelto, seguro que está aplicando más antídotos.

Tal vez fuera por la ausencia de Ellen, pero la cena transcurrió en un ambiente de asombrosa distensión. Caro y Diana incluso encontraron temas un tanto divertidos. Sin embargo, cuando lord Rothgar llegó a casa, Diana y él se encerraron a hablar en privado y el pesimismo volvió a apoderarse de Caro. Estaba en una situación lo bastante penosa como para alegrarse de ver a Ellen cuando ésta regresó, aunque supuso que tendría que oír las ácidas opiniones de lady Fowler sobre los acontecimientos más recientes.

Pero Ellen la miraba con cara de institutriz.

—Caro.

—¿Sí?

—Creo que deberías hablar con lord Grandiston antes de irte de la ciudad.

—¿Qué? Yo creo que no.

—¡Qué contumaz llegas a ser! Piensa un momento. Él es tu marido y está renunciando a sus derechos. ¿Acaso no le debes un simple «gracias»?

—¿Eso es lo que me aconseja lady Fowler? Estoy asombrada.
—Es lo correcto.
—Pues le escribiré —prometió Caro.
—Sabes que no son maneras.
—Ellen, sería terriblemente incómodo verlo, especialmente ahora. Más adelante tal vez. Dentro de mucho tiempo.
—Permíteme que insista.
Caro no perdió la calma.
—Ya no eres mi institutriz.
Ellen curvó los labios de una forma que bien pudo ser un puchero contenido.
—Pensaba que aún valorabas mi criterio.
¡Vaya! Caro se rindió.
—Sólo si te quedas conmigo mientras él esté aquí.
—No se me ocurriría lo contrario —dijo Ellen.
—Somos marido y mujer.
—Pero es un animal. —Caro estuvo a punto de protestar por esa insensatez, pero Ellen se levantó—. Mándale la invitación y yo me ocuparé de que haya algo para beber. No querrás molestar al personal de lady Rothgar.

En aquella mansión servir bebidas difícilmente supondría un esfuerzo, y Caro dudaba que el encuentro se prolongara tanto como para tomar un té, pero se veía incapaz de discutir por nimiedades. Estaba asustada y a la vez deseosa ante la idea de un nuevo encuentro.

Lo cierto es que debería pedirle permiso a Diana para la invitación, pero era incapaz de molestarla y, sinceramente, le daba miedo que Diana o lord Rothgar se lo prohibieran. Vería a Christian en una de las salas de visitas, que no formaban parte de la zona privada de la casa.

Redactar la sencilla nota fue una tortura. (Le había escrito una sola vez nada más; aquella nota a toda prisa en York.) El resultado fue formal y escueto. Luego, como no sabía si sería apropiado enviarla a la guardia real, hizo que la mandaran a casa del duque de Ithorne.

Había concertado la cita al cabo de una hora. Quizá Christian no la recibiría a tiempo; apenas podía soportar esa idea. No podía concederle el poder que como esposo debería tener sobre ella, pero anhelaba con todas sus fuerzas verlo sólo una vez más.

Diana reapareció y tuvo que informarle. Para alivio de Caro, se mostró conforme.

—Eres muy sensata —dijo Diana—. He juzgado mal a tu dama de compañía.

—¿Por qué?

—Pensaba que esgrimiría una espada con tal de separarte de Grandiston.

—Seguro que lady Fowler le habrá aconsejado eso, aunque sabe Dios por qué. Ellen ha insistido en organizar un té. Espero que no esté mareando a tus empleados.

—Tengo entendido que está preparando unos pastelillos especiales, pero estoy convencida de que la cocina sobrevivirá.

Caro hizo una mueca de disgusto.

—Lo siento. Yo... —A lo lejos alguien golpeó en la puerta con la aldaba. Caro echó un vistazo al reloj y vio que aún no era la hora, pero era consciente de que había exteriorizado sus sentimientos.

—Demos un paseo por el jardín —sugirió Diana—. Ha despejado un poco y llevas todo el día encerrada en casa. —Pidió las capas—. En cuanto a lo de la cocina —comentó Diana mientras esperaban—, no tiene importancia y quizás haga que la señora Spencer se sienta especialmente útil.

La capa de Diana era de lana de color azul cálido y en su avanzado estado de gestación ya no le cerraba por delante. Caro se puso la suya de color óxido, y salieron por la parte posterior de la casa. El día estaba nublado, pero Diana tenía razón. El aire fresco resultaba balsámico.

—Es bastante excéntrica, ¿verdad? —dijo Diana mientras recorrían un camino adoquinado bordeado de arbustos bajos.

—¿Ellen? Nunca la he tenido por excéntrica, es sólo que tiene un concepto muy limitado acerca del rol de la mujer. Nunca le han gustado las fiestas de disfraces ni la mayoría de obras de teatro, pero se ha vuelto rara a raíz de las cartas que le envía regularmente lady Fowler.

—¿Le envía cartas? Yo pensaba que esa bandada de aves de corral era un fenómeno londinense.

Caro se rió entre dientes.

—¿Es así como lo llamas? Me las imagino perfectamente cloqueando.

—A veces hacen más que cloquear. En el King's Theatre una le arrojó un bote de pintura al escenario a una actriz que consideraba inmoral. Garabatearon citas bíblicas en la fachada del club de madame Cornelys en el Soho, probablemente porque organiza fiestas de disfraces.

—Anoche estaban frente a la casa del duque de Ithorne, ¿verdad? —Caro se detuvo a contemplar un arbusto de flores azules—. No me imagino a Ellen haciendo ninguna de esas cosas, pero he estado pensando que si le pago lo suficiente como para que se establezca en Londres, quizá le gustaría dedicarse a la causa de un modo más pacífico; escribiendo cartas y demás. Tengo entendido que allí hay un buen despacho desde el que se envían cartas a gente de todo el mundo.

—¡Cuánta energía y eficiencia para un fin tan insignificante! —exclamó Diana.

—¿No te parece necesaria la reforma?

—Sí, seguramente sí, pero el rey actual es santo en comparación con su abuelo. A mí como si lady Fowler rige la corte, aunque naturalmente eso implicaría trasladar la diversión a otra parte.

Caro se preguntó qué hora sería. Se detuvo ante un reloj de sol, pero para funcionar necesitaba sol, eso si funcionaba, y hoy estaba nublado.

—Tal vez deberíamos volver a casa —dijo.

Diana hizo una mueca de contrariedad, pero no se opuso.

—¿Su marido era virtuoso? —inquirió.

—¿El de Ellen? Era un clérigo.

—Son dos cosas que no van necesariamente juntas. Mira, por ejemplo, al reverendo Pruitt.

Caro se echó a reír, ya que ese vicario tenía fama de ser muy atento con las esposas abandonadas.

—Supongo que no, pero él al menos no está casado. ¿Por qué lo preguntas?

—Porque he observado que las integrantes más fervientes de esa bandada de aves de corral han sido traicionadas por hombres infames, o sus maridos son unos lascivos.

Caro analizó lo que sabía del matrimonio de Ellen y se dio cuenta de que era muy poco.

—Lo único que sé es que compartir el lecho conyugal no era un deber intolerable para ella.

Diana se la quedó mirando, la mirada risueña.

—¡Dios mío! Pobre mujer.

—Supongo que muchas mujeres se sienten así —dijo Caro mientras se acercaban a las puertas de cristal de la casa. Cayó en la cuenta de que le gustaría hablar de esos temas tan íntimos con Diana, pero ¿para qué? Ese aspecto de su vida había concluido. Ya se veía a sí misma mordisqueando el quicio de la puerta.

Según el reloj del vestíbulo faltaban cinco minutos para las cuatro. Diana se detuvo al pie de las escaleras.

—¿Quieres que me quede contigo?

—Estará Ellen. Si hay más gente, él creerá que le tengo miedo.

—Aquí seguro que no te hará nada. Sería una insensatez.

—Lo sé. Vaya, que estoy convencida de que igualmente no me haría nada.

Diana asintió y subió las escaleras. Caro le entregó la capa a una criada y se miró al espejo para comprobar su aspecto. Tuvo ganas de ir a su habitación a arreglarse, pero no lo haría. De todas maneras, Christian la había visto en estados muchos peores que ése. Y también prácticamente desnuda.

Corrió a la pequeña sala de visitas que había elegido para el encuentro. Era elegante y el fuego hacía que la temperatura fuese agradable, pero estaba cerca de la puerta principal y no formaba parte de la casa propiamente dicha. Ellen ya estaba allí, de punta en blanco, y en una mesita rodeada de tres sillas estaba todo colocado menos la tetera.

Caro habría preferido un sofá y unos sillones para que la distancia fuese mayor, pero entonces sonó un reloj y supo que no había tiempo para hacer cambios. La porcelana era exquisita y había un plato que contenía aproximadamente una docena de pastelillos amarillos recubiertos de algo.

—Todo está perfecto, Ellen. Gracias.

Alguien tocó con fuerza la aldaba de la puerta. Caro oyó voces en el recibidor. Empezó a sudar. Christian entró. Se detuvo, pero luego hizo una solemne reverencia. Caro también, pero la exageró demasiado. No se enteró de lo que hizo Ellen, sólo percibió vagamente, a lo lejos, que ésta pedía que subieran el té.

Debería haber elegido una habitación más grande. Ésta era del mismo tamaño que el salón de Froggatt Lane y de nuevo la silueta de Christian le pareció imponente. Él no podía evitarlo, pero a Ellen le molestaría. La molestia que sentía Caro era de naturaleza distinta. Todo él inundaba la sala y sus sentidos.

—Milord —dijo Caro con voz demasiado aguda—. Siéntese, por favor.

—Milady. Señora Spencer. —Christian hizo otra reverencia y esperó a que ellas se sentaran antes de ocupar la silla libre que quedaba entre ambas. Caro tenía las manos entrelazadas sobre el regazo y la pobre Ellen saltaba a la vista que había concentrado todos sus instintos para organizar ese encuentro. Su boca estaba en tensión y parecía un tanto pálida.

Caro empezó dándole las gracias a Christian por su comprensión con una frase que se había preparado. Él respondió que era una cuestión de justicia y le deseó suerte.

La cosa podría haberse acabado ahí, y tal vez debería haber sido así, pero el lacayo trajo una bandeja con la tetera de porcelana y una jarra de agua, y las colocó encima de la mesa. Caro consideró que tenía que servir ella y eso hizo mientras se preguntaba si él se tomaría a mal que le diera la opción de marcharse.

Por absurdo que fuera, quería que se quedara un rato más. Había más cosas que decir; cosas sencillas relacionadas con los buenos momentos compartidos, y con una alusión indirecta quizás a los íntimos. Pero la presencia de Ellen le impedía hablar.

Al pasarle una taza, sus miradas se encontraron y a Caro le pareció detectar un deseo similar. Sus dedos se rozaron. Le ofreció los pasteles con una mano temblorosa. Christian cogió uno, y Ellen y ella también. Era preciso que alguien hablara.

—Mañana me iré a la casa de campo de Rothgar. Me vendrá bien estar unos días fuera. ¿Usted se quedará en la ciudad, milord? —Cogió su pastelillo.

—No. Tengo la intención de ir a Devon a ver a mi familia. —Christian cogió el suyo.

—¡Qué bien!

—Lo dudo.

Aquello rayaba en lo personal. Caro se dispuso a pegar un mordisco al pastel, pero antes de hincar los dientes el olfato le dio la señal de alarma. Había semillas de alcaravea. No le gustaban nada. En lugar de un mordisco tomó un bocadito mientras pensaba en otro tema de conversación. Le entraron ganas de preguntarle por lady Jessingham.

—¿Cómo consiguió viajar de York a Londres? —inquirió él con el pastel por comer en la mano.

A Caro le sorprendía que no lo supiera.

—Fui a ver a mi abogado, pero no estaba. El bufete entero se había ido a una boda. Entonces no supe qué hacer, pero me encontré al marqués descansando allí de camino hacia el sur. Y él me trajo hasta aquí.

—Es usted una gata de nueve vidas —comentó Christian con una sonrisa irónica.

—Pruebe el pastel —pidió Ellen—. Está hecho con una receta especial. —Ella pegó un mordiscó al suyo.

Él sonrió y se lo acercó a la boca. Y entonces algo saltó en la mente de Caro. Ellen sabía que a ella no le gustaba la alcaravea. Y estaba mirando fijamente a Christian. Era absurdo...

—¡No se lo coma! —exclamó Caro, y alargó la mano para intentar quitárselo—. A usted tampoco le gusta la alcaravea.

Christian empezó a decir algo, pero de pronto dejó el pastel, comprendiendo claramente lo que ella había dado a entender.

—Se ha acordado. ¡Qué conmovedor! Le pido disculpas, señora Spencer, pero la alcaravea me sienta mal.

Ellen dejó su propio pastelillo.

—Caro —dijo—, eres desesperante.

Quizá se refiriera al extraño comportamiento de Caro. Seguro que era eso. Ellen era aún más incapaz que ella de cometer un asesinato. Christian volvió a coger su pastel, pero lo envolvió en su servilleta y se lo metió en un bolsillo.

—¿Por qué ha hecho eso? —preguntó Ellen con brusquedad.

—Creo que lo llevaré a analizar.

—¿A analizar? ¿Para qué? —Pero su voz se volvió chillona.

—¿Qué cree que encontraré, señora Spencer? —Christian habló con serenidad, pero podría haber pasado por un juez.

A Ellen le temblaron los labios, pero pudo detener el temblor y no dijo nada. Caro quiso romper el silencio, pero sabía que no debía hacerlo. Por fin Ellen lo rompió.

—Una especie de dedalera —dijo desafiante— especialmente eficaz. Señor, ha arruinado usted la vida de un buen hombre y la de una mujer que ha sido más ofendida que ofensora. —Entonces la emprendió contra Caro—. ¿Por qué te has entrometido? Si él hubiese muerto, ¡todo podría haber sido como debería ser!

—Pero ¿qué estás diciendo, Ellen? ¿Qué buen hombre? Aquí el héroe es el comandante Grandiston. Me salvó de las garras de un hombre infame.

—¡Mató a Moore a sangre fría!

—Sabes que eso no es cierto.

—Sé que te has puesto una venda en los ojos, estás obnubilada por el deseo carnal. He visto cómo acabas de mirarlo. Me he enterado de lo que ocurrió en aquella indecente fiesta. Es un animal que te hará desgraciada todos los días de tu vida, pero estás demasiado enamorada para verlo.

—Ellen, acabas de intentar cometer un *asesinato*. ¿Qué mayor pecado hay?

—He intentado *salvarte*, salvar a Eyam y a todos nosotros. —Pero ahora sus ojos miraban desesperada de un lado a otro—. ¡Dios mío! ¡Dios mío! ¿Me colgarán? ¡Oh, no! —Cogió un pastel del plato y se lo metió entero en la boca.

Caro bordeó enseguida la mesa, obligó a Ellen a inclinarse sobre el respaldo de una silla tapizada y le dio golpes en la espalda. El pastel salió disparado, casi entero. Jadeando, Caro se irguió y vio que Christian la miraba fijamente, sacudiendo la cabeza.

—Lady Grandiston, con usted uno nunca se aburre. ¿Y ahora qué hacemos?

—¡Sabe Dios! —Caro rodeó con un brazo a Ellen, deshecha en llanto, y le ayudó a sentarse en la silla—. Avise a Diana, yo qué sé... —Prescindió de intentar entender aquello.

Ellen había intentado cometer un asesinato. ¡Christian podría haber muerto! La dedalera era un veneno utilizado también como medicamento, pero podía matar con facilidad, sobre todo algunas especies. ¿De dónde la habría sacado Ellen? ¿La vendían en las boticas?

Diana apareció enseguida con Rothgar. Ellen se acobardó.

—¡Caro, no dejes que me cuelguen en la horca!

—No, por supuesto que no. —Pero Caro no tenía ni idea de lo que hacer y estaba mareada.

Entonces Christian apareció a su lado y la condujo hasta el sofá. No se sentó a su lado, pero se quedó de pie detrás de ella. Caro notó que su apoyo le envolvía como el chal que en cierta ocasión le había llevado, y sintió deseos de estar en sus brazos.

Diana se sentó junto a Caro y habló dirigiéndose a Ellen.

—Nadie colgará a nadie, señora Spencer. Tal vez sería mejor que esto no saliera de aquí. Pero tendrá que contarnos por qué ha intentado matar a lord Grandiston.

Ellen negó con la cabeza. Caro se inclinó hacia delante.

—Sé que no ha sido idea tuya, Ellen. ¿Ha sido lady Fowler?

Al oír aquello Ellen dio un respingo.

—¡No, no! Estoy convencida de que ella jamás... —Tardó en encontrar las palabras, luego dijo—: Ha sido Janet Silcock.

—¡*Silcock*! —exclamó Caro—. ¿De qué la conoces?

—Thorn descubrió —dijo Christian— que la tal Fowler y ella se conocen. No nos llamó la atención porque no sabíamos que su dama de compañía formaba parte de la misma conspiración.

—Cuéntanos todo —exigió Caro.

Ellen volvió a sonarse con el pañuelo.

—Janet y yo nos conocimos a través de la recaudación de fondos de lady Fowler. Hemos estado carteándonos.

—No recuerdo ninguna carta procedente de América —repuso Caro.

—Estaban metidas dentro de las de lady Fowler. Lady Fowler me dijo que Janet quería escribirse con otra mujer del norte de Inglaterra. De hecho, fue Janet quien me dijo que podría serle útil a la causa.

Caro miró a Diana. ¿Habría detectado ella también el alcance de la trama?

—Y al venir a Londres —le dijo Caro a Ellen— te enteraste de que la señora Silcock también estaba aquí.

—Sí. Es una pena que esté enferma y necesite tratamiento, porque es una mujer sumamente interesante. Tiene las ideas muy claras acerca de cuáles son los elementos execrables de la sociedad y de qué modo perjudican a las mujeres. —Quizá recordó lo que acababa de pasar, porque titubeó y se quedó callada. En la chimenea se movieron algunos trozos de carbón que generaron llamas y chispas, y una bocanada de humo.

—¿Qué ha pasado hoy? —preguntó Diana.

Ellen le lanzó una mirada llena de temor.

—Al llegar a casa de lady Fowler he recibido un mensaje de Janet, pidiéndome que la fuese a ver a su domicilio, que está en el corazón de la ciudad. Sabía que entendería lo que yo sentía sobre los acontecimientos de la pasada noche y mi angustia por la pobre Caro y sir Eyam.

—Sir Eyam —dijo Christian—. Ése es el hombre con el que se fugó usted.

—¡No me fugué con él! —protestó Caro.

—Usted no, ella.

—¿Ellen?

—¡Yo no me fugué con él! —exclamó Ellen.

—Silencio —dijo Rothgar desde el lugar donde había estado escuchando en silencio—. Le ruego que continúe, señora Spencer. ¿Qué le ha sugerido la señora Silcock?

No era de extrañar que Ellen pareciera mareada de miedo.

—Ha dicho que estaba de... de acuerdo en que esto no es justo y en que toda la culpa es del señor Grandiston. Quiero decir de lord Grandiston... del comandante lord Grandiston. ¡Oh, Señor!

Caro se acercó a Ellen y le dio unas palmaditas en el hombro.

—Cuéntanos lo que ha pasado, Ellen, y qué te ha llevado a actuar como has actuado.

Ellen la miró fijamente.

—Ella cree también que no está bien que a ninguna mujer se le obligue a vivir encarcelada con un animal, especialmente cuando de jovencita ya fue obligada a hacerlo. Pero la ley no contempla esto porque sólo ha sido formulada para beneficiar a los hombres.

Christian murmuró algo.

—Y entonces me ha sugerido una manera de hacer justicia. Cuando me lo ha contado me *parecía* razonable. Ninguna mujer debería ser recluida de esa forma.

—En su momento me aconsejaste que aceptara la voluntad de Dios —señaló Caro.

—¡Aquello fue la voluntad de Abigail Froggatt! Janet me ha enseñado que en ocasiones debemos actuar con violencia en pro de la justicia. —Aunque Caro se imaginó el coraje que debió de necesitar Ellen, ésta levantó la vista hacia lord Rothgar—. Usted mató a un hombre en un duelo por una causa similar, milord.

—Así es —convino él.

—Y usted en la guerra —le dijo Ellen a Christian.

—Tiene razón —convino él—, pero no lo hice envenenando a escondidas.

—Las mujeres somos débiles y debemos usar las armas que tenemos —explicó Ellen, pero con los ojos clavados en su pañuelo empapado—. Janet me ha dado la dedalera y me ha dicho cómo tenía que introducirla en los pasteles. —Alzó la vista hacia Caro—. He puesto las semillas dentro para asegurarme de que no te comías ninguna. ¿Por qué has tenido que estropearlo?

Caro cabeceó y miró a los presentes.

—¿Qué hacemos ahora?

—¿Dónde se hospedan los Silcock? —le preguntó Rothgar a Ellen.

Ellen frunció la boca, claramente dispuesta a ser una mártir por la causa.

—Ithorne lo sabe —anunció Christian—. Si no me necesitan aquí, iré a verlo.

No se dirigió directamente a Caro, pero ésta dijo:

—Sí, por favor. ¡A saber qué intentará ahora la loca ésa!

Él se marchó y ella sintió su ausencia.

—¡Si la procesan, yo también compareceré en los tribunales! —protestó Ellen.

—Has intentado *matar* a alguien —volvió a señalar Caro.

—He intentado *liberarte*. Tienes que cuidar de mí.

—También intentabas asegurarte el futuro —dijo Caro—. Ellen, por Dios, ¿qué crees que habría pasado de haberte salido con la tuya?

—Janet me ha dicho que lord Rothgar encubriría el crimen. Es lo que los grandes señores hacen siempre.

Caro suspiró y lo dejó correr.

—Ven, Ellen, necesitas tumbarte en tu cuarto.

Una vez allí Caro le prometió otra vez que intentaría que no fuese juzgada. Acto seguido cerró la puerta y le pidió a Martha que se sentara en algún sitio cercano para poder oír a Ellen si necesitaba cualquier cosa.

Encontró a Diana sola en su tocador.

—Rothgar se ha ido a casa de Ithorne para unirse a ellos —dijo Diana—. Los Silcock no tienen escapatoria.

—No —repuso Caro mientras se desplomaba en una silla—, pero me da un poco de pena. Supongo que quería a su hermano...

—Ideó toda la fuga para tratar de apoderarse de tu fortuna —señaló Diana.

—Aun así perdió a su único hermano y le obligaron a abandonar el país. Mi tía no era una mujer comprensiva. Aunque han pasado diez años. Es como si hubieran salido unos zarcillos de la tumba de Moore para intentar estrangularnos a todos.

—Ya ha acabado todo —dijo Diana.

—Eso espero, pero como ha dicho Ellen, si Janet Silcock es juzgada por homicidio, también juzgarán a Ellen. Se lo merece, pero quisiera impedirlo.

—Es algo que Rothgar entiende —dijo Diana—. Ya encontrarán una solución. Dudo mucho que Ellen Spencer intentara asesinar a alguien por sí sola ¿no te parece?

—Sí, aunque los santurrones pueden ser peligrosos.

—Es cierto. —Diana sonrió—. Creo que lady Fowler debería pagar por lo que ha hecho.

—¿Crees que estaba al tanto?

—No, pero a veces nuestros planes tienen consecuencias imprevistas. Y deberíamos afrontarlas. Creo que podré arreglarlo para que lady Fowler se haga cargo de Ellen y la tenga muy ocupada con tareas inofensivas en la causa por la reforma de la sociedad.

—Puede que funcione.

—Con lo cual creo que sólo nos queda tu matrimonio por solucionar.

Caro miró a Diana.

—Sigo queriendo la separación.

—Pero la idea de la señora Spencer era sensata. Deberías hablar con Grandiston antes de irte de la ciudad.

—Ya hemos hablado.

—Pero os ha interrumpido el veneno. ¿Puedo invitarle a venir otra vez mañana por la mañana?

Caro hizo una mueca de disgusto.

—Sabes que me da angustia que su vida corra peligro, pero no cometeré estupideces. En muchos aspectos es un hombre maravilloso, pero es un vividor empedernido que ha estado dándome esperanzas de futuro sabiendo que ya estaba casado.

—Pero...

—No puedo confiar en un hombre como él, Diana —insistió Caro, consciente de que hablaba tanto para su amiga como para sí misma—. Lo veré, pero únicamente para despedirnos de una forma menos brusca.

Lord Rothgar regresó al cabo de un rato y les explicó el estado de la situación.

—Janet Silcock ha muerto. Al parecer, ha ingerido veneno a

poco de marcharse la señora Spencer. Según su médico estaba muy enferma, tenía muchos dolores y tomaba un montón de láudano. Puede que eso le trastornara, pero vengar la muerte de su hermano se había convertido en una obsesión.

»Creo que su marido no es culpable de nada salvo de amar a su esposa. Nunca ha dudado de los elementos principales de su versión de la historia y estaba de acuerdo en que el asesino de su hermano debía recibir alguna clase de castigo. Sin embargo, su objetivo en Inglaterra era investigar las circunstancias del suceso y ver si podían presentarse cargos. No tenía ni idea de que su mujer había advertido que la ladrona de Doncaster era la novia de su hermano. Estaba convencido de que su indignación se debía al intento de robo y ya estaba acostumbrado a sus reacciones desmedidas.

»Ha confesado que le prendió fuego a la casa de Sheffield. Según él, su esposa estaba tan angustiada y obsesionada que lo hizo con la esperanza de contentarla. En su opinión, era una casa de poco valor y ya había descubierto que allí sólo vivía el servicio. Se aseguró de que hubieran salido antes de pegarle fuego. Es un delito —comentó Rothgar—, pero no vale la pena abrir un proceso a menos que usted insista, Caro.

—No, como bien dice, no valen la pena ni el coste ni el esfuerzo, y el pobre hombre estará afligido. Yo no recuerdo que Janet Moore fuese mala persona. Quizá podríamos atribuir su último acto a la enfermedad y al láudano.

Rothgar asintió.

—Silcock asegura no saber nada del veneno, y yo le creo, pero su mujer sabía desenvolverse en la antecocina. Él ha estado todo el día fuera de casa por negocios. En realidad, sospecho que está vinculado con esos americanos que intentan cambiar la carga fiscal, que consideran injusta, pero mientras no cometa ningún delito al respecto, no tengo nada contra él.

Caro suspiró.

—Como le he dicho antes a Diana, hace diez años se sembró en una tumba una semilla que ha crecido ajena a todas las miradas, pero cuyo fruto ha resultado estar envenenado. Janet Moore se equivocó al tratar de unirme a su hermano, pero si él hubiese tenido la mitad de la valentía que me imaginaba que tendría, lo que pasó en la posada del Carnero nunca hubiera ocurrido. Me habría casado con él y me habría considerado afortunada. Al menos durante un tiempo. Si hay un verdadero villano en esta historia, es Moore.

—Pues esperemos que se pudra como merece —dijo Rothgar.

# Capítulo 31

Caro organizó el equipaje que debía llevarse para su estancia en la casa de campo de Rothgar, pero no podía dejar de pensar en Christian. ¿Y si...? No. ¡Ojalá...! No.

Pero sin Ellen no le quedaba nadie más en el mundo. Tenía amigas, incluidas Diana y Phyllis, pero ellas tenían una vida plena y ella un caparazón vacío.

Cada vez era más consciente de la tentación de llenar ese hueco convirtiendo en auténtico su matrimonio con Christian, pero temía que eso fuese como conformarse con las migajas.

No había sido capaz de resistirse y había leído los diarios, incluso había enviado a Martha a conseguir algunos periódicos sensacionalistas. Los rumores que circulaban sobre lo acontecido en la fiesta de disfraces eran humillantes, pero desencadenaron otros descubrimientos.

Christian era claramente la clase de vividor que ni siquiera intentaba ocultar sus pecados. Aparecía mencionada lady J...ham, cuyas esperanzas se habían visto truncadas, pero que probablemente había sido amante de lord G... La dama mencionada sin duda había sido amante de un Nobilísimo Duque. ¿Quería eso decir que Christian e Ithorne la habían *compartido*? Eso sugería una insidiosa viñeta. Se especulaba con una actriz llamada Betty Prickett y otra llamada Mol Madson.

Le faltó poco para unirse a esas aves de corral. Durmió mal y se despertó decidida a cancelar la cita por miedo a flaquear, pero ya se sentía demasiado débil para hacerlo; al fin y al cabo, no podía pasar nada. Aquello no era una posada ni ella estaba registrada con un nombre falso.

Pero cuando le dijeron que Christian había llegado, se fue directamente a ver a Diana.

—¿Bajas conmigo?

—No.

—Necesito una carabina.

—¿Para estar con tu marido?

Caro la fulminó y trató de oponer resistencia, pero corrió hacia las llamas sin poder evitarlo.

Al entrar en la habitación Christian estaba mirando por la ventana. Se giró bruscamente y sus miradas se encontraron. Caro se refugió en la formalidad.

—Por favor, milord, siéntese.

Ella se sentó en un sillón, pero él cogió un cesto y se lo acercó. ¿Sería un regalo?

—He pensado que debía devolverle la gata.

—¿Es Tabby? —De pronto Caro se sintió vacía. Era un regalo de despedida, la desaparición de las obligaciones. ¿Cómo se le podía haber pasado por la cabeza que él quizá querría convertir su matrimonio en una realidad? Era un soltero incorregible.

—Thorn cree que «Tabitha» es un nombre más elegante. —Retiró el paño que ocultaba al animal—. Para una madre.

—¡Oh! —exclamó Caro—. ¡Los gatitos!

Tabby levantó la vista. «Miaau-miaau.» Caro no pudo evitar echarse a reír.

—Yo también te he echado de menos. —Levantó la cabeza sonriente y vio a Christian con el ceño fruncido.

Entonces él la miró a los ojos y se rió.

—¿Se puede creer que no me ha dirigido la palabra desde que usted se marchó?

—¡Vaya! Eso no es justo. —Pero Caro estaba conteniendo las carcajadas. No era así como debería transcurrir el encuentro. ¿Sería otro de sus ingeniosos y atrevidos trucos?

Caro bajó de nuevo la vista hacia la gata.

—¡Qué gatitos tan bonitos! Pero... —le lanzó una mirada a Christian— ¿sólo hay dos?

—Había unos cuantos más, pero nacieron muertos.

—Pobre Tabby. Aunque los dos son preciosos. —Los miró más atentamente—. ¿Ése tiene cola?

—Por lo visto uno es sólo gato —comentó él, sentándose en un sillón cercano—. Varios científicos han ido a casa de Ithorne para verlos y examinarlos. Ha habido mucha polémica acerca de la posibilidad de la unión de un gato y un conejo, pero al menos uno de ellos cree que Tabitha es un gato-conejo.

—¿Está intentando decirme que en Hesse hay conejos con colmillos?

Christian hizo una mueca.

—Lo dudo. Pero al parecer es sabido que hay gatos similares en Cornualles y la Isla de Man.

Caro volvió hacia arriba el rostro ceñudo de Tabby.

—Me pregunto cómo acabaste perdiéndote en Yorkshire.

«Marramao.»

—Quizá fuera verdaderamente enviado a los viajeros en apuros —comentó él.

Caro recuperó la concentración y planteó una pregunta seria.

—¿Qué habría hecho si en Froggatt Lane le hubiese desvelado mi identidad?

—No estoy seguro, pero me habría sorprendido muy gratamente.

Le pareció detectar un ligero y descarado centelleo en sus ojos. Caro miró de nuevo hacia los gatitos, pero no le ayudaron a recuperar el control y la objetividad.

—¿Me habría obligado a vivir con usted?

—¿Cómo? ¿Encerrándola bajo llave en una habitación durante el resto de su vida? Siempre ha sido mi intención dejar que mi esposa eligiera cómo manejar nuestro extraño acuerdo mientras no supusiera ningún riesgo legal ni para mí ni para mi familia.

Caro lo miró con recelo, pero vio que decía la verdad.

—¿Sigue pensando lo mismo?

—Sabe que sí. Si así lo desea, firmaré unos documentos que le den la máxima libertad posible. Pero antes creo que deberíamos conocernos mejor.

Ella lo miró con ojos entornados.

—¿Por qué?

—Estamos casados, al parecer hasta que la muerte nos separe. Asimismo me parece que a los dos nos gusta algún que otro rasgo del otro. ¿No cree que vale la pena averiguar hasta qué punto nos gustamos?

—Es usted guapo y un amante experto —dijo ella.

Ella se imaginó que él se enfadaría, pero si algo le molestó, lo disimuló.

—Algo que no hay que pasar por alto, naturalmente, pero creo que tengo otras virtudes.

Caro volvió a bajar los ojos con la esperanza de ocultar el conflicto interno que ardía en ella. Él quería estar realmente casado con ella y esa fuerza era poderosa. Además, la tentación y la lujuria se habían apoderado de Caro. Si a eso le añadía el sombrío futuro que veía ante sí, era como para desmoronarse.

Christian era el único marido que tendría a menos que muriese, y esa idea no podía ni planteársela. Tal vez las migajas, unas migajas abundantes y generosas, bastarían, y el sufrimiento por sus devaneos no sería tan insoportable, sobre todo si tenía hijos.

Pero volvió a sentirse fuerte. Christian necesitaba dinero. ¿Estaba al tanto de la fortuna que Caro amasaba y había ido a verla para intentar hacerse con ella?

—¿Sabe que soy rica? —preguntó ella.

En ese momento sí vio la rabia de Christian, que tensó boca y mandíbula, pero él contestó sin alterarse.

—Sí, pero no hasta qué punto.

—El papel que firmó en nuestro enlace no es aplicable a ninguna de las posesiones adquiridas tras la ceremonia.

—Firmaré todo lo que quiera. No estoy aquí por su dinero. ¡Caray!

—No me falte al respeto.

Christian se puso de pie, con los puños cerrados, y se dio la vuelta. Pero de pronto volvió a girarse hacia ella.

—El tiempo que hemos pasado juntos, aunque intenso, ha sido breve. Por eso es necesario que ahora intimemos más.

—¿Qué clase de relación tiene en mente? —A Christian le chispearon los ojos y ella se apresuró a añadir—: La física no.

Le seguían brillando los ojos.

—De momento no. Lo que le pido es que pasemos tiempo juntos sin las barreras que suponen los disfraces y los engaños.

Caro ansiaba eso, pero se aseguró de hablar con frialdad.

—Si accedo a contemplar esta posibilidad, será sólo porque no me gusta la otra alternativa.

Christian arqueó las cejas.

—¿Cuál es?

—Una vida muy atípica.

—Y usted siempre ha querido una vida muy normal. —Christian hizo una ligera mueca de contrariedad—. Caro, no puedo prometerle eso.

Un absurdo brote de esperanza se marchitó.

—¿Por qué no?

Él extendió las manos.

—Soy el heredero de un condado y hermano adoptivo de un duque.

—¿Me está diciendo que soy de cuna demasiado humilde para usted?

«¡Miaau-miaau!»

—Por una vez la maldita gata dice algo sensato. Lo que digo es que yo no soy normal ni puedo ofrecerle el tipo de vida que antes tenía. Además, mi vida está en el sur y sus raíces están en el norte.

Caro levantó el mentón.

—Podríamos vivir en el norte.

—Aquí tengo mis responsabilidades.

—Y yo las tengo en el norte.

«Miiiaaauuu.»

—La gata sí que sabe.

—Cállate —le soltó Caro a Tabby, y luego puso los ojos en blanco.

Pero lo cierto era que ella no tenía ninguna atadura en Yorkshire. La venta del negocio estaba en marcha. La mansión Luttrell no era una finca que necesitara gestión alguna. Y estaban sus obras benéficas que, en realidad, únicamente requerían su dinero.

—Si necesitara pasar una cantidad de tiempo considerable en

Yorkshire —dijo él—, pues adelante. Yo viajaría al norte con usted tan a menudo como pudiera. Pero mi hogar, nuestro hogar, estaría en Devon.

—¿En Devon?

La conversación se estaba precipitando hacia unas posibilidades y probabilidades para las que Caro no estaba preparada. Pero antes de que pudiera pensar en el modo de pisar el freno, dijo él:

—Es la casa familiar. Tampoco tengo una familia normal y tendría que pasar mucho tiempo con ellos.

Al oír eso Caro arrugó la frente.

—¿Con esa madre que cría abejas y tiene curiosas ideas sobre los gatos?

«¡Marramiau!»

—Exacto —contestó él—. Podría hablar con ella de las rarezas de los gatos.

—¿Con su madre? ¿Está en Londres?

—No, pero tengo que ir a Royle Chart, la casa que mi padre tiene en Devon.

—¿La humilde casa solariega? —inquirió ella con cierta mordacidad.

—No le mentí. Así era mi casa anterior. El condado lo ha heredado mi padre no hace mucho.

—Puede que no mintiera, pero ocultó la verdad. ¿Por qué?

Los labios de Christian se tensaron.

—Comandar hombres en el ejército afina el instinto para mentir o decir la verdad. Usted me estaba mintiendo sobre casi todo, no irá a negármelo, lo que no me predispuso a ser honesto con usted. Pero es que, además, todo esto me sigue resultando raro. Volví a Inglaterra después de pasar varios años y me enteré de que ya no era el comandante Hill, sino el comandante lord Grandiston. En lugar de poder decidir mi propio futuro, quisiera o no acabaría siendo conde de Royland y tendría unas fincas que administrar, y un escaño en el parlamento. En lugar de viajar en dirección norte e ir a la mansión Raisby, en Oxfordshire, donde nací y viví hasta los diez años, tuve que desviarme hacia el oeste e ir a Devon, a un lugar en el que no había estado jamás. Supongo

—dijo— que volver a ser un hombre corriente me resultaba reconfortante.

Caro contempló a los gatitos dormidos, ellos sólo tenían que preocuparse de la leche, ¡qué suerte tenían! Levantó la vista hacia Christian.

—No somos tan distintos, ¿verdad? A ambos nos han arrebatado nuestra libertad.

—Así es. Caro, venga conmigo a Royle Chart.

Ella sintió un escalofrío en la espalda.

—¿Para qué?

—Para estar juntos.

—¿Está intentando forzar una relación a largo plazo?

—Le aseguro por mi honor que no. Pero tengo que ir allí antes de que les llegue el rumor.

Otro viaje juntos, una nueva ilusión.

—¿Cómo nos presentaríamos ante ellos? —preguntó Caro.

—Quizá lo sepamos cuando lleguemos.

Ella lo miró a sus inconfundibles ojos.

—¿Y si al llegar nos hemos dado cuenta de que no podemos vivir juntos?

—Entonces les diremos eso. Si se lo decimos los dos, es posible que al menos se lo crean. Decida lo que decida, mi madre le caerá bien. Le cae bien a todo el mundo. Pero le advierto que aquella casa es de locos. ¿Le he dicho que tengo doce hermanos?

—¿*Doce*?

—Y la mayoría son chicos.

—¡Vaya! Conozco a suficientes elementos salidos de los orfanatos como para saber lo que eso significa. —Caro midió sus palabras—. ¿Por qué ha dicho «decida lo que decida»? Lo decidiremos los dos.

—No —repuso él—. Yo ya sé lo que quiero.

—¿Y qué quiere?

—No sea boba, Kat.

—Me dio esperanzas de futuro sabiendo que no había ninguna posibilidad.

Christian frunció el entrecejo.

—¿Cuándo?

—De camino a Adwick.

—¡Oh! —Él hizo una mueca de disgusto—. Lo crea o no, olvidé que estaba casado; para mí aquello era nuevo. Y se lo dije en serio.

Había llegado el momento de preguntarle si sería un marido fiel, pero si le contestaba que no, Caro no sabía con seguridad si lo rechazaría. Le gustaban tantas cosas de él... Y la otra alternativa era tan deprimente... ¿A quién intentaba engañar con tanta coherencia? Corría el peligro de que se le partiera el corazón.

Christian se acercó a ella mientras extraía algo de su bolsillo.

—Creo que tendrá que ponerse esto.

Era su anillo de boda. Él no intentó ponérselo en el dedo y ella lo agradeció. En realidad, no tenía nada que ver con su historia. No era el anillo que Christian le había puesto en su boda. Caro lo aceptó, pero con inquietud.

—Iré con un par de condiciones.

—¿Sí?

Caro lo miró a los ojos.

—Durante el viaje no nos daremos siquiera un beso.

—Hecho —aceptó él, pero añadió con una sonrisa—. Aunque me lo pida, no se lo daré.

Insolente granuja. Caro volvió a ponerse el anillo donde lo llevaba siempre.

—Y viajaremos en carruaje.

# Capítulo 32

El viaje a Royle Chart duró cinco días, suficientes para poner a prueba cualquier matrimonio.

A Rothgar y Diana no pareció sorprenderles el plan. Sin embargo, se empeñaron en que Caro se llevase a Martha. Caro sabía que era de esperar, pero la presencia de la criada de mediana edad les quitó intimidad. Christian y ella únicamente pudieron hablar de cosas cotidianas.

En algunos momentos lamentó no haberse llevado a *Tabby*, pero la madre y sus cachorros habían sido devueltos al cuidado del duque de Ithorne.

Hablar de lo cotidiano tal vez fuera lo que necesitaran. Caro se enteró de la vida militar de Christian y sus aventuras en el extranjero, y ella le contó historias de su pasado más tranquilo.

Alguna noche pudieron dar un paseo por los alrededores de la posada, huyendo de su carabina, pero en general el tiempo no les acompañó. Dos de las noches llovió a cántaros y no pudieron salir. Jugaron a cartas y a las damas mientras Martha Stokes cosía sin dar una sola cabezada.

La lluvia embarró los caminos, reduciendo su velocidad, y Caro vio cómo Christian se impacientaba en el carruaje. Al final le dijo que acompañase a Barleyman a caballo, y él no se opuso. Lo vio montando a *Buck* sonriente. Se podría pasar horas observándolo, pero casi cada vez que lo miraba él le devolvía la mirada.

Cerca de Salisbury se les aflojó una rueda, por lo que tuvieron que detenerse bajo la incesante llovizna. Christian y Barleyman se pusieron manos a la obra con el cochero y el mozo de cuadra para intentar que la reparación aguantase hasta que llegaran a la ciudad.

—¡Cuidado con la espalda, maridito mío! —exclamó Caro asomada a la ventanilla. Él alzó la vista, empapado y cubierto de barro, y sonrió.

Fue imposible reparar la rueda. Martha se negó a ir a caballo, ni siquiera detrás de Barleyman, de modo que se quedó en el carruaje mientras Caro montaba encantada detrás de Christian para realizar el corto trayecto que había hasta la siguiente posada. Incluso sin silla se sentía totalmente a salvo, y tuvo una excusa irrebatible para rodear a Christian con los brazos y apoyarse en su espalda.

—¡Qué bien se está aquí! —dijo ella.

—Hace frío, hay humedad y es probable que nos quedemos atrapados en medio de la nada un día entero mientras nos arreglan la rueda.

—¡Qué bien! —repitió Caro y se echó a reír.

Entonces Caro tuvo la certeza de que seguirían casados. Sabía que su amor por ella era sincero y empezaba a creer que le sería fiel. Su lado sensato le advirtió que aquello era ridículo, pero casi todo su ser era pura insensatez.

Sin embargo, había decidido llegar a Royle Chart y conocer a su familia antes de dar el paso final, porque sabía que una vez lo diera no habría vuelta atrás. Christian daba la impresión de creer realmente que a ella quizá no le gustaría su familia, y eso a Caro le preocupaba.

Más que ser poco convencionales a lo mejor es que estaban locos. Desde luego parecían sumamente extravagantes, puesto que él le había explicado que ésa era la razón por la que tenía que convertirse en terrateniente y aprender a gestionar las tierras del condado, porque su familia no era capaz de administrar el dinero.

Ella no tenía la menor intención de dilapidar el dinero ganado en la empresa con el sudor de su frente, pero no tenía modo de protegerse. Al enlace celebrado años atrás no le habían precedido esos valiosísimos convenios y fideicomisos. En lugar del tercio que había pensado en darle a Eyam, Christian lo tendría todo. Tampoco contaba con el convenio al que habían llegado a cambio de la separación de cama y mesa.

En lo relativo a su libertad de elección, Caro sabía que podría confiar en Christian. Si decidía no continuar con su matrimonio y firmar los documentos para su separación legal, él no se lo impediría. Sin embargo, si decidía lo contrario y se convertía en su esposa de hecho y de derecho...

No debía hacer eso hasta que todas las garantías legales estuvieran establecidas. Las circunstancias podían cambiar; las personas también. Le dolía incluso imaginarse hacer lo contrario a lo que le dictaba el corazón por semejantes razones prácticas, pero sus antepasados por parte de los Froggatt surgían imponentes en su mente como el fantasma de Banquo, amigo de Macbeth, para protestar a gritos al ver el fruto de su duro trabajo desperdiciado en fruslerías. Sencillamente, velar por su fortuna era un deber tan implacable como el de un soldado que pelea contra el enemigo.

Mientras continuaban cabalgando entre campos bien cuidados, Caro pensó en los desafíos secundarios de su situación. Christian había reconocido que no tenía ni idea de cómo se gestionaba una finca, y ella tampoco. Podrían aprender, pero su vida corría el peligro de ser muy rara. Ella procedía del nordeste, una zona industrial, y Devon estaba al sudoeste, en la Inglaterra rural más profunda. Ya había sido incapaz de entender el dialecto local en alguna que otra ocasión y aún les quedaban uno o dos días de viaje.

Pese a poseer la mansión Luttrell, Caro era una mujer de ciudad más acostumbrada a producir y comerciar que a la agricultura y los arrendatarios.

Ni formaba parte de la aristocracia ni se le ocurriría hacerse pasar por noble. En la región de Sheffield ser una Froggatt era un prestigio, pero en Devon eso no tendría ninguna importancia. Apor taría dinero al matrimonio, naturalmente, pero tener dinero en sí no era significativo.

Caro se estaba deprimiendo por momentos, pero quiso la suerte que al entrar en la finca de Royle Chart hiciera sol, y la vista era preciosa. Unas cuantas hojas se estaban volviendo doradas y otras yacían en el suelo como si fueran flores. Las ovejas se dedicaban a pastar libremente.

—A eso se le llama ahorrar —le dijo a Christian, que quiso hacer el tramo final en carruaje.

—Sí. —Pero entonces hizo una mueca de disgusto cuando el vehículo esquivó a sacudidas un agujero del camino y la madera y el metal chirriaron—. Esto sigue siendo un pozo sin fondo.

Caro no quiso hablar de dinero en ese momento. Al ver la casa se quedó sin aliento. Era un inmenso despliegue de piedras doradas cubiertas de plantas trepadoras, algunas de las cuales estaban adquiriendo tonos rojizos y escarlata. Parecía colosal pero a la vez acogedora.

—No está mal, ¿verdad? —A Caro le pareció que Christian estaba preocupado.

—Es una preciosidad.

Y entonces empezó a salir un montón de gente por la puerta. Muchos niños que corrieron entre gritos a recibir el carruaje, unos cuantos criados y algunas personas más.

El carruaje se detuvo. Los chicos seguían corriendo y chillando alrededor. Un hombre fornido se acercó deprisa a abrirles él mismo la puerta.

—¡Bienvenidos, bienvenidos! —le dijo a Caro con una sonrisa radiante—. ¡Qué día tan maravilloso!

Ella oyó que Christian murmuraba:

—Vamos allá.

Caro se apeó y recibió el abrazo del conde y de la condesa, igual de corpulenta y de brillantes ojos de un verde-dorado. Por alguna razón le pusieron en los brazos a un niño pequeño, que le rodeó el cuello con un brazo y también le besó.

Buscó desesperada a Christian con la mirada, pero él estaba rodeado de niños, de modo que dejó que la marea le arrastrara hasta un vestíbulo magnífico pero desordenado. De éste surgía una escalera que conducía directamente al piso de arriba, donde le pareció ver un descansillo con más gente asomada.

Las jóvenes hicieron preguntas y prorrumpieron en exclamaciones de admiración. Los criados recibieron instrucciones... Christian apareció junto a ella, le quitó al niño de los brazos y lo entregó a la persona más cercana.

—Si la tratáis así, saldrá corriendo —comentó.

Se hizo el silencio. Un silencio cargado de ofensión, pensó Caro.

—¡Qué recibimiento tan maravilloso! —exclamó ella, con una sonrisa de oreja a oreja—. Pero si pudiera ir un momento a mi habitación...

Aquella discreta alusión a las necesidades fisiológicas hizo que la condesa y dos chicas jóvenes, que seguramente serían sus cuñadas, la condujesen rápidamente escaleras arriba hasta una habitación magnífica. Christian fue tras ellas.

—¡Oh, sí! —dijo—. Necesitamos habitaciones separadas, madre.

La condesa se giró hacia él.

—¿Habitaciones separadas? ¿Por qué?

—Luego te lo explico. —¿Se había ruborizado Christian?—. Nuestra familia es numerosa, pero no creo que estén todas ocupadas.

—Pues da la casualidad de que sí lo están —repuso ella, que seguía mirándolo fijamente como si hubiese dicho que tenía que cenar sapos—. Te habrás fijado en que Mary y Claughton están aquí. ¡Con el recién nacido! —añadió la madre con una sonrisa—. Y Sara vendrá mañana especialmente para verte. ¿Y no te había comentado que mis padres han venido a vivir con nosotros?

—No —contestó Christian con un suspiro—. Da igual. Todo irá bien.

—¡Pues claro que sí! Siempre sale todo bien. —La madre le dirigió una sonrisa a Caro—. Querida, hemos estado rezando para que te encontrara. Ahora nos vamos, pero date prisa en bajar para que puedas conocerlos a todos debidamente mientras tomamos un té.

Ahuyentó de la habitación a las jovencitas y a los chicos...

—No, queridos míos, Christian jugará con vosotros más tarde. —Y se cerró la puerta.

Christian se apoyó en una pared con los ojos cerrados.

—Ya has visto cómo son. —Caro se desplomó en el sofá entre risas. Cuando se serenó, él la miraba y sonreía con pesar—. No se ha armado este alboroto en tu honor —advirtió él—. Siempre es igual.

Caro se mordió el labio y consiguió mantener la calma.

—Quizá será cuestión de acostumbrarse.

—Nunca he intentado hacerlo. De hecho, a Thorn le encanta, pero él no tiene que vivir aquí.

—Nosotros tampoco. ¿No hay otra casa cerca?

Christian se alejó de la pared.

—Creo que hay una casa de campo y seguramente alguna otra. Pero si viviéramos aquí, las demás podrían alquilarse.

Únicamente con un tercio del dinero de Caro, eso no sería necesario, pero aún no estaba preparada para hablar de esas cosas.

—Ya lo hablaremos —comentó ella—. Ahora necesito el baño urgentemente.

Él abrió una puerta.

—Por aquí.

Caro entró en el pequeño vestidor, muy acogedor gracias a la lumbre, y utilizó el orinal. Pensó en lo de compartir habitación. Concretamente en lo de compartir la cama.

En todas las posadas habían dormido en habitaciones separadas y habían cumplido la norma de no intimar físicamente, sin darse siquiera un beso. Había sido difícil y empezaba a sentir un deseo que no haría más que incrementarse. Pero Caro sabía que dentro de lo posible debían ceñirse a su plan, a su promesa. Era la base para una decisión racional, porque se dejaban llevar fácilmente por la pasión, y la pasión podía tener como resultado una criatura que los uniría para siempre.

No lo recordaba con claridad, pero intuía que aquella noche, cuando estaban de viaje, Christian había eyaculado. Desde entonces ella había tenido la menstruación, así que todo quedó en nada, pero no podían volver a correr semejante riesgo.

Caro regresó a su aposento y se encontró a Christian contemplando la finca desde la ventana. Fue hasta él. La noche estaba añadiendo un color dorado pero difuminando el horizonte con una neblina. Era una preciosidad.

—¿Qué les dirás a tus padres? —inquirió ella.

—La verdad —contestó él, girándose—. Nos presionarán.

—No querrán que vivamos en el limbo de una separación legal, sobre todo por ti. Y es lógico.

—¿Acabas de llegar y ya los entiendes?

—¿Te parece muy osado? Lo siento.

—No, no. Es sólo que... yo no los entiendo. No los entiendo en absoluto. —Christian miró hacia la cama—. Me iré a dormir a otro sitio. Ya encontraré un rincón en alguna parte.

—O una carriola, o un colchón. Esta habitación es enorme.

—La cama es enorme. —Su mirada ardiente hizo que saltaran chispas en Caro.

Sintió un deseo voraz, pero encontró la fuerza para decir:

—Demasiado peligroso.

—¿Sabes cuánto te deseo?

Ella se humedeció los labios.

—Sé lo que yo deseo.

—¿Y por qué estamos conteniéndonos?

—Tú, porque yo me he empeñado —dijo ella—. Yo lo estoy haciendo porque necesito libertad para tomar la decisión adecuada.

—¿Y dejarías de ser libre?

—Estaría encadenada a ti.

Él cogió su mano y la besó.

—Rompamos un poco la norma, pero sin llegar más lejos, te lo prometo. ¿Qué reparos tienes, Caro?

Era una pregunta sincera que ella no podía ignorar.

—¿Me serás fiel? —le preguntó a Christian, mirándolo fijamente—. ¿Total y eternamente fiel?

—Sí. ¿Y tú?

—¿Cómo? ¡Naturalmente que sí!

—Yo no lo veo tan evidente. Ya retozaste una vez con un desconocido en una posada.

A Caro se le encendió el rostro, pero tuvo que morderse el labio para contener una sonrisa.

—Es cierto, pero algo me dice que tu historial es más completo que el mío.

Christian se echó a reír.

—Tienes razón, pero si vivimos como un auténtico matrimonio, seré fiel a los votos que hice en su día. Te lo prometo.

Ella apartó momentáneamente la vista y luego lo miró de nuevo a los ojos.

—Lo cual nos lleva a los bienes terrenales. Nunca prometí dártelos, aunque por ley te pertenecen igualmente.

—Pero estás aquí.

—¿Qué quieres decir?

—Que de momento confías en mí. Entiendo perfectamente que quieras conocer mejor a mi familia antes de aventurarte a dar un paso más. Y ahora... ¡a por los prolíficos Hill!

Fue tan caótico como él había dicho, pero conforme Caro se fue habituando descubrió un peligro aun mayor que la lujuria. La familia de Christian, incluyendo el ruido y la confusión y las peticiones incesantes, era como un brebaje embriagador del que tal vez nunca se cansara. Ciertamente, querría un refugio, un lugar al que escapar para estar a solas con él, pero también quería aquello y puede que estuviera dispuesta a pagar una fortuna por ello.

Además de gente, en la familia había perros y gatos. Tabby se integraría con la misma facilidad que ellos. Cuando Caro vio que uno de los chicos tenía un conejo, no pudo evitar reírse al pensar en los conejos con colmillos de Hesse.

Todo el mundo se sentó a cenar alrededor de la larga mesa, en un comedor revestido de paneles dorados seguramente diseñado para reuniones más elegantes. Lisa, la hermana menor de Christian, bendijo la mesa; al parecer, era por tradición un honor rotatorio.

Caro estaba sentada a la derecha de la condesa. El benjamín, Ben, estaba a su otro lado, sentado sobre un bloque de madera. Toda la conversación de lady Royland giró en torno a Christian e incluyó un sinfín de preguntas. Era como si estuviese ansiosa por saber cosas de él. El asunto tenía más miga de la que Caro se había imaginado. Christian había asegurado que no entendía a su familia, y era evidente que no los visitaba ni escribía con la frecuencia que sus padres desearían. Tendría que hacer algo al respecto. Eso si se quedaba.

Después de cenar las mujeres y los niños fueron al salón, donde no se procedió con más solemnidad que en el comedor. Caro aprendió las reglas de un juego de canicas que se jugaba en la alfombra y se lo pasó en grande. Los hombres no tardaron en unirse a ellos y Christian se sentó en el suelo para intentar ganarla. Pero perdió.

Los niños se retiraron a intervalos regulares y Caro vio que en la casa reinaba el orden en algunos aspectos. En aquellos, decidió, que los padres de Christian consideraban importantes.

Finalmente, como fruto de un acuerdo tácito, Caro y Christian fueron con sus padres al cuarto repleto de libros que el conde usaba como refugio. Fue ahí donde Christian intentó explicar la situación.

—De modo que tenemos que pasar el examen, ¿verdad? —dijo su padre mirando a Caro, pero con el brillo en los ojos.

—Ustedes y yo, señor.

—¡De eso nada! Pase lo que pase, tú ya eres hija nuestra.

—Entendemos perfectamente lo difícil que debe de ser esto —dijo lady Royland—. Fue hace diez años, los dos erais muy jóvenes y os casasteis en un contexto *muy* desagradable. No me había parado a pensar en ello. ¿Os resultará muy difícil dormir en la misma habitación?

Caro hizo una mueca de disgusto. Nunca habría dicho que el maltrato de Moore formaría parte de la conversación. ¿Qué podía decir?

—Lo mejor es dejar siempre que la naturaleza siga su curso —dejó caer su suegro.

—No, si Caro se queda embarazada —repuso Christian sin rodeos.

¡Vaya, el conde se refería a eso!

—Pero estáis casados, cariño —dijo su madre sin pestañear—. Un niño no supondría problema alguno y estoy segura de que Caro quiere ser madre.

—Sería un problema si tuviéramos que separarnos —insistió él.

—No veo por qué, a menos que creas que la gente deduciría que ella se ha buscado un amante.

Caro vio que Christian cerraba los ojos.

—En otras circunstancias —se apresuró a decir ella—, me encantaría ser madre.

—¿Lo ves? —dijo el conde—. Venga, iros ya. Estaréis cansados después de un viaje tan largo.

La expresión contraída de Christian aguzó el autocontrol de Caro, que se levantó.

—Sí, estoy muy cansada.

—Y yo agotado —dijo Christian, y la condujo fuera de la sala.

Al salir ella se tapó la boca para reprimir las carcajadas.

—Por poco nos ordenan que... que... —susurró Caro.

—Sí. —Él miró con agobio a su alrededor—. ¡Vayámonos al cuarto antes de que ocurra algo aún peor!

Pero, naturalmente, cuando llegaron allí la cama les pareció amenazante. En el suelo había un colchón, perfectamente preparado para dormir, pero la cama seguía resultando amenazante.

—¿Quieres tener hijos? —preguntó él.

—Sí, pero ahora no.

—No me refería... —Christian resiguió con el dedo la piña tallada en la columna del dosel—. En su día tomé la decisión de no contribuir a la superpoblación de los Hill.

—¡Oh...! —Pensativa, Caro se sentó en una silla dura. Ella quería tener hijos—. Pero si seguimos con el matrimonio, ¿sería eso posible? No... ya me entiendes.

Él se giró hacia ella.

—Tener hijos contigo sería diferente.

Ella no pudo evitar sonreír.

—Crecer dentro de este clan es una bendición para cualquier criatura.

—¡Vaya por Dios! Estás empezando a hablar como ellos.

—Me gustan.

—A mí también. —Christian se rió. Se acercó a ella con las manos extendidas—. Eres como una lupa que hace que las cosas parezcan distintas, Caro. No quisiera perderte como pareja. No será una vida fácil, pero habrá momentos de dicha, muchos momentos de dicha. ¿Querrás compartir tu vida conmigo?

Caro puso su mano entre las suyas y se levantó.

—Sí quiero, Christian, de verdad que sí. Pero lo siento, tenemos que hablar de dinero.

Ella pensó que él se enfadaría, pero asintió con la cabeza.

—Ciertamente. —La condujo hasta un sofá y se sentaron uno al lado del otro—. Verás, creo que mi familia necesita dinero.

—No me han parecido derrochadores.

—No lo son. Mi hermano Tom ha cometido alguna imprudencia, pero confío lo bastante en él para creer que ha aprendido la lección. Mis padres quieren lo mejor para todos sus hijos, y yo también.

Caro sintió deseos de acercarse más a él, refugiarse en sus brazos y prescindir de todo aquello, pero era necesario.

—Tal como están las cosas, te pertenece cuanto poseo.

—Si sigues diciendo eso, conseguirás que me enfade.

—Lo lamento, pero... mi dinero es como un fideicomiso sagrado, Christian. ¿Acaso te haces una idea de lo mucho que ha trabajado mi familia para ganarlo?

—Me lo imagino. ¿Qué quieres que pactemos, mi amor?

Esa palabra y la mirada de Christian por poco hicieron que Caro se derritiera, pero logró hablar con calma.

—Yo había pensado darte de entrada un tercio y dejar el resto en un fideicomiso. Al menos eso es lo que tenía pensado hacer con sir Eyam.

—Me parece bien. ¿Qué más?

Caro vio que él se imaginaba algo más radical y se apresuró a seguir.

—Un tercio para ti, un tercio en un fideicomiso para mí pero al que tendrías acceso total y otro tercio en un fideicomiso restringido para mantener a nuestros hijos, por si a los dos nos diera un ataque de generosidad. ¿Te he dicho que voy a vender mi parte de Froggatt y Skellow y que de ahí no obtendré más ingresos?

Él acercó un dedo a sus labios, sonriente.

—¡Qué eficiente es mi Kat! Creo que en la intimidad te llamaré Kat. ¿Sabes una cosa? Esos rasgos que has heredado de los Froggatt son exactamente lo que la familia Hill necesita. Es probable que dentro de muy poco el condado empiece a generar unos beneficios considerables.

No había retirado el dedo de sus labios y Caro no pudo evitar besarlo.

—Eso me gustaría —dijo ella—. Contribuir a que el condado fuese rentable.

—Ahora tenemos que hablar de otra cuestión relacionada con el dinero —comentó él mientras apartaba el dedo—. Me temo que es una confesión.

Caro se controló para no encogerse de miedo, pero le partiría el corazón si a esas alturas le confesaba que estaba terriblemente endeudado.

—Lady Fowler —dijo él.

—¿Lady Fowler?

—Tengo que donar mil guineas a su causa.

—¿*Qué*? —replicó Caro—. ¡Eso es una locura!

—Lo parece, pero verás, en su día hice una promesa...

Caro se quedó boquiabierta y luego dijo:

—¿Tú eres uno de los que hizo esa promesa de no casarte? ¿Junto con el conde de Huntersdown?

—¿Por qué diablos lo sabes?

—Nos detuvimos en su casa de camino hacia el sur. Conocí a lady Huntersdown. Es encantadora.

—Cuando no se exalta y se vuelve peligrosa —repuso Christian—. ¿Te cayó bien?

—Sí. —Caro sonrió—. Al irnos pensé que me encantaría que nos hiciéramos amigas, pero me pareció imposible.

—Ya no lo será, pero la promesa me obliga a hacer esa absurda donación.

Caro frunció las cejas.

—¿Por qué? Seguro que nos casamos mucho antes de que hicieras esa promesa.

—¿Eso no es desvirtuar la verdad?

—No —contestó Caro con rotundidad—. No haremos ninguna tontería semejante, señor mío. ¿Darle mil guineas a esa idiota? Tal vez el espíritu de la promesa requiera alguna clase de donación, pero se me ocurren muchas buenas causas. Hospicios, orfanatos. O... —añadió con sonrisa pícara— un manicomio.

Christian la miró fijamente.

—¡Dios mío! ¡Tú eras, Carrie, la criada!

Al ver la expresión de su cara, Caro se echó a reír.

—Así es. Me daba pavor que te dieras cuenta, pero también fue divertido.

—¿Y la casa de Doncaster?

—Es de mi amiga Phyllis. De ahí salí como Kat para darte caza, señor mío.

—Y me has encontrado y apresado, milady, mi vida, mi amor. ¿Qué es lo que quieres? Podemos seguir con el pacto de hace unos días y no besarnos, ni dormir juntos en esa cama.

—¿Podemos, en serio? —inquirió ella con la voz bastante entrecortada ya—. Es decir, ¿seremos capaces?

—No *soy* una fiera —contestó Christian recalcando las palabras de un modo que a Caro le hizo sonreír.

—Aunque lo fueras, es posible que sucumbiera sólo para formar parte de esta maravillosa familia.

Christian se acercó un poco a ella.

—Es una pena que únicamente me quieras por mi familia.

Ella se arrimó contra él y le puso una mano en el pecho.

—Y que tú no seas una fiera.

—Podría convertirme en una —sugirió él mientras le levantaba el mentón y sus labios se rozaban—. En esa cama.

—¿Y me gustaría? —susurró Caro.

—Sí. —Él sonrió.

—En ese caso, ¿podrías hacerlo más bien deprisa?

Christian se rió.

—La primera vez al menos sí. —Le ayudó a ponerse de pie y a continuación se alejó para echar el cerrojo a las dos puertas, la que daba al pasillo y la que daba al vestidor—. ¿Ves como aprendo?

Caro se rió entre dientes.

—Eso espero.

Christian la miró con seriedad desde la puerta.

—¿Estás segura? Ya sabes que no habrá vuelta atrás.

—Sí. Desnúdate.

Ella ya se había desabrochado y quitado el vestido, y estaba desatándose la camisa. Él se sacó las botas, se quitó la casaca, el chaleco y la camisa, y luego se acercó a ella mientras sacaba una navaja plegable del bolsillo.

—Me has pedido que lo haga rápido, ¿verdad? —Cortó las cintas de su corsé de la primera a la última.

Caro se rió de nervios y emoción, pero se sacó la camisa, feliz de quedarse desnuda delante de él. Apoyó un pie en la silla para soltarse la liga y enrollar la media pierna abajo mientras veía cómo el la miraba al tiempo que acababa también de desnudarse.

Cuando tiró al suelo la otra media, Christian estaba desnudo; nunca le había parecido tan imponente.

—Te has puesto toda roja —observó él mientras la conducía hasta la cama—. Nuestro auténtico lecho conyugal, supongo.

—Sí.

Christian retiró la colcha, la cogió en brazos y la acostó en la cama antes de echarse lentamente sobre ella para besarle los senos. Pero Caro vio lo excitado que él estaba, a punto de caramelo, como ella, que ardía de deseo. Separó las piernas.

—¡Date prisa, date prisa!

Con un feliz gemido, Christian la penetró con fuerza. Fue apasionado, rápido y perfecto porque no había miedos ni dudas, ni necesidad de culpabilidades o restricciones. Caro rodeó a Christian con las piernas como había hecho en aquella fiesta, porque quería fundirse con él por siempre jamás mientras llegaban al clímax. Pero luego tuvo que soltarlo, relajarse, recuperarse, y yacieron en silencio, piel con piel, corazón con corazón.

—No me arrepiento de nada de lo que ocurrió hace diez años —dijo ella mientras le acariciaba el pecho con la cabeza—, porque de lo contrario no estaríamos aquí esta noche.

—Y a mí me sería imposible arrepentirme de aquella locura juvenil, porque de lo contrario jamás te habría encontrado, mi vida, mi amor. —Christian se puso boca arriba, arrastrando a Caro sobre su cuerpo—. ¿Has visto? Con los Hill siempre acaba todo bien.